杨益群　著

桂林！桂林！
——中国文艺抗战（上）

CTS｜湖南美术出版社
全国百佳图书出版单位
·长沙·

前言：

桂林的中国文艺抗战，独特的历史现象

抗日战争时期的桂林，尤其是随着1938年10月广州、武汉相继沦陷，文化名人云集，抗日文化运动空前高涨，引起国内外人士的注意，直至1944年9月湘桂大撤退止，被誉为"文化城"。当年的亲历者、著名社会活动家胡愈之在《忆长江同志》一文中写道："山明水秀的桂林，本来是文化的沙漠，不到几个月竟成为国民党统治下大后方的唯一抗日文化中心了。"[1]这是对桂林文化城历史地位和作用的充分肯定。在桂林从事出版业的文学评论家许觉民（笔名洁泯），在《桂林抗战文学史》一书的序中更进一步指出：

> 形成一个文化中心的因素是多方面的，是历史的、地理的、政治和经济的诸多因素的综合，但它的形成必须经过一个漫长的时期。抗日战争期间桂林文化城的形成却是个例外，战争和地理因素促使它迅速地具备着一个规模，加上政治因素造成了大批文化人才的聚集，在一个很短时期内形成了大后方一个文化中心点。在某种程度上说，较之当时大后方政治中心的重庆，文化的繁荣景象有过之而无不及。但是又因战争因素和地理位置的丧失，这个文化城也随之迅速衰落而至湮没。这是一个独特的历史现象，然而这种现象却记载着中国现代文化史上十分灿烂的一页。[2]

20世纪80年代初，我在广西社会科学院《学术论坛》负责编辑《桂林抗日文化》专栏，并从事桂林抗战文化研究。先后到过北京、上海、武汉、广州、南京、昆明、重庆、成都、贵阳等地图书馆查阅资料，访问当年莅桂的文化名人并请其撰写回忆录。1983年下半年转入新建的文学研究所，任桂林抗战文艺研究室主任，专职研究桂林抗战文化。鉴于我负责的"桂林抗战文学史"（国家"六五"社科重点课题项目）立项，有了课题基金，

---

1. 原载1978年11月23日《人民日报》。胡愈之（1896—1986），抗战期间为广西建设研究会文化部副主任、文化供应社编辑部主任、《国民公论》主编、中华全国文艺界抗敌协会桂林分会理事，曾任全国人大常委会副委员长。

2. 洁泯：《桂林抗战文学史·序》，载蔡定国、杨益群、李建平《桂林抗战文学史》，广西教育出版社，1994，第1页。许觉民（1921—2006），抗战期间在桂林从事出版工作，历任中国社会科学院文学研究所所长、顾问、《文学评论》杂志主编。

又获得了支持，搜集、采访范围扩大，速度加快。我常外出连续调研两三个月，有些图书馆如中国国家图书馆、首都图书馆、重庆图书馆、云南图书馆、云南大学图书馆等，各反复去了不下五六次，拜访了100多名有关文化人及其后人，获取了丰富的第一手资料，出版（含合作出版）了《桂林文化城纪事》[3]、《桂林文化城概况》[4]、《文艺期刊索引》[5]、《桂林抗战文艺辞典》[6]、《桂林文化大事记（1937—1949）》[7]等。1986年11月工作调动至深圳。工作之余，继续搜集、研究桂林抗战文化，出版（含合作出版）了《桂林抗战文学史》[8]、《抗战时期桂林美术运动》（上、下）[9]、《司马文森研究资料》[10]、《湘桂大撤退——抗战时期中国文化人大流亡》[11]、《抗战时期文化名人在桂林》[12]。2002年退而未休，继续潜心抗战文化研究。主编《抗战时期文化名人在桂林》（续集）[13]、《宋斐如文集》[14]，并陆续在国内外报刊上发表一批抗战文化研究论文。

数年前，在当年战斗在桂林抗战出版业的老文化人魏华龄老先生的鼓励、督促下，我着手整理手头珍藏的丰富史料，撰写成书。承湖南美术出版社抬爱，入选图书出版重点项目。此书取名为《桂林！桂林！——中国文艺抗战》，为配合此主题，有必要对桂林抗战文化城的概况、历史地位及成因作一番阐述。

---

3. 1984年漓江出版社出版。

4. 1986年广西人民出版社出版。

5. 1986年广西人民出版社出版。

6. 1989年广西人民出版社出版。

7. 1987年漓江出版社出版。

8. 1994年广西教育出版社出版。

9. 1995年漓江出版社出版。

10. 1998年北京十月文艺出版社出版。

11. 1999年漓江出版社出版。

12. 2000年漓江出版社出版。

13. 2004年漓江出版社出版。

14. 2005年、2006年分别由北京台海出版社和台北海峡学术出版社出版。

一

桂林文艺抗战的始末，广义而言应该是自1931年9月18日至1945年8月15日。但狭义则是指从1938年武汉沦陷起至1944年9月湘桂大撤退止，前后达六年之久。这期间，桂林的文化事业蓬勃发展，空前繁荣，突出表现在以下三个方面：

（一）文人荟萃，人才济济。

由于蒋介石推行消极抗日、积极反共的政策，国民党军队节节败退，继北平、上海沦陷之后，广州、武汉也先后失守。东北、华北、华东各沦陷区的大批文化人先后汇集桂林，组成一支浩浩荡荡的文化大军，投入抗战救亡文化运动。据统计，当时集结在桂林的文化人有一千多名，其中闻名全国的近二百人。一个城市汇集这么多的人才，这在当时的国统区是独一无二的。诚如当年报纸上所说："留桂的文化工作者，无论质和量，有一个时期占全国的第一位。"[15]他们当中，既有社会科学工作者和自然科学家，又有大批作家和艺术家，还有一批专家和教授。在文学方面，有郭沫若、茅盾、巴金、夏衍、柳亚子、王鲁彦、艾青、艾芜、胡风、邵荃麟、廖沫沙、周立波、司马文森、周钢鸣、黄药眠、聂绀弩、端木蕻良、骆宾基、杨朔、林林、杜宣、秦牧、秦似、陈残云等等，其中戏剧方面有田汉、欧阳予倩、洪深、熊佛西、蔡楚生、丁西林、焦菊隐、于伶、阳翰笙、马彦祥、金山、瞿白音等等；在美术方面，有徐悲鸿、丰子恺、李铁夫、叶浅予、黄新波、刘建庵、赖少其、廖冰兄、李桦、张安治、张光宇、周令钊、关山月、赵少昂、余所亚、冯法祀、黄养辉、阳太阳、丁聪、郁风等等；在音乐舞蹈方面，有张曙、李凌、林路、赵沨、吴晓邦、马思聪、戴爱莲等等；专家和学者有陶行知、邹韬奋、叶圣陶、胡愈之、杨东莼、马君武、李四光、陈寅恪、薛暮桥、千

15.王坪：《文化城的文化状况》，载《广西日报》1943年9月8日。

家驹、陈此生、张志让、张铁生、陈翰笙等等；在新闻方面，有范长江、陈同生、徐铸成、孟秋江、王文彬等等。

这批文化人，在党的领导或影响下，作为桂林文化城的中坚，广泛团结各党派、各阶层的进步人士，组成一支强大的队伍，积极开展抗战文化运动，为整个国统区进步文化事业做出了巨大贡献。

（二）团体众多，宣传活动卓有成效。

当年桂林进步文化团体的出现，宛如雨后春笋，粗略统计，多达三四十个。单在文学艺术方面，影响较大的有以王鲁彦、夏衍、巴金为首的中华全国文艺界抗敌协会（简称"文协"）桂林分会，以李桦、刘建庵、赖少其、黄新波为首的中华全国木刻界抗敌协会（简称"木协"）和中华全国漫画作家抗敌协会（简称"漫协"）桂林分会，以田汉、瞿白音、杜宣为首的新中国剧社，以欧阳予倩为首的广西省立艺术馆，以李文钊、孟超等为首的国防艺术社，以及新安旅行团、孩子剧团、抗敌演剧队等。有些全国性社团也在桂林创建并设立过总部，如以范长江为首的国际新闻社，以陈同生为首的中国青年新闻记者学会，以陶行知为首的生活教育社，此外，还有以作家鹿地亘为首的在华日本人民反战同盟西南支部等。这些团体，旗帜鲜明地开展各种抗战文化活动，如举办讲座、研究会、座谈会、展览会、纪念会、声讨会、演出会、朗诵会、街头画展、训练班等，宣传抗战，鼓舞群众斗志。其中有不少活动规模较大，影响很广。如鲁迅逝世三、四、五周年纪念日，桂林文艺界均隆重集会，并开展了多种形式的群众性纪念活动，还举办过"第二届全国木刻展""鲁迅逝世三周年木刻展"，都曾引起很强烈的社会反响。又如1944年2月15日至5月19日举办的为期三个多月的"西南第一届戏剧展览会"（简称"西南剧展"），集中了六省三十多个剧团（队）一千多名戏剧工作者，演出了六十多台节目，同时还举行了戏剧资料展览，召开了戏剧工作者大会。这是国统区抗战戏剧活动的一次大检阅，其社会效果之大，意义之深远，实属空前。就在"西南剧展"结束的当天，美国戏剧评论家爱金生在《新华日报》发表文章赞扬它是"有史以来，除了古罗马时曾经举行外，还是仅见"。

（三）报刊猛增，出版事业发达。

抗战前，桂林只有屈指可数的几家报刊、书店和出版社。在被称为文化城的期间，报刊、书店和出版社激增猛涨。当时，"桂林是全国两大文化城之一，它拥有广大的出版机构，它集中了全国文化人的三分之一"[16]。抗战期间中国的"精神食粮 —— 书，有百分之八十是由它出产供给的，所以说桂林是文化城，不如说它是出版城更来得适当"。"假如以中国出版业的发展史而言，桂林的这一阶段是值得大书特书的"[17]。整个抗日战争时期，据不完全统计，桂林先后有各类书店和出版社共200余家（当时出版社多自营发行），其中仅1942年"在桂林书业公会登记过的大小书店出版社，共有79家。抗战以来，一个城市的出版单位多至于此，大约还是第一次"[18]。当时桂西路书店鳞次栉比，门庭若市，被人们称为"文化街"。此外中南路、太平路、环湖北路也有不少书店。由于出版事业的发展，印刷业也随之剧增。抗战初期，桂林有大小印刷厂不上30家，大部分属于手工印刷，没有专门印刷书版的印刷厂。抗战以后，据1943年7月的统计，桂林已有大小印刷厂109家，其中从事书版印刷的大型印刷厂有8家。

当时有影响的是文化供应社、生活书店、新知书店、读书生活出版社、三户图书社、《新华日报》桂林营业处、西南印刷厂等。在桂林的进步书店和出版社，都是在我党的直接领导或影响下进行工作的，它们始终为推动进步书刊的出版事业而努力，站在反对国民党政府文化专制主义斗争的前列。生活书店、新知书店、读书生活出版社和《救亡日报》社等出版单位，曾联合35家同业，分别致电第三次全国国民参议会和国民党中央党部蒋介石，反对现行审查制度，要求"迅予明令撤销原稿审查办法，以利抗战宣传"。它们还积极保护作家的权益，坚持出版和发行进步书籍，宣传抗战，因而深受广大作者和读者欢迎。由于它们坚持斗争，桂林的书刊出版业得到了发展。据不完全统计，抗战期间桂林出版了200多种杂志，内容包括政治、经济、教

16.司马文森：《扩大宣传周之后建议成立西南文抗》，载《大公报》（桂林）1944年6月21日。

17.赵家璧：《忆桂林 —— 战时的"出版城"》，载《大公报》（上海）1947年5月18日。

18.秋飙：《桂林的出版事业》，载《新华日报》（重庆）1942年9月25日。

育、科学、文学、音乐、美术等方面。"每天平均出版新书期刊在二十种以上，刊物的普通销路约近一万份，一本专谈新诗的月刊可售七千本，销路最大的刊物可印二万份。单行本的印数，初版以五千为单位。"[19]这个数字在抗战时期的桂林是很可观的。

有的出版物，堪称国统区独一无二，如旅游书刊，中国旅行社总社在桂林设立的出版机构，除在桂林出版大型《旅行杂志》外，还有32开本的《旅行便览》半月刊和《西北行》《川康游踪》《欧美采风记》《大时代的夫妇》《兴安胜迹概要》《皖南旅行记》和《西南西北交通图》等。该社内部刊物《旅光》半月刊，也在桂林编辑出版。《桂林导游》一书，仅1942年便出版两册，分别为潘泰封、虞重卿编，中国旅行社出版；顾震白编，大众出版社出版。另有本人收藏，由徐祝君主编、自由报社出版的《桂林市指南》。三册内容皆十分丰富，包罗万象，从桂林漫话、掌故、风景，到桂林的衣食住行、金融、工商企业、文化事业、公共娱乐业等等，都作了详细具体的介绍。如在桂林的文化事业一节里，先有一段综述，然后有桂林的教育学术机关、图书文具业、出版业、印刷业等一览表。还配有地理、景点、交通图，洋洋洒洒共有120个页码左右。给人的整体感觉更像本桂林的小百科全书，从这本书里，我们可以一窥当时桂林社会的全貌，颇为可贵。徐本则由市长苏新民作序并题，请名画家特伟作封面，益显醒目。

当时，"发行的网线也遍及全国。以桂林为出发点沿湘桂、粤汉铁路可以销到长沙、曲江；从耒阳转交公路，可发至江西、浙江、福建等地；利用西南公路，桂林的书先运到贵阳，再由贵阳分运昆明、重庆。重庆的市场可消化桂林书刊的半数，再由重庆西发成都，北发西安、兰州"。桂林除了印书纸张货源充足外，又是"西南公路铁路交通的中心，运输交通迅速方便"[20]。这段记述，从地理方面说明了桂林出版发行事业发达的原因。与此同时，还有大小报纸10多家，是桂林历史上出版报纸最多的一个时期。还有不少外地的出版物，也纷纷在桂林设立分销处或翻印出版，如重庆的《新华日

19.赵家璧：《忆桂林 —— 战时的"出版城"》，载《大公报》（上海）1947年5月18日。

20.同注19。

报》桂林分销处，重庆出版的《群众》《全民抗战》《文艺阵地》《读书月报》和延安出版的《解放》《文艺战线》《中国青年》等杂志，也在桂林翻印发行。尤其是新四军的机关刊物《抗敌》杂志，也在桂林出版发行。专著的出版也十分可观。除自然科学和哲学、历史学、经济学等著作以外，仅文艺专著就出版了一千多种，文艺丛书有五十套之多。其中巴金主编的《文学小丛刊》和《文学丛刊》，胡风主编的《七月文丛》和《七月诗丛》，邵荃麟主编的《文学创作》丛书，司马文森主编的《文艺生活》丛书，赵家璧主编的《良友文学丛书》，熊佛西主编的《当代文艺》，还有《戏剧春秋》丛书和音乐丛书等，影响较大。综上所述，抗战时期的桂林，是名不虚传的文化城。当时除了解放区延安以外，桂林实际上成为党所领导的国统区抗战文化最主要、最活跃、最有成效的中心阵地。它同重庆、昆明等地的抗战文化活动汇合在一起，形成了整个国统区轰轰烈烈的抗战文化运动。

二

毛泽东同志在《新民主主义论》中说："一定的文化（当作观念形态的文化）是一定社会的政治和经济的反映，又给予伟大影响和作用于一定社会的政治和经济。"抗战文化，是反映抗战这个重大政治内容，为抗日斗争服务的。桂林文化城的抗战文化活动，充分体现了这一点。从横的方面来看，它不仅同延安和国统区其他各地的抗战文化相联系，而且同世界反法西斯的文化相联系。从纵的方面来看，它又是"五四"以来新文化运动在抗日战争历史条件下的继承与发展。因而，它具有深厚的基础，能够发挥强大的战斗作用，并取得显著的成绩。概括起来，其成就突出表现在三个方面：

（一）继承和发展了"五四"时期的新文艺，把国统区的文艺运动推向了一个新阶段。

1.桂林的抗战文学艺术，继承和发扬了五四运动的彻底的不妥协的反帝反封建的战斗精神，紧密配合当时的政治斗争，勇敢地反对日本侵略者，无情地揭露蒋介石的不抵抗政策和汉奸的投降卖国罪行，充分发挥了革命文艺教育人民、打击敌人的战斗作用。

桂林的进步文化人在关键时刻总是挺身而出，以文艺为武器，坚持同敌人展开不懈的斗争。当汪精卫公开叛国投敌时，桂林的进步文艺工作者纷纷走上街头，或深入农村、工厂，以戏剧、诗歌、音乐、漫画、演讲、集会、标语等形式，进行讨汪宣传。桂林戏剧界组织了大规模的反汪公演。在"纪念'一·二八'扩大反汪肃奸公演"中，抗宣一队连续三天举行话剧公演，演出了《何必呢》《日落西山》《解放》等剧目，揭露汪精卫的卖国罪行。欧阳予倩领导的桂剧实验剧团，献演讽刺汪精卫之流的新桂剧《胜利年》。文协桂林分会举行了声讨会，并组织作家分别给《救亡日报》《新华日报》等报刊撰写声讨文章。桂林的其他文艺团体也采用各种文艺形式进行讨伐。当时的报纸评价说，桂林文化城打响了国统区文艺界讨汪的第一炮。

桂林的抗战文化运动，引起了广大群众的注目，也触怒了国民党反动派，因而遭到反动势力的摧残，但广大文艺工作者面对白色恐怖毫不畏惧，勇敢战斗。1941年皖南事变前后，桂林顿时风雨如磐，形势恶化，桂林八路军办事处（简称"八办"）被迫封闭，《救亡日报》社、国际新闻社、生活书店、新知书店、读书生活出版社等进步文化团体和一大批进步刊物，先后被迫停办，有的进步文化人遭受迫害。夏衍、范长江等同志被迫离桂转移香港。留桂的同志有的由公开转入隐蔽，有的仍坚守原岗位，继续同国民党反动派进行针锋相对的斗争。《救亡日报》在被迫停刊前，坚持战斗到最后一分钟，他们拒登国民党"中央社"诬蔑新四军的电讯，及时报道了皖南事变的真相（后被"新闻检查处"强行删掉），并赶制周恩来同志亲自为《新华日报》所写的"千古奇冤，江南一叶，同室操戈，相煎何急"的题词，揭露国民党反共反人民的罪行。著名画家黄新波立即创作出木刻《他并没有死去》等作品，强烈控诉国民党反动派制造皖南事变杀害新四军指战员的暴行，热情歌颂新四军和人民的伟大抗日事业。著名作家聂绀弩化悲愤为嬉笑怒骂，撰写杂文《韩康的药店》，抨击和揭露国民党反动派迫害生活书店、发行反动书刊的罪恶行径。在当时的逆境中，为了继续领导桂林的进步文化运动，党及时选派了邵荃麟同志抵桂接替夏衍同志的工作，并任南方局文化工作组组长，同时又加强了以胡愈之同志为首的文化供应社的力量。田汉和杜宣同志则遵照周恩来同志的指示，集合和团结了在桂林的各抗敌演剧队部分骨干及戏剧界进步人士，创办了以民间职业剧团面目出现的新中国剧社，作为我党在西南文化戏剧战线上一个坚强的战斗堡垒。经过党和周恩来同志的重新部署，在国民党反革命文化围剿下，桂林的抗日文化运动很快又掀起了新的高潮。桂林的进步文化工作者对日寇的罪行以及国民党反动派的黑暗统治不断予以揭露和抨击，唤醒民众。1941年底太平洋战争爆发后，黄新波、杨秋人、郁风、特伟、温涛、盛此君发起组织的"香港的受难"画展，强烈地揭露控诉了日本法西斯在香港的滔天罪行，激起了群众的极大愤慨。新中国剧社创作演出的《再会吧，香港！》（田汉、夏衍、洪深编剧），以当时香港的现实为题材，针砭豪门官僚的罪恶行径，歌颂人民抗日爱国热情，表达了人民群众对日寇和国民党黑暗统治抗争的决心。该剧虽横遭反动派禁演，但经过田汉、夏衍等同志三个月的据理斗争，最后还是易名为《风雨归舟》与桂林观众见面，震动很大。这是国统区抗战戏剧史上的一件大事，标志着国统区革命文艺工作者在党的领导下，同反动当局作政治斗争的一大胜利。余所亚的漫画《前线马瘦，后方猪肥》，深刻揭露、尖锐讽刺了国民党贪官污吏破坏抗战的丑恶行径，颇有社会影响。此外，为保障作家的创作自由和合法著作出版的权益，桂林的革命文艺工作者同国民党反动当局展开了持续两年之久的斗争。他们先后制定了"响应当前宪政运动""请求实行撤销原稿审查办法以利抗战宣传""要求限制印刷商无限增加印刷费""敦请出版界提高稿费"等一系列提案，并推选出以胡风为首的三人小组起草出版合同，要求与政府、出版商共拟版税条例。成立了以欧阳予倩为首的"受难同志救济委员会"，为抗战中遇难作家的家属募捐。

2.提出了"文章下乡，文章入伍"的口号，动员和组织文艺工作者奔赴前线，深入民间，促进了文艺与群众相结合。

五四运动虽然具有丰功伟绩，但"这个文化运动，当时还没有可能普及到工农群众中去"（毛泽东《新民主主义论》）。为了充分发挥文艺在抗日战争中的作用，文协桂林分会根据党的指示，提出了"文章下乡，文章入伍"的号召。《救亡日报》及时发表了周扬的《作家到前线去》、司马文森的《把文艺种子传播到战壕、兵营里去》等文章，还出版了《戏剧游击经验专页》，发表了新四军战地服务团戏剧组集体讨论记录的《怎样做游击区的戏剧活动》的经验。此外，又通过抗宣一队等剧团（队），为大家演出了当时延安创作的一批新节目，如《军民进行曲》《农村曲》《生产大合唱》等，为桂林的文艺工作者指明具体方向，使他们受到鼓舞。桂林的文艺工作者以延安的文艺工作者为榜样，纷纷下乡入伍。其中规模较大的有两次。一次是1940年1月，由文协桂林分会组织的桂林文艺、新闻界桂南前线慰问团，开赴桂南前线，进行慰劳和战地采访。这次活动，既鼓舞了前线抗日将士，又使文艺工作者体验了战地生活，写出了一批反映前线抗敌将士斗争生活的作品。如报告文学《昆仑关之行》《笔立在昆仑关的峰顶》《邕宾路上的奇袭》等。另一次是湘桂大撤退前夕。为了安定民心，鼓舞士气，保卫大西南，桂林文艺工作者组织了"桂林文化界扩大动员宣传周"活动，成立"文抗会"（全称为"桂林文化界抗敌工作协会"），分派两个工作队，由田汉、陈残云、黎民任等带领，奔赴兴安、全州等前线进行宣传鼓动。值得一提的是抗敌演剧队，他们长年累月作为文艺轻骑兵活跃于部队、农村，坚持下乡入伍的方向。比如以广西为主要活动阵地的剧宣四队，从成立到参加西南剧展的七年中，足迹遍及国统区九省二百三十五个县、市，深入部队、农村共演出749场，观众达三、四十万人次。主要的服务对象是士兵和工农，剧目的内容以反映抗日斗争为主。可见，桂林抗日文化运动在文艺与群众相结合方面，继承与发扬了"五四"的革命精神，并取得了丰硕成果。

3.在文艺的大众化、民族化方面，也进行了卓有成效的实践和探索。

文艺大众化问题，"五四"以来就一直在进行探讨，但由于客观条件的限制，未能取得显著成效。抗日战争爆发后，战争形势要求文艺同群众密切联系，更有效地为抗战服务，同时也为新文艺的发展提供了更有利的条件。所以，当时桂林的戏剧、诗歌、小说、美术、音乐各界，都曾就文艺的当前任务以及通俗化和民族形式的含义与运用等问题展开过广泛热烈的讨论。其中最突出的是戏剧界。田汉曾多次往返于重庆、桂林等地，亲自主持召开"戏剧民族形式问题座谈会"，并将讨论的内容进行整理，在桂林的《戏剧春秋》上连载，对抗日文艺运动起了指导作用。同时，田汉还与戏剧界的同志一起，对大众化、民族化进行了许多有益的尝试。在文协桂林分会的带动下，文艺界积极进行实践。各个文艺组织经常举办各种通俗的大众化的文艺活动，如街头绘画、"六月街头诗"、街头诗画、诗传单等等。许多作家、艺术家带头实践，创作出一大批反映抗日战争的具有民族形式的通俗作品。如黄新波的木刻连续画《老当益壮》（80多幅）、谷斯范的长篇小说《新水浒》、王鲁彦的小说《胡蒲妙计收伪军》，以及欧阳予倩的桂剧《梁红玉》《木兰从军》，田汉的湘剧《新会缘桥》、新平剧《岳飞》等等。这些都为文艺大众化、通俗化和民族形式的运用提供了经验。

（二）锻炼造就了一支强有力的文艺新军。

伟大的抗战斗争使我们的中华民族经受了血与火的严峻考验，每一个有民族自尊心和正义感的文艺工作者，也受到了一次极大的锻炼。桂林当时是畸形发展的大后方，人口从数万激增至近六十万，物价飞涨，谋生艰难。背井离乡从四面八方逃难涌入桂林的文化人，正如当年报刊上所说的，"每天忙于生活问题，在饥饿线上挣扎"。但他们集合于团结抗日的旗帜下，以拯救民族为己任，汇成了一支浩浩荡荡的文艺大军，活跃于桂林的文艺舞台上，并在斗争中成长着。这支文艺新军的成长，是在党领导和影响下，进步文艺团体特别是文协桂林分会做了大量工作的结果，概括起来，主要是：

1.积极组织文艺工作者参加社会活动，深入前线、工厂、农村，接受锻炼。文协桂林分会遵照党提出的"文章下乡、文章入伍"的号召，有计划地组织在桂的文艺工作者参加各种社会活动和政治活动，如集会、游行、讲演等，还组织他们到工厂、农村、街道去，进行抗战宣传活动，曾多次组织作家战地访问团、记者战地采访团、抗战文艺工作团等，奔赴前线，在进行抗战宣传中体验生活。不少戏剧工作者主动深入备受日寇蹂躏的城镇和边远山区，一面进行抗战宣传，一面体验生活，创作出一大批为群众喜闻乐见的节目。当日本侵略者刚撤离南宁时,抗敌演剧四队便火速开赴南宁,边作慰问演出,边协助群众做返回家园的安置工作,并根据耳闻目睹的情况,编演了《南宁无战事》等节目,强烈控诉日本强盗的滔天罪行,鼓舞群众的抗战斗志。接着,他们又开赴靖西县等边远少数民族地区,利用宣传演出的间隙,办起了妇女识字班,并向群众教唱抗战歌曲,和当地群众建立了深厚的情谊。由于他们深入群众、深入生活,不仅获得了丰富的创作题材,而且利用民间文艺形式,编演了多幕剧《边城之家》、独幕剧《嫁不嫁》、活报剧《靖西风光》和富有壮族民歌风味的歌曲《保边疆》《走私的人》等,深受广大群众的欢迎。

2.经常组织文艺工作者参加各种文艺讲习班和讲座,传授知识,培养人才。根据抗战文艺运动发展的需要,文协桂林分会、中华全国木刻界抗敌协会、国际新闻社等,均先后多次举办文艺、新闻讲习班和讲座,系统地向青年作者讲授文艺、新闻的基本知识。其中规模最大的是文协桂林分会和"木协"于1940年8月联合举办的"暑期写作研究班",聘请王鲁彦、欧阳予倩、艾芜、周钢鸣、黄药眠、黄新波、聂绀弩、林林、司马文森等十几位同志,分别讲授"文艺写作的任务""怎样建立新的戏剧""民族形式问题""诗的写作研究""题材与素材""典型的创作""舞蹈的创作""批评及欣赏""绘画艺术""怎样描写人物""怎样做一个导演"等共14讲,每次座无虚席,听众踊跃。还根据各个时期文艺界出现的争论问题,请有关专家学者作专题讲授,有意识地组织大家开展"文艺上的中国化和大众化""诗歌的发展方向问题""抗战中演戏上的几种倾向""抗战小说写作问题""民歌的收集和创作"以及"当前儿童读物的优缺点"等专题讨论,明确了抗战文艺创作的方向,加深了对文艺创作规律的认识,使青年文艺工作者迅速成长。

3.通过各种文艺刊物,发现和培养人才。当时,桂林创办的文艺刊物和综合性报刊有二百多种。这些刊物,尤其是地下党员主办或参加编辑的报刊,在发现和培养新生力量方面,做出了有益的贡献。不少散处在各地或各行各业的文艺作者,刊物编辑部从来稿中一经发现,就建立联系,积极指导,精心扶植。如当时远在桂南的青年秦似,1940年学写杂文投稿给《救亡日报》副刊，具有自己的风格，引起了夏衍同志的注意。夏衍同志马上在该报刊登启事，邀请秦似到桂林，专门从事杂文写作。在《救亡日报》等刊物编辑部和夏衍等老作家的指导与帮助下，秦似很快就成长为杂文作家，并同夏衍、孟超、聂绀弩、宋云彬等一起办起了《野草》杂志。陈残云、秦牧原在桂林的一所中学教书，曾敏之原是广西地方建设干校的学生，由于桂林文艺刊物对他们的发现和培养，后来他们都成了知名作家。有些文艺刊物，如《文学创作》《当代文艺》等，还通过评奖新人新作和举办"青年文艺写作研究会"等短训班，培养文艺新人。有些文艺刊物经常召开专题文艺座谈会，请老作家、艺术家给年轻的文艺爱好者谈经验，然后再整理成座谈纪要在报刊上发表，指导广大青年文艺工作者的创作和演出活动。其中影响较大的有：杜宣代表《戏剧春秋》社召开的《国家至上》《包得行》剧目演出座谈会，田汉代表《戏剧春秋》社先后召开的戏剧民族形式问题座谈会和历史剧问题座谈会，司马文森代表《文艺生活》杂志社召开的1941年文艺运动检讨会，邵荃麟代表《文化杂志》社召开的文学创作语言运用问题座谈会，熊佛西代表《当代文艺》社召开的战后中国文艺展望问题座谈会，等等。这些座谈会，不管是对指导青年文艺工作者的成长还是对整个国统区的抗战文艺运动，都起了积极的推动作用。

4. 对桂林的进步文艺工作者在政治思想上予以关心，在生活工作上悉心照顾。当时，以周恩来同志为首的南方局的领导人，对桂林的进步文艺工作者十分关怀，曾多次接见夏衍、田汉、杜宣等同志和抗敌演剧队的负责人，并勉励他们。1939年2月间，周恩来同志从皖南新四军驻地回渝，途经桂林时，特地从百忙中抽时间前往东江镇看望新安旅行团的小演员们。后来，周恩来同志又多次通过桂林"八办"李克农同志，给战斗在桂林的文艺工作者以指导。在皖南事变的腥风血雨的日子里，周恩来同志特派李亚群同志来桂林，传达党中央和南方局的指示，并协助司马文森等同志做好桂林进步文化人的转移和安排工作。周恩来同志还指示田汉，要做好团结桂林旧剧老艺人的工作。党还通过文协桂林分会等进步团体和进步报刊，对危害抗战文艺运动的种种谬论及时进行批判，如批判"文艺与抗战无关""反对作家从政""艺术至上"以及替法西斯张目的"战国策派"等等，从而使桂林文艺界保持正确的方向，做到思想端正，步调统一。对于在桂林的一些贫病的文艺工作者，党十分关怀，及时拨款救济，并通过文协桂林分会等文艺团体发起募捐，使他们及其家属在生活上得到一定的保障。如在湘桂大撤退时，《文艺杂志》主编王鲁彦不幸逝世，已疏散到外地的邵荃麟、司马文森、端木蕻良、曾敏之等同志，又冒着危险重返桂林，刊登讣告，撰写悼文，发起募捐，救助遗孤，并在战火中举行追悼会。远在重庆的周恩来同志得知噩耗后，亲自发来唁电，安慰王鲁彦的家属，并叮嘱有关人员要"善抚遗孤"，还请冯雪峰同志设法转送抚恤费一千元（法币）给王鲁彦夫人覃英同志。在湘桂大撤退过程中，党及时拨来一笔救济款，交给邵荃麟同志，接济了艾芜等一批贫困作家，使他们顺利脱离险境。

（三）创作出一大批有影响的作品，丰富了我国现代文艺宝库。

这一时期，在抗战激情鼓舞下的桂林进步作家，紧密配合现实政治斗争，面向民族解放战争的实际，创作了一大批富有时代气息的作品。其数量之多，可以说是居国统区首位。据不完全统计，单东北作家群（如端木蕻良、穆木天、骆宾基、舒群、白朗等）在桂林创作和发表的作品，便多达112篇（部），其中长篇小说、长诗、多幕剧就有33部。至于所有进步作家在桂林创作、发表的作品，数量就更可观了，其中不乏佼佼之作。长篇小说主要有茅盾的《霜叶红似二月花》，巴金的《火》（第三部），艾芜的《山野》，端木蕻良的《科尔沁旗草原》，萧红的《呼兰河传》，沙汀的《淘金记》，司马文森的《雨季》，骆宾基的《人与土地》《幼年》，等等。其中茅盾的《霜叶红似二月花》和另几部代表作，被认为是我国文学宝库中"珍贵的财富"（见胡耀邦在沈雁冰追悼会上所致的悼词）。艾芜的《山野》被认为是"艾芜在新中国成立前创作道路上的一个高峰"[21]。短篇小说更是不计其数。如茅盾一生创作的十二篇短篇小说，就有九篇是在桂林创作和发表的。骆宾基《北望园

21.唐弢、严家炎主编《中国现代文学史（三）》，人民文学出版社，1980，第724—725页。

的春天》，被认为"是最能代表作者艺术风格的一个短篇小说"[22]。张天翼的长篇童话《金鸭帝国》、老舍的《大地龙蛇》、郭沫若的诗《罪恶的金字塔》、田间的诗《她也要杀人》等，也都是在桂林首次发表的。诗歌、散文创作更是前所未有，十分活跃。艾青的诗集《吹号者》《他死在第二次》是"艾青的诗跨入一个新的高度"的标志[23]。夏衍的《此时此地集》、聂绀弩的《历史的奥秘》、秦似的《感觉的音响》、孟超的《长夜集》等杂文集，在我国现代文学史上都占有一定的地位。在文艺理论方面，艾青的《诗论》，是我国早期的以诗论诗的专著。欧阳凡海的《鲁迅的书》，则是我国鲁迅研究较早的一本专著，被当时的出版界誉为"正确而系统地研究鲁迅先生的空前巨著"[24]。

戏剧创作也是硕果累累，诚如茅盾所云：

> 抗战七年来，戏剧的进步最为明显。我们现在已有不少相当够得上水准的剧本，话剧团体更加风起云涌。尤可欣慰的，过去的话剧，仅为少数知识分子所爱好，现在已普遍吸引了广大的群众，这是抗战以前始料不及的。时代推动着话剧界前进，而话剧界也开拓了时代。[25]

颇具影响的话剧有夏衍的《心防》《愁城记》《法西斯细菌》，田汉的《秋声赋》《黄金时代》，田汉、洪深、夏衍的《风雨归舟》。历史剧有欧阳予倩的《忠王李秀成》《桃花扇》《梁红玉》，郭沫若的《孔雀胆》等。这些剧本都是轰动一时的杰作。

美术运动似投枪匕首般杀向敌人，始终跑在抗战文化宣传最前列。郭沫若云：

> 抗战以来的绘画在跃进着。大之如壁画的制作，小之如方寸的木刻，

22.唐弢、严家炎主编《中国现代文学史（三）》，人民文学出版社，1980。

23.谢冕：《他依然年青——谈艾青和他的诗》，载《中国现代文学研究丛刊》1980年第3期。

24.载《文化通讯》第21期。

25.茅盾：《祝西南剧展开幕》，载《大公报》（桂林）1944年2月15日。

都透露着美术活动的真实精神 —— 科学的、大众的、现实的、革命的。这倾向如不受阻挠而继续下去 …… 那是断然预约着中国绘画，乃至中国美术的一个伟大的将来。[26]

画家们以饱蘸战斗激情之笔创作了一批划时代的杰作和专著，在桂林新兴木刻百花园里，五彩缤纷，争妍斗艳。除了"木刻老前辈"李桦的《怒吼吧！中国》、黄新波的《他并没有死去》、赖少其的《抗战门神》、蔡迪支的《桂林紧急疏散》等堪称中国新兴版画史上的丰碑，其他新老木刻家都各有建树。其中，刘建庵的木刻连环画《阿Q正传》《高尔基画传·童年》，线条遒劲刚健，独具一格，轰动一时；温涛的木刻画集《香港之劫》（二十幅）的出版，被茅盾称为"抗敌艺术战线上一件喜事"[27]。陈烟桥的专著《鲁迅与木刻》，先在桂林发表，后被译成俄文在莫斯科出版。不少作品还分别送国外展出并在各国报刊发表或收藏。如陆田的版画《宜山妇女》《石工》《弃儿》等由中国木刻研究会选送英、法、苏、日等国展出。尚未发表过的版画《自己人不打自己人》还被收入日本出版的《中国现代版画集》。龙廷坝的版画《生活这样子难》，送日本神奈川美术馆展出并收藏。漫画创作也相当活跃，成绩斐然。如特伟、廖冰兄、黄茅、陆志庠、余所亚、叶浅予、刘元、周令钊、沈同衡、汪子美、张光宇等，他们不仅在组织、推动桂林抗战漫画运动，宣传抗战方面充分发挥了骨干作用，还给我们留下了一大批多姿多彩、熠熠闪光的抗战漫画。其中，尤值得赞许的是余所亚那传诵一时的抨击贪官污吏祸害抗战的《前线马瘦，后方猪肥》；好评如潮，"大胆采取民间艺术的形式"，"以极通俗的绘画手法描写的政治、经济、军事各种抽象的题材"[28]的廖冰兄的《抗战必胜连环图》。另有漫画大家丰子恺，其作品深获美学家朱光潜赞许：

26.郭沫若：《中国美术的展望》，载《中苏文化杂志》1941年文艺特刊。

27.茅盾：《记温涛木刻 —— 香港之劫》，载《野草》1943年第5卷第2期。

28.赖少其：《一个时代的艺术》，载《救亡日报》1939年4月21日。

用笔尽管疾如飘风，而笔笔稳重沉着，像箭头打入坚石似的。[29]

其漫画《阿Q正传》，被美术评论家黄蒙田（即黄茅）誉为"是一部首先出版于中国漫画园地的传记漫画"[30]。方兴未艾的桂林漫画运动，不仅成为我国抗战漫画的中心，而且饮誉国际，部分作品远送国外展出，深获好评。沈同衡讽刺汪精卫伪政权的《加冕图》，曾送莫斯科展出，反应强烈，后载入1939年苏联《文学报》。漫画家张光宇辛辣幽默、独具一格的国际政治题材漫画，也深得国际的推崇：

像张光宇先生那样具有装璜天才和政治认识的人是不多的，并且从全国展览会中我们可以知道他有着丰富的风格的变化。[31]

以桂林为重要阵地的中国抗战漫画，比起抗战前，确在突飞猛进。就连原来藐视我国漫画界的日本漫画家们，也不得不甘拜下风，他们惊呼：

现在中国的漫画比日本还好得多……中国漫画家是一致团结抗日的，因为以这做中心目标，所以思想上非常坚强。加以技术非常进步……感人之处是很尖锐鲜明……好到了不得的……日本的漫画，现在的的确确是打了败仗。[32]

除了漫画木刻，桂林的国画创作也是空前活跃、卓有成效。抗战前，桂林的秀丽景色吸引了我国不少山水画家，本省国画家也于1934年成立了广西美术会。相对来说，国画创作比漫画木刻较有基础。但在创作思想和方法上的根本变革，则要归功于国画大师徐悲鸿。早在1935年11月，为支持广

29.《丰子恺先生的人品与画品》，载桂林《中学生》1943年第66期。

30.黄茅：《漫画艺术讲话》，转引自《抗战时期桂林美术运动》（下），漓江出版社，1995，第564页。

31.陈依范（JACK CHEN）：《关于木刻与漫画》，译自《中国的呼声》，载《战时艺术》1938年第1期。

32.《日本漫画家眼中的中国抗战漫画——日本漫画家座谈会》，载《工作与学习·漫画与木刻》第4期。

西泓涌澎湃的抗战热潮和振兴广西美术事业，徐悲鸿满怀激情，他不仅通过教学、讲座对其创作主张认真加以阐明，而且带领学生走出课堂深入生活，进行创作实践。他本人除了创作了一批以抗战为题材、表现人民英勇斗争精神的油画，还创作了不少富有强烈的时代气息、饱含深厚的爱国主义思想的新国画，如《风雨鸡鸣》《逆风》《奔马》《战马哀鸣思战斗，回首向苍苍》《漓江春雨》《青厄渡》等名作，也同样赋予风、马、鸡以性格，抒发了炽热的抗战激情。徐悲鸿的创作理论与实践，开创了桂林国画创作一代新风。在其写实主义的创作主张的影响下，桂林的国画家纷纷从画室走向战场、街头、农村、厂矿，将国画与现实斗争紧密结合起来，努力为伟大的民族战争服务，涌现了一批反映现实题材的国画新作，如张安治的《避难群》，尹瘦石的《爷从军去》《农家》，刘元的《流亡图》等。关山月历时两个多月创作的长卷《漓江百里图》，生活气息浓郁，意境清新，"内容卓越，取材新颖，为国画进步之表征"[33]。

三

抗战时期桂林之所以能够成为文化城，并一度成为国统区的文化中心，绝非偶然，是有其主客观条件的。

从客观方面看，桂林当时处于特殊的地理环境和政治地位。1938年10月，广州、武汉相继沦陷之后，桂林成了联结我国西南、华南、华东的重要交通枢纽。不仅由陪都重庆至江南数省及皖南新四军、东江游击区要经桂林中转，而且由南方各地通往西南乃至陕北，也要途经桂林。同时，桂林还是通过香港联系海外特别是南洋各地的重要途径，桂林和内地的文艺团体，也是由桂林再通过香港到国外宣传抗战，如由金山、王莹带领的中国救亡剧团，应桂系李宗仁、白崇禧之邀和资助，集中于桂林筹备训练，并由李、白指派林枢上校陪同，于1939年4月离桂抵港，在港演出七场后又开赴西贡、

33.载《救亡日报》1940年11月2日。

新加坡、仰光等地宣传演出，为期数月，轰动一时，既能很好地向南洋各地华侨宣传抗战，活跃当地抗战文化运动，加强联系，又为祖国抗战募集一笔经费，影响深远，深得周恩来同志的颂扬。桂林成了大后方、根据地、沦陷区抗战文化的总汇，这些不同区域的大陆抗战文化都以桂林为窗口，通过港澳，向海外进行辐射和交流。如根据地、大后方及沦陷区的书籍、报刊，通过桂林运往香港，再推向南洋、海外一带。而南洋、海外的出版物，也通过香港运往桂林再发往全国各地。这种进退自如、大有回旋余地的地理位置，比交通不便的重庆，确具有莫大的吸引力。因此，大部分来自全国各地沦陷区的文化人，出于自身安危考虑和经济能力，选择驻足桂林，而不愿远赴陪都重庆。

从军事上看，桂林靠近湘、粤前线。迫于当时的战争形势，国民党政府军事委员会成立了桂林行营，使桂林成为一个军事重镇。而在军事委员会政治部第三厅（郭沫若为厅长）工作的一部分共产党员和革命文化工作者，也留在桂林行营工作，并成为这里的一支骨干力量。又从政治上看，桂系与国民党蒋介石之间虽存在一定程度的统一和合作，但是在统治集团内部，桂系与蒋介石集团又有着各自不同的利益，不时出现控制与反控制的斗争，存在着矛盾对立。1931年"九一八"事变后，东三省沦丧。面对蒋介石集团的不抵抗政策，李宗仁针对日军全面侵华的严酷现实，总结了自国民政府军队进行抗日武装斗争以来的经验教训，经过反复思考和研究，提出了"焦土抗战论"。1936年4月17日他在《对广州记者发表的中日问题谈话》中，第一次阐明焦土抗战的意义及其前途，开门见山地指出：

> 目前中国所迫切需要者，为整个民族救亡问题，为争取中华民族自由平等，保卫中华民国领土主权之完整，必须不许此不死不活之现状继续下去，必须改变此苟安因循之现状，尤必须发动整个民族解放战争，本宁愿全国化为焦土，亦不屈服之决心……我国家民族既处于生死存亡之最后关头，……且抗战则存，屈服则亡，除抗战而外，更不容许有徘徊余地。……不战牺牲，其结果为亡国灭种，战虽牺牲，尚可确立民族复兴之

基础，且下抗战决心，或可使战祸消弭于无形，亦正未可知，能战乃能言和。[34]

随后，李宗仁又多次撰文、发表演讲，就"民族复兴与焦土抗战""焦土抗战"的主张与实践等加以阐述，并表示"纵使全国化焦土，我也要战斗到底；只要有最后一粒子弹，我们也要战斗到底"。

为逼蒋抗日，实践"焦土抗战"的主张，1936年6月1日，桂系联合广东的陈济棠发起抗日反蒋的"六一"运动。诚如李宗仁所云：

> 我们所发动的六一抗战运动，其唯一目标，即在于要求焦土抗战主张的实践。这种运动，意义有二。其一，是要求中央坚决确定焦土抗战，统一全国意志，实行实践，以打倒日本帝国主义。其二，即求中国内部和平团结，强化民族统一救亡力量，以期焦土抗战主张之易于贯彻。[35]

白崇禧也于当天发表慷慨激昂的讲话，认为：

> "九一八"之后以至于今天，我们对日的外交，步步退让，畏缩、屈服，以致今日之结果，"丧权辱国"！这种畏缩的政策，从此演进下去，非真到国亡种灭，必无止境！……我们六年来的惨淡经营，埋头苦干，为的是什么？我们是为救国！我们的自卫政策，三寓政策，准备八百团兵，八万干部，这就是准备伟大的对外的民族斗争，……广西人口系一千二百多万，故我们准备动员一百二十多万，当不为多。虽然数年的努力，犹未达到我们所预定的数目，但此刻再不容许我们再准备了！我们立刻就要倾全省之力，发动民族革命的斗争！[36]

34.李宗仁等：《焦土抗战》，珠江日报社，1937。

35.李宗仁：《焦土抗战的主张与实践》，载《焦土抗战》，珠江日报社，1937，第82页。

36.白崇禧：《抗日救国——广西省党政军扩大纪念周演讲》，载《焦土抗战》，珠江日报社，1937，第46、59、60页。

李宗仁的"焦土抗战"主张，顺应民意，立即获得全国进步人士的广泛好评。抗日名将蔡廷锴著文赞曰：

> 不消说"焦土抗战"这一个口号不是空洞的口号，而是行动的旗帜。不只是桂省的呼声，而是全国人的呼声。它最大的表示，是抗战的决心，它极度显露着"为救国不惜最大牺牲"的力量。这分明是一种血誓，只有履行这一个血誓，才能够去救国，也一定得到胜利的把握。[37]

桂系坚定的抗战主张和"招贤纳士""兼容并包"的态度深得民心。对从沦陷区来广西的抗日进步力量和文化人，他们采取了比较开明的态度。桂系用广西地方当局的名义，邀请不少全国著名的专家和学者到"广西建设研究会"来当研究员（李宗仁任该会会长，白崇禧及广西省主席黄旭初任副会长，常务理事是广西临时参议会主任李任仁、陈劭先）。被邀请到研究会工作过的有李达、李四光、杨东莼、欧阳予倩、张志让、陈此生、夏衍、金仲华、千家驹、范长江、张铁生、张锡昌、秦柳方、林砺儒、邵荃麟、宋云彬、陶孟和、傅彬然、莫乃群、姜君辰、杨承芳等，胡愈之任该会文化部副主任，千家驹任该会经济部副主任。这个研究会被桂系视为自己的智囊团。研究会下属的广西地方建设干校，桂系当局委任共产党员杨东莼为教育长，并主持该校教育工作，还聘请共产党员周钢鸣、司马文森等担任指导员，依靠进步力量，对桂系当局县以下干部进行培训，"改进基层政治机构，推行地方自治，建设自卫、自治、自给、民主自由的新广西，以完成抗战建国的大业"（引自广西地方建设干校的办校方针）。桂系这种扩充自己实力的做法，尽管在主观上是以巩固其在广西的统治为目的，但是客观上却造成了大批进步文化人集聚桂林，有利于我党利用这个阵地开展抗日宣传工作。而当时的陪都重庆则与此相反，进步文化人难以立足。而与国民党统治区其他中心城市相比，桂林民主气氛更为浓厚，以"自由中国的巴黎"和"文艺复兴城"而闻

---

37. 蔡廷锴：《"焦土抗战"之现实性》，载《焦土抗战》，珠江日报社，1937，第67页。

名[38]。面对桂林的新风尚，茅盾曾经感触殊深地写道："桂林被山拥抱着，没有华丽的建筑，没有摩登的女性……男女学生和署务员，一律穿制服、黄布鞋子，烟和酒是绝对禁止的。广西穷，但穷得均匀：财阔少，乞丐也少。有人说广西文化水准不够，这话我不很相信：单就桂林的人情，我就很感到满意。比如待人接物，诚恳热烈有礼貌，不狡诈，不懦弱，马路上看不见吵嘴的扭打的事情发生。什么是文明气象？这就是文明气象，什么是大国民的风度？这就是大国民的风度。"[39] 丰子恺则对"抗战期间，提倡艰苦朴素"的"广西装"，"常称赞它象征了广西人朴实无华的民风"。他信笔作了一幅题为"广西装"的漫画，并特地做了一套，还穿着这套"广西装"摄影留念，确是情有独钟![40]

当然，桂系从自身的地位和利益出发，同共产党也有对立一面，但其对共产党这个举足轻重的力量，则不得不慎重考虑。比如，1941年皖南事变后，桂系曾一度在广西掀起反共逆流，对桂林的进步文化事业和文化人进行压制、迫害，但是它又不敢把事情做绝，以便为自己留点后路。这种政治态度同国民党蒋介石是有所区别的。

总之，桂系存在两个方面的对立，一方面同国民党蒋介石对立，一方面又同共产党对立，而它从自己的地位和利益出发，对任何一方的关系，都不敢完全破裂，桂系面临的这两个方面的对立，就决定了它对国民党蒋介石和共产党都要采取一打一拉、打打拉拉的两面政策，只是随着形势的变化各有侧重罢了。这就是桂系的政治态度。

党的坚强领导是桂林成为国统区文化中心的重要原因。这主要体现在党的统战工作上。抗战期间曾在桂林任国防艺术社社长、广西绥靖公署政治部主任、三青团广西支团筹备处书记的程思远，1980年10月下旬在接受我的采访时说："抗日战争时期，桂林处于特殊的地位。桂林能够发展成为全国著名的'文化城'，是由于周恩来实行中国共产党的抗日民族统一战线的结

38.[英]迈克尔·苏立文：《20世纪中国艺术与艺术家》，陈卫和、钱岗南译，上海人民出版社，2013。

39.茅盾：《桂林春秋》，载《桂林文史资料》（第13辑），内部资料，1988。

40.丰宛音：《父亲在桂林》，载杨益群编著《抗战时期桂林美术运动》（下），漓江出版社，1995，第669页。

果。"之后，他在《桂林在抗战时期中的特殊地位》[41]专稿中又强调了这一观点。

为了在国统区开展抗日救亡宣传工作，我党出色地运用了统一战线这一法宝，在桂林开展工作，化消极因素为积极因素，取得立足点，将全国大量进步人士吸引到桂林。党中央从"六一"运动中看出桂系对待抗日的态度与蒋系有所不同。这个运动虽以蒋桂达成妥协而告终，但暗中却加深了他们之间的裂痕，因而桂系还有可以争取的一面。于是，党中央就开始积极做桂系的统战工作。在"六一"运动之后不久，西安事变前夕，刘仲容同志奉周恩来同志之命特地从延安秘密来到南宁，会见了李宗仁，说明了我党"逼蒋抗日"的方针策略和同桂系真诚团结的意愿，取得了李宗仁的赞同和支持。刘仲容后来被李宗仁视为上宾，抗战开始后，被任为桂林行营主任白崇禧的"参议"。1937年5月，党中央又委派张云逸及其秘书李实取道香港至桂林，与李宗仁商讨推动抗日运动的问题。当时出任国民政府军事委员会政治部副部长的周恩来同志，对李宗仁、白崇禧、李济深，更是做了大量的统战工作，晓以民族大义，指出光明前途，使他们原则上接受了我党的抗日主张。如1938年10月25日从武汉撤退中，白崇禧的汽车损坏，周恩来同志即邀其同车，一路上认真向他宣传我党的抗战主张，要他给将在桂林成立的八路军办事处提供方便并加以保护，白崇禧当时原则上接受了我党意见，并交代桂林警备司令暗中保护"八办"。

周恩来同志先后三次亲临桂林，开展对桂系上层人物的统战工作。如1938年12月途经桂林去重庆时，他和郭沫若一道在桂林会见李宗仁、白崇禧，要他们支持《救亡日报》出版，李、白二人当即表态欢迎，并答应资助开办费。同时，还对我党在桂林的工作做了具体部署。以李克农同志为首的八路军驻桂林办事处的建立，使我党在广西有了一个公开的机构，有了一个领导核心；另外，又通过一些刊物、团体的党员和地下组织，广泛向桂系和文化人做统战工作。周恩来曾明确指示夏衍，《救亡日报》的工作重点是宣传

---

41. 载《学术论坛》1981年第1期。

和统战。还有中华全国文艺界抗敌协会桂林分会、广西地方建设干校、《新华日报》桂林营业处、生活书店、新知书店、读书生活出版社、文化供应社、新中国剧社、抗敌演剧队、国际新闻社、中国青年记者协会、中华全国木刻界抗敌协会、生活教育社、三户图书社、西南印刷厂、新安旅行团、孩子剧团、汉口基督教女青年会战时服务团等，都有来自湖北、浙江、湖南、广东等地的党员参加，还建立了外省支部，广西地下党在各个部门也积极开展工作。他们在李克农和当时南方局文委负责人夏衍、邵荃麟，以及田汉、周钢鸣、司马文森等同志的领导下，广泛团结桂林文化艺术界各派力量，组成了一支强有力的抗日文化新军。党在桂林的统战工作，更多的则是通过大量公开合法的文化活动去进行的。西南剧展的举行，可以说是党的统一战线政策的一个巨大胜利。为了减少来自国民党上层的压力，争取会演的合法性，使与会的各演剧团队能摆脱当地反动势力的干扰，顺利完成大会各项议事日程，在南方局的同意下负责筹备工作的田汉、欧阳予倩、瞿白音、熊佛西等同志决定请广西省主席黄旭初任大会会长，并以他的名义，邀请各战区司令部长官、省主席及国民党中央政府有关部门的上层人物任名誉会长。他们中有李济深、李宗仁、白崇禧、张发奎、陈诚、余汉谋、顾祝同、陈立夫、张治中、谷正纲、李汉魂、梁寒操等。另请一些省、市、战区的实权人物任大会指导长，他们中有黄朴心、潘公展、李任仁、刘士衡、蒋经国等。并在会议期间，邀请国民党军政、文化界要人，如国民党军委会政治部部长张治中，教育部常务次长张道藩等到会"训话"。这样，在"合法"名义下，既利用公开的会议、展览和演出，动员、宣传抗日，揭露、抨击国民党反动派黑暗统治，又促使这些上层人士捐赠一定经费，达到如周恩来同志所说的"用他们的钱，演我们的戏，唱我们的歌"的目的。其他如多次举行的鲁迅逝世纪念活动，保卫大西南运动中桂林"文抗会"的成立和"文抗队"开赴兴安、全州等地的宣传活动，也都是在李济深、李任仁、刘士衡（国民党广西省党部书记长）的参与下进行的。

党的统战工作，在桂林文化城中取得了显著的效果。桂系对待文化人的抗日宣传活动，一般也还是默许或支持的。即使在1941年1月皖南事变发生后，桂系转向反共，压制进步力量，也未完全跟重庆政府走，对进步文化人仍留有余地。如蒋介石指令封闭桂林的进步书店、出版社，广西当局便采取变通的做法，勒令限期关闭，不立即动手查封，这样，就给其他进步书店、出版社有化整为零、安排退却的余地；蒋介石指名逮捕进步文化人，特别是地下党的干部，桂系则提出要通过当地部门来处理，有的还从中加以保护，设法让其脱险。如"八办"撤离桂林之前，李宗仁派人送来一盖有其司令部印鉴的介绍信，以备沿途不虞之需，李克农和夏衍也是由李任仁、黄旭初出面帮弄到飞机票掩护离桂的。范长江、邹韬奋遇险时，桂系曾采用"以礼相待，送客出门"的办法来对待。蒋介石眼看进步文化人云集桂林，作用越来越大，曾多次以拉拢、收买等手段，以诱使他们赴重庆受其直接控制，但都遭到了抵制。如蒋介石为插手"文化供应社"，下手令要国民党中央党部秘书长对该社进行"资助"，并居心险恶地说："在桂林有那么多的文化人士，可以请他们到重庆来，我们给予一切工作的方便。"事后蒋介石又给李任仁亲笔信，再次表示"欢迎"桂林的所有文化界的知名人士到重庆工作，但都遭到桂系婉言拒绝。

值得一提的是党对李济深所做的统战工作也是卓有成效的。李济深是桂系颇具影响的国民党左派代表，因持不同政见，长期同蒋介石有矛盾，为蒋介石所忌恨，只挂着一个国民政府军事委员会桂林办公厅主任的空衔。他虽无军事实权，但却有较高威望，在桂系中举足轻重。党中央对此曾作过分析，并指示南方局加强对李济深的统战工作。周恩来、李克农、夏衍、邵荃麟、田汉等同志，都十分注意做好这项工作。有的同志还以常客身份出入李公馆。在党的统战政策的感召下，李济深坚决支持我党的抗战主张，只要对抗战有利的，他都有求必应。桂林进步文化人举办的大部分集会、演出、座谈，他都欣然前往大力支持，并亲自担任西南剧展的名誉会长等职。在湘桂大撤退前夕，他带领龙积之、封祝祁、陈树勋、柳亚子、李任仁等进行有名的"国旗献金大游行"，组织桂林进步文化界成立"文抗会""文抗队"，为保卫桂林和大西南而奔走。他还为我党解决了不少难题，营救了一批进步文化人和地下党员。如皖南事变后不久，四个抗敌演剧队在桂演出《南宁克复后》，在进行灯光布置时，误接了警报线，邻近群众以为是敌机要空袭，一片惶恐，桂林防空团团长黄侯翔便诬说演剧队蓄意破坏抗战，借机要整垮他们。但由于有李济深的保护，黄的阴谋未能得逞。桂林生活书店经理邵公文夫妇和广州儿童剧团二十多名演员，也都是由于有李济深的保护和营救，才幸免于难的。1941年底太平洋战争爆发后，茅盾、夏衍、范长江、乔冠华、千家驹、沙千里、高士其、廖沫沙、胡风、蔡楚生、叶浅予等一大批左翼文化人脱险将莅桂时，田汉等人去找李济深，请李运用他的力量保证桂林文化人的安全。李济深当即表示请大家放心，并保证"决不用这些文化人的血来染红自己的顶子"[42]。在党中央的号令和周恩来的周密部署下，东江纵队展开秘密大营救，历时近二百天，行程万里，共营救出抗日爱国民主人士、文化人及其家属800多名。其中大部分都抵达桂林，得到妥善安置、保护。这时，重庆蒋介石又指令李济深劝说桂林文化人到重庆去，而李拒不执行。正如他所说：

> 我并没有尽着劝导的责任，原因是我的良心要我不做勉强别人意志的事情。[43]

何香凝同柳亚子一道脱险离港，带着一对小孙子，长途跋涉，备受艰辛抵达桂林，生活清贫，全家生活来源，除了养鸡种菜，主要就是靠卖画了。1943年蒋介石派人到桂林送来了一张十万元的支票和信函，请其到重庆去。老人阅毕气生，顿觉此信有辱人格，旋提笔在信封上批曰：

> 闲来写画营生活，不用人间造孽钱。

她将信和支票原封退回，不予理会。她一直在桂林从事抗日宣传活动，直到1944年秋桂林将陷，她又表示不愿赴重庆与蒋为伍，苟且偷生，而宁

42.田汉：《他为中国戏剧运动奋斗了一生》，载《戏剧艺术论丛》1980年第三辑。

43.引自敏之：《不平凡的宴会——记桂林文协欢宴李济深将军》，载《大公报》1944年1月16日。

愿冒险与欧阳予倩、千家驹、高士其等撤到桂东南继续开展抗日斗争，铮铮铁骨！

所有这些，充分显示了党的统一战线政策的巨大威力。桂林文化城的形成和发展，正是抗日民族统一战线的硕果；桂林抗日文化活动，是我党领导的现代文化革命运动的一个重要组成部分。

◎ 郭沫若率政治部第三厅部分工作人员自武汉撤退后抵达桂林，1938年12月3日

李宗仁《民族复兴与焦土抗战》，1938年3月，
封面版画为张在民作品，李宗仁题字

◎ 李宗仁题字

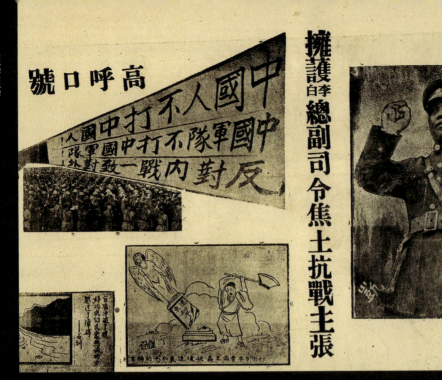

擁護李白總副司令焦土抗戰主張

高呼口號

中國人不打中國人
中國軍隊不打中國軍隊
反對內戰一致對外

◎《南宁民国日报》第13期画报，1936年6月28日

◎中国第一支抗日学生军 —— 广西学生军

© 1939 年国民政府军事委员会漫画宣传队在桂林举行抗战画展并写抗战标语

广西艺术师资训练班师生参加"保卫大西南运动",1944 年

◎桂林街头绘制的抗战宣传画

◎桂林美术工作者联谊会在桂林主办为难民募捐美展

◎1939年6月国防艺术社在遭日机轰炸的废墟墙上书写宣传标语

◎桂林街头的抗战画展

◎ 抗战期间，田汉、欧阳予倩、柳亚子与桂林部分文化人合影

◎ 1944 年 6 月 18 日，何香凝、柳亚子、李济深等带领下的桂林"国旗献金大游行"

©日军败退后广西南宁武鸣镇武桥宣传队姑娘们跟进绘制壁画　1945年6月7日

◎ 余所亚设计，《诗创作》第二期封面，1941 年

◎ 郑克基设计，《新文学》第一卷第一期封面，1943 年

◎ 曹若设计，《戏剧春秋》第二卷第一期封面，1942 年 5 月

◎ 路翎著、胡风序《饥饿的郭素娥》，中篇小说，出自胡风主编"七月新丛"，封面图案为余所亚设计，黄新波木刻。1943 年 12 月桂林南天出版社初版

◎ 艾青《北方》，出自胡风主编"七月诗丛"，1943 年 3 月桂林初版

◎ 黄茅《绘画书简》，桂林春草书店第 6 期"木刻专号"

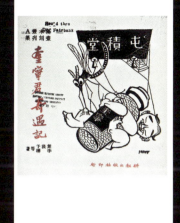

◎《音乐与美术》第二卷第六期，封面木刻为乔魏克的《斗鸡的前奏》，1943 年 6 月出版

◎ 叶浅予、李桦等著《奎宁君奇遇记》

◎ 1942 年特伟画、刘建庵刻《我控诉》，1942 年三户图书社出版

◎ 黄药眠著《桂林底撤退》，蔡迪支封面木刻，群力书店 1947 年 10 月出版

◎《桂林市指南》，徐祝君主编、特伟作封面画、苏新民题字，1942 年自由报社出版

目 录

第一章

明耻教战

徐悲鸿

中國藝術家

徐悲鸿

廿四日抵港

不日即來桂

香港廿五日电：徐悲

鸿廿四日由滬抵港，今日

赴各處游览风景、日

內赴粤轉桂。

吾往参观南宁广西省立第一高中。入门所见，即为横悬于堂之校训擘窠大字『明耻教战』，不禁肃然警惕，热血上涌，心为一振。盖其他省份所立娇养教育之一类学校校训，无非『和平』『诚勇』等等汤头。有目共赏之字句，真大相径庭也。

—— 徐悲鸿

入桂

　　"九一八"之后，徐悲鸿抗日情绪日益强烈，对国民党政府的不抵抗政策深感愤慨，在这一时期的许多画作题跋上常有"义愤填膺""忧心如焚""危亡益亟，愤气塞胸"之类词句，并把画室命名为"危巢"，对日本侵略者则以"倭寇""凶倭"等谓之。

　　正当徐悲鸿备受国难家事双重夹击愤懑苦闷之际，他深为广西轰轰烈烈的抗战局势所吸引。当时，由新桂系李宗仁、白崇禧、黄旭初执掌广西军政大权，提出"三自""三寓"政策，以"建设广西、复兴中国"和"抗日救国"作号召，国内知名人士及侨胞和外国记者，都争相来到广西，实地观察和了解真实情况，李、白、黄统治集团也想借此扩大其影响，特别礼遇优待来访人士。徐悲鸿当时是主持国立中央大学美术系的教授，是国内外享有盛名的艺术大师，又是李宗仁、李济深等的故交，因此当徐悲鸿于1935年11月2日应邀来当时的广西省府南宁时，自然受到广西当局的特别优待。徐悲鸿此次来南宁，前后仅20天时间，日程安排很紧凑。4日即举办个人画展，宣传抗日，盛况空前，参观者络绎不绝，李宗仁、白崇禧、黄旭初和夏威、雷殷、雷沛鸿、黄钧达等广西政要均到场参观，予以赞扬并定购了一些画卷。当天，徐悲鸿还应省主席黄旭初、省党部书记黄钧达之邀，到省府礼堂出席党政机关扩大纪念周会议，对南宁的省、县公务员进行演讲，李宗仁也出席会议。徐悲鸿讲话的主要内容是：（1）广西的风景优美，实为艺术家休养之环境，内心倾慕已久，这次有机会来旅游参观写生，得遂平生之愿；（2）广西治安比各省较好，建设猛进；（3）国难当头，民族危机深重，御侮救国，人人有责，看到广西的学生和民团训练朝气蓬勃，精神振奋，对复兴民族实有把握。

是晚，应邀出席广西省政府由主席黄旭初主持的欢迎宴会。翌日（11月5日），参观省立第一高中，发表演讲，鼓励学生们好好学习，加强训练，参加抗日。同日，出席"将军与画家"大型联欢会，受到李宗仁、白崇禧、黄旭初等广西党政要人接见。晚，出席广西美术会的欢迎晚会，气氛热烈。徐悲鸿态度谦和，在演讲时"开口闭口不断地叫自己努力，勉励别人努力"，团结一致，踊跃参加广西抗日运动。在南宁期间，徐悲鸿还应李宗仁之邀，在李的亲自陪同下，到南宁初中（现南宁市二中），为南宁市区中等以上学校4000多位教职员工和学生发表演讲。演讲的主要内容：阐述从事和发展艺术的重大意义；艺术对个人、对人类以及对社会发展的重大影响；说明中国是世界闻名的文明古国，文化悠久，源远流长，勉励同学们要发扬光大中国文化，学好功课，重视对音乐、美术的学习，培养高尚的美德情操，为继承、发扬我国文化而努力；还特别强调国难当头，青年学生应担负起救亡图存的重任，踊跃投身广西的抗日救国运动。

1935年11月21日，徐悲鸿结束了第一次南宁之行，经广州飞返南京。这次南宁考察，时间虽短，但深受南宁军民热烈的抗战氛围感染，印象极深，也坚定了他再次来邕并在八桂大地上从事美术活动的信心。1936年4月10日，徐悲鸿在上海《新中华》第4卷第7期上发表了《南游杂感》，深情地回顾他到南宁考察的所见所闻，赞扬广西学生备战的抗日热情，其中写道：

十一月五日，吾往参观南宁广西省立第一高中。入门所见，即为横悬于堂之校训擘窠大字"明耻教战"，不禁肃然警惕，热血上涌，心为一振。盖其他省份所立娇养教育之一类学校校训，无非"和平""诚勇"等等汤头。有目共赏之字句，真大相径庭也。其学生着足，则一律草鞋，衣军衣，与全桂兵士无异。

徐悲鸿称赞广西当局政纪廉明："广西之治美矣"，"广西公务员上自主席，下至工友，一律灰布衣、布帽、布鞋，平等"，"广西人所吸纸烟，止于美丽牌"，"广西各机关之会计，乃省府委派"。最后，文章的结论是：

> 辛苦砥砺，奋斗出于危亡，美哉！广西之治，壮哉！桂林之豪杰，汝之精诚，与民心一体，于时代合式，对神明无愧……吾诚愿弃吾虚名末技，充吾民团之一员，以为荣也。抑吾尤愿自任国家安危之雄，慎重天命，严恭寅畏，爱此小邦，扶植佳种，知其对象，同仇敌忾，生聚教训，而相与有成也。中国之不亡，其庶几乎！

随着对广西"三自""三寓"政策和备战抗日热潮认识的不断加深，徐悲鸿在其后所写的《自传之一章》中，对"三自""三寓"政策加以赞扬并向中外读者宣传介绍。现摘要如下：

> 余凤慕桂林山水……久为神往。又历来所友善之桂人，悉诚挚勇迈，故于二十四（一九三五）年秋，访问广西，则见其一切设施，胥为救国之备，政治清明，组织民众，普及教育，奖励出产，尤于所创之自给、自卫、自治与寓兵于团、寓将于学、寓征于募之三自三寓政策，已行之有效，诚为复兴中国之策源地。上下一心，坚苦卓绝，乍至其地，精神为之一振，惊佩无已，岂曰无衣，与子同袍，吾虽微末，无补于国家，窃愿依附明耻教战之邦，而自策鄙陋……中国青年，悉成战士，发挥英勇，光我华夏，倭寇之亡，可立待也。[1]

可见，广西已成为徐悲鸿心目中"复兴中国之策源地"，"愿依附明耻教战之邦"。广西，也便成了"悲鸿生命"。徐悲鸿决心从此身心融入广西，为完成抗日大业，"永做桂林人"。

1.载《宇宙风》1938年第72期。

1936年5月21日，徐悲鸿毅然携所藏书画三十六大箱，由沪启程再下广西。6月2日抵达南宁，被聘为广西省政府顾问，公开支持广西反蒋抗日，发表《白副总司令艳电书后》一文，痛斥蒋介石是"媚日军阀，狼子野心"。7月5日，在南宁由其参与筹办并主持的广西第一届美术展览会开幕式讲话中，他再次公开表明支持广西的反蒋抗日文化运动。他说：

> 一个国家民族想维持于永久，一定要靠文化的优良。中国是文化最高、开通最早的国家，理应能够屹立于世界。但是到现在，竟弄到这么衰弱的景况……我们应该去挽救她过来，那是靠我们大家的认识和努力了。广西民族性很强，也很努力于文化运动，所以我们愿意牺牲一切，尽我个人的能力，帮忙于这种有毅力、有意义的伟大运动。[2]

徐悲鸿身体力行，言行一致，他不仅在言论上宣传介绍广西的抗日热潮，而且在实际行动上大力支持广西抗日活动，满怀激情投身广西抗战文化运动。

在创作上，徐悲鸿既绘制了一批广西风物画，如《广西三杰》《五英姿》《刘永福》《冯子材》《桂林誓师北伐》《漓江船工》《漓江春雨》《象鼻山》《牛浴》等，也创作了大量表达其深受广西抗战热潮鼓励的充满抗战激情的拟人化动物画作，如《风雨鸡鸣》《猫》《逆风》《松鹰》《奔马》等。尤值得一提的是，徐悲鸿离开南京来广西南宁前夕，曾愤然拒绝为蒋介石画像。到了南宁后，受广西热烈的抗战气氛所感染，目睹广西党政当局坚决反蒋抗战的态度，便情不自禁地精心为李宗仁、白崇禧、黄旭初画了巨幅骑马雄姿像《广西三杰》，借以表达对广西党政当局抗战精神的崇敬。为了宣传广西坚决反蒋抗战主张，1937年4月10日，徐悲鸿特将此画送到南京参加全国美展，而后还将此画带出国展出，扩大广西的影响。1939年3月14日在新加坡举办其画展时，还特让此画参展并拍成照片出售给热心的观众。这幅人像还得到当时新加坡海峡殖民地总督汤姆斯夫妇的赞赏。当年的新加坡舆论是这样写的：

---

2. 载《南宁民国日报》1936年7月6日。

汤姆斯总督夫妇极为欣赏徐悲鸿的人像油画，他们认为即使当时伦敦、巴黎的画家，都难以画出《箫声》《广西三杰》[3]这样艺术水准的油画……徐悲鸿的横幅《奔马》更使汤姆斯夫妇惊叹。徐悲鸿将西方写实绘画技巧与中国传统文人画的笔墨长处相结合，创造出能为东西方人都能接受的独特画风，并达到炉火纯青的境界。[4]

8

A.徐悲鸿《广西三杰》（左白崇禧、中李宗仁、右黄旭初），
载林志捷《半壁民国一碗粉》第177页，中国民族摄影艺术出版社，2015年

3.关于徐悲鸿的《广西三杰》，目前所见有不同版本，常见的是图A，三人脸朝图左，骑白马的白崇禧在左，骑紫马的黄旭初在右。图B是原作，画面与图A相反，三人脸朝图右。图A似为图B的反面印刷。但图C、图D与图A朝向一致，还有"广西三杰，陶然俱乐部诸公指正，悲鸿"款，不可能是图B的反转。是否此画原作不止一张，可存疑。图D系徐悲鸿与《广西三杰》合影，对于辨认此画的正反尤为重要，惜未标明出处。后经查考，发现徐悲鸿与《广西三杰》合影的图E，基本弄清图D是图E的反转。为慎重起见，又购得1937年10月珠江日报社出版的《焦土抗战》，内有图F。图E、F印证了当年刊物上发表的图片与徐悲鸿纪念馆提供的《广西三杰》原作相吻合。那么，有个问题困扰着我们：油画《广西三杰》堪称徐悲鸿钟爱而有影响之作，徐悲鸿不仅委托张安治特地携带参加南京全国美展，又不辞劳顿带到香港展出，还在新加坡特将此画和《田横五百士》《奔马》《九方皋》等名画拍照，由其签名出售。既然如此重视，为何会出现不少正反难分的图片？这可能与此画因某些特殊因素至今未能正式展示、出版，以致复制品在流转过程中造成图像反转有关。

4.欧阳兴义编著《悲鸿在星洲》，人民美术出版社，2020，第102页。

B. 徐悲鸿《广西三杰》，1937年，左起依次为黄旭初、李宗仁、白崇禧，徐悲鸿纪念馆供图

C. 徐悲鸿《广西三杰》，载白先勇《父亲与民国》，广西师范大学出版社，2012年

○《徐悲鸿与广西三杰》，载林志捷《半壁民国一碗粉》第176页，中国民族摄影艺术出版社，2015年

《徐悲鸿与广西三杰》，载《天文台半周评论》，1937年5月15日

F.徐悲鸿《广西三杰》，载《焦土抗战》，珠江日报社，1937年10月

　　徐悲鸿除了借举办个人画展之机宣传广西的抗战精神，还利用其他机会广泛宣传广西。1939年3月29日，徐悲鸿应邀为新加坡静芳女校演讲，其演讲的题目为《我们的广西》，热情洋溢地向学校师生介绍广西纯朴的民风、廉明的政治、党政军民团结一致共同抗日的情况。尤其是广西学生艰苦操练，认真备战抗日的精神，极大地感动了在场师生。

　　徐悲鸿不辞辛苦，不远万里到国外办画展，不仅是为了宣传抗日，更重要的目的还在于通过办展筹集经费，支援广西抗日运动。早在1938年9月15日，他在桂林曾给林语堂发去一信，希望借助林语堂在美国的社会关系，欲在美国举办画展，"所得之半数购药品救济伤兵"。后因林语堂在巴黎不在纽约，待收信后徐悲鸿已赴印度，未成。[5]此处所说的救济伤兵，即指广西李宗仁的五路军的伤兵。

　　此次到新加坡办画展，其主要目的也是筹款义济广西士兵。新加坡《星

5.欧阳兴义编著《悲鸿在星洲》，人民美术出版社，2020，第153页。

洲日报·晨星副刊》主编郁达夫的《与悲鸿的再遇》一文，清楚地写道：

> 悲鸿先生在广西住得久了，见了那些被敌机滥施轰炸后的无靠的寡妇孤儿，以及疆场上杀敌成仁的志士的遗族们，实在抱有着绝大的酸楚与同情。他的欲以艺术报国的苦心，一半也就是在这里；他的展览会所得的义捐金全部，或者将有效用地用上这些地方去……[6]

事实上的确如此，徐悲鸿将此次新加坡的画展收入悉数寄往广西，支援抗战。欧阳兴义在《悲鸿在星洲》一书中这样写道：

> 到展览结束时，共筹得法币15398元9角5分。经徐悲鸿提议，由星华筹赈总会全部寄交到广西，作为第五路军抗日阵亡将士遗孤抚养之用。若持（将）通货膨胀率计算在内，还没有哪一位画家在新加坡能破此卖画记录。[7]

1939年11月18日，徐悲鸿结束了新加坡之行，乘邮轮赴印度，行前又捐2000元，汇寄广西为军人缝制棉衣之用。除了汇款支援广西抗战，徐悲鸿不论在广西或在外地，总是无私地提供自己的画作参加义展，筹款支援广西抗战。1937年10月31日至11月2日，由广西妇女抗敌后援会会长郭德洁主办的"妇女抗敌后援会书画用品展览"在桂林举行，徐悲鸿一下子捐赠作品49幅参加展出义卖，展出收入均捐赠给广西妇女抗敌后援会。

6.载《星洲日报·晨星副刊》1939年3月2日。

7.欧阳兴义编著《悲鸿在星洲》，人民美术出版社，2020，第76页。

◎1942年9月2日，徐悲鸿访问印度后返回桂林，受到桂林文艺界欢迎。
左3张安治、左5黄养辉、左7徐悲鸿、左9周千秋、左10徐德华、左11梁粲缨

鼓与呼

14

　　抗战前，地处祖国边陲的广西经济、文化比较落后，美术事业的发展停滞不前，与上海、南京、北京等大都市相比，差距更大。徐悲鸿深明发展文艺事业对于推动抗日战争、夺取最后胜利的重要性，因而怀着艺术救国的满腔热忱，南下广西，振兴广西美术事业，以实际行动支援广西抗战。

　　为了打破广西画坛的沉寂气氛，开创广西美术新局面，1935年11月4日，也即徐悲鸿抵达南宁的第三天，征尘未除，他便以最快的速度举办其个人画展。据当年的目击者回忆，画展盛况空前，参观的人络绎不绝，当时桂系负责人李宗仁、白崇禧、黄旭初和夏威、雷殷、雷沛鸿、黄钧达等都到场参观，除了满口称赞外，还定购了一些画卷。看过徐先生画展的人，都为他高贵的美术气质和精湛神妙的手笔所倾倒，尤其是看到他所绘的各式各样、千姿百态、栩栩如生的马，都赞不绝口，因而一传十，十传百，轰动整个南宁。"他这次画展，对文化落后——尤其是美术落后的广西，起到了开拓、启蒙和推动作用。"[8]《南宁民国日报》"铜鼓"副刊以整版的篇幅发表了《徐悲鸿先生画展专刊》，刊登了谢冰莹、陈宏等人的七篇诗文和徐悲鸿的画三幅。编者称"徐先生的画展是广西的一件大事"。著名女作家谢冰莹在其《悲鸿的画》一文中，盛赞"悲鸿先生的画中充满了力，充满了活跃；他的

8.雷成：《徐悲鸿先生两次来南宁的情况》，载《广西文史资料》（第20辑），广西政协文史资料研究委员会，1984，第93页。

南宁民国日报

第三版 第三张 第十版　星期三

中华民国廿四年十一月十三日

悲鸿先生

洪铁

悲鸿的画

冰莹

＝徐悲鸿先生画展专刊＝

闷鸥

徐画与民族性

故铁

广西建设刍议

文北

徐悲鸿画歌

张裱

笔调是雄浑的、刚健的，而同时是幽静的"，"总令人一见就精神痛快"。徐先生"使自己的艺术深深地打进大众的心里，引起他们的共鸣，使他们了解，使他们爱好"。[9]极大地震撼了沉寂的广西艺坛，俨如一声春雷，一阵春风。

首次在广西举办画展的空前盛况，尤其被推举荣任广西美术会名誉会长一职，使徐悲鸿深受鼓舞。为了不负众望，进一步推动广西的美术事业，他马不停蹄地返回南京、上海，广泛征集了大批国内名家的美术作品，连同他本人的作品，以及他历年在国内外收集到的美术精品。据徐悲鸿在其《广西第一届美术展览会鄙人所征集的作品述要》一文中介绍，他所征集的展品有：齐白石的残荷、喜鹊、硕鼠、紫藤、胡虎、虾、蟹等共30余幅；张大千的文殊院、罗浮山、苏东坡、莲花等20多幅；还有张聿光、汪亚尘、张书旂、高剑父、陈树人、吴湖帆、贺天健、陈之佛、张光宇等名家的代表作；欧阳竟无大师、彭汉怀、弘一法师等的书法；杨仲子、乔大壮、齐白石等的篆刻；汉魏唐宋时期出土的精品俑、骆驼、马等。外国名画家的作品有法国艺术大师达仰的《降福之炮》，法国雕塑大师朗杜斯基的《舞女》，巴叶的《鱼》，白朗的素描，比利时美术院院长白恩天的《苏格兰之野》，德国柏林美术院长康普的画等。[10]这些国外精品十分难得，系其多年在国外搜寻，或为作者本人馈赠之珍品。尤为难能可贵的是徐悲鸿1934年赴欧旅行开画展时，于4月去苏联列宁格勒博物馆看到名雕塑家、印象派的创始者脱鲁倍比可伊所雕塑的《俄皇亚历山大第三骑像》《托尔斯泰像》以及佛鲁白示的《又一幻景》，这些塑像当时皆是原稿未铸，悲鸿先生自费商请苏联当局同意铸就，1936年4月才寄达上海，此为首次运来广西，同时展出的还有徐悲鸿自己创作的一批名作，如《田横五百士》《九方皋》《孙多慈像》和各种姿态的马、静物、风景、素描等油画与国画。

"广西第一届美术展览会"在徐悲鸿的精心筹办和主持下，1936年7月5日在南宁隆重开幕：

---

9. 载《徐悲鸿先生画展专刊》，《南宁民国日报》1935年11月13日。

10. 载《南宁民国日报》1936年7月5日。

开幕典礼会场在省党部大礼堂，门首搭松花彩棚一座，挂红布白字横额一幅，上书"广西第一届美术展览会开幕典礼"十四个大字，礼堂正中分悬党国旗及总理遗像，周围牵以各色纸花，及遍贴各种关于提倡艺术运动之标语，此外在共和路中的邮车售票处面前，复高架排楼一大座，纯用蓬片扎成，涂于各色有意义的色画，两面均大书展览会全衔及展览时间、地点暨"建设广西，复兴中国"标语。[11]

李宗仁、白崇禧、黄旭初及广西其他党政负责人黄钟岳、雷殷、邱昌渭、黄蓟、梁朝玑、苏希洵、覃连芳、孙仁林、黄钧达、蒋培英、刘为章、卢象荣、戈绍龙及各机关团体代表近千人出席开幕式，"冠盖云集，俊彦聚堂，极一时之盛况"。画展共设四个展场七个陈列室，展品经审定筛选约4000件，展期23天。尽管这次展出场地增多，时间延长，但"这次盛况空前，轰动全广西的美术展览会"，还是"天天有人满之患，人人交口称赞颂扬，叹为观止。悲鸿先生所带来他本人及别人的美术作品，给南宁以至全广西的群众大开眼界。这次画展，对广西的美术活动起了很大的促进作用"。[12]这次画展圆满地实现了既定目的，"是在借此提高文化水准"，"更加可以兴奋抗日救国的革命情绪，更加可以坚决抗日救国的革命意志的"。[13]

由徐悲鸿一手经办的"广西第一届美术展览会"，其规模和展品数量、质量，不但在当年的广西来说是一种空前创举，而且在我国的地方美术展览史上也堪称罕见，甚至可说是空前绝后，从而开创了广西乃至我国抗战时期画坛一代新风，有力地促进了广西抗战美术运动。

徐悲鸿在其短暂而光辉的一生中，始终把教育事业放在首位，把创作活动放在第二位。其所以如此，与其说是他对教学工作有更大的兴趣，毋宁说他对培养后代有更为重要的责任感。两度来广西之后，他更深感要改变广西

---

11. 载《南宁民国日报》1936年7月6日。

12. 雷成：《徐悲鸿先生两次来南宁的情况》，载《广西文史资料》（第20辑），广西政协文史资料研究委员会，1984，第97页。

13.《广西第一届美术展览会筹备经过报告》，载《南宁民国日报》1936年7月5日。

艺术事业落后面貌，务必从教育抓起。在其大力倡导和努力下，桂林美术学院[14]和广西省会国民基础学校艺术师资训练班于1938年春先后成立。

鉴于桂林美术学院办公楼建成后因故未能开学，徐悲鸿便腾出办公楼给艺师班开课，并协助聘请一批美术、音乐名家任教，自己也热心授课。第一期培训小学艺术教师，为期半年，每晚上课，学员85名。本年（1938年）7月，艺师班又举办广西省中等学校美术教师暑期讲习班，徐悲鸿同丰子恺、张安治等继续任教。之后，每次居桂期间，他都经常为艺师班讲课。第二期正式招生，改为白天上课。1939年2月，正式成立艺术师资训练班，分设美术、音乐等课，主要培训中小学艺术教师。1940年8月，改为广西省立艺术师资训练班，地点改在桂林王城正阳楼，由原一年制改为二年制。至1944年秋湘桂大撤退时被迫停办，前后共培训学生500多名。

广西省立艺术师资训练班在整个办学过程中，始终坚持徐悲鸿提倡的"求真""求实"思想，加强基本功训练，经常举行美术讲座和习作展览，注重组织学生深入郊区、农村写生，走上街头，积极参加桂林美术界抗日救亡活动，举办抗战画展。1939年参加"保卫大西南"美术宣传活动。1940年元旦期间举办抗敌宣传画流动展。1944年6月主办"抗战宣传周街头画展"等。内容丰富，形式多样，场面热烈。在提高他们现实主义的创作手法的同时，培养他们高尚的爱国情操。他们中有的人成为艺术界的优秀人才，有的还是国内外画坛的佼佼者。当年任教的著名画家黄养辉1985年12月忆及艺师班时高兴地指出：

> 当日广西省艺术师资训练班美术系学员，闻散居国内港澳和日、欧、美各国，如桂林书画（院）院长龙廷坝……香港岭海艺专校长卢巨川，美籍中国画家周千秋教授夫人梁灿（粲）缨等，都是当日（40年前）在桂林

14.徐悲鸿出任院长，见1947年上海版《全国暨上海地区大专院校调查》，书中有："广西·桂林美术学院，院长徐悲鸿，教授马思聪、欧阳予倩、张安治。"

培养的美术人才，现在皆极有成就与贡献于美术界而堪告慰者。[15]

广西省立艺术师资训练班于1946年2月迁回桂林复课，同私立榕门美术专科学校合并，改名为广西省立艺术专科学校。远在北平艺术专科学校任教的徐悲鸿，欣闻之余，扶病为该校挥写校牌。他在当年2月22日给徐杰民的信中写道："前年桂林失陷，广西遂蒙滔天之祸，至今疮痍满目，每一念及，辄为黯然！复兴之劳实赖兄辈。弟前年病后迄未复原，虽起居如恒，而精神大非昔比。委书校牌已交安治，想收得矣？一俟情形许可，当拟重访桂林，与诸友把晤。"蕴含着对广西的深情眷恋。

在振兴广西教育事业的过程中，徐悲鸿特别重视儿童的启蒙教育。为了彻底改变广西艺术教育的落后面貌，他深觉必须从儿童抓起。广西地处偏僻，交通闭塞，人们见闻孤陋，尤其是儿童对外界的艺术动态更是一无所知。为了给他们开阔视野，引发其对艺术的兴趣，1937年4月，徐悲鸿向广西有关部门献言，意欲在广西桂林、南宁、柳州、梧州等地巡回举办"全国儿童画展得奖作品展"。在其努力下，由他主持的"全国儿童画展得奖作品运桂轮回展览会"于4月26日在桂林隆重举行。《广西日报》辟《全国儿童画展得奖作品运桂轮回展览会特刊》，徐悲鸿题写"特刊"并发表《儿童画展献词》。鉴于该文为最新发现，查遍已出版的有关徐悲鸿的艺术文集、评论文集以及其年表等，均未提及，又鉴于该文言简意赅，篇幅不长，故抄录如下，以飨读者。

纯真之拙，乃艺术最高精神，所谓天籁，虽具机构（万物莫不具机构），不可强致；天才云者，不过将此精神自由发挥而已。夫人能自由发挥其所具之最高精神，虽欲不谓之天才，岂可得耶！

顾此最高精神之所寄，不必定是创作艺术，或在算数，或在物理，或在制度，要皆为真诚之结晶，感以良知，作以良能，未尝有巧，尽其所

15.黄养辉：《抗战期间我在桂林的美术活动》，载《抗战时期桂林美术运动》（下），漓江出版社，1995，第736页。

◎徐悲鸿为儿童画展撰献词，并为特刊题字，作者藏　　　　◎徐悲鸿和孙多慈为儿童画展画册题词

能，故拙者，其真也，其诚也，此真此诚，日随禾黍菽麦菜蔬鱼肉消失。人之年日长，真诚亦有锐减之势，故启人之智慧，而同时又须葆人之真诚，以达人类最高精神之用者，是教育之事也。而教育之良否，亦视此为断也。

儿童自动之作品，纯乎摹拟自然者，皆大艺术家所避席者也。但不善教者，强之纳于人为之型范中，便入阿鼻地狱。可悲之甚已！因此系失节之事，如白之受染将有从此断送天真之祸。呜呼！为教者岂易言哉！吾将以此寻吾师，亦将以此发深省也。[16]

徐悲鸿除了重视儿童美术的启蒙教育，对于青年画家的创作也颇为重视，如广西贺县年轻画家钟惠若，早年先后就读广州市立美术专科学校、上海新华艺术专科学校西画系，毕业后赴日深造。1935年返桂林，为适应抗战宣传的需要，由西画改为版画创作，1936、1937年在桂林率先举办木刻展览

16.徐悲鸿：《儿童画展献词》，载《广西日报》1937年4月26日。

会，并和沙飞、李漫涛、洪雪邨等发起成立广西版画研究会。1937年4月出版桂林第一本版画集，徐悲鸿欣然命笔题写封面《钟惠若木刊集》（见右图），予以鼓励。

徐悲鸿题字的《钟惠若木刊集》封面

在广西期间，徐悲鸿虽蒙受国破家变的双重悲情的折磨，但由于有桂系当局的善待、周围高涨的抗战气氛的鼓舞，加之有昔日老友如欧阳予倩、田汉、熊佛西、柳亚子、张大千、马万里等的融洽相处，一大批弟子的尊崇关照，他除了满腔热忱献身于广西的抗战救国大业，孜孜不倦地振兴广西艺术教育，还激发起极大的创作热情，以其强烈的抗战精神和高度的爱国情怀，用如椽巨笔，耕耘不断，创作了一大批富有时代气息的抗战画卷，其中不乏传世之作，是我国现代美术史上的精品、珍品。徐悲鸿生平最擅长画马，在广西也画了不少马，粗略估计，包括其展出、发表或赠友人的，不少于50幅，爱国主义情感在其每幅画中都非常强烈。如1935年11月初抵南宁前夕，曾作《奔马》并题："此去天涯将焉托，伤心竞爽亦徒然。乙亥危亡之际。"1937年春在桂林广西省政府图书馆作《立马》一幅，题："哀鸣思战斗，迥立向苍苍。"

1935年11月4日，徐悲鸿在南宁举办个人画展，其所画的马最吸引观众，轰动一时，好评如潮。美术评论家铁髯称：

> 悲鸿先生找到同样的题材写出异样的马……他的笔犹如大刀阔斧般一笔一笔挥下来；无论那一幅，我想他动笔的时候，一定像狮子一般凶恶，老虎一般愤怒，豺狼一般狠心，由造化手里夺回宇宙的奥秘，将自己的生命渗进去，而成为东西合璧的艺术品。[17]

---

17. 铁髯：《悲鸿先生》，载《南宁民国日报》1935年11月13日。

著名女作家谢冰莹更高度评价徐悲鸿的画马，赞曰：

他在十分钟内用一支粗大的、看来似乎不十分好的毛笔画成的战马，那有悲壮哀情的脸部和尾巴，令人一见就想佩好枪弹，跨上马去，直冲入敌人的阵营，杀他个落花流水！这幅画真是他的"力"作，他自己也觉得马的脸部和尾巴的确很有精神，而我们站在旁边欣赏的人，更没有不钦佩他的艺术天才和迅速有力的艺术手腕的！[18]

从此，徐悲鸿画的马一出现在各类展览会上，便广获好评。1937年10月末，在广西妇女抗敌后援会会长郭德洁主持的盛大义展中，参展的100多幅作品中，徐悲鸿的马备受舆论界推崇，有评论称"画展中以徐悲鸿之马最为出色，仰俯瞻顾，以至奔腾跳跃，各种姿态，异常灵动，望之栩栩欲生"。[19]

◎徐悲鸿《逆风》，1936年7月23日作于广西龙州

◎徐悲鸿《风雨鸡鸣》，1937年作于桂林

18.谢冰莹：《悲鸿的画》，载《南宁民国日报》1935年11月13日。

19.见《广西日报》1937年11月1日。

《逆风》是一幅清新悦目的抒情小品，是抗战时期徐悲鸿代表作。该画1936年7月23日作于广西龙州，时值徐悲鸿第二次到广西。历来诗人韵士常歌咏苍鹰的雄健宏壮，而贬斥小鸟的安然无志，然而徐悲鸿却与众不同，他把小麻雀比作小人物，以"逆风"为题，象征小人物的反抗精神。诚如他曾对学生们所讲："画什么东西，都要有精神的寄托，我的精神所寄，常常在这些小东西（麻雀）身上。"正是为了表达暂时处于弱势的中华民族顽强抗战的伟大精神，他寄雀抒情。后来此画受到了毛泽东同志的高度评价，指出这是具有时代感的花鸟画。

◎徐悲鸿《牛浴》，1938年作于桂林

1937年1月28日和2月，徐悲鸿在桂林连续创作了两幅鸡画，前者为《乌鸡葵花》，借以纪念上海"一·二八事变"中十九路军英勇抗战五周年，表达其对抗战必胜的信念和对民族昌盛的希冀。另一幅是《风雨鸡鸣》，画面中将金灿灿的向日葵改成风雨中的竹子。徐悲鸿以浪漫主义的手法，抒发其在风雨如晦的岁月中所看到的光明前景。他录古诗于画上，诗曰"风雨如晦，鸡鸣不已。既见君子，云胡不喜"，并写明为"怀人之作"。此乃《诗经》所收郑国的民歌《风雨》中的最末四句，徐悲鸿以此暗喻他所既见的"君子"，即领导中华民族奋起抗日的中国共产党。此画寓意深邃，技巧纯熟，是他画鸡作品中最满意的一幅。后来，周恩来看了这幅《风雨鸡鸣》后，认为这是徐悲鸿先生最优秀的中国画创作之一。据著名美术家艾中信回忆，在一次出国展览中，周总理见没有徐悲鸿的这幅画，便问，为什么没有那幅画？那是一幅反映时代脉搏的画，它很能代表当时重庆的政治气氛。在广西期间，徐悲鸿的人物画不多，却十分传神，尤其值得一提的是其精心创作的巨幅油画《广西三杰》（又名《眺望》）和巨幅国画《漓江船工》。《广西三杰》作于1937年春，此时徐悲鸿第三次抵广西。在桂林，他深受广西轰轰烈烈的抗战救国气氛感染，为了表达他对广西当局积极领导抗战的崇敬之情，寄托抗战必胜的希望，他画了李宗仁、白崇禧、黄旭初的马上雄姿。画面上三人勒住马缰极目远眺，生气勃勃，望之令人肃然。画成之后，除了在广西画展上展出，徐悲鸿还曾携带到南京参加全国画展，更不远万里带到新加坡展出，并拍照出售给热情的观众。可见徐悲鸿对此画之珍视厚爱。巨幅国画《漓江船工》（见下节"'慈悲'苦旅与裸体画风波"），作于1936年底至1937年初，是徐悲鸿首次采用国画形式表现裸体船夫苦难生活的写实之作。画面上，裸体船工几与真人般大，正在船舷俯身逆水撑篙，人体与船舷平行，全身肌肉凸起，面容神气，显示专注与逆流搏斗，背景仅略见船身，堪为古今中外所罕见之奇构巧图。以中国画写裸体人物，在中国画史上，徐悲鸿恐怕是第一人。其后于1940年创作的巨幅国画《愚公移山》，所画的裸体人物，则是在《漓江船工》的基础上所作的尝试。

徐悲鸿旅居广西期间，除创作了一大批美术佳作，还在百忙中撰写了不少颇有理论深度的文章，指导广西美术运动。据不完全统计，创作发表的文章有：《对中国近代艺术的意见》《论中国画》《漫记印度之天堂》《悼泰戈尔先生论及绘画》《中国艺术的贡献及其趋向》《中国艺术之贡献》《展望》《儿童画展献词》《新感想》《民以食为天》《自传之一章》及《广西第一届美术展览会鄙人所征集的作品述要》等。

「慈悲」苦旅与裸体画风波

在徐悲鸿结识了廖静文之后，他的爱情苦旅终于有了圆满归宿。早在1930年，三十有五的徐悲鸿继任国立中央大学艺术专修科美术教授。此时，他与蒋碧薇（一作蒋碧微）的感情出现了裂痕。是年秋冬，徐悲鸿便和孙多慈产生了一段师生奇恋，在全国美术界传得沸沸扬扬。当然，也不乏那些明了他俩间之真挚相爱、志趣相投的理解者。在他们漫长的爱情苦旅中，倘若把在南京时期比之为爱得轰轰烈烈，惊天动地，则徐悲鸿到广西后的相恋未免有点缠绵悱恻，苦涩煎熬。

1936年9月19日，正在桂林的徐悲鸿喜获远在安徽安庆中断联系已三个月的孙多慈来信，急匆匆拆开一看，但见空无只字，唯有红豆一枚，徐悲鸿自明其天地隔长、相思苦短之心，不禁热泪盈眶，孙多慈甜美可爱的笑容，蓦然涌现脑际。他当即挥毫写下《题红豆诗》三首，其中有"千言万语从何说，付与灵犀一点通"，"剥莲认识中心苦，独自沉沉味苦心"。他还创作了另一幅以孙多慈为原型的油画《孙多慈像》（现藏中国美术馆）。事后，徐悲鸿曾把红豆镶上戒指，刻上"慈悲"二字，不顾他人议论，戴在指上，招摇于朋友之间，彰显其"独持偏见、一意孤行"的个性。

自此，徐悲鸿又与孙多慈鸿雁不断。1937年6月中旬，徐悲鸿在长沙举行抗战画展，之后经武汉乘船抵达安庆，参加7月15日揭幕的"孙多慈个人西洋画展"。孙大受鼓舞，并在惜别前夕，在安庆皖江公园共度温馨而浪漫之夜。徐悲鸿带着深沉的离情别绪回到桂林后，不久又挥毫创作了其代表作国画《风雨鸡鸣》，并题上《诗经·风雨》中之"风雨如晦，鸡鸣不已。既见君子，云胡不喜"，表达了对远方情人的深情。

就在徐悲鸿作画思念孙多慈之际，殊不知他思念的人却因南京的陷落（1937年12月13日）而举家正在逃难中。大概就在1938年1月11日前后，徐悲鸿收到孙多慈从长沙发来的急信，要他速到长沙相会，并许诺随其到桂林后，考虑生活在一起。此时徐悲鸿有事正在重庆，待他辗转到长沙时已是此年4月下旬了。一周之后，徐悲鸿把孙多慈一家接到桂林，很快为孙多慈在广西省政府谋到一职，并带她参加桂林抗战文化运动，余暇还一起泛舟漓江，到郊外写生。然好景不长，孙多慈的父亲孙传瑗却因徐悲鸿迟迟未给其谋到合适职业而心生怨气，加之本就反对他们的师生恋，对徐的态度似桂林多变的气候般，晴转阴，已暗地里经郁达夫妻子王映霞与远在浙江丽水的许绍棣牵红线。

徐悲鸿客桂的朋友们闻讯纷纷向其献策，期背水一战，巩固徐孙关系。是年7月31日，徐悲鸿便在桂林报上，以醒目标题，刊出与蒋碧薇脱离同居关系的声明。徐悲鸿的莫逆之交、昔日同到法国留学的科学家沈宜甲，自告奋勇地手执登有"声明"的报纸，志在必得去见孙传瑗。沈本以为凭其身份和"声明"，万无一失，但事与愿违，沈事后给朋友信中云，"无奈其家人混蛋无聊"，"卑污下流"，孙传瑗毫不留情，声色俱厉地斥责一番，继而胁迫女儿，举家投奔许绍棣而去。徐悲鸿也始料不及，黯然神伤。诚如其给朋友信中所说，此时已"心力交瘁"[20]。徐悲鸿遂应了谭达仑之邀，在欧阳予倩的陪伴下，雇一叶小舟抵桂东南的八步矿区写生。

捕风捉影，肆意操作，这是旧中国文人的陋习。当年的桂林也不例外。像徐悲鸿这样在广西备受尊崇的大名人，也难以幸免被议论。有关其绯闻，不一而足。其中被风传到重庆等地的谣言，便说徐悲鸿大敌当前，却屋内藏

20.徐悲鸿1938年9月2日给郭有守信。

◎徐悲鸿《孙多慈像》, 1936年

娇, 醉心于写女裸体画。我对徐悲鸿抗战时期在广西的活动有所研究, 自然不信高举救亡大旗的伟大爱国者徐悲鸿会有此事。又因与张安治先生为忘年交, 有一次我顺便向其询及此事, 他郑重其事地为我讲述此事的原委。

张安治是徐悲鸿先生的高足[21]，1935年应徐师之邀到母校任教。翌年11月又应徐师之召，赴桂林协助筹建桂林美术学院。抵桂一两个月后，徐悲鸿有天从省府吃完午饭（按：当时徐悲鸿被聘为广西省政府顾问，享有与广西官员同等之生活待遇）后回来告诉张安治："前些天在省府门外见一家五口人，逃难来此，坐地求援，其十七八岁的女儿似尚聪慧可怜。我在吃饭时顺便提及，不料他们竟派人找到这家难民，并谈好条件，助其二三百元回家旅费，收她留下来帮我洗衣、磨墨。已安排好住处，明天即来上工。"张安治见此人并不美，但很朴实，不多话，也便赞同。此女除管家务事外，比较自由轻松。徐先生宽厚相待，还曾教她临帖写字。后因徐师常在外活动，她更无事可做，故于翌年春季，省府即通知其家长带回江西老家。张安治强调指出，本是徐师行善事，但却被当作花边新闻，传到重庆更为变味。实际并非谣传那样，真是无稽之谈！最后，张安治又十分肯定认真地告诉我："徐师在桂林时期从未画过女裸体，只是曾把在南京画的一幅裸体习作加上了桂林山水作背景罢了！"

诚然，徐悲鸿在桂林确创作过裸体画，但那是男裸体，非女裸体。1936与1937年之交，有感于激发中华儿女排除万难、顽强抗敌的初衷，徐悲鸿创作了大横幅《漓江船工》（见下页图）。画面写全裸的两位船夫，几近真人般大，于船舷俯身逆水撑篙，人体与船舷平行，筋肉突出，面容神气也显示专心与逆流搏斗，而背景仅略现船身，堪称古今中外所罕见之构图。该杰作不仅表现漓江船夫的苦难生涯，而更多的是表现其忘怀一切与逆流奋战的精神，具有鲜明的时代特征。当年的见证人张安治曾高度评价：

　　悲鸿师之作，仅凭二人之面部表情，平凡与奇特的动态和全身筋骨的表现，又采用国画形式，实为大胆之创造，更是中国画适应时代需要的创造性成就。

21.详见本书"张安治"篇。

　　而后1940年，徐悲鸿旅居印度所作的《愚公移山》巨制，则是《漓江船工》创作理念与表现手法的继续。可惜，当年广西有当权者目不识宝，反认为"二人全裸，不甚体面，且写漓江船夫太苦，使秀丽的桂林山水为之减色"，不予展出，使之深藏宝山人未识。而今看来，却令人啼笑皆非！

◎徐悲鸿《漓江船工》，1936—1937年

遗画悬案

引 子

1944年秋，日军将陷衡阳，桂林告急。徐悲鸿保存在桂林七星岩岩洞长达八年之久的三十多箱藏画分两次先后抢出，其中二十四箱送往重庆妥交徐悲鸿；另七大箱运往广西昭平，虽幸免于战火劫难，但至今却下落不明。徐悲鸿这七大箱遗画是国家珍贵文物，徐悲鸿遗孀、北京徐悲鸿纪念馆馆长廖静文长期以来费尽心力查找，未有所获。关于这七箱藏画的下落，长期以来众说纷纭，尽管诸论各执一端，言之凿凿，但都得尊重事实，尊重历史，并以此为准则，才能避免道听途说或主观臆测。深入调查研究，认真挖掘史料，去伪存真，方能力求结论准确。

入藏与抢运

1936年5月21日，徐悲鸿毅然携带一大批所藏书画，由沪起程再下广西。6月2日抵达南宁，被聘为广西省政府顾问，公开支持广西反蒋抗日，发表《白副总司令艳电书后》一文，痛斥蒋介石是"媚日军阀，狼子野心"。从此，徐悲鸿积极投身广西抗日爱国运动，并为振兴广西艺术教育事业殚精竭虑，贡献卓著。

是年10月，广西省会从南宁迁移桂林，徐悲鸿也移居桂林。广西当局为了保险起见，也方便徐悲鸿就近取画的需要，特地选取了桂林七星岩岩洞存放徐悲鸿的藏画和藏书，由其学生张安治和应聘为徐悲鸿图书管理员的廖静文负责管理。廖静文在其著作《徐悲鸿一生》中回忆道：

> 我总是一清早便去七星岩，帮助徐悲鸿先生整理他的藏书和藏画。他要携带一部分藏书去重庆，供中国美术学院筹备处用。这些书画装在四十多只大木箱里，放在七星岩岩洞中。
>
> 七星岩岩洞长达两华里，是桂林的胜景，也是最牢固的天然防空洞。广西省政府选取岩洞的一部分，安装了地板和电灯，作为仓库，徐悲鸿先生的藏书和藏画都存放在这里。我和他的学生张安治先生作为他的助手，吃力地挪动那些沉重的木箱，拂去尘土，撬开生了锈的铁皮和铁钉，小心翼翼地打开箱子。徐悲鸿先生便满怀欢喜地从中捧出一轴一轴的画卷，一摞摞的书籍和图片，仔细地察看有没有折损、发霉、受潮或虫蛀……我小心地、一件一件地从徐悲鸿先生手中接过它们，然后重新整齐地安放在一只一只箱子里。[22]

可见，除徐悲鸿和张安治之外，对徐悲鸿的桂林藏画从数目到内容最为了解者应为廖静文。而今，徐悲鸿和张安治两位先生已经作古，廖静文女士尚健在，成为这批藏画的唯一知情者。

从1943年起，徐悲鸿和廖静文离开桂林到重庆继续筹建中国美术学院，1944年8月，长沙已失守，衡阳将陷，桂林危急。身处重庆的徐悲鸿急汇一万元嘱张安治速将藏画运往重庆。"但信件几经往返，衡阳已告失守，桂林人心惶惶，火车票已难购到，更谈不到运送行李了。张安治只好挑选了悲鸿的八箱书画（应为七箱，笔者注）运到平乐县去，其余的箱子仍放在七星岩。悲鸿又急如星火地往黄养辉那里发急电，催促他赶快到桂林搬运那些存物……这时火车已拥挤不堪，车顶上都坐着难民。黄养辉手中缺少运费，他便持悲鸿的信去见李济深先生，李先生慨然拨公款两万元，终于将悲鸿存

22.廖静文：《徐悲鸿一生》，山东画报出版社、中国青年出版社，2001，第191—192页。

在桂林七星岩洞中的数十只书画箱运至贵阳存放。"[23]

张安治和黄养辉皆为徐悲鸿最可信任的高足，为了求证抢运徐悲鸿桂林藏画一事，在他俩生前，我曾前往拜访过，均得到确证。之后张安治在其《一代画师 —— 忆吾师徐悲鸿》[24]一文中清楚地写道：1944年秋桂林沦陷前夕，"徐先生虽早有来信，请桂省政府协助转移他的书物，但当局者已自顾不暇，虽屡经交涉，只给了很少一点钱，而船价飞涨，只好和艺师班合雇一船。这样浅水木船载重有限，只能将徐先生的二十余只沉重木箱先运走一半（应为七箱，笔者注），寄存在昭平乡间一位友人的亲戚家中"，"等局势稍稍稳定，我又赶回桂林，准备设法再运余物。这时才知道徐先生因悉我处有困难，又急电已在黔桂铁路工作的黄养辉，要他来桂协助。但因事前无联系，黄来时只好将留下的十几箱子（应为二十四箱，笔者注）由铁路运往贵阳"，"我在昭平留住月余"，"至十二月重到重庆山城。幸而留存昭平之物在几年战乱中安全无恙"。1985年12月黄养辉在《抗战期间我在桂林的美术活动》一文中也清楚地写明抢运藏画的过程：收到徐悲鸿催运桂林藏画电报后，桂林局势十分紧张，已经发出最后一次强迫疏散令，"我们赶到桂林的时候，全市已家家闭门，都已纷纷逃难离去……桂林火车站上，等待抢运的重要物资行李堆积如山。在当时万分急迫的情况下，我们冒着种种困难与危险，日夜奔走，想方设法"，在李济深的资助帮忙下，"把二十四大箱，重两吨半的书画，在倾盆大雨之中，从七星岩仓库里搬出，叫小板车长距离拖到桂林北站。于人海汹涌之中，挤上了火车。历尽转折，终于安全抢运脱险，辗转桂黔，运抵四川"。

综上所述，我们可以清晰地看到抗战时期徐悲鸿藏画出入桂林的全过程，也可以肯定这批藏画的件数，即最初入藏四十多箱（廖静文之说法），八年间曾取出部分带到重庆和新加坡作教学与展出之用，余下部分则由张安治抢运七箱（张安治之说法）和由黄养辉抢运二十四箱（黄养辉之说法），共

23.廖静文：《徐悲鸿一生》，山东画报出版社、中国青年出版社，2001，第238页。

24.中国人民政治协商会议全国委员会文史资料研究委员会编《文化史料丛刊》（第四辑），文史资料出版社，1983，第31—55页。

抢运三十一箱。鉴于廖静文、张安治、黄养辉三人皆为徐悲鸿最为信任的亲人、弟子，又直接参与了这批藏画的保管、抢运工作，故他们的回忆应是最为可信的。

争论的由来

对徐悲鸿在抗战期间藏于广西七箱画下落的关注，缘于当年我在编辑出版《桂林文化城纪事》[25]一书，其中收录徐杰民原载于1980年3月30日《广西日报》的《徐悲鸿在桂林》一文。徐杰民（1910—1987）系广西知名画家[26]，抗战期间在桂林从事抗战教育活动，1938年七八月起，先后在徐悲鸿创办的广西省中等学校美术教师暑期讲习班、广西省会国民基础学校艺术师资训练班（后改为广西省立艺术师资训练班）任教。徐杰民在文中描述了张安治抢运徐悲鸿七箱画，安放在昭平上岸村农民周日胜家中的经过后，便直截了当地指出了七箱画的下落："日本投降后，我曾写信到昭平打听这七箱画的下落，据说日寇曾经过昭平，七箱画藏在昭平对岸，一水之隔，竟然安然无恙……一九五二年，在组织上的关怀下，由专人把这批珍品运到北京。徐悲鸿先生当时还健在，十分高兴。一九五八年，我去北京参观徐悲鸿纪念馆时，只见十大间陈列室所挂徐先生的遗作，倒有一半以上是那七大箱所珍藏的！"

《桂林文化城纪事》出版后，引起了较大反响，昭平县文化局李兆宗根据徐杰民文中所说，于1986年进行调查，并采访了周日胜的后代周朝斌。周朝斌证实了这七箱画的收藏和保护过程之后说："抗战结束，我姐夫滕本云卖了家当，从我家里借了二十斤米，一家老小乘一只小船把七箱画运到梧州，再转船运到贵县。然后由火车运往南宁，最后北京派人接运，送回徐悲鸿手中。"[27]

鉴上说法，大家都认为徐悲鸿存在广西昭平的七箱画已归还徐悲鸿本

---

25. 该书1984年11月由漓江出版社出版。

26. 参见本书"徐杰民"篇。

27. 李兆宗：《采写"徐悲鸿的七箱画在昭平"一稿经过》，载《新闻园地》1986年第2期。

人，没人再提异议。作为这段历史与文化研究者，我总想对这一结论做出印证。直到1991年7月，我在徐悲鸿纪念馆见到廖静文馆长。当我询及徐杰民所说的昭平所藏七箱画业已妥交徐悲鸿本人一事时，她噌地站起来，轻拍桌子愤怒地说："全是胡说八道，这七大箱画根本就没有送抵北京。悲鸿在世时公务缠身，也来不及派人追查此事。我至今还在为此事生气呢！"我愕然了。事后，廖馆长在复我的信中还再次强调："您信中提到的徐先生遗失在广西的七箱画，并无人将画送来北京。而是一位在广西工作的专员发现了一些徐先生遗失的图书，后送来北京，有二三十本，还有一尊铜雕狮子。"廖馆长对七箱画所说的话和复信使我陷入谜团。殊不料，数十年来，这里竟埋着一桩悬案。七箱遗画今何在？后来，我于1992年12月22日在香港《大公报》上发表了长文《徐悲鸿七箱藏画今何在？》，产生了较大的反响并被国内外多家报纸先后转载。

此后数年，我注意到廖静文曾在不同场合重提此事，坚持上面所述观点。最近一次是2001年5月底在桂林举办徐悲鸿画展时她旧话重提，向记者郑重其事披露："多年前，传闻徐先生战时遗留广西的七大箱画已被送往北京，并交给了徐先生的说法是完全错误的。徐悲鸿在世时，因公务缠身，来不及追究此事。而徐先生过世后，我多年来为寻找这批画做了很大努力，还专程到北京大学找过当年帮助徐先生藏画的广西人周日胜的后代，但事情一点进展也没有。"又强调说："当年确实有过一位在广西工作的专员发现了一些徐先生遗失的图书，并送到了北京。这些书共有二三十本，但那七箱藏画没有送回。"[28]

事隔三年，又听到了与廖静文相左的声音。2004年国庆节，宋克君（张安治在桂林的学生，笔者注）在桂林举办个人画展时，接受《桂林日报》记者骆绍刚访问时回忆了当年协助恩师张安治抢运徐悲鸿藏画的经过："1944年湘桂大撤退，广西艺术馆迁到昭平黄姚……徐悲鸿来电报给张安治（当时张安治两口子均在桂林），电报上说自己放在桂林的十二箱藏画（藏画、作

28.载《香港商报》2001年6月1日。

品、资料、素描），让其设法转移。张安治给馆长欧阳予倩看了电报。欧阳馆长让张找个人帮帮忙。张就叫我同他一道将十二箱画先运至平乐，然后到昭平，再到柳州。记得离开昭平时是1944年8月15日，到柳州由国民政府资源委员会派来的专车全部运走，运往重庆。前后经过了近两个月才完成此事。此时，我要重回昭平已不可能了"，"只好步行往贵阳方向走"，"12月26日才到重庆的盘溪（中国美术学院所在地）找到徐悲鸿、张安治。记得清楚十二箱画全部运到了重庆，没有丢。"[29] 骆绍刚《徐悲鸿藏画桂林失踪》继续写道："1952年徐杰民写信给徐悲鸿，告以藏书画的经过和地点。徐悲鸿复信：'鄙藏昭平之物，暂予勿动。'由此笔者推想，徐先生珍藏并放在广西的名画已经全部运抵重庆"，"其余资料（如图书、雕塑等）则由张安治、徐杰民转移到了昭平，解放后才由专人护送进京交给了徐悲鸿先生，这也正是廖静文说只收到一些书本及资料的原因。主要的名贵作品已经抢运到安全地点，只余资料图书等无关紧要，所以解放后，徐悲鸿写信告诉徐杰民'暂予勿动'。以此看来，徐悲鸿的珍藏名画早已不在广西了"。

我对这篇文章中的调查与推论不能接受，感到有必要与之相探讨，以正视听。

是与非

一、"未藏昭平"说。

骆文通过宋克君的回忆，说明1944年徐悲鸿的十二箱画全部运抵重庆，没有丢。但是宋克君所说的十二箱并不是徐悲鸿藏画的全部，也只是桂林抢运徐悲鸿藏画箱的一部分。到底是张安治抢救的那一部分，还是黄养辉抢救的那一部分，说不清。箱数和路线与张黄二人的记忆都有出入。我也曾访问过宋克君，最后一次是1992年元旦下午在深圳北方大厦1809室，当时，他应邀来深作画，翻开当年的笔记本，是这样记录宋克君的口述的："1944年湘桂大撤退时，我和张安治一家从桂林将徐悲鸿十二箱藏画抢运到平乐，接

29.见骆绍刚：《徐悲鸿藏画桂林失踪》，载新华网《收藏频道》2005年2月3日。

着到昭平，在昭平度过中秋节。以后又将画运到柳州，是用国民政府资源委员会的车运出来的，我坐卡车后面，张安治一家坐车头。我帮运到柳州后，由张安治护送到金城江，再由黄养辉运到重庆。此时我拟回昭平，但路已走不通了，辗转到重庆。"按照宋克君的说法，十二箱画曾运到过昭平，然后又转运走了。值得指出的是，按宋克君所说的转运路线，桂林、柳州、昭平基本是个等边三角形距离，桂林在北，昭平在东南，柳州在西南，如果当时抢运的目的地是重庆，大可不必费时耗力绕个大三角，而应如黄养辉所说，由桂林运到柳州转运贵阳。从宋克君前后相隔十多年的两次回忆看还是有出入的。在此，本人毫无责备宋老之意，我作为一个研究者在众说纷纭之中寻找的是最合理的部分。因骆文认为，"宋克君是抢运藏画的参与者，应该说可信度高些"，昭平无藏画。但是，前面曾提到的张安治在《一代画师——忆吾师徐悲鸿》文中说将藏画用"浅水木船"运走"寄存在昭平乡间一位友人的亲戚家中"之后，"我在昭平留住月余，因艺师班既无校舍，又无学生"，"徐先生亦曾有信促我去渝，遂在桂林、柳州陷落之前西向贵阳，至十二月重到重庆山城。幸而留存昭平之物在几年战乱中安全无恙"。在抢运这批藏画时，张安治是主要角色，宋克君只是给张安治做助手，所抢救的底细，应该张安治最明了。如果照宋克君说1944年8月徐悲鸿的藏画已运往重庆，那么，何来两年之后的1946年9月18日，张安治在去英国深造之前，不放心徐悲鸿的这批藏画，特地写信给徐杰民作交代："我将于明春动身先往英伦，一俟交通恢复，即当赴昭平提取存物"，更准确标明这批藏画的具体地点："徐师之物存昭平对岸上岸村周日胜家中，其侄婿滕班长为陈学人兄之旧部（学人兄近任宾阳县长）。"信的上方还特地标明："计大书箱五件，白铁书箱一件，长画箱一件，共七件。"（见下页图）张安治给徐杰民的这封亲笔信在我手中已珍藏二十余年。所以徐悲鸿的一部分藏画藏在昭平，这一点是毋庸置疑的。

二、"藏在昭平的图书资料无关紧要"说。

骆文根据"1952年徐杰民写信给徐悲鸿"，"徐悲鸿复信：鄙藏昭平之物，暂予勿动"，认为徐悲鸿的藏画已运抵重庆继而推断留在昭平的东西无

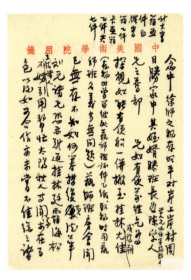

◎张安治给徐杰民信有关部分（1946年）

关紧要，徐悲鸿不急于要的东西，便告诉徐杰民暂予勿动。所以解放后送到北京交给徐悲鸿先生的"这也正是廖静文说只收到一些书本及资料的原因"。

首先，骆文"1952年徐杰民写信给徐悲鸿"的依据何在？据徐杰民的回忆，1952年由专人把这批藏画送到北京，并没有说他为了这事在1952年与徐悲鸿有过书信来往，也没有说过徐悲鸿在1952年还写信说"暂予勿动"。在徐杰民生前，我访问过他，谈及此事，他拿出徐悲鸿给他的亲笔信，系1947年徐悲鸿所写，信中写道："目下桂林与汉口之交通是否恢复？鄙藏在昭平之物暂拟弗动。"（见下页图）言下之意，徐悲鸿对他藏在昭平的东西十分挂念，担心在交通不便、局势不稳的情况下运输此物不保险，所以才说"暂拟弗动"。同时徐悲鸿还用了一个"藏"字，如果徐悲鸿认为那些东西无关紧要，为什么还要藏呢？徐杰民不但向我展示了徐悲鸿的这封亲笔信，还给了我此信的复印件。道听途说是不足以作理论依据的。再者，骆文认为名画全部运抵重庆，其余资料转移到昭平。名画和资料何时做的分类，凡是当事者或参与者都没有提及，前面我们曾经说过，在七星岩岩洞里，负责整理徐悲鸿藏画的是张安治和廖静文，箱子里的内容他们俩最清楚。抢运藏画时，廖静文虽不在桂林，但她对那些箱子里的内容应该是有数的。张安治是直接经手人，在桂林危在旦夕之际，是抢运，无暇顾及分类。更何况，张安治接到徐悲鸿的嘱托，不可能先抢运走恩师的无足轻重的资料，先抢什么、哪些最重要他是最明了的。前面我们从张安治的回忆里知道，他先抢运走一部分，又赶回桂林准备设法再运全物，才知黄养辉将留下的部分由铁路运往贵阳了。"其余资料"的论断是不能成立的。

三、"完璧归赵"说。

从徐杰民及周日胜的儿子周朝斌的口里，我们得到的信息是这些藏画经过转手最后运到北京，但是很让人费解。

周朝斌的叙述里说抗战结束，他姐夫卖了家当用小船把七箱画运到梧州，再转船运到贵县，然后由火车运往南宁，最后北京派人接运。并没有说是哪一年。但从徐杰民的回忆我们知道在日本投降后他曾写信到昭平打听过七箱画的下落，而且，正是由于徐杰民给徐悲鸿报过平安，才有徐悲鸿给徐杰民复信说"暂拟弗动"。徐杰民告诉我这封信是1947年徐悲鸿复给他的，这就说明，1947年时这些藏画还在昭平。那么周家何时把这些藏画从家里运出？是受谁的指示呢？又把这些交与了什么人呢？

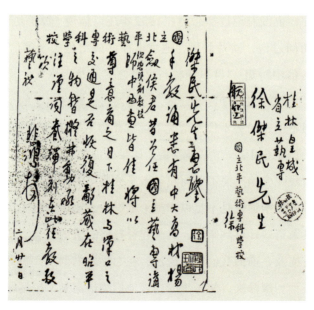

◎徐悲鸿复徐杰民信（1947年）

徐杰民说，1952年，在组织的关怀下，有专人把这批珍品运到北京。那么，1947年至1952年间，这些珍品寄放在哪里呢？他既然接受了张安治的委托，又为徐悲鸿报信，在广西境内和境外的转运他应最为了解。1986年10月，我正在编著《抗战时期桂林美术运动》一书时，收到过原广西文史馆名誉馆员卢汉宗《徐悲鸿在广西》一文，文中提到1952年去北京送东西的人是广西平乐专员公署的专员蒙谷，从廖静文那里也得到证实，1952年送去那一点点东西的人就是广西平乐的专员蒙谷。既然周家已把藏画运去南宁，1952年为什么不是南宁方面派人送而是平乐派人呢？

徐杰民说，1958年去北京参观徐悲鸿纪念馆时，十大间陈列室所挂徐先生的遗作倒有一半是那七大箱所珍藏。徐杰民是听纪念馆的人说的，还是曾经看过七箱里的内容呢？

我与徐杰民交往多年，当1991年我从廖静文那里得知藏画并没有送到北京时，遗憾的是徐杰民已经过世。

四、"徐悲鸿七箱画仍遗落广西"说。

这一说法来源于廖静文。自从1991年她亲口对我讲之后我才留意到，十余年来，她在任何场合讲到此事，态度都十分坚决。我觉得她作为徐悲鸿的妻子，又是徐悲鸿的这些珍藏的管理者，她最有发言权。1942年，她被徐悲鸿聘为图书管理员之后，她的主要工作就是整理这些书画。1944年她与徐悲鸿结婚后，更是徐悲鸿的得力助手和忠诚伴侣。掌握自己的家当是理所当然的。如果早已收到这七箱画，她何必数十年如一日地多方打听，费尽心力查找下落呢？结论不言而喻。

但是有人会问，既然徐悲鸿很惦记他在广西的藏画，为什么在他去世前，况且1949年以后，局势稳定了，他不去运回藏画呢？廖静文说："徐悲鸿在世时，因公务缠身，来不及追查此事。"廖静文要找到这些藏画，也是完成徐悲鸿的遗愿。徐悲鸿去世后，廖静文立即将徐悲鸿的全部作品捐献给了国家。她追寻广西的这批藏画，她表态"将把这七箱画全部捐献给国家"。如此之高尚，难道她说七箱藏画遗落广西的话还值得怀疑吗？

还有可能寻回吗？

徐悲鸿的藏画遗失在广西已几十年了，此事并没有随着时间的推移而尘埃落定，相反，双方各执一词，莫衷一是。骆绍刚《**徐悲鸿藏画桂林失踪**》一文说："廖静文曾向一记者透露：广西民间还遗落有一大批徐先生的珍贵藏画……这则新闻很快在网上风传，被许多媒体转载。一时间，收藏界、美术界皆认定了广西仍藏有大批徐悲鸿遗落的名画。"所以该文作者依据线索，走访了宋克君，作了推断，结论是，广西没为徐悲鸿保存过名画，即便保存也是些无关紧要的资料。这篇文章并不能洗脱广西的干系。我认为还是做一点实事，在此也提供一点可资查找之线索。

徐杰民回忆说："1952年在组织上的关怀下，由专人把这批珍品运到北京。徐悲鸿先生还健在，十分高兴。"既然是有组织的行动，就一定会有组织的记录，那么请广西有关方面调出档案，查找1952年的记录，哪个组织，派什么人送去。如果徐悲鸿本人或纪念馆收到此物，应有出具的证明，请拿出来，以洗脱不白之冤。

如果徐杰民指的"专人"就是广西平乐专员公署的专员蒙谷的这一次进京活动，送去的只有二三十本书和铜雕狮子，他从哪里得到信息说徐悲鸿十分高兴呢？我以为，专员蒙谷进京也不是个人行为，他进京前，会清理一番的，送去的这些也是民间搜集的结果。有两种可能：第一种可能是在此之前，七箱画已被打开，剩下并找到的只有一些价值不大之物。第二种可能是1938年8月徐悲鸿曾偕同戏剧家欧阳予倩购了一叶轻舟，从桂林顺江而下昭平、八步（贺县）等地写生留下的遗物，并非七箱里的东西。

前面已经提过，这七箱画是张安治亲手抢运的，在他出国之际还把此事交代给徐杰民，后来他在国外期间听说"在徐先生任北平艺专校长之后，由在广西工作的老友陈学人大力协助运回北平。当时我已在国外，闻讯亦为之欣慰"[30]。张安治1947至1950年在国外，那么这批藏画从昭平运出来应在1950年前。正因为老友陈学人办的此事，所以他就放心了。联系到前面周日

30.中国人民政治协商会议全国委员会文史资料研究委员会编《文化史料丛刊》（第四辑），文史资料出版社，1983，第50页。

胜的儿子周朝斌说的运送过程，不免得出这样的推断：陈学人是个关键人物。
张安治之所以把七箱画藏在周日胜家是因为周日胜"其侄婿滕班长为陈学人
兄之旧部"的关系。藏画是张安治亲自送去的，周家冒着极大的风险藏匿了
许多年，这些藏画不会轻易交给别人的，在张安治不在的情况下，谁最有权
对周家发出指令呢？陈学人。所以，周朝斌说："我姐夫滕本云（周日胜侄婿
滕班长，笔者注）卖了家当……乘一只小船"去送七箱画。

对于陈学人的了解，是通过徐杰民得到的。我1986年10月4日访问徐
杰民的笔记如下：

> 张安治和陈学人是南京东南大学时的同学，当年张读该校艺术系，陈
> 学生物系，彼此认识。陈学人也认识徐悲鸿。抗战期间，陈学人在桂林任
> 职中山公园园长[31]。解放后当广西农垦局副局长。现心脏病发，住南宁江滨
> 医院。他是江西人，吴昌硕的同乡。

唉！真可惜，我当时要是知道北京没收到七箱画，我一定会找到陈学
人，问个水落石出。在此，本人无意指责陈学人侵吞徐悲鸿的七箱画，而是
提供追寻这七箱画下落的一条线索。

当然，要寻回失物往往比得到一个新的还难。徐悲鸿离世已半个多世
纪了，由于不可再生，更显得他遗物的弥足珍贵。他的作品和珍藏件件是国
宝。让这些被淹没在历史烟云中的宝贝重见天日，归国家所有并以飨世人，
肯定是件有意义的事情。

徐悲鸿毕生勤奋，笔耕不辍，硕果累累，然而处于战火纷飞的年代，一
生颠沛流离，其作品大量流失。1919—1942年间，他曾数度去新加坡，随身
带去一大批画作，1942年1月下旬，日寇将陷新加坡于战火中，他匆忙登上
最后一艘开往印度的大船，留下一大批画作交由新加坡的朋友收藏。据新加
坡画家欧阳兴义所说，"新加坡是中国以外存留徐悲鸿作品最多的地方，甚至

---

31. 张安治1946年给徐杰民的信说陈学人任职宾阳。

比北京徐悲鸿纪念馆所藏的1200幅还多"，"还未包括他携带到新加坡的千幅作品中未带走的数百幅"[32]，最使徐悲鸿困扰的是他随身携带的近百箱珍贵艺术品无法带走。廖静文则认为，当时徐悲鸿还将"四十幅油画遗留在新加坡一所华侨小学内"，"那所小学惧祸"，"不得已将这四十幅油画沉到一个井底"，"那都是他油画中的精品"。[33]后来事实证明那是一口枯井，藏画没被毁。

至于新加坡这批藏画的下落，欧阳兴义于1985年9月17日发表在新加坡《南洋星洲联合晚报》上的《徐悲鸿藏宝记》中首次认为"1948年徐悲鸿信告黄曼士、韩槐准，将有学生陈晓南自美国经新加坡返国，请韩槐准将藏于愚趣园的物品移存百扇斋黄曼士处"，"1949年5月，陈晓南到新加坡，黄曼士、韩槐准将战争中保存下来的几大箱物品交陈晓南带回。今天徐悲鸿纪念馆中为数不少的藏品，就是在新加坡炮火中保存下来的"。[34]此口气与上面引述过的徐杰民所认为广西七箱藏画已完璧归赵如出一辙。欧阳兴义在《悲鸿在星洲》一书的后记里则加以纠正："黄曼士并没有把徐悲鸿当年的全部藏物交陈晓南带回中国。对中国政权的变化，黄曼士持观望态度"，"1990年1月3日，廖静文在新加坡的记者会上说：1950年陈晓南只带回三幅油画……几十本书……两幅油画是罗弄泉所藏的……女人体像和肖像，另一幅油画是徐悲鸿临摹普鲁东的《正义与复仇在追赶凶手》"。这归还的三幅油画并非徐悲鸿的油画精品。

值得注意的是，近年来徐悲鸿这批藏画中的精品，不断出现在香港和境外艺术品拍卖会上，其中有的相继拍出了天价，如《奴隶与狮》《放下你的鞭子》《珍妮小姐》等。

当年，徐悲鸿携带所有藏画来到广西，是出于对广西人民抗战运动的热情支持，也对广西的艺术教育事业做出了巨大贡献，我们也应当积极主动寻找徐悲鸿这批珍宝，理应将广西七箱遗画查个水落石出。

32.欧阳兴义编著《悲鸿在星洲》，人民美术出版社，2020，第6页。

33.廖静文：《徐悲鸿一生》，山东画报出版社、中国青年出版社，2001，第177页。

34.欧阳兴义编著《悲鸿在星洲》，人民美术出版社，2020，第29页。

忆静文先生

◎抗战时期的廖静文

　　我对悲鸿先生的景仰始于20世纪70年代后期。其时，我正在广西潜心钻研抗战文艺，获取了大量珍贵的文史资料，其中尤令我惊喜的是掌握了不少当年徐悲鸿和廖静文的有关史料，遂对徐悲鸿致力于抗战斗争的爱国热忱肃然起敬。其后读了廖静文《徐悲鸿一生》，对徐悲鸿的伟大人格、高超的画品赞叹不已；对他们患难与共、情真意挚的婚恋过程也怦然心动。从此，我阅读有关书籍，搜集有关资料，并加以钩沉、考证。

　　功夫不负有心人，终于从徐杰民处喜获徐悲鸿一幅《鹤图》，美中不足的是画面缺少徐悲鸿先生的题签、印鉴。徐杰民先生将这幅《鹤图》交给我的时候，还讲了一段故事：那是1938年的事了，徐先生一次在桂林图书馆作画，我在一旁替他研墨，刚好他正在画仙鹤。我便对他说："徐先生，你的仙鹤画得很好，我很喜欢，能否给我画一只，届时我再请我的恩师潘天寿合作画上松树或梅花。"徐先生应允作画，我也想待潘师补过松或梅后，再请徐先生题款。哪知战火纷飞之后，也总没有机会与两位恩师见面。徐先生过世后，我已经很遗憾了。

1964年我终于有机会前往杭州拜访潘师。我特地带着徐先生的《鹤图》，寄望这"天作之合"得以完成。不巧，正赶上潘师忙于赴香港办画展，我不好意思打扰他，这张图就没敢掏出来，寒暄之后把家乡特产放下便离开了。回家后我又后悔起来，我为什么当时不把画放在他家，待他有空补画后再寄给我呢！1971年潘师被迫害病亡。这是让我遗憾一辈子的一件事！

听了他的讲述，我也才明白这张《鹤图》为什么画面只是一只孤鹤的原因。此画虽是徐悲鸿的真迹，可怎么向世人证明呢？为了得到证实，我想到求助北京徐悲鸿纪念馆馆长廖静文先生。1991年7月底，借赴京参加学术研讨会之机，我去拜访了廖静文先生。徐悲鸿纪念馆坐落在北京新街口六条不显眼处，貌似平庸，进门却豁然开朗，洁白的徐悲鸿半身塑像耸立在郁郁葱葱的花圃中，庄严静穆，左侧展厅典雅堂皇，颇具浓厚艺术氛围。右侧廖先生的办公室则十分简陋，与展厅形成极大反差，可见主人俭朴之风。

廖馆长时年近七旬，一袭灰黑衣着，满头乌发，衬托着白皙清秀的脸庞，愈发显得文静稳重，精神矍铄，平易近人。当我取出徐悲鸿墨宝时，她眼睛一亮，捧着细看，像久别重逢的挚友，噙着泪花深情地说："难得！难得！现在已很难找到徐悲鸿如此精湛传神之作！你真是有心人呵！"

这画勾起她对往事的回忆：

　　1942年在桂林有幸与悲鸿认识并产生爱情，这是我生平最美好的时刻。我们相处虽然只有短暂的七年，但我们情深似海，是任何力量所不能代替的！[35]

语毕，廖馆长又把话题转到徐悲鸿的墨宝上来，她请人把儿子徐庆平叫来，要我将此画的收藏、鉴别过程重述一遍。徐庆平是徐悲鸿和廖静文的儿子，年纪比我稍小，现留馆工作。他听我介绍后，连声称是，并指着鹤的头部、羽毛、脚部自豪地说：

奔马是我父亲最擅长的杰作，但他画鹤也相当出息，你看那头、羽、脚栩栩如生，翩翩欲动，非他这样的大家是难以描绘的，堪称画鹤精品。

廖馆长又请来馆里的三位专家来考我。我又照说一遍。他们惊喜地小声交谈着。最后廖馆长由衷地对我说：

经大家反复研究鉴别，一致确认这是悲鸿1938年之作，实属难得！

我兴奋之余，询问廖老能否为我补签、盖章。她语重心长地答道：

悲鸿是举世闻名的艺术大师，要我在其大作上题签，这还是头一次。我配不上，又怕写不好破坏了画面结构。

后在我的再三恳求下，她把画小心收下，嘱我明日来取。翌日我急匆匆提早抵馆，廖馆长谦虚地对我说："经过一夜的反复考虑，我还是不敢在画上题签，就切出另纸写吧。"我笑说："如此画面便显得不那么和谐完整了，着实可惜！"没想到此语竟引发她含笑额首，她犹豫须臾，取来片纸，以战栗着的手，虔诚地握笔

35.据我考证，是年底，徐悲鸿主持的重庆中国美术学院筹备处来桂林招考图书管理员，时在桂林参加文工团从事抗日宣传工作的廖静文有幸考中，她便随徐悲鸿及其高足张安治一起到桂林七星岩岩洞里清理徐悲鸿的藏画。原来，徐悲鸿因不满蒋介石消极抗战，为支持广西桂系的抗日运动和振兴广西美术事业，于1935年11月2日到广西南宁，随后赴桂林进行考察，受到桂系李宗仁、白崇禧、李济深等的热烈欢迎。1936年5月21日他毅然携所藏书画36大箱由沪再下广西，广西省政府在七星岩岩洞中安装了地板和电灯作为藏画仓库。

写下：

> 此乃悲鸿原作，笔墨精妙，画于一九三八年。杨益群先生保存至今，殊不易也。廖静文题于一九九一年八月一日。

书毕和蔼地征询我的意见，我不禁拍手称快。她遂将画端放到桌面上，神情专注地在画上题签、盖章。珠联璧合，浑然一体。至此，我一直悬着的心总算平静下来，表示不胜谢忱，更为其既真挚热情又谨慎负责的作风所感动。廖老也如释重负，轻抹额头因过度紧张而沁出的汗珠。我利用她休息之机，顺便又同她聊起徐悲鸿七箱藏画的下落问题，因为据徐杰民与昭平县文化局的说法，这七箱画业已物归原主，但廖老在《徐悲鸿一生》中对此却只字未提，这一直是我心中的疑团（我对这批藏画的去向之研究与考证详见本书"徐悲鸿"篇之"遗画悬案"一节）。

过去，我也曾听说过徐悲鸿纪念馆展品中有一半是那七大箱所珍藏的，我也信以为真。殊不料数十年来，这里埋着一桩悬案。我为这批国宝的失落痛感可惜！七箱遗画今何在，值得关注。

若非怕影响廖老工作和休息，我真想多请教她一些问题。惜她又忙于筹备出国画展，我只好依依不舍地与之道别。临别，她挥毫赠诗：

> 雁尽书难寄，愁多梦不来。
> 愿随孤月影，流照伏波[36]营。

此后不久，我撰文《徐悲鸿七箱藏画今何在？》，在香港《大公报》[37]上刊出，引起舆论界的广泛重视。自此，我同廖老继续保持着联系。2000年，由徐悲鸿纪念馆主办的"徐悲鸿画展"在深圳美术馆开幕，我应邀前往观展。此后，我对徐悲鸿的研究从未间断过，也搜集过不少徐悲鸿抗战期间弥足珍贵的资料，先

---

36. 指桂林伏波山。

37. 香港《大公报》1992年12月22日。

后撰写并发表了《徐悲鸿在广西》[38]、《徐悲鸿七箱藏画遗落广西之谜再探》[39]等文章。

38.载《桂林抗战文化研究文集》（八），广西师范大学出版社，2005。

39.载《抗战文化研究》（第二辑），广西师范大学出版社，2008。

杨益群先生保存玉今殊不易也 庚静文题於一九七〇年八月一日

此乃悲鸿原作蒙静文见此乃一九三六年

○廖静文为杨益群题签后的徐悲鸿《鹤图》

徐悲鸿抗战期间在桂林

悲鸿先生在广西期间积极参与支持广西抗战运动，热心广西艺术教育事业，作为开创广西现代美术一代新风的奠基人之一，为繁荣广西美术创作奠定了坚实基础，为广西抗战大业和美术事业做出了巨大贡献，功标青史。自1935年11月2日至1943年1月上旬，徐悲鸿先生曾先后九次到过广西。时间是：第一次，1935年11月2日至11月21日，主要地点为南宁、桂林；第二次，1936年6月2日至1937年初，主要地点为南宁、桂林；第三次，1937年1月中旬至1937年5月初，主要地点为桂林；第四次，1937年9月至1937年11月，居桂林；第五次，1938年1月至5月，主要在桂林，其中3、4月间曾到过长沙、武汉；第六次，1938年7月至10月初，主要在桂林，其中8月中旬至9月下旬到过广西八步、柳州等地；第七次，1942年8月11日，暂住桂林，后赴昆明；第八次，1942年9月2日至9月14日，居桂林；第九次，1942年12月至1943年1月上旬，在桂林。

徐悲鸿广西年表

笔者早在1984年便开始编制此表，原拟附拙文于《徐悲鸿在广西》文末，拙文初刊于2005年8月《桂林抗战文化研究文集》第八辑时，因篇幅原因年表未刊，故年表留存修订至今方才首发。就笔者目力所及，似未见有早于笔者年表者。笔者制此年表，所据为多年积累的全国范围内能搜求到的文史资料，还有如张安治、黄养辉、徐杰民等徐门弟子提供的资料与口述。今市面已有多版徐悲鸿年表流传，各有千秋，但若论徐悲鸿广西年表，编者窃以为此版或许最为翔实。

1934年（甲戌） 40岁

达格年·卡特于《纽约》杂志第34期第224—229页发表《现代中国画家》一文，盛赞徐悲鸿的画，并附徐氏两幅国画。一是《桂林山水风景》，一为一匹立马。

1935年（乙亥） 41岁

本年春，徐悲鸿作《枇杷佳果图》

尺寸：103.5cm×53cm，是徐悲鸿送给李济深的众多作品中的一幅。悲鸿自题："每因佳果识时节，当日深交怀李公。乙亥春仲悲鸿。"徐悲鸿画的每幅枇杷图都有这个题识，据说李济深知徐悲鸿喜食枇杷，就常把枇杷作礼物送徐悲鸿，徐有感如此乱世中友谊之可贵，便画《枇杷佳果图》四幅，先后赠李济深，充分表达了他俩的深情厚谊。现各存故宫博物院、广西壮族自治区博物馆、徐悲鸿纪念馆。

10月初，致书留法学友、广西省政府秘书长苏希洵，提出拟游广西，并愿将藏品藏于广西。

10月中旬，苏希洵复函对徐悲鸿拟游桂林表示欢迎，并希望其携画作赴桂。关于徐悲鸿游桂之因，他曾说："余夙慕桂林山水，盖二十年前弱冠时，即友易君钦吾，桂林人也，聆其叙述，久为神往，又历来所友善之桂人，悉诚挚勇迈。"故决定访桂。

10月20日，携精品百余幅由南京

抵沪，拟乘轮船南下广西。

10月21日上午，带学生谭某于沪访舒新城，并说将去桂林，又携其作《白松》请舒氏代为摄影。

晚六时，携德国友人李丹田去中央菜馆赴舒新城之宴。同席有盛成、邵洵美等。席间，舒劝其不必将不必要之画作携往桂林，因那里的政治机关之安定尚颇有问题。徐悲鸿闻之有理，即将两箱书画暂存中华书局。饭后，同去汪亚尘寓，十时方离去。

10月24日，携画作20余幅乘船离沪南下。

孙多慈致舒新城电报，谓："悲鸿如在沪，请其速来电，我当来沪相见。"舒将此转发桂林寄徐悲鸿。

10月25日，孙多慈又给舒新城函，打听徐悲鸿之去处，舒即转发桂林寄徐悲鸿。在徐悲鸿的支持帮助下，《孙多慈画集》于此日出版。

10月27日，徐悲鸿抵香港，下榻于思豪酒店。

《中央日报》艺术副刊启事：

本刊主编者徐悲鸿先生，因事赴桂，其离京期间，编辑任务，刻已委托吴作人教授主持。俟后凡稿信函，均希寄本京傅厚冈八号为祷。

10月28日，上海《民报》云：

中央大学艺术科主任徐悲鸿，近因事赴香港，11月中旬归京。

冬，写对联"浮日自往还，世事有盈缺"，为徐杰民生前所存。

在中华书局香港分局和广州分局经理郑子健、郑子展昆仲陪同下游览广州。凡粤中名产、羊城名胜，几乎饱览，游观音山时为桄榔树写生，并题《桄榔树》长诗。

10月31日，抵广西梧州。

11月2日，抵南宁，受到当地各界欢迎。抵南宁前夕，曾作《奔马》一幅，上题：

此去天涯将焉托，伤心竟爽亦徒然。

乙亥危亡之际，悲鸿。

11月4日，在南宁乐群社举行小型个人画展，共展出马、山水、枇杷等国画二十多幅，受各界称赞。

当日下午访问作家谢冰莹。

是日晚，应邀出席广西省政府主席黄旭初欢迎宴会。

11月5日，参观广西省立第一高中，并出席"将军与画家"大型联欢会，受李宗仁、白崇禧、黄旭初等广西党政要人接见。

是日晚，出席广西美术会的欢迎晚会，气氛热烈。徐悲鸿态度谦和，"开口闭口不断地叫自己努力，勉励别人努力"。

其间，广西省政府特派画家魏岸觉（1905—1952）协助、接待徐悲鸿。二人曾合作画《藤花与狸》，徐悲鸿题款"岸觉画藤花，悲鸿补狸于其下"。

11月8日，离开南宁，经柳州赴桂林。

11月11日，抵桂，是晚应邀在省立高中演讲艺术。

11月12日，游桂林，抒写感怀：

山水甲天下之桂林，非身历其境不能知其美。其崖壑幽深，群峰屏列。布置既煞费经营，工程亦极为浩大。尤于数百里之清水，明朗如镜，环绕城侧，宽广三里，澄碧漾漾，映照万类。可以就饮，可以就浴，故桂林之山既奇，而漓水之清，应名太清，至于不能更清，虽欲不曰天下第一，不可得也。

苦心经营工程浩大者，言当年之大六也。实则天才，应归之于造桂林城之人，临漓水，依群山，围独秀峰，凿镜湖。吾在独秀峰上观落日，羊山环列，清流映带，晚霞亘天，金光远射，几乎如人述北京耳！光为大地莫能有之妙。此其上下左右，四面八方，浑成和谐大自然之美，不能割去其一节。故摄影不能寄其美。而桂林山水甲天下，终不能否认也。①

11月13日，游阳朔，续写感怀：

世间有一桃源，其甲天下山水桂林

之阳朔乎？……

桂林至阳朔，约百廿里，舟陆可通，江水盈盈，照人如镜，萦回缭绕，平流细泻，有同吐丝。山光荡漾，明媚若画，真人间仙境也。时花间发，鸣禽赓和。如是清流，又复有鱼。于是渔者架木筏，御水鹰，发号施令，杂以歌声，又有村落历历，依傍山水，不过五七人家，炊烟断续，长松修竹，参列白墙……舟次阳朔，流连不忍去，宿于江上。姝姗入梦，要我久留。奈尘缘未断，又复出山。对此仙人，有深愧也。②

是日，《南宁民国日报》"铜鼓"副刊二整版发表《徐悲鸿先生画展专刊》，刊登了冰莹、铁髯、陈宏、拔古等的论文、诗和徐悲鸿的画三幅。其所画的马最吸引观众，轰动一时，好评如潮。美术评论家铁髯在《悲鸿先生》文中称"悲鸿先生找到同样的题材写出异样的马"，"他的笔犹如大刀阔斧般一笔一笔挥下来；无论那一幅，我想他动笔的时候，一定像狮子一般凶恶，老虎一般愤怒，豺狼一般狠心，由造化手里夺回宇宙的奥秘，将自己的生命渗进去，而成为东西合璧的艺术品"。著名女作家谢冰莹更高度评价徐悲鸿的画马，在其《悲鸿的画》一文赞徐悲鸿"那是他在十分钟内用一支粗大的、看来似乎不十分好的毛笔画成的战马，那有悲壮哀情的脸部和尾巴，令人一见就想佩好枪弹，跨上马去，直冲入敌人的阵营，杀他个落花流水！这幅画真是他的'力'作！他自己也觉得马的脸部和尾巴的确很有精神，而我们站在旁边欣赏的人，更没有不钦佩他的艺术天才和迅速有力的艺术手腕的！"

秋，作国画《漓江两岸》《漓江野渡》。

秋，作《枯枝双雀》，77.5cm×34.2cm，桂林图书馆藏。

晚秋，在南宁与马万里合作一画，马万里画松树、凌霄，徐悲鸿画猫儿、顽石并题款。

11月21日，由南宁乘飞机赴广州。

11月22日，返抵香港，仍住思豪酒店。在郑健庐的陪伴下拜访被誉为"东方巨擘"的名画家李铁夫，倾谈融洽，赞"其肖像画技巧之高超，只有在西方才能看到"。

11月23日，徐悲鸿将随身携带的部分画作在香港金陵酒家展出。香港《工商日报》记者特发表《看徐悲鸿画展归来》，盛赞徐悲鸿画技之高超和画展的盛况，并写道："徐悲鸿昨晚北返了，据他对我说：游桂两星期，所得的印象极好，而桂林山水之胜，尤为甲绝天下，名不虚传，有机会，他是要再去浏览的。"

本年，作《桂林山水》，51 cm×74 cm，布面油画。

1936年（丙子） 42岁

3月5日，在南京致舒新城一函，意将赴桂进行专心著述。

4月10日，在当天出版的上海《新中华》第4卷第7期上发表《南游杂感》，记述作者1935年秋广西之行的观感，热情赞扬广西朴实敦厚的风俗民情和坚定热烈的抗战气氛。指出：

所过大小数十城，未见有游手好闲面带烟容之人，不问男女老少，无不操作事事者，凡小脚、曲辫子、麻将、鸦片一类国粹，可谓绝迹；镰锄、扁担、手摇纺织机则尽加保存……食自耕之米，戴自制之帽，饮自酿之酒。

本月，作《立马图》赠李济深，上题"将离南京，百无聊赖画，任公赐存"。

5月21日，邀约学生刘汝醴一起携所藏书画三十六大箱由沪启程南下香港。

5月24日，抵达香港。

5月25日，致广西教育厅雷沛鸿函，询问广西美展是否举办，所征集的艺术品要否运桂。后获广西教育厅复函称广西美展将如期举行。

6月2日，由广州抵达南宁，支持广西当局反蒋抗日，被聘为广西省政府顾问。随身携部分艺术品，其余大部分艺术品由刘汝醴、徐飞白乘船沿西江直达南宁。

本月，作《对中国近代艺术的意见》，发表于1937年5月12日香港《工商日报》。

为马万里画展作序，推崇马的艺术成就，曰：

频年以还，游艺中原者，马君万里名藉甚。余赴沪时遇谢公展，公展兴最豪，高亢健谈，每纵论当世英彦，辄乐道马君。廿四年秋，余慕八桂山水之胜而来南宁，至则遇其贤士大夫，无不言马君者。盖马君以其艺倾倒南中名流，先我而至，已数月于兹矣！马君画格清丽，才思俊逸，有所创作，恒若行所无事。书法似明人，得其倜傥纵横之致，而治印尤高古绝俗，余昔所未知也。马君既多才多艺如此，又广历名山大川，精进不懈，则他日与于文艺复兴之业者，微斯人其谁与归乎？顾自清以降，执笔弄翰之人，俱当时之士大夫，畏难就易，辄习尚浅薄，号为简雅，一如中国不修

武备。独夸言和平然者，以故雄奇典丽之作，阒焉无闻。吾与马君今俱盛年，丁此末世，凡其颓废与所因循苟且而同流合污，脼然苟全于人心之下之艺，允宜悬为厉禁。孤诣独往，冀其高远，乃吾党之事，知马君必当与不佞共勉，且不计世人之接受与否者也。

廿五年六月悲鸿序

后又将此序题于1938年秋马万里与张大千合作之《独秀峰》长卷上。

7月5日，在南宁主持广西第一届美术展览会，应聘参加审查部工作。会场分设广西省博物馆、广西省教育会、南宁女子中学等三处，其《田横五百士》等巨作也参加展出，深受欢迎。

当日，在《南宁民国日报》上发表《广西第一届美术展览会鄙人所征集的作品述要》一文。

7月上旬，致高剑父信，言及对广西政治形势的看法和有关振兴广西美术事业的设想。

7月23日，游龙州，时忧国忧民，满怀激情创作国画《逆风》，题"丙子大暑，达龙州遣兴"，以小麻雀象征小人物的反抗精神。

下旬，刘汝醴离桂返沪，作《双鹊》相赠，题曰：

汝醴仁弟从吾游桂两月，兹将返沪，赠此纪念，廿五年七月，悲鸿写于邕垣。

7月，自编《悲鸿画集》第三册，由中华书局出版。

本月，在南宁作《公鸡与母鸡》，73.8cm×44.4cm。题："伯荫先生方家雅教，廿五年七月南宁旅中，悲鸿。"下款："悲鸿先生为余作此画已历廿年，中间几经天灾人祸，深觉私人保存，人不易见，于一九五四年一月赠与广西省第一图书馆收藏，沈伯荫。"现藏桂林图书馆。

本年夏，在南宁创作《松鹰图》，题"明知生死关天意，如此淫威实极凶。廿五年夏尽感愤时事写于南宁，悲鸿"。荣宝斋藏。

夏末，广西画家帅楚坚、张家瑶等合作《雉鸡图》，徐悲鸿题："丙子夏尽，镜芝家中雅集，楚坚雉、家瑶石、伯荫凤仙、逸禅写栗，竟又缀小虫，命悲鸿题记。"钤"东海王孙"印。（按：张家瑶字镜芝，沈樾字伯荫）。现存帅楚坚后人手中。

8月，与张家瑶合作《马柳图》，徐悲鸿画马，张家瑶画柳并题："丙子七月廿六日雅集镜芝斋，悲鸿写马，镜芝为补柳，并志岁月。"现存桂林博物馆。后经黄养辉鉴定为真迹，并在原画右侧题写："徐悲鸿师画马真迹，一九八二年元月观于桂林榕树楼，黄养辉志。"

8月14日，在南宁出席李宗仁宴会，同席者有蔡廷锴、蒋光鼐等。

本月，发表《白副总司令艳电书后》一文，痛斥蒋介石所谓"礼义廉耻"是"无礼、无义、无廉、无耻"，"媚日军阀，狼子野心"。

事后，南京中大反动当局纠集部分

58

学生，组织所谓"驱徐运动"团体，并印发《请看艺术界败类徐悲鸿之反动行为》反动传单，称"徐悲鸿诋毁政府"等，并宣称"第一步革除他的中大教职"。

在致舒新城信中云及：

此间已定迁都桂林，当成西南唯一重镇，中华必当来设一分发行所，足下能来一游并视察环境否？弟拟在此略置薄产，于必要时当拟动移基金千元。兄愿否在仙境辟一宅？幸见告！弟处自可托足勿疑。弟功成名立，不愿再与俗竞。

9月，随广西省政府迁桂林，居广西省图书馆，创作国画、油画、练习书法。题材多为广西名胜。

9月19日，获孙多慈寄来红豆一枚，而无着一字，甚为伤感，即写三首红豆诗寄孙。其一：

灿若朝霞血染红，关山间隔此心同。

千言万语从何说，付与灵犀一点通。

其二：

耿耿星河月在天，光芒北斗自高悬。

几回凝望相思地，风送凄凉到客边。

其三：

初秋即事

急雨狂风避不禁，放舟弃棹匿亭阴，

剥莲认识中心苦，独自沉沉味苦心。

9月25日，致书舒新城，谓广西民气甚好，当与南京政府继续对抗。又曰拟在桂林购置房产不回南京，且拟给舒氏单辟一宅。并抄送吟红豆诗三首，外加小志曰"九月十九日得慈远寄红豆而无一字"，感叹"新城吾兄知我"。

10月23日，致王少陵信，称收手教为慰，弟日内忙于迁移，致无暇握管。大作展览，实是盛举！谨如遵命，为题目录。弟一切进行计划，因桂省抗日之后经济大受影响，此时尚谈不上。

10月，国画《松》参加桂林乐群社画展并发表。

10月，拟在桂林独秀峰创建"桂林美术学院"，邀盛成、舒新城诸老友和其高足张安治、黄养辉等前来协建，仅张安治应召前来。

10月，为覃连芳作《苍松图》并题"大树将军"。

10月，为李宗仁、郭德洁夫妇画《群马奔腾》《竹雀》《猫蝶》《梅花喜雀》《村女》《松柏参天》等。

本年初秋，在桂林作国画《四喜图》③，又作国画《船夫》，上题：

丙子重阳节近，放乎漓江，见一舟子壮健，为平生罕遇，真 Heracles 也！兹先成初试未定之幅，必将集精力写之，悲鸿。

本年秋，创作国画《鸡冠花猫》。

本年秋，作《松树图轴》，绢本设色。又作《奔马》，题曰：

本是驰驱跋涉身，几回颠踬几沉沦。

为寻尝胆卧薪地，不载昂藏亲善人。

本年秋，观看徐杰民画作后，兴之所至，题曰：

吾标榜写实主义，浅学者多感其难，顾不入虎穴焉得虎子，徒为优孟衣冠，日从事于八股滥调走，终不能免自然之淘汰也。

本年秋，致电中央大学校长罗家伦，请辞中大教职，电文中曰：

弟流年不利，百无一当，思入深山，以艺术自娱，将隐阳朔，谢绝世事。

11月初，在南宁与马万里合作画，马画松树、凌霄，徐画猫、石并题字。

11月26日，《徐悲鸿画集》（第二册）由中华书局出版发行，书中计有《松鹰》《枇杷》《梅花》《双猫》《晨曲》《饮马》《荒寒》《秋兴》《漓江野渡》《天目山老殿》等20幅。

是日，受徐悲鸿委托，舒新城代购孙多慈寄来油画风景一幅、炭画《黄山松》二幅，舒以陆费伯鸿的名义收之，从徐悲鸿存款中拨120元寄孙。

11月27日，徐悲鸿请张安治在沪访舒新城，并代取150元购画返桂林。

本年初冬，作《梅竹》，落款"丙子始寒，悲鸿居桂林"。

12月，盛成（1899—1996）应徐悲鸿之邀同游桂林。同窗知己重逢，朝夕相处半月余。12月下旬，盛成因在北平的妻子郑坚诞第三胎，准备束装北上。临行，徐悲鸿赠画，并以传统国画题材中的吉祥物大公鸡、大母鸡寓意盛氏夫妇恩爱，还细心嘱咐盛成，回到北平，可请白石老人补画三只小鸡，以寓意盛家三个孩子。

后来（1937年1月），齐白石诚如所请，在徐悲鸿的画上补画了三只可爱的小鸡，喻指盛郑夫妇的三个可爱小孩：保罗、碧西与滴娜。

画幅还有徐悲鸿和齐白石所题的跋文：

成中老友于廿五年岁阑，游桂林将返故都，接见云第三子诞生，敬馈双鸡以遗产母。悲鸿。

丙子冬一日，成中良友来见予，出此幅且言曰：悲鸿令予求老人补添三子以成佳话。予即应成中之命。时居故都城西。（齐白石题）

此画不仅见证了徐悲鸿、齐白石、盛成三位大师的友谊，还因画中寓意，画上所呈现的画艺、书法及文字，成为一段足堪信史的佳话。此画并未题名，苟以《吉利图》定之。现为上海市嘉定博物馆收藏。

本年冬，在桂林作国画《雪景图》，题：

丙子之冬，以居桂林，曾未见雪，山川既殊，亦减情怀，此则无中生有也。

本年冬，在桂林完成国画《山林远眺》，翌年题字并装裱。题曰：

廿四年在宁写树，翌年冬居桂林，思俩儿因促成，又越两载，乃题字付装。

本年末，在桂林作国画《牧童和牛》。

本年，在桂林作国画《漓江两岸》《漓江舟子》《沉吟》《立马图轴》《枇杷图轴》《狮图轴》等。

本年，作《喜鹊与柳树》，题：

不知何年何月何时何地，见有此景，忧国无益，写来消闷。赠与罗家伦女儿罗九华。

本年，作诗数首——

感事

成败兴衰亲眼见，悲欢离合与魂通；

人生幸有黄粱梦，省却登场万事空。

感事一则——赠梅魂女士④

象纬近逼万云低，俯视峰峦隐翠微；

举眼芸芸无一草，神奇绝世到峨眉。

本年，与马万里、张安治合作《迎春图》。（据龙廷坝载1982年6月19日《桂林日报》的《鸟语花香春常在——马万里书画篆刻展观后》云："1936年马万里与徐悲鸿、张安治合作的《迎春图》，合作后交我收藏，可惜'文革'时遭浩劫，杳无音讯。"）

1937年（丁丑）　43岁

年初，离开桂林，经安徽返南京，继任国立中央大学艺术科主任兼教授，半月后即离开南京，经上海回桂林。

1月27日，在《桂林日报》上发表《新感想》一文。

1月28日，缅怀淞沪抗战，在桂林作国画《壮烈之回忆》，题曰：

二十六年一月二十八日，距壮烈之民族斗争又五年矣，抚今追昔，曷胜感叹。⑤

同日，又作国画《乌鸡葵花》。

本月，作国画《猫》，为"艺术精品活页古今名画"大画片之一，中国图书杂志公司出版发行。

初春，寓居桂林。检阅康有为赠词，感慨题曰：

岁丁巳南海先生六十，时吾欲东游日本，先生书此送行，即用孙君伯兰旧笺，复辟之前月也，人事如梦，今二十年矣，以无岁月，特为识之。丁丑初春，寓居桂林检旧物，不胜慨然！

春，创作李宗仁、白崇禧、黄旭初等的骑马巨幅油画，原名《广西三领袖》《广西三杰》，后改为《眺望》。

春，在桂林广西省政府图书馆作《立马》一幅，题"哀鸣思战斗，迥立向苍苍"。

春，作国画《喜鹊》，题"廿六年春仲写，贺骧侄嘉礼，悲鸿时居桂林"。⑥

2月17日，同张安治等一起在桂林初中大礼堂布置"桂林书画金石展"。

2月，创作怀人之作——国画《风雨鸡鸣》，题：

风雨如晦，鸡鸣不已，既见君子，云胡不喜。

3月6日，《中央日报》报道称：

本京中国文艺社举办援绥艺术展览会，自谢寿康等担任筹备以来，已有月余，各地所征集之名人书画，不下五百余件，画家如徐悲鸿、黄宾虹、张大千、张书旂等，书家如欧阳竟无、于右任等均有杰作参加，决定于三月六日在华侨招待所正式开幕，时间为一星期，用抽签办法，每券售国币十元，闻票券已开始出售云。

3月8日，盛成访舒新城，将徐悲鸿五年前借去中有徐悲鸿题字的刘海粟画一幅，从桂林带经北平奉还。

3月11日，应舒新城之邀，为中华书局编辑所副所长张献之六十寿辰作《奔马》一幅。

3月12日，发表《读高剑父画谱书后》⑦，热情赞颂高剑父的艺术造诣和崇高人格。

3月，赴阳朔写生，作油画、国画《漓江春雨》多幅，国画《漓江春雨》为徐悲鸿之山水代表作。

4月初，徐悲鸿对桂林阳朔情有独钟，曾请桂林著名金石家林半觉为其刻了一方"阳朔天民"的朱文石章。在阳朔写生两周，住李宗仁所赠之房子。该屋位于阳朔县城的漓江边，三间平房。徐杰民生前对笔者说过："徐悲鸿为了方便观景写生，曾嘱我托人与住处秦姓邻居联系，拟购其果园一部分，扩充住处园地后，则可面临漓江。但秦姓宅主以祖业为由不愿出让。徐师颇为惋惜！"该屋现扩建了展览室和庭院，门楼下挂有吴作人手书"徐悲鸿故居陈列馆"，门楣挂有廖静文手书"徐悲鸿故居"。

4月9日，陪同李宗仁，白崇禧在桂林乐群社宴请洪深和中山大学文化考察团一行，观看国艺社演出《回春之曲》。

4月10日，巨幅油画《眺望》（原名《广西三杰》）参加在南京举行的"全国第二届美展"。画面为李宗仁、白崇禧、黄旭初三人骑马昂首并辔，高悬展厅正中，遭南京政府及其追随者恶意攻击。徐悲鸿与汪亚尘、许士骐、吴湖帆、林风眠、颜文樑、张大千等为美展的筹备委员和审查委员。

4月15日，《良友》国画杂志月刊第127期发表徐悲鸿创作之《眺望》。

4月25日，"全国儿童画展得奖作品展览"在桂林初中举办，任该展览会指导员。

4月26日，为《广西日报》题写《全国儿童画展得奖作品运桂轮回展览会特刊》，并撰写《儿童画展献词》。

本月，在桂林为徒步环球旅行的潘德明题"德明先生走遍五洲，艰苦卓绝，书丈夫壮志，此纪念。廿六年四月相遇桂林，悲鸿题"，李宗仁则为之题"有志事竟成"。

本月，广西抗战期间第一本木刻集《钟惠若木刊集》第一集出版，徐悲鸿题写书名。

5月初，离桂抵港。

5月11日，在香港冯平山图书馆举办个人画展，展出画作百多幅，其中有《广西三杰》《白崇禧》《李宗仁将军》《黄旭初先生》《田汉与黄大琳》《田横五百士》《九方皋》等。对于《广西三杰》，评者有不同看法，香港青年画家

64

任真汉[8]在《珠江日报》上撰文认为《广西三杰》像呆板的照片，没画出"杰"的风采。时任香港艺术研究社社长的陈福善则在《工商日报》上发表《徐悲鸿画展》一文，全面肯定徐悲鸿的画作。其中谈道："最值得我们注意的就是《广西三领袖》—— 白崇禧、李宗仁和黄旭初的肖像，这是基于炭笔的画稿。……总之，这次徐君的画展是优美的。"

5月15日，香港《天文台半周评论》刊登老和《徐悲鸿画展与广西三杰》一文，指出：

（与会）人士二百余人，陈列作品计共一〇二件，其中最大一幅油画为《广西三杰》，即李白黄三氏之像，分乘骏马，各露雄姿，绝妙英雄名马图也。系自南京运来将转运入桂……其次为一牧牛图，中画一小牧童，虎伏草地上，手牵一水牛，人牛对瞩，生动异常，其背景则为桂林阳朔山景……其上题云："广西谓人曰公哉，谓小儿曰玩哉，福州谓牛曰午，一头牛曰束劳午。"下识云："倘

有好事之徒，用中国五色话写成一诗，必光怪陆离，骇人听闻，过于鄙画万万，惜未之有也！丙子岁阑，桂林遣兴，悲鸿。"

并刊图片及文字"《广西三杰》徐悲鸿先生近作"，署"王少陵摄赠"。

5月中旬，受香港大学许地山之邀，前往观看一位德籍妇人拟销售的中国字画，惊见《八十七神仙卷》，遂高价购回这流失国宝，珍惜有加。该卷高0.3米，长2.88米，实属罕见。

5月中旬，在港展出期间，虽然其早年所作西洋人像油画曾受李铁夫的批评，但在离港前仍致函郑子展，言及"为国惜才，大家应善视之"，称赞李铁夫西洋画之成就，并关心其拮据生活，寄港币千元暗托分期资助李铁夫，叮嘱保密。

5月22日，在广州举办画展之余，参观青年画家赖少其、潘业、陈仲纲三人画展，给予鼓励并合影。

本月，徐悲鸿因与广西省政府关系

甚佳，考虑拟借广西省政府资助让陈文希赴日本深造，后陈以语言不通诸原因婉谢。徐悲鸿在港期间，偕陈文希拜访东方画坛"怪杰"李铁夫。

本月，书《游罗浮山》赠徐杰民，曰：

冲虚观上驾云游，飞瀑喧天豁倦眸。沦落半身蝴蝶梦，昭然今日到罗浮。

6月12日，《中央日报》报道：

中央大学艺术系师生画展最后一月，徐悲鸿、高剑父、张书旂、吴作人、吕斯百等均有作品参展。

6月下旬，自长沙赴安庆会孙多慈，下榻孙家。

7月17日，圆满结束在香港、广州、长沙等地举办的画展后，由安庆返桂林。

夏，于南宁作《猫竹图》，176.7 cm×39.4 cm，题："冬寒松抗铿锵之南宁虎威振，为超兄写赠纪念，廿六年夏尽，悲鸿。"

9月4日，张元、吉君等在桂林广西省府大礼堂举办音乐会，招待广西党政军及文化界人士，徐悲鸿应邀出席，并为《广西日报》特辟的《乐艺专刊》撰写引言。

9月，撰"雷霆走精锐，行止关兴衰"联赠白崇禧，并题词：

健生上将于廿六年八月飞宁，遂定攻倭之局，举国振奋，争先效死。国之懦夫，倭之顽夫，突然失色，国魂既张，复兴有望，喜跃忭舞，聊抒豪情，抑天下之公言也。

本月，将离桂赴重庆，特画《立马图》赠李宗仁的少将机要秘书周天游。题识：

哀鸣思战斗，迥立向苍苍。丁丑春迟，悲鸿。天游贤兄诗人惠存，同年九月悲鸿敬赠，时将入川。

10月，为消除徐悲鸿怀念亲友之苦闷，徐飞白常陪徐悲鸿到桂林附近写生。

间中徐悲鸿曾对飞白倾吐怀念孙多慈之隐情，据此飞白曾写诗以记其事，曰：

对我长谈涧上亭，多君消息滞怀宁。

风烟不为吹愁去，嚼石成仙簌簌青。

徐悲鸿也写怀念孙多慈的五言古体长诗赠飞白。

徐飞白在回忆中又提及徐先生此时也常写诗题赠桂林友人，其中有首：

亦效鸳鸯宿上林，亦同麒麟失其群。

人生甘苦每相反，颇觉年来左手驯。

又据徐飞白回忆，徐先生在桂林期间"曾主动送我三幅中国画：一是《秋风立马图》，二是《榕树双牛图》，三是《杨柳喜鹊图》"（见拙著《抗战时期桂林美术运动》下册第659页，漓江出版社1995年9月）。《秋风立马图》题识"秋风万里频回首，认识当年旧战场。廿五年夏日，与晓明亲中来广西，悲鸿"。

10月，邀香港李铁夫、王少陵游桂林，并题赠王少陵，诗曰：

急雨狂风势不禁，放舟弃棹匿亭阴。

剥莲认识中心苦，独自沉沉味苦心。

此为曾赠孙多慈的小诗。

10月31日—11月2日，由广西妇女抗敌后援会会长郭德洁主持的"妇女抗敌后援会书画用品展览"在桂林乐群社礼堂举办，徐悲鸿捐赠作品49幅（其中画48幅，书法1幅）参加展出义卖。当日《广西日报》在报道画展开幕盛况时写道："画类中以徐悲鸿之马最为出色。""画价由广西妇女抗敌后援会会长郭德洁（李宗仁夫人）亲自主持评估，分超等价50元及30元、20元、5元、2元等5种价目，以抽签对号取件。"

11月上旬，离开桂林，经贵阳赴重庆。

12月2日，桂林雅托书画社为广西各界抗敌后援会募捐举办书画展，徐悲鸿有画参展。

本年冬，作《战马》赠傅作义将军，题：

作义将军爱马，吾写此画寄之，为其塞外抗战助威，廿六年冬于桂林，悲鸿。

本年冬，绘花木《清影》，题：

廿六年冬，桂林八十七神仙残卷之居。茂先宗长赏之。客中，对此聊减寂寥，悲鸿。

1938年（戊寅） 44岁

1月初，获孙多慈自湖南来函，彼称："因安庆沦陷，全家逃难至长沙，盼速来相会。并望带全家往桂林，届时与徐先生成婚。"

1月，"桂林美术学院"于桂林独秀峰西南麓落成。

2、3月间，由渝返桂，寓于桂林美术学院。作《野趣》，题曰：

返桂林写于美术学院，时我军与日军战于台儿庄，悲鸿。

又作国画《芭蕉麻雀》，题：

廿七年春仲返桂林，写于美术学院，时我军与凶倭鏖战于台儿庄，悲鸿。

作《荆十三娘背影》，题曰：

荆十三娘，剑仙中之豁达者矣，但其作事，实为孟浪，吾写其背，恐容仪未温婉也。

又写《黄君璧山水》诗：

最是君翁情可亲，画名久已与天平。苍茫烟水真能事，便起荆关也吃惊。

春，画《秋风万里》，画面为一匹骏马正安静地伫立在草原上，鬃毛随着秋风一起飞舞。题跋：

秋风万里频回顾，认识当年旧战场。达伧吾兄八步新居落成，持此申贺。廿七年春日，悲鸿。（按：达伧即谭达伧，广东梅县人，徐悲鸿留法学友，曾在贺县八步经营锡矿产。）

春，题写"英雄造时势，微言开太平。德纯老兄雅正。廿七年春日，悲鸿"。（按：秦德纯，山东沂水人，中华民国陆军上将。"七七事变"前夕，时任二十九军副军长，代理军长职责，并兼任北平市市长，管理冀察军政事宜。忍辱负重，与日本人周旋，身处历史漩涡中心，临危不惧。）

3月6日，全省儿童绘画展览头次筹备会在桂林美术学院召开，徐悲鸿为副会长，张家瑶为总务股长，阳太阳为评判股长。

3月27日，全省儿童绘画展览举行第二次筹备会，徐悲鸿等9人被推选为审查委员。

春末，于桂林作《竹石三鸡》，127.5cm×38cm，题："莫口五兄先生从桂林出土古陶见贻，写此奉极。廿七年春将尽，悲鸿。"桂林图书馆藏。

3、4月间，亲赴长沙接孙多慈一家到桂林居住。

4月4日，"全省儿童绘画展览"在桂林中山公园"美术学院"开幕，由该会主席徐悲鸿主持，与会者有广西省政府顾问林竟、导学室主任唐现之、广西大学校长白鹏飞及各机关、小学校学生代表200余人，作品1000多幅，为期6天。

4月，应田汉之邀，拟到武汉军委政治部第三厅任职（拟聘任第三厅第六处第三科——绘画木刻科科长），本拟见郭沫若，却因误入政治部陈诚办公室，受国民党官方冷遇。待三厅厅长郭沫若接到电话赶去，已是午饭时间，气氛有点儿异样。徐悲鸿气恼地说："我不准备做官了，我要到广西去，美术科要挂我的名字也可以，我的名字就是被利用，也不会用烂。"说完便急于上火车离去，经长沙返桂林。

4月，作《喜鹊梅花轴》，并题："雪压枯枝水浸霞，炊烟起处有人家。梅花江上一声笛，落日寒空数点鸦。兹廿七年四月录旧作。南枝先生相晤于桂林留赠纪念，廿七年春悲鸿欲去渝州。"张大千题《眉寿万年》并书"南枝长老也属题，大千弟张爱戊寅八月同客桂林。"［按：南枝先生、南枝长老指姚文林（1897—1980）。化学家，曾任东北大学化学系教授、河北省立工学院化学制造学系教授兼系主任。抗战时期，任国民政府军事委员会专员，曾到过桂林。1948年到台湾，接任台湾碱业公司总经理，后专任董事长。著有《电石分析法》等。]

4、5月间，倡导成立广西省会国民基础学校（广西省立艺术师资训练班前身），地点在桂林中山公园。

5月，离桂返渝执教。

7月中旬，暑假离渝返桂，筹备赴南洋办抗日画展，拟为广西抗日将士募集经费。

7月17日，因受蒋碧薇的阻挠破坏，徐悲鸿拟资助孙多慈赴比利时留学一事告吹，舒新城到中华书局总店将徐前所托购的孙旅行支票240英镑收据及来回信件交亮伯，转增奎代为售出。

7月29日，在桂林致郭有守函称：

弟家庭之变，早至无可挽救，且分离已久，彼此痛痒不复相关 …… 昔两全之计，竟不可得，故拟解决不可挽救之局，以应未来逆运，兹拟处置家庭办法，恳兄转告碧薇，情缘如此，天实为之，碧薇欲恨我，我亦只得听之。虽弟初心，岂敢如此？抑如去冬之隐忍，犹且无济，宁非天乎？唯适当国难之际，允称无聊之极者也。…… 不论碧薇有无收入，弟以每月所得三分之一与之，两孩归碧薇抚养，用费由弟负担，但以俭约为原则。…… 兄得此函后，弟即与碧薇正式脱离，弟之隐痛，乃在未受法之束缚，但为余生计，不能不解决，亦想不到更善办法，诸好友向来盛意，只是铭诸肺腑，倘加责备，弟又何辞？临书悲梗，不尽缕缕。

7月31日，在《广西日报》上刊登广告，曰：

徐悲鸿启示，鄙人与蒋碧薇女士已脱离同居关系，彼在社会上一切事业概由其个人负责，特此声明。

本月，为《广西省会国民基础学校艺术师资训练班同学录》题写"亲爱精诚"。

本月，广西省中等学校美术教师暑期讲习班在"桂林美术学院"开办，徐悲鸿为讲习班讲课，该班集中了广西全省80多位艺术教师，徐先生讲课认真，循循善诱，引导学生欣赏其带来之珍贵艺术品，讲解艺术理论，严格要求大家练习好基本功，甚受欢迎。

本月，作国画《牛浴》题："廿七年夏在桂林近郊写所见"。

本月，作《佳果》一幅赠李济深，题"每因佳果识时节，当日深交怀李公。戊寅长夏，悲鸿"。

本月，作《蕉竹》，署款"廿七年夏居桂林酷暑写此自遣，悲鸿，梦坡先生雅赏"。

本月底，作《千古秋色图》赠黄君璧。又作四只喜鹊赠黄君璧，题曰"抗战周年，预祝胜利，君璧道长赐存，悲鸿"。

7月16日、8月1日，在桂林《宇宙风》第70—72期上发表《自传之一章》，述及第一次抵达南宁、桂林后的感想，称道广西的淳朴民风，赞扬广西自上至下同仇敌忾的抗战热情。

本年夏，为徐杰民岳父东观先生（时供职于桂林广西省图书馆）画《芭蕉雀》。其岳父如获至宝，请人揭裱挂在厅堂上。桂林失守前夕，徐杰民本已撤离桂林，但想到这幅画，立即又急匆匆折返家中把画抢救走。

8月初，沈宜甲执《徐悲鸿启事》去见孙多慈家父，满怀信心想促成徐孙婚事，不料碰壁，遭孙严拒："徐先生与我女儿是师生关系，这关系无论怎样也不能打破！"

8月上旬，孙多慈随父亲离开桂林赴香港，后转回浙江丽水。徐悲鸿两头落空，情绪极度沮丧。

1985年12月31日徐杰民在家中对笔者说：

徐师与孙多慈分别后，加之张道藩从中挑拨，与蒋碧薇关系闹僵，心境欠佳。有一天他说很苦恼，要我陪他到郊外散散心。我陪他到木龙洞。路上看到一老农在一大片黄菜花地中劳作。第二天，他凭记忆把老农画出来，十分生动。

8月中旬，徐悲鸿在《西江漂流日记》中写到，陈公博游桂林时，曾向其谈及新加坡举办画展一事，认为此筹赈救国之举，现各大都市风起云涌，慷慨输将者，不乏其人。他原拟将其所售三幅画之款贡献政府，忽又想到与其这样，倒不如将用此款作旅费远行，效果当能更大。

8月中旬，为陈公博作《猫蝶图轴》。

8月下旬，老友谭达仑时在八步（即广西贺县）创建锡矿区，八步离贺江不远，群山突兀，风景颇佳，矿场在水岩霸，亦称奇境，既可宽慰徐悲鸿之忧怀，又可让其写生创作，故邀请徐先生前往。此时适逢欧阳予倩在桂林受到排斥，便应邀雇了一叶轻舟，同船西下。船抵梧州，下榻梧州省立医院院长易敦吾家。易敦吾兄长易钦吾与徐悲鸿有同窗之谊。为保徐悲鸿之安全，易特安排住自己家厢房，盛情款待。徐悲鸿在其客厅作泼墨《奔马图》以谢。此画至今仍由易敦吾后人收藏。

徐到了八步后，即前往蓝田寨的梁氏宗祠悼念梁文山（按：梁文山系当地名士，民国初，陆荣廷委任时为广西大学堂教员的梁文山行税务局局长之职，梁亲力亲为，大力开采贺县八步锡矿，使其一跃而成为广西锡都。一直支持抗战，为广西抗战事业做出了贡献，受广西政党要员和进步文化人的尊敬。卒于1937年10月7日），书写一副对联和"瑞应来仪"横匾。上款为"文山先生遗阡"，下款为"浙江徐悲鸿并书"。梁氏后人将"瑞应来仪"刻于尖峰山上。（按：2016年4月7日"尖峰山徐悲鸿题摩崖石刻"被列入贺州市文物保护单位。）徐在八步受热情招待，在半个月之中，作画40余幅，并为《九歌》绘插图数幅。

8月，在八步作国画《奔马》，落款"廿七年盛暑悲鸿写于八步"。

本月，作《八步晨光》，题识：

晨光含雾颇不易写，往往变为雨景，便失其趣。此八步市上购得之劣纸毫不受墨。

廿七年秋。悲鸿。

本月，谭云山自印度返桂林，顺捎来印度著名诗人泰戈尔致徐悲鸿信，赞美、感谢徐先生赠中印文化协会作品之余，邀其赴印展出。徐悲鸿遂决定应邀前往，即事筹备。

9月2日，在八步复郭有守信曰：

盖碧薇从前虽对弟切齿深恨，究亦尚具恩爱，自去年8月后便只有恨无爱。

又云：

子杰吾兄左右，奉长函极讥讽嘲骂之致，老友因关切而壮怀激烈，夫岂可怪？"惟天下多美女，安得一一妻之"数语，可谓不知者，但弟此时，亦不暇辩。

初秋，作国画《贺江景色》，题曰："廿七年初秋悲鸿写贺江景色。"

初秋，作《无题》，画一马蹭痒，题"戊寅新秋，暑气未尽，薄游八步"，并题跋：

朋辈中最孝悌笃行者当推香山郑健庐、子展昆季，两家子女众多，而一门雍穆，从无间言。健庐幼女璋，五岁，绝慧，与子展七岁女彦相戏，偶为姊创手，痛而哭。彦出无心，述于其母，亦自恨而哭。余适逢其会，觉此乃人类最伟大之情绪，苟广此德，可立溶巨炮作金人，而太平将与天长地久永无极也。廿八年岁始，悲鸿欢喜赞叹，纪此幸遇。

八步期间，创作《象鼻山外望》。

9月，在桂林题《八十七神仙卷》之一，全文约1200字，生动简练，行草书法精到，堪称徐悲鸿后期书法精品。中曰：

……前后凡八十七人，尽雍容华妙，比例相称，动作变化，虑阔干平板，护以行云，余若旌幡明器，冠带环佩，无一懈笔，游行自在。……则向日虚无缥缈复绝百代吴道子之画艺，必于是增其不朽，可断言也。为素描一卷，美妙已如是，则其庄严典丽，煊耀焕烂之群神，应与菲狄亚斯之上帝，安推娜同其光烈也。以是玄想，又及达·芬奇之伦敦美术之素描，安娜与拉斐尔米兰之雅典派稿，是又其后辈也。呜呼！张九韶于云中，奋神灵之逸响，醉予心分予魂，愿化飞尘直上，跋扈太空，忘形冥漠，至美飘举，盈盈天际，其永不坠耶，必乘时而涌现耶！不佞区区，典守兹图，天与殊遇，受宠若惊，敬祷群神，与世太平，与我福绥，心满意足，永无憾矣。

廿七年八月悲鸿题于独秀峰下之美术学院。

先一日倭寇炸毁湖南大学，吾书至此，正警报至桂林。

9月15日，写信寄往美国《纽约时报》给林语堂，希望借助林语堂在美国的社会关系，在美国举办中国绘画展览，信中提道：

弟此时拟以拙作一二百幅（纯艺术不带宣传作用），往美国各大都市展览，以所得之半数购药品救济伤兵。

后因林语堂在巴黎不在纽约，待收信后，徐已赴印度，未成。

9月中旬，作《秋声》一幅，拟与赵少昂合作，后题"廿年九月将去桂林，作此，至港少昂为补蝉，悲鸿"。

9月18日，游柳州作国画《苍松双鹤》，因敌机轰炸未画完即离柳州。后画成自存。1946年1月与廖静文喜结连理后将此画交由廖保管，题识"静文爱妻保存。廿七年九月十八倭机轰炸柳州，悲鸿写此画未竟"，钤印"东海王孙""悲鸿"。

9月20日，与张大千、马万里畅游桂林山水，朝夕相处，合作《岁寒三友图》，张大千画松，马万里画竹，徐悲鸿画梅。画跋为张大千所题："戊寅八月朔

（按：阴历初一），桂林月牙山倚虹楼中，万里、悲鸿、大千合作。亦乱离中一段墨缘也。"此画曾藏于北京饭店。

9月下旬，返桂林作《奔马》一幅，贺齐白石78岁添贵子。题：

白石翁七十八岁生子，字之曰良末，闻极聪慧，殆尚非最幼之子，强号之曰末耳！故人固无长物，且以远方，因写千里驹为贺。

廿七年九月
悲鸿在桂林

本月中下旬，张大千在北京躲过日寇的监视，离京转天津赴香港，应广西省政府之邀，离香港经梧州、柳州再次抵达桂林，徐悲鸿同李济深一起陪张大千畅游阳朔。观景写生，流连忘返。（张大千后于1950年作《阳朔山水图卷》中堂一幅并题诗一首赠李济深，现藏广西壮族自治区博物馆。）

本月，在桂林又作一匹奔马，题"廿七年九月悲鸿在桂林"。

本月，作《浴牛》，题"廿七年在桂林近郊写所见"。

本年秋，马万里与张大千合作《桂林独秀峰》一画（现藏广西壮族自治区博物馆），徐悲鸿应马万里之邀，题"卓尔不群"，并和诗一首：

江上草木俱玲珑，锦帐银屏四望中。
便是工师覃设计，工师也得号神工。

又题：

万里先生写桂林独秀峰，笔墨灵妙，尽造化之奇。属题俚句，为书当日登峰顶绝句应之，未能藏拙，殊自愧也。

本年秋，在桂林将北宋董源巨幅山水画送张大千。至1944年春，张大千回赠一幅清代金冬心的《风雨归舟图》，徐悲鸿为此题曰：

一九三八年秋，大千由桂林挟吾画董源巨帧去。一九四四年春，吾居重庆，大千知吾爱其藏中精品冬心此幅，遂托目寒赠吾，吾亦欣然，因吾以画为重，不计名字也。

本年秋，张大千为徐悲鸿画扇面，年末带到新加坡赠送好友黄曼士，题：

戊寅中秋，张兄大千游桂林。余居美术学院，晨夕过从，旋即同游阳朔，别去，此乃访七星后为余写。方欲题字，因要事同赴省府，遂各束装南行。曼士二哥好此，因为冶志以相赠。

同年仲冬同客星洲

悲鸿

10月3日，广西美术会在桂林秀峰酒店设宴，欢送徐悲鸿赴南洋办画展，宣传抗日，并欢迎张大千由港抵桂，徐悲鸿、张大千及张家瑶、马万里、龙潭、钟惠若和林素园等30余人出席。

本月初，离开桂林前夕，作《论中国画》一文交由张安治清录一遍带走，原稿留张安治处（1978年12月由北京《美术》第六期发表）。张安治在此文后记中称"约在一九三八年春季，徐悲鸿拟去南洋、印度一带举行画展，在即将离开桂林前夕，以此稿交我清录一遍由他带走，原稿即留我处"，其所记日期有误。

本月初，携所作精品及所藏600余件作品，由广西沿西江而下出国，因广州沿海被封锁，逗留西江30余日。

11月初，抵达香港，撰写《西江漂流记》一文。后于12月9日起在重庆《新民报》上连载。

本年，为徐杰民题写巨幅对联"一怒定天下，千秋争是非。"

本年，在桂林省立图书馆书写：

好缥缈离奇之想，常乘虚御风而行；
春蚕到死丝方尽，山不全倾地不平。

徐杰民生前曾谓余曰：

当时，悲鸿师写到"方"字时，顿觉不满意，想丢弃。我见状双手接上，请其将下一句写完后送我收藏。他想了一下之后表示同意。我珍藏至今。

本年，徐杰民和李明德在桂林合开画展，徐悲鸿亲临参观并购画两幅，以资鼓励。

徐杰民生前还收藏有两幅徐悲鸿书法，一是"取剑问青天"，一是"矗立中天累万寻，金光闪闪透层云。装成倾国倾城色，直到迷离世外人。当年游览登临处，入梦萦回年复年。一阵哀语天地变，看他沧海与桑田"，具体日期不详。后查后者为徐悲鸿题赠"今邨先生"（马来西亚华侨诗人郑今邨）诗，末尾注明"游仰光大金塔 …… 卅年八月"（即1941年）。

本年，又画奔马一幅，题曰"哀鸣思战斗，迥立向苍苍。耀湘⑨将军雅命。廿七年抗倭之际，悲鸿写。"

1939年（己卯） 45岁

1月9日，抵新加坡，在码头受到黄曼士诸友好和新闻界的热烈欢迎。发表讲话，再次表示艺术家应将"尽其所能贡献国家，尽国民一分子之义务"。

3月2日，由郁达夫主编的《星洲日报》副刊《晨星》出专号评论，介绍徐悲鸿，计有《徐悲鸿先生略历》（黄曼士）、《与悲鸿的再遇》（郁达夫）、《田横五百士故事》（史记）、《谈悲鸿先生的写实主义》（银芬）等文。尚有徐悲鸿的《北平纪游》《怅望》《此去》《李宗仁将军》等画。

3月14日，在新加坡维多利亚纪念堂举办画展，新加坡总督汤姆斯爵士夫妇和中国驻新加坡总领事高凌伯及当地各界闻人共数百人出席开幕式。展览筹委会鉴于《田横五百士》等画的轰动效应，特将《田横五百士》《奔马》《九方皋》《广西三杰》等画拍照，由徐悲鸿签名出售。

3月26日，画展结束，徐悲鸿将此次筹得的国币15398.95元由星华筹赈总会全部寄交给广西，作为第五路军抗日阵亡将士遗孤抚养之用。

3月29日，在新加坡应邀为静方女校演讲《我们的广西》，向大家介绍广西省政府的"新政"，称赞广西能从一个偏僻落后的省份变成抗战时期的模范省，原因是他们有严密的组织和奉公守法的精神，并勉励学生曰：

常常注重组织，奉公守法，节约自己的生活，以呈献给国家。尤其是在国难严重到这个地步的时候，每个人都应该用实际行动来报效祖国，使国家渡过这个难关。

本月，中华书局在桂林发行徐悲鸿三新画册（活页），计有《徐悲鸿画范·人物》《徐悲鸿画范·动物》《徐悲鸿画范·风景·静物》，共选国内外名画87幅，每幅均加简要按语，说明画法特点，体现其美术教学的基本精神。

5月31日，值台儿庄大捷周年之际，致李宗仁函，赞曰：

鄂中大捷，举世腾欢，届指台儿庄（大捷）正届一载，此悲壮惨痛之五日，将以我公之威改变四万万五千万人情绪，而友邦态度于以坚定，最后之胜利在望，远方遥听，其欢忭鼓舞为何如耶。悲鸿于四月间在星洲举行画展，曾得国币三万金以献国家，并指定以半数捐与广西第五路军阵亡将士遗孤，拟于下月赴吉隆坡、槟城两处举行同样意义之展，以尽国民之责。八月之后将应大诗人泰戈尔之请往印度各邦展览。凯旋之时，必当归来与民众共迎公与全军。石头城下，海天万里，曷胜神驰。敬叩勋安。

又曰：

鹤龄⑩将军同此致敬，天游兄倘在军中，并此致意。五月卅一日，星洲（在此晤上海导报蒋光堂先生谈公坐镇徐州事甚欢洽）。（此件现存桂林李宗仁文物陈列馆）

6月30日，徐悲鸿从新加坡致张安治长信：

汝进弟鉴：

得书深慰，沈君木刻（按：即沈士庄版画，沈在桂林广西艺术师资训练班任教）他日定占国中第一席，但人像（老蒋下颌太类老戴，想必有以为老戴者）（按：查沈曾在桂林《工作与学习·漫画与木刻》上创作发表了鲁迅、蒋介石、李宗仁等人的头像版画，此处应该是指蒋介石头像）似尚取材照相，能多作速写加强体式便称近代作风。杨辉（按：黄养辉）能出极善，吾甚思之，（陈）晓南已告我出发矣了，（顾）了然之病吾深以为忧。重庆弟不必去，弟对于嫉视者之态度亦甚好，抗战胜利以后当另有一种局面，此时应多结识有作为有见地之英俊，即全无所为，亦收集思广益之效。八九月来，简直未见什么新颖之艺术（如杂志），将另寄些外国报章之漫查，大概有价值之创作亦恒为外国广销之画报刊物，但亦罕见。弟幸自己用些小功，将中外古今伟人之形容（physiognomy）（将可能见着之照片）研习，扩而充之，则写工人定是工人，农妇定成农妇，绘画最初目的便达到矣！（寄费必甚贵，但请弟为我垫付）白石翁函及册页请挂号寄来，吾甚思其人，且其年事已高，其画尤可宝贵。吾在港星皆函彼，均未得复，亦不知其近况奚若也。（孙多）慈自四月十四来一极缠绵（向所未有）之函后，至今无耗。温州沦陷，彼处必不要，亦只有听之而

已。沈甲（按：沈宜甲）先生（吾已有三四与之）今何在，竟无一字。殊运物最重要之点乃在途中车上，勿令受水侵及，至要。自昨起我为新加坡总督画像（他来我处），于是轰动的狠。

此颂丽安！夫人万福，澄之、德华（按：陆其清、徐德华）两弟均佳

悲鸿六月三十日

（又及）沈士庄先生如到，希致意。谭云山先生昨夜到此，已见，述及桂中诸友，见怀之殷心溢感。

8月12日，徐悲鸿从印度致张安治长信：

汝进弟鉴：

白石册页接得，邮票尤洋洋大观。近作四张，命意与章法均好，且见弟等之努力也。此类行动，乃对于嫉忌者最具辩才之答复。关于四作应有之内省，我有些许意见。中国画老法，是钩而后渲染设色。只有花卉，方有先赋色，而后钩筋，以显浑厚。我画树后之岩石，恒先画石（须先确定明暗方面）。下笔

先施淡处，最好避免皱形笔法。重墨所在，务须留住，不可全部笔调浑融，否则不重，便无气势。近处浓墨之树，可相机行事，留心于画石不到之地下笔。有时可空出一双钩之枝，以具阴阳。而有多数凝重之笔，渗入淡墨之隙。于是再俟干时，补缀不足，自然墨有韵有采（彩）。笔法看似变化，而尽合度。画人亦然，先施淡墨或采（彩），则钩勒有需有不需，便得意到笔不到之妙。若一例先钩后染，即无出奇制胜之功（因已匡廓在，不致走失也）。老战士幅最佳。白先生购去之幅人物极好。马腿少研究，树须双钩，近石究未成功。画远山以笔尖蘸水，笔根在上，自然如愿。总之，作画终当以精妙为目的。即得佳题，不妨再次、三次写之也。四作我将送刊物刊出。我衣箱不怕湿，因极密，湿气不能入，且不怕湿，几件布衣亦值不得甚么。吾意将铜器雕刻［唐三采（彩）一马未知弟为补好否？此后亦成宝器矣］运出，重要书籍、印刷品相机办理，我所虑者即一旦形势太紧，便顾不到我这些东西。

交通工具又不够也。

此问近好！

……

印度只有十二月、一月最好天气，所以我必须在十一月到方有事可做，一及三月便室内一百零五六七八度。吾人前途完全系于抗战，抗战而胜一切不成问也。我既不能返，弟等暇时须集存此次抗战最壮烈之战绩纪（尤注意桂军）（报章上）及图片，即以此为真，而定吾人日后每人三年之工作，庶几此灿烂光辉之血花于以不朽。（沈）士庄先生既怀如此才艺，必当互相切磋，人人日新其德。谢寿康先生竭力劝我去英伦，倘能成行，我必能达到交换作品目的及大英博物院（馆）、希腊古刊模型之一部，则他日吾美术学院益蓬勃矣！（孙多）慈三四阅月无信，忽然又多极其缠绵悱恻之书，我已无心于此无聊之事，我亦不再与之书，听之而已。同七月卅日桂林又遭轰炸，望时以近情见告。

此祝

悲鸿八月十二日

（又及）沙耆画变油滑，不见进步。蒋仁在巴黎由谢先生帮忙开一画展，得款，四月生活之费问题有进步。此间有张汝器先生，昔年亦留学法国，画甚好，人亦好！（沈）宜甲、成中（盛成先生号，曾得法国骑士勋章）诸先生，士庄、澄之、德华等诸弟均此致意！夫人安善！

在另信中，徐悲鸿又对张安治《避难群》构图草稿提出具体修改意见：

《避难群》可能改进诸点：凡格于群而行不前（行之状态须略往前倒），往往将足点起，又明知寇机未至，亦必有斜睨天色者。狗必依人不可具独行性（狗前捥后腿均失），应有老人白发点缀。瞽者最好背一胡琴，用具如热水壶亦宜显出一两个。凡包匡（框）及夹之类，非确指之物奥味不厚，有食未竟者。

技能方面：手及前腕除一两个外欠精，平准说，人太矮些。最优点，人相均佳。动作亦变化可爱，章法并不板。小孩之手足腿……须好好研究，画中往往于此处见精采（彩）。

信中徐悲鸿还在"狗前捥后腿"旁边配上画，足见徐悲鸿对《避难群》的重视。

12月23日，在印度国际大学艺术学院举办画展，78岁的泰戈尔亲为揭幕。《广西三杰》参展。

本年，和马万里、丰子恺、马君武、林素园、龙潜、张作俳、周天游等在桂林《逸史》第7、8期合刊上发表《林半觉先生篆刻启事》，肯定、鼓励林半觉的篆刻艺术。

本年，作油画《南宁河畔渡船》[11]。

本年，为徐杰民作《双雀图》（41 cm × 24 cm）。

本年作《枇杷》（130 cm × 76 cm，2015年夏保利秋拍575万元成交），上题"每因佳果识时节，当日深交怀李公。廿六年夏作于桂林。不得食此果者已数年，今居海外益深慨然，悲鸿己卯"，印文"徐悲鸿""长顾颔亦何伤"。

1940年（庚辰） 46岁

10月19日，在致黄养辉信中提道：

得书欣喜无极。欧阳予倩先生不特艺术卓绝，为吾国现代稀有之杰；其为人亦极诚厚，弟等均当以师礼事之。弟亦何妨用钢笔为之写一像。省府所定之画三幅，须用粗线条写，便于远观，两人合作尤佳。……吾颇愿弟之能镌木刻或强水，定能出人头地。在此时期内，世界艺术界全无作品，或者仅我中国有所表见，因吾颇有机会见各处报章杂志也。

12月上旬，离印度经缅甸返新加坡。

本年，题《灿若朝霞》（木棉）：

灿若朝霞色，高与青天齐。

孰具英雄气，棉玉偿可师。

吾居广西几两年，往来广东十余次，曾无缘一见木棉开花。廿九年游印度乃始赞叹其光华灿烂之容，顿舒积想，即录往日题梦人画句，不胜今昔东西之感！

1941年（辛巳） 47岁

3月28日，作品参加桂林美术界筹建工作室募捐美展。同时参展的有：林素园、任中敏、张家瑶、张安治、李桦、周千秋、尹瘦石、叶浅予等。

6月17日，重庆《新华日报》报道：

我国名画家徐悲鸿氏，年前出国赴马来西亚一带，举行画展筹赈会，所有收入共叻币6万余元，全数交当地南洋筹赈会，汇回祖国赈济伤兵难民。

8月，作《六骏图》（140 cm×76 cm），并题"杰民先生惠教，卅年八月悲鸿"。

1942年（壬午） 48岁

1月6日，新加坡危在旦夕，登上最后一班开往印度的巨轮，途中经缅甸仰光转滇缅公路回云南。3月下旬，返抵昆明。

7月5日，由重庆致张安治函曰：

弟所考虑良当，我将于两星期内来桂林，欲与弟一面谈，且愿为弟谋一专心作画机会。沈逸千[⑫]君极为努力，抗战期中最有成绩之人。其作品虽有微疵，无损大纯，惜乎！弟等未能专一意志成如此量数，极可珍贵之前方速写也！弟

82

需积极整理已往画稿，待我至桂携来一阅。林家旅弟何在？我亦极欲见之，弟可告以我行踪，一切面谈。

此问

近好！

悲鸿

七月五日重庆

7月17日致张安治函，曰：

安治弟鉴：

书悉，展览⑬欣贺！无论精神、物质有结果，均得安慰也！惜我飞机票尚未购得，来桂不能如是之速，为怅怅耳！赵、孙诸子皆常见，祝家声处已去函，未知收到否？法祀处亦由作人另与一书矣。吾抵桂再谈。此间近好。悲鸿，七月十七日。夫人小郎安善！德华、思达⑭诸弟均此致候！参加联合国展作品未知何时寄到？须是精品乃可。精品倘卖去，必须留一照片。

8月1日，随笔《国画与国文》在桂林《国文杂志》创刊号发表。

8月6日，致张安治函曰：

任公（按：李济深）盛意可感，我来便居其处，当较方便也。阮思琴弟寄弟之物，我托彭子材君携桂，讵彼抵筑后变计留居不进，今住贵阳公园路56号，有便人可往取之。

此问

近好！

悲鸿八月六日

（又及）夫人小郎安善，诸友好，统祈致意。冯法祀弟有消息否？

本月，致张安治函曰：

又安治弟鉴：

鲁悉，弟意甚善，我亦极欲。弟成几幅为立业之基，惟物色代替之人为难耳。祝家弟在浙江，今浙渝陷，吾甚念之，其为人极而艺亦精，且为体育长才，请弟设法致电。今其来桂，吾将竭力为弟得较善之作环境。我不久便来桂林与弟等晤面，亦有小小计划为未来艺术途往打算，他日面告不一。此间近佳！夫人小郎安善！

悲鸿

（代问）（徐）德华、（付）思、（徐）杰民

8月11日，由重庆抵桂林，后赴昆明。

9月2日，由昆明抵达桂林，张安治、周千秋、梁粲缨等到机场热烈迎接。

9月4日，桂林《扫荡报》报道：

（徐悲鸿）出国数年，为国捐款近百万元，广西省立艺术馆特定今晚17日7时假正阳楼请徐悲鸿演讲，题《印度艺术》，并拟献售作品数幅，以救济留桂贫病画家。

9月9日，为庆祝"九九"美术节，广西省立艺术馆、广西省立艺术师资训练班、广西美术会和中华美术会等单位，在广西艺术师资训练班教室举行联合画展，徐悲鸿近作《天马》《古松》等参展。

晚上，桂林美术界在青年会草地举行"九九"美术节庆祝晚会，并盛情欢迎徐悲鸿返桂工作，徐悲鸿同熊佛西、龙积之、张安治、张家瑶等200多人与会。徐悲鸿在会上发表演讲，介绍其出国举

办画展，募捐经过，及在印度的观感等。熊佛西等多人发言表示热烈欢迎徐悲鸿印度归来。龙积之则诗赠徐悲鸿：

大悲法会刚圆满，大哲悲鸿万里归。
待哺嗷嗷千万辈，谢君仁粟拜恩晖。

会议最后决定发起筹募桂林美术界滑翔机，徐悲鸿当场慨允捐画作10幅，并向重庆美术界劝募。

中旬，为广西省立艺术师资训练班作题为《印度的绘画艺术》的学术报告。桂林市美术工作者300多人到会听讲。

为黄养辉题写书法两幅：一为"大江东去"，钤"阳朔天民"印；另一为"尊德性，道问学。致广大，尽精微。极高明，道中庸"。另又为黄养辉泼墨作画《飞鹰》一幅以示勉励。因急于赴渝筹建"中国美术学院"，便匆忙乘机离桂，来不及书题。

9月13日，在桂林《扫荡报》第四版"美术人语"上发表《展望》一文。

9月14日，离开桂林飞往重庆。

9月23日，徐悲鸿给在桂林的张安

治来函，提及"吾归来忙极不堪，联合国展为况甚盛，中国学院已由中英庚款委员会通过，由会中主办，聘吾为院长，月经费一万元，将由十月始。弟之工作，俟吾下次书告知"，并关心徐杰民的生活、创作情况，称"杰民幸努力作画，吾拟选购其一二幅，其事我已与孙先生、苏先生谈过。……文稿转熊佛西先生"（按：熊此时在桂林主编《文学创作》和《当代文艺》，徐悲鸿的长文《中国艺术的贡献及其趋向》等便刊载在《当代文艺》上）。

本月，印度、新加坡归来后，为桂剧四大名旦小金凤、小飞燕、东渡兰等写"艺术神圣"之匾后，又画《奔马》赠小飞燕。

10月10日，在全国木刻展览会纪念特刊《收获》⑮上发表《民以食为天》一文。

10月15日，在桂林《文学创作》第1卷第2期发表《漫记印度之天堂》一文。

12月6日，由重庆盘溪给远在广西宜山的黄养辉去信，曰：

养辉弟：

我十一二（日）将赴贵阳，有画展。携有水彩画纸，弟能来否？或去筑办事处派人来取（大十字远东餐厅）。弟画必有进步以重诚也。明年五月必须来青城工作，此时须尽量准备（稿）。

此问

近好！侯局长处请为我致谢！

悲鸿

十二月六日

12月，从重庆返桂林，为中国美术学院招考女资料员，由张安治执行笔试，徐悲鸿最后亲自口试。廖静文被录取。廖原籍湖南，时芳龄十九，系桂林某文工团合唱队队员。

本月，徐悲鸿同张安治、廖静文一起在桂林至七星岩洞里，整理其战前藏于此的字画书籍。

本月，徐悲鸿带廖静文及其女同学游阳朔。

画家冯法祀在《画家徐悲鸿赞抗敌演剧队》一文（1978年发表）提道：

1942年演剧队在广西边疆重镇——靖西、龙州巡回演出期间，他要我带几年以来我在演剧队画的画拿给他看。他兴致勃勃地检阅每一幅画，一面看画，一面倾听我叙述演剧队的战斗生活，他被这些故事所吸引 …… 演剧队的艰苦朴素的生活作风，团结紧张的战斗气氛使他深为感动。

本年作国画《猫》，田汉题诗：

已是随身破布袍，那堪唧唧唁连宵。

共嗟鼠辈骄横甚，难怪悲鸿画怒猫。

本年，徐悲鸿在桂林第一次为廖静文画速写像。⑯

1943年（癸未）　49岁

1月初，在桂林应邀赴熊佛西、尹瘦石住处"榴园"之便宴，画《奔马》赠尹瘦石。

1月6日，在桂林《力报》上发表《中国艺术之贡献》一文。

1月上旬，离开桂林赴重庆。

5月1日，在桂林《文学创作》第2卷第1期上发表《悼泰戈尔先生并论及绘画》一文。

1944年（甲申）　50岁

2月1日，在桂林《当代文艺》第1卷第2期上发表《中国艺术的贡献及其趋势》一文。

本月，代在广西的黄养辉订《画像润例》，对黄养辉美术创作成就给予充分肯定并勉励。其内容如下：

黄君养辉，早岁居宁。相从问业，最精写像。中大诸门人，于此道无出其右者。虽遍中国，未闻或之先也。抗战以还，专力写黔桂筑路工程，建国缔造，艰难之一部。尽情摹出于艺，卓然有所树立，知名当世。干戈漂泊，生计需谋，特为代订写像之例如左：

18寸素描3000元，见手4000元。

24寸素描6000元，见手8000元。水彩较素描加一倍，油绘加两倍。

卅三年徐悲鸿

1946年（丙戌）　52岁

2月22日复徐杰民函曰：

前年桂林失陷，广西遂蒙滔天之祸，至今疮痍满目，每一念及，辄为黯然！复兴之劳实赖兄辈。弟前年病后迄未复原，虽起居如恒，而精神大非昔比。委书校牌已交安治，想收得矣？一俟情形许可，当拟重访桂林，与诸友把晤。[17]

1947年（丁亥） 53岁

2月22日，复信徐杰民提及"有中大高材杨剑侯君[18]，昔曾任国立艺专讲师，现升任副教授，中西画皆佳，将以尊意商之。目下桂林与汉口之交通是否恢复？鄙藏在昭平之物暂拟弗动"[19]，"养辉刻在此任教"。

上世纪50年代初期，徐悲鸿画赠徐杰民山水画，由张安治寄达。

另，徐悲鸿曾复徐杰民函曰：

杰民吾兄：

得手书具知种种，倘有机会写得兄弟民族生活亦大佳事。广西地处僻远，一向不重视艺术，情况落后，不足为奇。需要兄等以身作则，带头示范。久之，俟经济形势改善，生活提高，自能与各处齐头并进，急亦无用。严格的素描是需要的，望足下先向此努力。理论方面的书籍各地新华书店均有出售，想先生均能到手。我尚未恢复工作，固尚无气力也。如遇李重毅[20]先生，希为致意！

[说明]本年表狭义上指徐悲鸿在广西的活动与创作，广义上应包括其与广西有关的人与事。系根据笔者长期积累的有关史料和对有关画家的采访所得，并参考有关画册和某些拍卖公司的拍卖消息、图片，初稿成于2004年5月，作为拙作《徐悲鸿在广西》的附录，该文原载《桂林抗战文化研究文集》第八辑（广西师大出版社2005年8月出版），因篇幅限制，附录未能同时发表。现经反复修改并参阅王震先生《徐悲鸿年谱长编》。徐悲鸿抗战期间在广西的创作活动极为活跃，留下的作品十分丰厚。本年表虽竭力为之，仍难免挂一漏万，有待日后继续修正。

注 释

①②徐悲鸿:《南游杂感》,载1936年4月10日上海《新中华》第4卷第7期。

③见何新、钟和:《徐悲鸿不朽的抗战画作》,载2005年8月13日《人民日报》海外版(第七版)。文中又提及在桂林时还作《晨曲》《古柏》《负伤之狮》等画。

④即陈梅魂。

⑤此处的"壮烈之民族斗争",系指1935年"一·二八"淞沪会战上海军民的英勇斗争。

⑥立轴,99 cm×34.5 cm。见2009年山东天承春季大型艺术品拍卖会,成交价649600元。

⑦载1937年3月12日《中央日报》。

⑧任真汉(1907—1991),广州市花县(今花都区)人,画家。小时因患脑炎致聋。1927年东渡日本学习油画、美术史、画论。抗战期间曾到桂林从事抗日美术活动。1989年春笔者曾在香港岭海艺术专科学校校长卢巨川的引领下登门拜访任老,他虽失聪,但并非全聋,右耳尚有听力。通过其家人的协助,我们明白了当年徐悲鸿对他的批评不仅不反感,且很善待他,后来还拟聘其赴校任教。由此可见出徐悲鸿的气量。

⑨指廖耀湘(1906—1968),湖南邵阳人,国民党爱国将领。

⑩指李品仙(1890—1987),广西苍梧人。国民党将领,曾任第十战区司令、安徽省政府主席,在桂系中地位仅次于李宗仁、白崇禧。

⑪画作左下签名"悲鸿己卯",油彩布,49.5 cm×74.5 cm,见2004年11月21日北京翰海拍卖会,成交价88万元。

⑫沈逸千（1908—1944），1932年毕业于上海美专，后加入上海爱国实业界人士组织的陕西实业考察团。1933年2月，日本侵占山海关、热河后，发起组织上海美专国难宣传团、上海国难宣传团，再度北上察哈尔、绥远、内蒙古进行抗日爱国宣传并写生。抗战全面爆发后，任战地写生队队长，多次带队奔赴前线、延安写生，曾为毛泽东、朱德、贺龙、茅盾等画过肖像。1942年3月带领战地写生队抵桂，举办战地写生画展。之后又先后奔赴滇缅战场、青海、兰州等地写生。1942年10月底又返桂林举办个人战地写生画展，茅盾特为此画展撰文大加肯定勉励。1944年秋在重庆失踪，据茅盾、黄苗回忆，则认为被国民党所暗杀。

⑬即自1942年7月起至1943年7月先后在桂林、贵阳、重庆、成都等地举办的"张安治画展"。

⑭徐德华（1910—1953），南京人，毕业于南京国立中央大学艺术系，受徐悲鸿的指教。应徐悲鸿之邀，同张安治一起抵桂林，筹建桂林美术学院，后一直在桂林从事抗战美术活动。傅思达，广东梅州人，早年毕业于中央大学教育学院艺术科。抗战期间任职于广西省立艺术师资训练班，从事桂林抗战美术教育工作。

⑮柳州黄图出版社出版，沈振黄主编。

⑯见广东崇正2016秋季拍卖会"古逸清芬"（信札、古籍、善本）图943《廖静文致艾芜信》，时间大约为1978—1979年。摘引如下："艾芜同志：……我很欣幸终于有再见您的可能，我就住在

北纬旅馆附近，希望您给我打个电话（333967家中），我想去看望您，并盼望知道应宪的情况。她现在在何处？我离开桂林以后没有再和她联系过，但我经常想起她，想起我们那些年轻的美丽的日子，悲鸿为我画的第一张速写像也在她那里。"

⑰1938年春，在徐悲鸿的支持下，在广西成立广西省会国民基础学校艺术师资训练班，1939年2月正式成立艺术师资训练班，1940年8月改为广西省立艺术师资训练班。1946年2月迁回桂林复课，同私立榕门美术专科学校合并，改名为广西省立艺术专科学校，请徐悲鸿题写校牌。

⑱即杨建侯（1910—1993），江苏无锡人。1930年进国立中央大学艺术系就读，为徐悲鸿入室弟子。此处所言

应是徐杰民有意聘杨建侯任职广西省立艺术专科学校，征求徐师意见。徐悲鸿答应为之商议。当年（1947年）杨即任教广西省立艺术专科学校。

⑲"鄙藏在昭平之物"指徐悲鸿藏于桂林七星岩洞中的画等。

⑳指李任仁（1887—1968），广西临桂县（今临桂区）会仙圩塘边村人。抗战期间，任广西省临时参议会议长兼广西建设研究会常务理事，桂林文化供应社董事长、中华全国文艺界抗敌协会桂林分会理事。新中国成立后任广西壮族自治区人民政府副主席、中华人民共和国华侨事务委员会副主任等职。

张安治

当年烽火群英聚，今日辛勤着笔难。
翘首天涯思往事，众星寥落百花繁。

——张安治

浴火重生『避难』图

　　张安治1931年于南京国立中央大学艺术系毕业前后，一直得到徐悲鸿的悉心指教。1936年秋，他随徐悲鸿抵桂林筹办"桂林美术学院"，伴随徐悲鸿左右，常得到徐悲鸿的关照。据他回忆，"徐先生在作画以外最主要的消遣是翻阅他所收藏的图书或清理自己旧日的作品、画稿，这也正是我从旁学习的最好机会。他常常是一边翻阅一边介绍，许多西方绘画的精美印刷品他都买有双份或三五份，有时候就随手给我一张说：'给你！'对于他在欧洲时的大量素描、速写及小幅油画人体习作，当我欣喜赞美或请求取出再多看看时，他也常慷慨赠与"。

　　张安治在桂林期间，正值其二三十岁的青春年华，血气方刚，抗战热情高涨，他除了醉心广西的美术教育和刊物编辑工作之外，且不忘恩师徐悲鸿的写实主义创作主张，面对现实，深入生活，以多种形式创作了大量深受观众欢迎之作。据其回忆，仅1943年5月至7月，其个人"在各地展出的作品大概有120幅左右，包括素描、国画、油画和水彩，其中国画几乎全部是抗日初期在桂林的新作，由于战时印刷困难，所以没有条件集印成册。以后又经逃难，更多散失"[1]。1938年岁末，日寇轰炸桂林，城市大部分被焚，张安治十年的日记、书信、书画作品及收藏均毁于一旦。在这些硕果仅存的画作

1.张安治：《忆抗战时期桂林的美术教育活动及其他》，载《桂林旧事》，漓江出版社，1989，第318页。

中，给我印象最深刻的是他的人物画，如《劫后孤女》《担草妇》《漓江渔女》《运木工》《石工》等，画家善于捕捉身陷水深火热惨境中的民众的瞬间，精心刻画人物形象，揭示日本侵略者的深重罪孽。尤其是《避难群》，更是抓住战时司空见惯的日本狂轰滥炸的强盗行径，刻画难民仓惶逃避的景象。自1938年10月广州、武汉相继失守后，桂林和重庆一样，遂成日机轰炸的主要城市，著名音乐家张曙与其女儿，就在桂林惨遭日机炸亡。当年在桂林的亲历者也都曾记下了日寇罄竹难书的暴行。如巴金《桂林的受难》《桂林的微雨》和艾芜《桂林遭炸记》《仇恨的记录》等。而有关敌机空袭与避难此类题材的美术作品尚不多见，至今我只见过徐悲鸿弟子陆其清[2]的两张画作《日寇轰炸桂林同胞避难七星岩》粉画与油画（1939年10月作）的照片和张安治的《洞中日月》（炭笔素描）、《避难群》（国画）。

张安治的国画《避难群》初稿于1939年，当年，他将《避难群》等四张新作寄往远在印度的导师徐悲鸿，徐师高兴之余复以长信（1939年8月12日），这是一封指导弟子如何创作的长信，弥足珍贵。现特引于下：

汝进弟鉴：

白石册页接得，邮票尤洋洋大观。近作四张，命意与章法均好，且见弟等之努力也。此类行动，乃对于嫉忌者最具辩才之答复。关于四作应有之内省，我有些许意见。

中国画老法，是钩而后渲染设色。只有花卉，方有先赋色，而后钩筋，以显浑厚。我画树后之岩石，恒先画石（须先确定明暗方面）。下笔先施淡处，最好避免皴形笔法。重墨所在，务须留住，不可全部笔调浑融，否则不重，便无气势。近处浓墨之树，可相机行事，留心于画石不到之地下笔。有时可空出一双钩之枝，以具阴阳。而有多数凝重之笔，渗入淡墨之隙。于是再俟干时，补缀不足，自然墨有韵有采（彩）。笔法看似变化，而尽合度。画人亦然，先施淡墨或采（彩），则钩勒有需有不需，便得意

2.陆其清（1908— ），字澄之，南京人，1928年入南京国立中央大学艺术科，得徐悲鸿教导。抗战时期在桂林从事美术教育工作。

到笔不到之妙。若一例先钩后染，即无出奇制胜之功（因已匡廓在，不致走失也）。

老战士幅最佳。白先生购去之幅人物极好。马腿少研究，树须双钩，近石究未成功。画远山以笔尖蘸水，笔根在上，自然如愿。总之，作画终当以精妙为目的。即得佳题，不妨再次、三次写之也。

四作我将送刊物刊出。

我衣箱不怕湿，因极密，湿气不能入，且不怕湿，几件布衣亦值不得甚么。吾意将铜器雕刻［唐三采（彩）一马未知弟为补好否？此后亦成宝器矣］运出，重要书籍、印刷品相机办理，我所虑者即一旦形势太紧，便顾不到我这些东西。交通工具又不够也。

信中又具体提出对张安治《避难群》的修改意见：

《避难群》可能改进诸点：

凡格于群而行不前（行之状态须略往前倒），往往将足点起，又明知寇机未至，亦必有斜睨天色者。狗必依人不可具独行性（狗前挽后腿均失），应有老人白发点缀。瞽者最好背一胡琴，用具如热水壶亦宜显出一

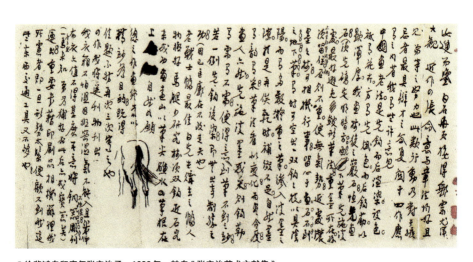

◎徐悲鸿自印度复张安治函，1939年，转自《张安治艺术文献集》

两个。凡包匡（框）及夹之类，非确指之物奥味不厚，有食未竟者。

技能方面：

手及前腕除一两个外欠精，平准说，人太矮些。最优点，人相均佳。动作亦变化可爱，章法并不板。小孩之手足腿……须好好研究，画中往往于此处见精采（彩）。[3]

徐悲鸿还在"狗前捥后腿"旁边配上画，足见徐悲鸿对《避难群》的重视。

1940年初夏，张安治遵照恩师徐悲鸿的意见，反复琢磨，终于完成巨幅三联画版《避难群》，此画后来又历经多次修改，直到三年后才在广西全省画展上正式展出，反应强烈，大获好评。

我最早看到的《避难群》只是《避难群》的草图，载张安治（署名张帆）著的《苦难与新生》，1941年9月国防书店出版。既然在广西全省画展中展出过，又记载是国画，为什么书中登载的是黑白草图呢？我知道在我接触的范围里，徐杰民先生是张安治的密友，也是最有可能亲历过那次画展的。在一次闲谈中，便询问起他这幅画的真实面貌。他说见过，但因有事我没追问下去。

1986年春，我调到深圳工作，特地登门向徐杰民告别。临别，他郑重其事地说要送我一件礼物，说着便交给我一打卷边沿烧焦了的纸。正当我迟疑莫测之际，他笑着说："打开再说！"我轻轻抖落一下画边的焦纸屑，慢慢摊开在大画桌上，画面似曾相识，题曰："廿九年初夏，写桂林空警中之避难群，安治。"我的心房禁不住一阵狂跳，今天始知庐山真面目。徐杰民笑笑说："这就是张安治那幅《避难群》！是从战火中抢救出来的。"接着便回忆当年抢画的过程：

那是1944年6月中旬，随着长沙失守、衡阳告急，桂林战局紧张，由田汉、欧阳予倩为首的文协桂林分会和广西省立艺术馆等发起声势浩大

3.参见下页左图。

◎徐悲鸿自印度复张安治函中有关《避难群》修改
意见，1939年，转自《张安治艺术文献集》

◎徐悲鸿致张安治函（1942年9月23日）

的"保卫大西南动员宣传周"活动，其中最为活跃、形式多样的是张安治
为主任的广西省立艺术馆美术部和广西省立艺术师资训练班等的街头画
展、抗战画展、墙头大壁画、墙头美术大标语、时事图片流动展览。除了
新创作，以前我们展过的画作也尽量拿出来参展，张安治最受欢迎的《避
难群》也不例外。在一次敌机的狂轰滥炸中，此画差点被毁。幸好我从火
海中抢出，急忙扑灭此画边缘上的余烬。目睹心爱之作差点被毁，张先生
悲喜交加。他深知我酷爱收藏朋友字画，在征得其同意后，我有幸得以收
藏。在兵荒马乱之中，彼此依依惜别，各奔东西，我返阳朔老家，他举家
随欧阳予倩的广西省立艺术馆迁往昭平。

徐杰民简述这幅画的收藏过程之后，语重心长对我说："我已年迈多病，
时日无多，希望你早日把桂林抗战美术运动的书写好，这幅画就交你收藏
吧！"没料这竟成为徐老先生对我的诀别之词。

◎《避难群》草图，载《苦难与新生》（张安治著，1941年9月国防书店出版）

　　喜获《避难群》之后，我牢记徐杰民先生的嘱咐，抓紧拙著进程，并想进一步了解《避难群》的创作过程。曾拟登门向张安治求证，但因忙直至1991年7月26日我找他时方知他于前一年已仙逝，引以为憾！

　　1995年9月，正值"抗战胜利五十周年"之际，北京《中华魂》杂志社和深圳东湖书画馆举办专题画展，在馆长黄南美的盛情邀请下，我把此画和刘元的《逃难图》等借与展出。

　　《避难群》展出之后，我却发现仍有不同版本的《避难群》问世，先后在《张安治画集》[4]、《张安治艺术文献集》中印出。2016年在庆祝广西壮族自治区成立58周年的"美丽南方·广西 —— 中国美术作品展"上，听说就有一幅张安治的《避难群》，后来，我不断搜集这些信息，才发现，不同的是那些画作皆为黑白。而后再拜读了美术评论家郎绍君《长驻春光在素笺——张安治先生的中国画》[5]，原文如下：

　　　　《避难群》（1940）为巨幅三联画，作于桂林。题："廿九年初夏，写

4.1991年1月国际文化出版公司出版。

5.原载《中国近现代名家画集——张安治》，人民美术出版社，2005。

◎重新装裱后的《避难群》，130 cm × 225 cm，作者藏，已捐赠中国美术馆永久收藏

桂林空袭中之避难群。"原作已失，从印刷品可看出，避难的人群成侧面，扶老携幼，肩扛手提，有秩序地前行，表情沉重，但没有惊慌之状。整个作品用介于工写之间的勾勒染色法，背景留白，突出人物重叠交错的形体，只以简略的单线勾画脸部，情态真实，风格质朴。此画在1943年广西全省美展展出时，曾引起强烈的反响。

此文同时被收入张晨编的《张安治艺术文献集》中，表明作为张安治先生之子也默认郎文所说的"原作已失"，日后只能靠"印刷品"加以评说。依此看来，我手中收藏的《避难群》正是他们书中所说的已失之原作。此画浴火重生，富有传奇色彩！我从徐杰民先生手中接过此画，并珍藏了三十多年，今天让它再现于世。此画不仅记录了"避难群"那一段苦难的历史，其本身便是见证张安治先生受师命献身桂林抗战美术事业的一件文化遗产。

师命如山

　　桂林期间，徐悲鸿还给张安治布置安排了一系列实际工作，借以锻炼其组织活动能力。如1937年2月中旬，在徐悲鸿的指导下，由张安治筹办大型画展"桂林书画金石展"，内容丰富，井然有序，深得桂林观众欢迎。1938年春，同满谦子等一起创办由徐悲鸿倡导的广西省会国民基础学校艺术师资训练班，同年7月下旬，任徐悲鸿创办的广西省中等学校美术教师暑期讲习班教师等。徐悲鸿即使是离开桂林到重庆或国外，都照样关心、培养张安治。徐悲鸿到新加坡、印度之后，经常写信给张安治，关心其工作和学习。当看到张安治寄来的作品照片时，"他在鼓励之外，还经常做出很具体的有关技法的指示"。1943年春，徐悲鸿亲自筹建的"中国美术学院"（非今日之同名者）在重庆渐具雏形，便聘任当时在桂林的张安治为该院副研究员。同年暑假，又邀张安治到成都青城山聚会，写生、办画展，指导技法。

　　正是在徐悲鸿的耐心扶植下，张安治在整个桂林抗战时期中，积极投身桂林抗战美术运动，进步很快，不仅成为桂林抗战美术运动的缔造者、组织者之一，而且制作了大量思想性、艺术性颇高的美术作品，撰写了一批有深度、有影响的理论著作。为了让张安治出国深造，经徐悲鸿的反复交涉争取，张安治好不容易从1946年10月到1950年2月，以政府公派名义远赴英国伦敦留学。可见，张安治的成长，始终离不开恩师徐悲鸿无微不至的关怀。张安治1936年应徐悲鸿之约抵达桂林协助筹建桂林美术学院。翌年，

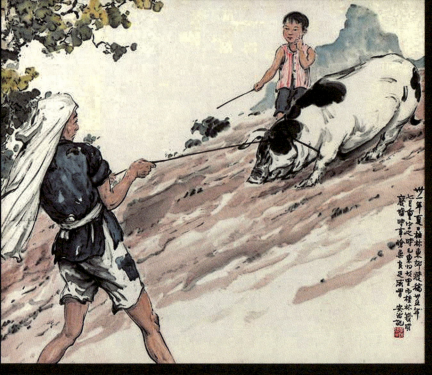

© 张安治《拉猪图》，1942年（卅一年）桂林稿，1946年画

深情繫海棠

卅一年安治於桂林

落筆驚風雨

© 张安治《背母乞过》，1942年作于桂林，中国嘉德国际拍卖有限公司李佳供图

既已為乞丐遺老母
背負終身敢辭飢苦
今有國民竟忘宗祖
棄其同胞役於豺虎
雖有金屋雖有麗姝
不如此丐心無慚怍
三十一年嘉葛有感而作
安治

《背母乞过》題跋部分

◎ 张安治《压路工人》，1941年作于桂林，中国嘉德国际拍卖有限公司李伟供图

◎ "歌功亿万家　垂翼数千里"，20世纪40年代
作于桂林，作者藏

学院院址虽建成，却因抗日战争全面爆发而停办。张安治于筹建过程中，利用余暇创作了大幅油画《后羿射日》，并携此画和徐悲鸿的油画《广西三杰》于4月赴南京，参加第二届全国美展。而后，又陪徐悲鸿到广州、香港、长沙等地举办徐悲鸿画展。

张安治在桂林期间，踊跃参加桂林抗战美术活动和教育工作。如1937年2月中旬，同徐悲鸿一起筹办大型画展"桂林书画金石展"。是年10月底参加广西抗日后援会主办的书画用品展览，义卖支援前线。11月中旬，应邀为桂林初中主讲"图画学习法"。1938年春在徐悲鸿的关怀下，同满谦子等创办了广西

◎张安治（右2）和谭达仑（右1）等陪徐悲鸿（左1）游广东罗浮山（1937年）

省会国民基础学校艺术师资训练班，并当美术主任教员。7月被广西省政府委派为国民基础学校音乐教本编委会委员，并任徐悲鸿创办的广西省中等学校美术教师暑期讲习班教师。

　　1939年元旦，张安治与沈其萃成婚。婚后，张沈伉俪合编图文并茂的《群众如何抗战》小册子，荣获广西省教育厅颁发的征文一等奖。同年2月，广西艺术师资训练班正式成立，并在桂林、南宁、梧州、柳州分区公开招生。美术科教员有张安治、黄养辉、徐德华、孙多慈、陆其清、刘建庵、丰子恺、郑克基、傅思达、黄新波、林恒之、吴宣化、沈士庄（高庄）、阮思琴、徐杰民、刘元、林泉、覃敬庄、沈同衡等。后赴武汉，加入文艺界前线慰问团，先后到浠水、宋埠等地写生。

　　与此同时，张安治还和陆其清、徐德华等共同发起成立美术团体"紫金艺社"，先后举办数期美术训练班，培养美术创作人才。还举办数次抗战画展，其中规模较大的，如1939年6月25日同广西美术会联办的"济难募捐美

◎张安治、沈其萃结婚照（1939年）

展"，展出书画、金石、木刻、摄影、宣传画等共200多件，扣除成本费用，获纯利500多元，上缴救济难民，并在6月28日《扫荡报》副刊《战时美术》编辑出版《救济难民美术展览特刊》。当年11月17日，征集儿童绘画10万幅，交由政治部文化发行总站，汇寄前方，以鼓励前方抗敌战士，并借以激发儿童爱国热忱。

翌年元月，张安治与徐杰民、陆华柏等创办《音乐与美术》，由广西艺术师资训练班编辑发行。至1943年8月23日被国民党广西省政府勒令停刊，共出版三卷三十期，

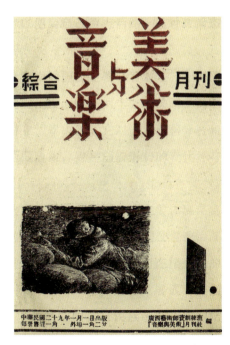

◎《音乐与美术》创刊号，封面画为黄扬辉（养辉）《射击手》，1940年1月出版

颇具影响，堪称抗战期间难得的艺术专刊。张安治除主编美术部分，还发表了不少作品、论文，尽职尽力，贡献良多。

1940年3月，以欧阳予倩为馆长的广西省立艺术馆成立。张安治任美术部主任，成员有：郁风、龙廷坝、周令钊、黄养辉、傅思达、刘元、尹瘦石、徐德华、郑克基、曹佩圻、张苏予、褚海松、卢巨川等。在其主持下做了大量工作。如出版了《抗战画报》，举办过各种形式的短期学习班和理论讲座（素描、木刻、漫画等），并办了一所工商美术服务部，接受招贴画、广告、包装、橱窗及室内装潢设计业务。多次协助外地来桂画家举办个人画展。还组织过广西全省美展和广西全省儿童画展等大型画展。

与此同时，为了"联络感情并交换绘画上的意见"，团结抗日，张安治还发起成立了"美术界联谊会"，他和廖冰兄、黄新波、刘建庵、徐德华被推选为负责人。自1940年3月至当年9月，共举行10次交谊会，议题有"战时绘画之形式及内容问题""关于绘画工作者的修养问题"等，出席者有张安治、沈同衡、梁中铭、李桦、陆其清、黄养辉、沈士庄、黄新波、廖冰兄、黄超、陈仲纲、刘元等。5月初，被选为大型美展"战时美术展览"筹委会委员，该展由广西省立艺术馆、阵中画报社、中华全国木刻界抗敌协会、

◎张安治为广西省会国民基础学校艺术师资训练班（广西省立艺术师资训练班前身，1938年7月）题词

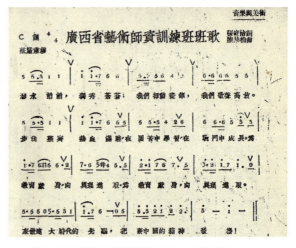

◎广西省立艺术师资训练班班歌（张安治词、陆华柏曲）

漫画宣传队、广西省立艺术师资训练班联合主办。

　　1941年9月上旬，同焦菊隐、司马文森、刘建庵等创办了《艺术新闻》。主办《黎明》杂志。与广西省立艺术馆美术部和广西省立艺术师资训练班联合主办出版街头宣传画、漫画橱窗展览，每周一期，共出版一百余期，历时三年而不辍，这是抗战时期桂林街头宣传画漫画的一个重要阵地。1942年4月上旬，同叶浅予、张蓬舟等被推选为桂林市艺术界"救桥美展"筹委会常委，并参加展出。

　　张安治在工作之余，积极进行创作，参加画展。如1942年7月，张安治举办个人画展，展出十年来的代表作品九十件。桂林《扫荡报》在报道此次画展的文章中盛赞画家张安治"对桂省美运贡献殊多"，展品内容："油画四十件，有《群力》《后羿射日》二巨幅，极富时代意义。其它人像风景，均作法坚实，色彩丰富，水墨画二十余件，大半取材现代人物，而含意精辟，用笔刚健朴素，为中国画开拓新途径。素描、水彩、水粉画等共约三十件，素描人像精确生动，功力甚深"[6]。文坛巨擘柳亚子前往观展后，欣然题诗曰：

　　　　整顿新魂换旧模，

　　　　少年才华压江湖。

　　　　骄阳酷暑相煎急。

　　　　爱看君家射日图。

　　张安治在桂林整整八年，是桂林抗战美术运动的缔造者、组织者之一，除了在广西省立艺术师资训练班、广西省立艺术馆任职和编辑刊物、筹办画展外，还先后担任中华全国美术会桂林分会、桂林美术工作室的领导职务。

　　1943年、1944年之交，他参加西南第一届戏剧展览会（简称"西南剧展"）筹备工作并担任大会保管组组长。这是在抗战后期艰难的环境下一次规模空前的戏剧盛会，自1943年11月17日开始筹备，于1944年2月15日至5

6.载《扫荡报》1942年7月22日。

108

◎张安治《日本反战同志》，速写，　　◎张安治《日暮》，载《音乐与美术》第2卷第4期
　1938年4月写于桂林正阳楼

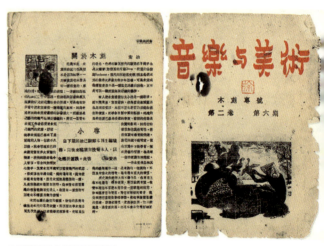

◎张安治《游击队员》（封面画）　　◎同期辞职文章和另期封面

月19日在桂林举行，历时三月。参加者有西南六省三十多个戏剧团队一千多人，演出60多个不同类型的剧目，还有歌舞、杂技、木偶等，观众达十多万人次。同时还举办了戏剧资料展览和戏剧工作者大会，以及各种专业性座谈会、研讨会，具有划时代意义，影响巨大。张安治踏实肯干，事无巨细，任劳任怨，做了大量的行政事务工作，而且身体力行，创作甚丰，出版和发表了画集《苦难与新生》（1941年9月国防书店出版，署名张帆）等一批作品，撰写了不少理论文章。通过油画《后羿射日》《漓江秋》《桂林郊外》《阳朔晨雾》，国画《石工》，素描《担草妇》《压路工人》《漓江渔女》《洞中日月》《漓江大桥》（组画），水彩《全州鸟瞰》，水粉《舟子》等作品，表现了作者热爱祖国和人民的高尚情怀。国画《避难群》《炸后》《谁家的女孩》《日暮》《深山立马》《游击队员》《一夫当关》《时代的女性》《执戈者》，速写《通讯兵》等，愤怒控诉日本强盗侵略我国的滔天罪行，热情歌颂中国人民同仇敌忾的抗战精神。在开展抗战美术活动中，他待人谦诚，忠于职守，对工作一丝不苟，建树至伟，颇得文艺界的赞誉。

张安治极力反对颓废派的创作方向和生活作风，常以徐悲鸿留欧期间艰苦学习的实例来教育学生，大力提倡现实主义的创作方向和风格，强调素描基本功对创作的影响，强调作品思想性和艺术性的统一。他还十分关注桂林美术界乃至整个抗战文坛上的创作动向和理论之争，及时撰文直抒胸臆。关于"宣传画（漫画）"引发的"学院派"之争即为一例。这场论争是由于《抗战时代》发刊词中有关"宣传画（漫画）"的提法而引起的。在1939年6月12日《救亡日报》的"抗战画展"特辑中，阳太阳、汪子美、特伟分别著文对上述提法表示异议，并牵涉到对"学院派"的评价。张安治即于6月15日著文同上述三位画家商榷，从而引起了论争，持续了十多天。双方虽针锋相对，措辞较激烈，但不伤和气，以理服人，事后还是和谐共处，共同对敌。

早在"左联"时期，我国文艺界就曾对文艺大众化问题作过探讨，但由于客观条件的限制，未能取得预期效果。抗战爆发后，文艺工作者较能广泛接触群众，他们深感文艺大众化问题迫切需要解决；而人民群众也向文艺工作者提出了这个要求，于是文艺大众化问题又被提出来并展开讨论。桂林文

◎ 张安治《劫后孤女》（1940年作，原为　　◎张帆（张安治）《苦难与新生 》，1941年9月国防书店出版
《音乐与美术》封面画，中国美术馆收藏 ）

艺界也不例外，以美术界为例，其程度则相当热烈、广泛、具体，并由此进
一步推动了绘画的民族形式问题的讨论。张安治踊跃参加讨论，并撰写了一
批颇有深度的文章。有《中国绘画的民族形式》《艺术对于民族性的影响》
《论现实主义与理想主义》《中国画的一贯精神》《中国画的特色及其前途》
《美术的效用》《艺术家与难民》《法国大革命时期美术运动的演进》《美术
工作者团结的象征 —— 介绍筹备中的战时美展》《今年的美术节》《介绍摩
拉》《忆齐白石翁》《绘画的表现与技巧》《画家的正义感及其责任》《实用
美术与大众》《美丑是非随笔》诸文和理论专著《中国画理论研究》等。正当
社会流行用主客观概念界定美的时候，张安治徜徉于中国哲学、美术的历史
长河里，撰写了长篇论文《美丑是非随笔》[7]，他从历代文艺创作与鉴赏的经验

7.《美丑是非随笔》之一载1941年5月25日桂林《扫荡报 》，之二、之三载桂林《音乐与美术》第2卷第9、
　 11期。

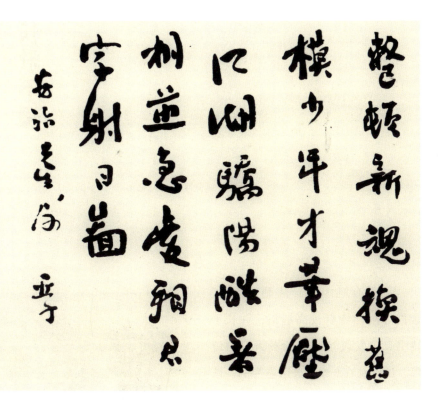

◎柳亚子为张安治桂林画展题诗（1942年）

发现，原儒家的"中庸"与"和"的观念"其实质是两个极端之和谐，要有很彻底的认识和锻炼，再执中而行，表现一种含蓄、自然的风度，也正是后世很多画家所遵循的美的法则"。他还对正确处理内容与形式、西洋画和国画之间的关系，怎样理解和作好抗战宣传画中的漫画、木刻画创作诸问题，都作了很好的阐述，进一步推动了桂林抗战美术运动。

张安治对国画、油画、水彩、素描等画种皆有较高造诣，并长于诗书，曾发表了不少脍炙人口的诗篇。试以其在《黎明》杂志为例，该杂志每期几乎皆有其诗作。《黎明》杂志（旬刊），由张安治牵头，与寿充一、徐晓明合编，1938年7月1日于桂林自费出版，共出15期，刊名"黎明"二字出自张安治手笔。在该刊创刊号上便刊登了张安治长诗《朝阳》（署名张帆）和歌词《故乡》。《朝阳》长81行，以激越昂扬的笔调，控诉日本侵略者暴行，呼唤万众一心奋起抗击，迎接胜利的曙光。《故乡》则抒发诗人对惨遭敌人蹂躏，天

◎《黎明》创刊号，张安治、寿充一、徐晓明合编，1938年7月1日桂林出版

堂变地狱的故乡之眷恋哀思，情真意切。此刊可能因出版份额少，加之战火摧毁，全国各大省市图书馆均未见收藏，幸得张安治公子张晨提供，弥足珍贵，特将歌词抄录如下：

故乡！

我生长的地方，

本来是一个天堂。

那儿有清澈的河流，

垂杨夹岸；

那儿有茂密的松林，

在那小小的山冈。

113

春天，

新绿的草原，

有牛羊来往；

秋天的丛树，

灿烂辉煌。

月夜，

我们曾泛舟湖上，

在那庄严的古庙，

几次凭吊过斜阳。

现在，

一切都改变了，

现在已经是野兽的屠场！

故乡，故乡！

我的母亲，

我的家呢？

那（哪）一天再能回到你的怀里？

那一切是否能依然无恙？

《故乡》由音乐家陆华柏[8]谱曲。鉴于歌词及时、准确地表达了苦难中的中华儿女对家乡的热爱和对祖国命运的关注，歌曲对比运用调性、速度和力度以及和声、复调等西洋作曲技法，达到了与中华民族特性的高度融合。《故乡》一问世，即唱遍大江南北和港澳南洋华人地区，当年获教育部颁发的创作奖。半个多世纪后的1992年，又获"20世纪华人音乐经典作品"殊荣，在20世纪中国艺术歌曲的发展中占有一定的地位。歌曲《故乡》，也成为陆华柏的成名曲。

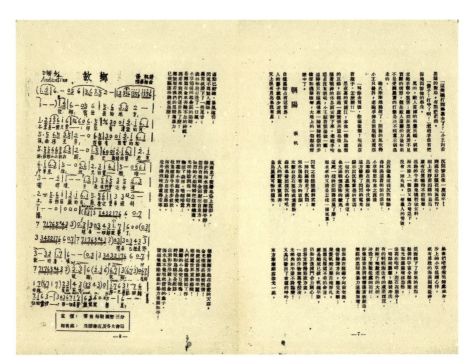

◎《故乡》（张安治词、陆华柏曲），张安治长诗《朝阳》，载《黎明》创刊号

8.陆华柏（1914—1994），生于湖北荆门，原籍江苏武进。作曲家、音乐理论家和教育家。1931年初中毕业后考入武昌艺术专科学校，师从贺绿汀、陈田鹤、缪天瑞、陈啸空等音乐家学习作曲技术理论，师从白俄钢琴家B.Shoihet女士学习钢琴。1937年经徐悲鸿介绍，由南京赴桂林，先后在广西省立艺术师资训练班、广西省立音乐戏剧馆（后改为省立艺术馆）任音乐教师，编辑《音乐与美术》。后到中央戏剧学院任教。1952年担任华中高等师范学校音乐系主任（后并入湖北艺术学院）。1963年调回广西艺术学院音乐系任教授、系主任。兼任中国音乐家协会广西分会副主席、第四届广西壮族自治区政协委员、中国音乐家协会理事等职。

李岚清在其著作《李岚清音乐笔谈》中，就提到过当时的情景："居住在桂林或在桂林参加过音乐会的歌唱者，几乎女高音无不唱《故乡》，男高音无不唱《勇士骨》[9]。"创作于1938年的《勇士骨》，是《故乡》的姊妹篇。歌词以文学的方式表达了对民族灾难的忧思，追悼和礼赞抗战将士的亡灵。歌曲在朗诵性音调的运用、钢琴伴奏、节奏的灵活把握等方面独具特色，因而广泛流传。

故 乡

张安治词
陆华柏曲

◎歌曲《故乡》五线谱

115

歌曲《故乡》流传至今80余年，长唱不衰。2023年3月9日，欣闻广西艺术学院侯道辉院长在春季开学给学生授课时，便引吭高歌歌曲《故乡》，并简介此歌的创作背景与影响。然后播放歌手乐汉宁录唱的《故乡》，互为呼应，场面热烈。事后我询问该院党委宣传部："为什么选唱此歌？"答曰："因为我校正在筹备一个大型歌剧《故乡》的创作，《故乡》1937年冬谱于桂林，是一首抒情性与朗诵风格（带点戏剧性）相结合的艺术歌曲。这首歌，抗战期间曾广泛传唱于大后方，至今虽已历经八十多年了，但仍具有丰满的艺术感染力，它是中华民族的悲歌，也是我们民族苦难的见证，可以无愧地被列为我国抗战歌曲中的优秀作品。"

《故乡》旋律不辍，薪火相传，激励后人。我热切期盼大型歌剧《故乡》演出成功，深沉缅怀歌曲《故乡》作者张安治、陆华柏先生恩泽！

9.该歌曲由胡然作词。胡然（1912—1971），字曼伦，笔名映芬，湖南益阳人。中国著名男高音歌唱家、近代音乐教育家、词曲作家。他嗓音丰满圆润，以演唱中外艺术歌曲见长，在民国音乐界有"远东第一男高音"的美誉。1936年从上海音专毕业后，胡然就在上海私立美术专科学校教授声乐，1931—1936年间，还在上海录制了不少电影插曲。1937年抗日战争全面爆发，11月12日，上海沦陷。于是他离开上海再次回到湖南长沙，一边组织抗日救亡演出，一边为伤兵们义演筹款。翌年，应邀到桂林广西省立艺术师资训练班任教，教学、演出、作词、作曲，留下了很多优秀的歌曲作品。1938年胡然作词、陆华柏填曲的《勇士骨》创作完成，广西音乐会为响应"伤病之友"盛大募捐运动，于翌年2月在桂林新华举行第七次音乐会，胡然亲自演唱了这首《勇士骨》，作曲者陆华柏为其担任钢琴伴奏。借此，这首优秀的艺术歌曲不胫而走，伴随着抗战的炮火硝烟，传遍了大江南北。

同声相应

　　张安治先生高风亮节，宽厚待人，与同事及学生关系甚洽，感情深厚。其与徐杰民之交谊尤是佳话（徐传详见本书"徐杰民"篇）。张安治与徐杰民年龄相若，爱好、志趣相投，虽然彼此性格略有差异，但都能摒弃文人相轻的旧恶俗，惺惺相惜，配合默契。除了一起办好教育，还一起办好《音乐与美术》等刊物，一起办画展，相互激励，热情支持，还经常讨论时局人生，切磋笔墨技艺，兴之所至，合画题诗。如《红糙米图》（1942年秋作），徐杰民画，张安治题：

> 战时物价似春潮，
> 薪水如泥长不高。
> 幸有百斤平价米，
> 一家数口正嗷嗷。

　　杰民兄写公务员领红糙米图，属题，因撰俚句，亦用以自嘲耳。

三十一年秋
安治于桂林

　　在积极投身桂林抗战文化运动中，张安治与徐杰民同舟共济，相濡以沫，建立了深厚的战斗情谊。有一封张安治给徐杰民的信，更足以说明问

◎徐杰民《红糙米图》，张安治题（1942年），作者藏

题。1944年秋，桂林将陷，张安治和徐杰民不得不相互作别撤离桂林，徐杰民折往老家阳朔，张安治则随欧阳予倩、千家驹、蔡迪支等撤往桂东的昭平。彼此身隔两地，相互牵挂，更担心广西的教育事业，尤十分重视艺师班的近期安排与前景。这是战乱中的信函，极为罕见，特摘引如下：

杰民兄：

老黄带来手书收到，因秦老先生转阳朔电报不通（军电太忙），十八日寄一快函，不知收到否？……数日前亦曾谣传正面敌军后退，但今日报载已在桂林近郊激战，似此情形，一时恐难希望好转。桂林有事，必进窥柳州，阳朔将有大军过境，乡间即可平安，孤立无援，绝无安心上课之可能。此间梧州虽失，人心尚定。各方估计均认为敌人必向大河进兵，此间至多小部队过境流窜，故并未疏散，但作积极准备，如增强自卫队力量、清查户口、运购粮食等。县府较阳朔能干多多，一切似尚有办法，尤好者迁来教育机关甚多（艺术馆外有医学院、教育研究所、平乐省中、逸仙中学等），近陈劭先、陈此生、梁漱溟等均到。艺师班只要维持小局面，总不致孤立无援。现在班址又在近郊，自更为安全，无论如何总较阳朔为佳。惟将来或许有被困可能。如能早去宜山，自为更妙。不过公物必全部放弃矣！望兄早日决定，不必以弟等为念（弟决在此暂住再说）。如决去宜山，至平乐时可来一电报，弟即将余款（尚余七千元左右）遣陈秉清等去宜，公物存此，弟可设法暂代寄存。如决来此，望速起程，因富川、八步已有敌踪，平乐终难无事。如战局确实好转，能在阳朔上课，自然最妙（至少应以收复祁阳、零陵为准）。弟到之次日，俞仲甫过此去蒙山，即托其觅屋，覆（复）信附上一阅。且多人皆以为如平乐有事，蒙山较此更为麻烦。故唐现之处已经去函属转告学生来此。

匆上，容再续

弟安治

上面提到张安治和徐杰民分别是徐悲鸿的入室弟子和忠实的崇拜者，对他十分敬重，若恩师有所求，都会责无旁贷，尽心竭力去做。二人抢救和密切关注徐悲鸿桂林七箱藏画的过程，便是其中一例（详见"徐悲鸿"篇之"遗画悬案"）。

张安治和徐杰民这对莫逆之交，无论斗转星移，天南地北，眷念不绝，友谊长青。新中国成立后，彼此仍一直保持联系。1976年7月28日，唐山大地震，余震波及京、津，徐杰民邀请张安治夫妇到南宁避险，相聚一处，共忆昔日桂林往事，切磋画艺，其乐融融。直到二老去世前，他俩时时互通信息，两相牵挂。

◎张安治给徐杰民信（1944年），作者藏

◎张安治给徐杰民信（1946年），作者藏

仁者如斯

　　和众多抗战时期的知名文艺家交往，我绝大多数是先了解其当年的活动和成就，然后再登门拜访，但与张安治相识却纯属意外。那是在1984年11月，我到重庆版画家宋克君家做客。一踏入其家门，先闻一阵阵朗朗笑声，再抬头见到一大群人，其中几位老者颇为陌生。宋老先指着一对高个的老者伉俪介绍说："这是我在桂林读广西省立艺术师资训练班时的恩师张安治老师，那是我的师母。"我其时正好接受出版社之约，准备编写桂林文艺抗战相关图书，苦于无从下手，急着手搜集有关资料。对于张老，只闻其大名，早在1983年底和1984年元月，我们曾以广西人民出版社和老版画家易琼名义向其约过稿（其复信附后），更想尽早登门拜访他，但当时对其事迹还并未深入研究。我借机询问当年他在桂林的活动情况，因人多，我又是初来乍到，不能喧宾夺主，不便多问。自此，我赴京登门拜访他，并保持长达六年之久的书信联系，得到他悉心指教。

　　1983年11月初，为编写图书，由广西人民出版社出面，向抗战期间曾在桂林的部分老画家寄去征稿信。张安治率先复信，内容如下：

编辑同志：

　　征稿信收到，关于抗战时期桂林美术活动的回忆，前年已有桂林博物馆派人来京访问并录音，后又将整理之录音稿寄京由本人订正。大体已将本人所能记忆者尽量叙述。故希与桂（林）博物馆联系，此稿如迄未发表，即请将复印本交你社

在"美术活动"专门致用（当时作品之照片亦交彼处），因现既无暇重写，即写亦必不如前述之详尽。匆复并致

敬礼！

张安治

一九八三年十二月十五日

已去过信要求他写信直接交博物馆，由我们寄也可以，但后来没见信。

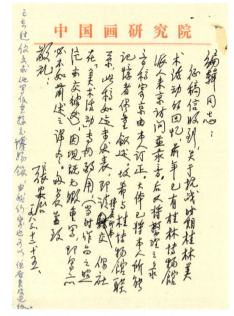

◎张安治复广西人民出版社信（1983年12月15日），作者藏

收读张老来信后，广西人民出版社美编、抗战期间也曾在桂林的著名版画家易琼即去函感谢张老，张老获信后又马上来信，写道：

易琼同志：

手书收到，悉近况为慰！年前桂林博物馆有人来，我已将同意转稿至你社事请其转达。现再附一书，请与之协商或较易（文末或题下可注明由他们录音整理）。我近年看到昔日艺师班同事或学生所写回忆录，多把艺师班创立之功，归之于徐悲鸿先生，实际徐先生至桂虽早，曾创议建"桂林美术学院"，并已建屋，但因抗战事起停办，他即仍返重庆中大任教授，虽偶尔来

◎张安治复易琼信（1984年1月12日），作者藏

桂，亦曾在艺师班作过几次讲话，但此班未闻由他倡议兴建。此事应实事求是，避免借名人自重而歪曲事实之不良风气。好在满谦子同志尚在，虽其健康状况不佳，希望你社能派人作简短访问，以澄清此事。

当时桂林之美术活动，你亲身所见自甚准确，惜新波、建庵已不在人世！广州美协廖冰兄应可作不少补充。太阳同志在邕，自可在国防艺（术）社、初阳画院等方面有较明确的回忆，各人之回忆或未免矛盾，如何对待，唯编者酌处之。

专复，并颂

辑祺！

张安治

一月十二日

张安治信中，不仅再次重申对编写相关图书的支持，而且澄清了徐悲鸿并未有倡议成立广西省立艺术师资训练班的事实，纠正某些人"借名人自重而歪曲事实之不良风气"，充分体现了张老实事求是的高贵品德。

自在重庆见到张老起，我与张老的交往日渐频繁。1984年底，我去信向他请教几个问题，并斗胆请他为《抗战时期桂林美术运动》撰序。翌年元月底，喜获复信，信中不仅答允撰序，且一一为我解惑。写道：

益群同志：

渝州匆叙为快。南京画展之后，十一月底返京又琐事丛集，血压大增，近仍在休养中，故迟迟覆（复）书为歉！

①如需撰写"前言"，望告我大体纲目（是否即来函所列之编辑体例？）。②桂博物馆之稿，因他们曾亲来数人访问录音，整理后虽经我订正，他们费力较多，不便再亲自去函索取，此事如由魏华龄同志代为索取原录音带，由你们重新整理，不知能否实现？③寄来之名

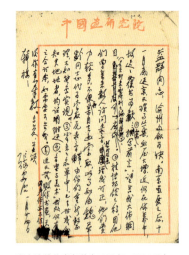

张安治给作者复信（1985年1月24日）

单中，已去世或我知其地址者，均注明附还。④《音乐与美术》我处仅有一卷之合订本，如需要可告我。⑤近又无暇，身体亦不佳作书画，天暖，另付图作有以奉教。

　　专复，并颂

辑祺！

张安治
一月廿四日

不久，我又去信请教些问题，他照例耐心作答，还将撰写的序随信赐予，来信写道：

益群同志：

　　手书照片均收到，谢谢！因近杂事多，小"序"匆匆写成，与寄来之目录一并寄奉。年老健忘，只得如此，乞谅！原油印小诗集早已送完，数月前由友人倡议已充实其内容，拟由桂（林）漓江出版社印行，重点为风景诗，可配合旅游之需要，但闻该出版社近因出一事件亏欠甚多，须长期延搁，只好等待，俟出版时必有以奉赠。

　　浅予亦因年老客多，且常不在京，故未便代求作画（地址不错，但闻近将迁居）。蒋著《我和徐悲鸿》前有一册，被人借去，辗转遗失。闻香港年前曾重印，当较易觅得。（现《中国美术报》正在转载，在邕当可订阅。）徐作《李白黄油画像》广西省委宣传部已向徐纪念馆问过，拠（据）答无此画，大约"文革"中被毁。我手中亦无此画照片。

◎张安治致作者信（1985年5月3日）

　　匆此奉覆，并问

辑祺！

张安治
五月三日

张安治撰写的序如下：

124

1936（年）冬应徐悲鸿师之召初去桂林，瞬已五十载。1976及1983年重游，已旧址难寻，繁花照眼，又是另一番兴兴（欣欣）向荣气象。回忆战火声中，留桂八年，不胜感喟！今杨益群同志编写《抗战时期桂林美术运动》一书属写小序，义不容辞。

1936（年）广西省会已迁桂林，并应徐先生之倡议建"桂林美术学院"于公园内独秀峰之西南侧。次年，楼虽建成，但"七七事变"起，举国抗战，学院停止筹建。徐先生亦返中大任教，仅不时来桂，因成立广西省艺术师资训练班。初由教育厅音乐督学满谦子任班主任，吴伯超、马卫之继之。美术方面先后由我推荐傅思达、陆其清、徐杰民等任教务主任。音乐教师有陆华柏、汪丽芳、狄润君、胡然、石嗣芬、刘式昕等。美术方面包括兼课者有沈士庄（后改名高庄）、沈同衡、刘建庵、黄新波、张家瑶、黄养辉、徐德华、阮思琴、林恒之等。我虽初兼中山纪念学校图画课，自1940年起兼任广西省立艺（术）馆（欧阳予倩为馆长）美术部主任，但始终未离艺师班的教学工作。美术部的工作人员则先后有刘元、龙廷坝、尹瘦石、卢巨川、郁风、周令钊、宣海松、郑克基、黄养辉、阳建德等十数人。艺师班师生曾举行宣传抗战的街头画展，出版《音乐与美术》月刊。美术部除举办了"全省儿童画展"及"第一届广西全省美展"外，并协助新来或路过的画家如李桦、叶浅予、汪子美、宋荫科（吟可）、季康等举行个人画展，出版以木刻、漫画为主的《战时画报》。

因太平洋战争爆发后来桂的画家日益增多，马万里、张家瑶等创办私立"桂林美专"。初在国防艺术社任职的阳太阳和杨秋人等又成立"初阳画院"，均招生培养美术人材（才）。并因李济深将军在桂任西南行营主任，自由的空气较浓，来桂的文化人更多，文艺空气也更为活跃。美术界除上述团体外，成立"桂林美术界联谊会"，大致每月聚会一次，召集人有新波、建庵、特伟、廖冰兄、阳太阳、余所亚及安治等。此联谊会举行"战时画展""救济难民募捐书画展"及"筹建美术工作室画展"等，并已建成一工作室在正阳门城楼上，可举行小型展览。对在桂美术工作者的团结抗敌做了不少工作。至1944（年）秋，桂林紧急疏散，始风流云散。大多经贵阳北去重庆，或溯桂江避居昭平、贺县山中。

事隔多年，风云动荡，诸老友聚散无常，而作品、资料、日记等更多散失，致使编写此时期的史料颇多困难。杨益群同志数年来反复至全国各地许多图书馆或大专院校，搜寻有关资料，访问曾在桂的老艺术家或家属，克服许多困难，努力不懈，使此书有颇为充实的内容，令人感佩。聊作小诗，以存永念：

当年烽火群英聚，今日辛勤着笔难。

翘首天涯思往事，众星寥落百花繁。

一九八六年一月于北京

接获张安治精心撰写的序，我无比兴奋，在敬佩其认真负责的可贵精神之余，他的序无形中策励着我尽快尽善地把书编写好。随着书稿编写的推进，我发现不少疑难，只好又去信向其求教。1985年7月15日他逐一作答：

益群同志：

手书收到，编辑认真负责，为感！诸事简答如下：

①《苦难与新生》我已无存书，《日本反战同志》原作亦丧失。现知桂林龙廷坝（通讯处：龙隐路西四栋）存有此书，请告他是我请他翻拍提供照片一张。

②《音乐与美术》我仅存第一卷合订本 …… 班歌已不能记忆，请在邕向广西艺术学院陆华柏教授及南环路工艺美术研究所徐杰民同志处一问，或请他们提供可寻觅之处（如仅为我的歌词，即可不必）。

③张煌与治并非一人，我在《黎明》旬刊用笔名较多，大致有安紫、紫、纯夫、进、雁子、张帆、治、约翰等。

④因月底即将迁入文化部建新宿舍，书籍旧稿近已多半装箱，《音乐与美术》第一年合订本近已无法寻找，甚歉。在邕如与二卷同时找到最佳，否则迁入新居后开箱找到再寄。

⑤近亦无暇作画，容缓奉。在桂时所作凡有照片者，均已给桂林博物馆，如能向彼处翻印最好。否则缓一、二月我亦可加印寄奉。

匆此并颂

辑祺！

张安治七月十五日

桂
林
！
桂
林
！
——
中
国
文
艺
抗
战

126

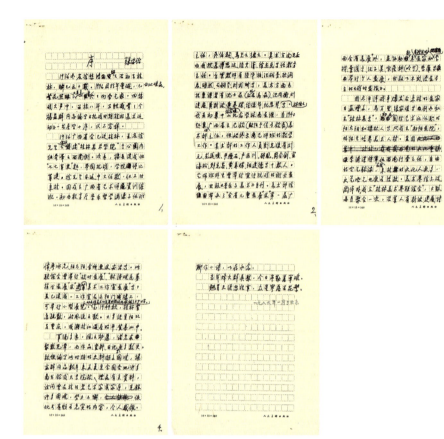

◎张安治为作者《抗战时期桂林美术运动》撰序原件

◎张安治给作者信（1985年7月15日）

1985年10月22日，我赴京参加学术研讨会，会间抽暇登门拜访张老。告别时，请张老赐墨。手捧张老墨宝，欣喜若狂。返广西后，我立即修书向张老致谢，很快便收到其复信，信曰：

益群同志：

　　周前晤叙为快！想旅途安吉，早已回邕。兹附寄拙作书画各一存念，又捡奉照片七张，除本人在桂时摄二小影外，其余五张内容及时间均注照片背后，有些史料价值，你处或有用。

　　有暇或工作地址变动，请惠告，来函可寄"北京复内麟阁路官房胡同15号张晨转"

　　匆此并颂

辑祺！

　　　　　　　　　　张安治十一月一日

◎张安治给作者信（1985年11月1日）

喜获来信后马上去信致谢，并请其为拙著题写书名。张老回信中写道：

益群同志：

　　手书被延搁多日始收到，又值春节忙乱，迟复为歉！

　　题名附寄，因字多似以竖排为宜，如不需署名，请即裁去，匆匆不尽，并祝

　　新春百福！

　　　　　　　　　　安治二月十五日

杰民兄另函亦收到，当另复。

◎张安治给作者信（1986年2月15日）

◎张安治为拙著题签

　　1986年11月，我调往深圳工作，初来乍到，忙于新业务，只好搁下抗战时期桂林美术运动相关图书的编写。直到1991年7月26日，借赴京出差之机，抽暇前往拜访张老。敲他家门好久，未见动静。后来其家对面邻居（也是中央美院的教授）——国画系主任、画家姚治华开门我才知张老去年已去世，不免内心怅然若失！因出版问题，我的书至当时仍未面世，未能在张老生前敬呈其右，而张老生前慈祥宽厚、诲人不倦的光辉形象不时掠过眼际，毕生难忘！

◎张安治为拙著
　题签

◎张安治摄于桂林，张安治提供

　　张安治（1911—1990），江苏扬州人，字汝进，笔名张帆、紫天。著名画家、书法家、美术史家、美术教育家、博导。1916年入南京公祠小学读书。自幼在外祖父的管教下打下坚实的古文基础。1927年毕业于江苏省立第四师范（五年制），翌年考入南京中央大学教育学院艺术科，师从徐悲鸿（油画）、吕凤子（中国画）、宗白华（美学）、汪东和吴梅（诗词）等名师。1931年毕业创作《渔翁》，曾参加南京市美展。1935年，应徐悲鸿之邀，任中央大学艺术系助教。1936年11月至1944年秋在桂林从事美术教育和美术创作活动。之后赴重庆徐悲鸿主持的中国美术学院任教。1946—1950年到英国考察、讲学、举办画展。后回国历任北京师范大学美术系、中央美术学院中国画系教授。曾任中央美术学院中国画系副主任、《中国画研究》副主编、美国纽约大学市立学院客座教授、中国美术史学会常务理事、北京市中国画研究会顾问。

黄养辉

◎ 黄养辉《筑路工程》，速写

黄君养辉，早岁居宁。相从问业，最精写像。中大诸门人，于此道无出其右者。虽遍中国，未闻或之先也。抗战以还，专力写黔桂筑路工程，建国缔造，艰难之一部。

——徐悲鸿

筑路的境界

　　黄养辉在桂林期间，先在广西省立艺术师资训练班美术系任教，并利用寒暑假的余暇，遵照徐悲鸿的教导：

　　　　作画须有吃苦耐劳的精神与毅力，把"吃苦耐劳"养成习惯，作品才能深刻，有感人的魅力。如果但求容易之便，走马看花，浮光掠影，必然陷于"浮泛""虚浅"，那就不足为训了。[1]

　　到广西宜山铁路沿线，与筑路工人爬山越岭，深入生活，创作了一批反映铁路工人和少数民族人民生活的作品，曾得徐悲鸿的赞许，誉为"开中国绘画新境界"[2]。

　　1940年上半年，黄养辉多次参加桂林美术界交谊会，讨论"战时绘画之形式及内容问题""关于绘画工作者的修养问题"。举办过集体和个人画展。1941年5月下旬，为中华全国美术会会员。

　　由于徐悲鸿等老师的鼓励和同道朋友及有关部门的支持，从1942年下半年至1944年上半年，黄养辉下定决心，暂时放下学校的教鞭，全身心投

1.黄养辉：《抗战期间我在桂林的美术活动》，载杨益群编著《抗战时期桂林美术运动》（下），漓江出版社，1995，第733页。

2.徐悲鸿序文，载《黄养辉书画辑》（第1辑），江苏美术出版社，1989。

◎黄养辉《筑路工人》,水彩,1943年, 黄养辉供图

入群山连绵的黔桂铁路工地,与筑路工人、工程师们生活在一起,反复地观察体会,得画稿近千件,并拿到宜山、桂林展出,获得好评。

黄养辉为什么情有独钟,专门深入黔桂铁道筑路工程写生创作呢?他在《抗战期间我在桂林的美术活动》[3]一文中这样写道:

> 当时有不少画家到前线写生,反映士兵和指挥者的战地艰苦抗战生活。再拿到后方展出,鼓励群众的抗战精神。交通运输,是抗战的命脉之一。我在丛山中写生艰巨的交通筑路建设,把深山大谷里的艰苦筑路工程,用画笔实地描写下来,传达给前后方广大群众,以唤起广大群众,以更积极的精神物质,及一切力量支援我们前线的艰苦抗战。我的长期深入山区工地艰苦的写生作品展出以后,得到群众的好评,得到美术界同道和交通建设有关方面的支持。由于长期坚持深入生活实践,自己觉得在艺术上也有所提高与收获。1942年悲鸿师从国外回来,看了我大批深入生活的作品,非常高兴,给了我鼓励的评语说:"……开中国绘画新境界。"促使我更努力的(地)继续前进。

3.同注1。

黄养辉尊敬师长徐悲鸿，处处按照徐悲鸿的教导从事美术实践，进步神速，深得徐悲鸿的垂爱。虽然黄养辉常驻宜山等地，徐悲鸿又常出国或赴重庆，但只要徐悲鸿回桂林，他都会事先通知黄养辉前来聚会，畅叙生活、创作体验。如1942年，徐悲鸿结束访问印度，从昆明返桂林而后赴重庆，是年12月中再返桂林，1943年春又离桂赴渝筹建中国美术学院。这几次徐悲鸿停留桂林期间，黄养辉都陪伴徐师左右，一起到漓江、阳朔写生，再得徐师的言传身教。徐悲鸿兴奋之余，还给黄养辉题写两幅书法。其一"大江东去"，其二"尊德性，道问学；致广大，尽精微；极高明，道中庸"。另外又泼墨为黄养辉画一幅展翅长空的《飞鹰》，给予勉励。最为特殊的是，徐悲鸿还为黄养辉售画代订润例，实属罕见，内容如下：

　　黄君养辉，早岁居宁。相从问业，最精写像。中大诸门人，于此道无出其右者。虽遍中国，未闻或之先也。抗战以

◎徐悲鸿题赠黄养辉，黄养辉供图

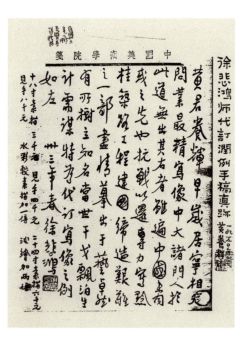

◎徐悲鸿为黄养辉订润例的手稿，黄养辉供图

还，专力写黔桂筑路工程，建国缔造，艰难之一部。尽情摹出于艺，卓然有所树立，知名当世。干戈飘（漂）泊，生计需谋，特为代订写像之例，如左：

十八寸素描三千元，见手四千元。

二十四寸素描六千元，见手八千元。水彩较素描加一倍，油绘加两倍。

卅三年春徐悲鸿

抢运藏画

　　1944年7月，桂林告急，徐悲鸿寝食不安，急如星火地往宜山黄养辉处发急电，催促他赶往桂林，把其藏于七星岩洞里的字画抢运到渝。黄养辉获徐师电报后，惊悉桂林局势日益紧张，已经开始最后一次强迫疏散了，连七星岩仓库保管员也已逃难去了。于是黄养辉披星戴月，带领林惠民乘火车赶往桂林。宜山距桂林五百多里，按正常行驶，一天可以到达。但铁路沿线屡受敌机轰炸破坏，中间有的路段已经瘫痪，无法通车。黄养辉两人只好下车，夹杂在拥挤的难民群中，与撤往重庆的人流逆向而行，步履艰难地步行了一百多里。

　　待到黄养辉、林惠民赶抵桂林时，桂林当局已发布最后的强迫疏散令，限期三天之内，全市居民务必彻底撤离，否则以汉奸论处。黄养辉手中缺少运费，便持徐悲鸿的亲笔信去见李济深。李济深慨然拨款两万元，并提供了一些方便。下面是黄养辉的回忆：

　　　　把二十四大箱，重两吨半的美术文物资料，在倾盆大雨之中，从七星岩仓库里搬出，叫小板车长距离拖到桂林北站，在人海汹涌之中，挤上了火车，历尽转折，终于安全抢运出险，辗转桂黔，运抵四川。

　　　　在桂林抢运中目睹当时危急情况，逃难者抛儿丢女，虽骨肉亦不能相顾。车辆与人流阻塞，慌乱中冲击倾复（覆）焚烧种种，死伤者累累，无法相救。我事毕返宜山，也因困乏太甚，卧病多日。回忆当日在桂林所见惨象，似非人间世界，今言念及此，尚觉目眩而心有余悸。[4]

黄养辉等把徐悲鸿藏品抢运出来后不久，日军攻城，桂林一片火海，七星岩也成了敌我双方激烈争夺的重要阵地。经过一场恶战，我数百名守军都壮烈牺牲于七星岩洞中。若非他及时将徐悲鸿的藏物抢运出来，其则势必毁于火海，或为日军染指劫掠。一路历尽坎坷、险象环生。悲鸿先生对黄养辉冒险抢运大批重要美术文物脱险之功十分感动，特作书画奖赠，并赞称黄养辉此举为中国近代美术事业做出重大贡献。今日北京徐悲鸿纪念馆所陈列的作品，大部分皆为此次抢运出来的藏品。黄养辉昔日冒险抢救国宝，功垂青史。其尊师爱国的崇高精神，与画俱传，熠熠生辉，值得一记。徐悲鸿的遗孀——徐悲鸿纪念馆馆长廖静文在纪念黄养辉一百周年诞辰的纪念文章中提道：

黄养辉先生是悲鸿在南京中央大学教书时勤谨刻苦、功基深厚的学生。他一九一一年生于人杰地灵的江苏无锡，他自幼酷爱绘画。上世纪三十年代，只身来到南京，就学于国立中央大学艺术系。由于画艺出众而得悲鸿的赏识，在悲鸿的教导下受到严格的素描基础训练，进而掌握了水彩、油画、粉画等诸多绘画技巧。

上世纪四十年代抗日战争期间，他以艺术专员身份参加了黔桂铁路的建设工程，画了大量描绘黔桂铁路工程的水彩画和素描，内容丰富多彩。直接画出了伟大中国人民奋发抗战的精神和祖国壮丽的山河。悲鸿对此给予了很高的评价，他曾在其作品展览中的前言写道：抗战初期黄君任教于建设广西复兴中国之桂林，跋涉西南黔、桂、湘边区深山大谷之间，写抗战中西南交通艰巨建设大图多幅，大为工程界所赏，旋被聘至黔桂铁路，乃畅写该路艰险工程数百图，皆以美术眼光出之，开中国绘画新境界。养

4.杨益群编著《抗战时期桂林美术运动》（下），漓江出版社，1995，第735—736页。

辉先生自己创造的竹笔画也受到了悲鸿的赞赏。

我是上世纪四十年代见到黄养辉的，他当时只有三十出头的年纪，高高的身材，一双大眼炯炯有神，充满了活力。记得那时是一九四四年，当日寇入侵至湖南逼近广西桂林时，悲鸿急电养辉先生赶赴桂林七星岩抢运悲鸿藏在那里的数十箱珍贵的艺术文物。当时还有悲鸿从保山带回的一位江苏同乡，曾由悲鸿介绍在贵阳一家中学食堂工作，悲鸿催促黄养辉带他同往。黄养辉为了解决运费，持悲鸿书信去见李济深先生请求帮助，李先生慨然拨款两万元。但他们在赴桂林的途中，火车已拥挤不堪，车顶亦坐满了难民，养辉先生等人徒步跋涉日夜兼程到桂林。此时头上有日寇飞机盘旋，远处已听到隆隆炮声。他们冒着危险，赶到七星岩把这数十箱珍贵文物辗转桂黔后运抵四川，悲鸿见后十分激动并大加赞扬养辉先生为了保护重要的艺术珍品而奋不顾身的精神。悲鸿去世以后这些珍贵文物都捐献给了国家。[5]

5.廖静文：《回忆黄养辉先生——纪念黄养辉诞辰100周年》，载《南京晨报》2011年11月12日。

◎ 徐悲鸿赠黄养辉的书画

◎ 徐悲鸿1948年为黄养辉所写序文，载《黄养辉书画辑》（第1辑），江苏美术出版社,1989年

往事答疑

　　我与黄养辉先生相交，始于1985年10月，黄先生是我抵达南京后拜访的首位画家。是日沐浴着温暖的晨光，我快步迈向大行宫利济巷22号。心想黄老是位大画家，从未谋面，也没书信联系过，生怕其摆架子不愿多谈，难免忐忑不安。刚登其门，乍见先生身材魁梧，戴一副黑边眼镜，神情严肃，不苟言笑，更增加了我的隐忧。但说明在编抗战美术图书之来意，他打开话匣子之后，对于当年从事抗战美术活动情况，侃侃而谈，毫无倦意。最后他还建议我赴安徽拜访画家赖少其。

　　自此，我们开始书信往来。1985年12月4日，他给我来信：

益群先生：

　　您好！上次惠临畅谈，忽又多日，为工作任务忙。迟迟为歉！

　　您关心抗战期中桂林的美术活动，这是非常有意义的事。现在我写了一些当日活动情况的点滴，可能不够详细，好在现在当时在桂林的画家如张安治（北京中央美院）、木刻家廖冰兄（现在广州，住址不详）等等可以多方

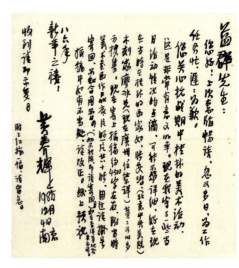

◎黄养辉给作者信，1985年12月4日

搜集。现在寄上拙稿约4500字左右。附当时美术书画作品底片照片共十张。用过请挂号寄回，不知合用否？（如不能用，即请寄回。）如在香港等地发表亦可。拙稿中如有不当处，请改正。匆上预祝

八六年新年之禧！

黄养辉上

1985 年 12 月 4 日南京

收到请即示复。附上红梅一幅，请留念。

展读来函，双喜临门，既获取黄老珍贵的墨宝，又得到他老人家撰写的回忆长文，这是我编写的书获得的头篇约稿，并去信致谢，顺便提出几个问题向其请教。不久，又喜得其复信：

益群同志：

您好！新春好！

来信已收到，读悉，很好！因事忙，开会慰问等等忙，迟复为歉！关于您所询各点，分述如下：

刘汝醴是悲鸿师的学生（30年代的），1936（年）左右他是第一个随悲鸿师到桂林的。当时本是我同去的，因我病了……没能去成。记得悲鸿师当时曾对我说："因为你病了，把我去桂林的事耽误了不少。这也没办法的，待你病好了再去桂林。"但刘汝醴在桂林不久，因生活不习惯就又回上海了。刘汝醴是我的老同学，现在南京艺术学院任理论教授。通讯处："南京玄武门内童家巷内38号内"。

冯法祀到桂林较晚，当时悲鸿师已不在桂林了。冯接触较少。

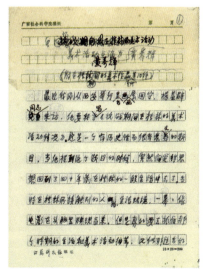

◎黄养辉回忆抗战时期在桂林美术活动手稿之一

悲鸿师对我的评语"开中国绘画新境界"是他为我选画集后，为我写的序文中的评语（原文甚长，还在，以后可以复印寄您。）

吃苦耐劳的习惯是悲鸿师口头讲的。

悲鸿师从印度回来，到桂林住在桂花街"孙寓"，这个"孙寓"是他朋友孙绍园先生的家里。（此时孙多慈早已离桂林）。悲鸿先生到桂林和我同住孙绍园先生家里。暇时为我题"大江东去"横篇，为我画飞鹰。不久他因筹建中国美术学院离桂林去四川盘（溪）。我和张安治都是中国美术学院研究员。

1942年成立的中国美术学院，是在四川盘溪。我当时在西南、广西省黔桂铁路写生。我1944年为悲鸿师在桂林危急中抢运出一大批他毕生搜集的美术文物资料24大箱，重二吨半。要装一个大卡车。徐杰民同志当时亦是在桂林的朋友之一。

匆复

敬礼！

附上徐悲鸿师信件等4件，在香港和国内可以发表。

赖少其同志已迁居广州，请将他的地址告我。因他请我刻印也。

黄养辉

1986年2月24日

南京

此外，黄养辉先生还寄来其画展请帖，并在画展请帖上写道：

1939年秋应徐悲鸿先生邀由香港绕道越南海防河内，进友谊关到南宁。在龙州到南宁途中，车逢日机轰炸，因跳车躲避跌断右侧二牙。到桂林后，在艺术师资训练班任美术讲师。与张安治、陆其清、徐德华、阮思琴、郑克基等同事，（训练）班的美术系由张安治主持。他并主编了《音乐与美术》刊物。除经常任课外，在寒暑假常外出写生。曾到抗战期中兴建的西南运输线黔桂铁路、桂穗工路深山大谷里写建设工程。到桂林和重庆展出，同时参加每年一次的大规模桂林画展。1942年徐悲鸿先生从印度回国建立"中国美术学院"，被聘为中国美术学院副研究员兼秘书。

142

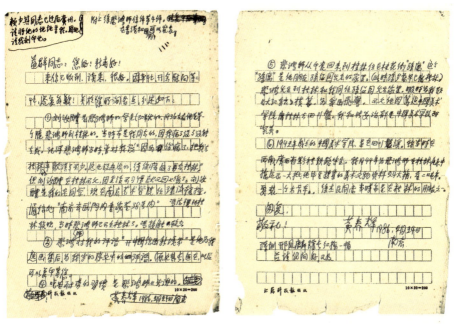

◎黄养辉给作者信（1986年2月24日）

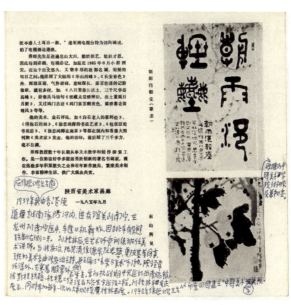

◎黄养辉给作者画展请帖

　　黄养辉（1911—2001），江苏省无锡人。著名中国画家、教授。19岁入南京中央大学艺术系学习，得徐悲鸿大师指点。1939年秋天，由香港经越南进镇南关，途经南宁、宾阳、柳州、阳朔入桂林。1944年秋桂林大撤退离桂往重庆。其间较长的日子往返于桂林、宜山、独山之间的黔桂铁路线上，深入工地体验生活，写生创作。1945年在重庆徐悲鸿主办的中国美术学院任教并当过徐悲鸿院长秘书。新中国成立后为中国美术家协会会员、全国书法家协会会员、全国美学学会理事、江苏省政协委员、江苏省美协理论编委、江苏省国画院画师。获英、美等国颁发的"世界文化名人"称号及"世界文化名人终身成就奖""美国金锁匙奖"等。

徐杰民

◎ 徐杰民于家中作画，墙上为柳亚子赠诗和徐悲鸿像，1984年作者摄

徐杰民与省外文化名人友情深笃，熟谙当年情况，所藏名画与文献资料数量惊人而不轻易示人。晚年生活贫困，曾向政府提出愿捐出所有藏画给广西博物馆，只求一幢三层楼房，但未被接受。徐杰民离世后，其所藏大批珍贵资料和名人字画散失殆尽，可惜！可惜！

——作者

师友群像

广西本土著名画家徐杰民先生是一位慈祥可敬、个性耿直倔强的老者形象。在我先前编写图书时，曾收录徐杰民的《徐悲鸿在桂林》一文[1]，从中获悉徐杰民不仅是抗战期间坚持在南宁、桂林从事抗战文化运动的本土著名画家，而且广交朋友，人缘极佳，更是与省外文化名人友情深笃，熟谙当年情况，堪称当年广西一位出色的亲善大使。是故，我经常拜访他。当他知道我有编写桂林文艺抗战图书的意图后，十分高兴，大力支持，每次都热情耐心地回答我的提问。后来徐杰民当年学生、雕塑家卢汉宗来信报告徐师病逝噩耗，信中还提到徐老弥留之际仍叨念我的名字，并问及正在编的书。在与徐老的频繁接触中，我们建立了极其深厚的情谊。我不仅加深了对他的了解，还掌握了不少宝贵资料。

徐杰民生性随和朴实，尊师重友，喜与师友们合作国画，如与徐悲鸿、汪亚尘、马万里、张安治、傅思达、张家瑶、尹瘦石、叶侣梅等合画，集众之长，以为己有，笔墨奔放，章法新颖，别有一格。收藏师友的字画及抗战文化运动有关资料，更是其一大爱好。

徐悲鸿

徐杰民毕生崇敬徐悲鸿的人格画品，每当谈及徐悲鸿时，他都十分虔

---

1. 载《广西日报》1980 年 3 月 30 日。

诚，如沐春风，侃侃而谈。徐杰民认识徐悲鸿，始于1935年11月初。那是徐悲鸿南下广西支持桂系反蒋抗日运动，第一次在南宁举办个人画展，曾轰动一时。按徐杰民的话来说，那便是：当时广西美术界师承旧法，艺术空气比较沉寂。徐悲鸿那种根植我国绘画传统而融汇西洋绘画技巧的画作和他的现实主义的绘画主张，使人耳目一新。

为此，徐杰民反复前往观摩，获益殊深。便按照徐悲鸿写实的主张，给自己的母亲写生，画了一幅国画，于翌年秋大胆地送徐悲鸿指教。徐悲鸿热情接待徐杰民，认为其路子走得对，便高兴地题词予以鼓励。题词曰：

> 吾标榜写实主义，浅学者多感其难，顾不入虎穴焉得虎子，徒为优孟衣冠，日从事于八股滥调走，终不能免自然之淘汰也。杰民先生兹作实获我心，喜而题之。
>
> —— 悲鸿，廿五年秋

徐悲鸿在题词中，重申其写实主义的创作主张，并充分肯定徐杰民的画作。据我所知，这是抗战期间徐悲鸿在广西除为马万里画作题词之外的另一题词，更是唯一的广西本土画家作品获徐悲鸿厚爱题词，难能可贵！当时才26岁的青年画家徐杰民，则将欺视若座右铭，从此坚定走现实主义创作道路。

◎ 徐悲鸿为徐杰民的画题词，
1936年秋，作者藏旧照片

徐悲鸿不仅题词鼓励徐杰民，还以实际行动支持他。如1938年徐杰民同李铭德合开画展，徐悲鸿特地前往参观，并当场购画两幅（阳朔风景）以资鼓励。徐杰民曾告诉我："当时我真没想到徐师能来参观我和铭德的画展，我很激动。更没想到他还定购了我二幅画。我不好意思要他的钱，便找老友安治商量。安治说：'徐师买的画一定要付钱，这非钱的问题，而实质上是在抬高我们的声誉，因为定购画时有贴红布条，观众一眼便能认出是谁要的。'"从此，徐杰民与徐悲鸿交往甚密，他紧跟徐悲鸿的步伐前进，为广西抗战美术事业努力工作。

徐悲鸿在其短暂而光辉的一生中，始终把教育放在首位，把创作活动放在其次。其所以如此，与其说是他对教学工作有更大兴趣，毋宁说他对培养后代有更为重要的责任感。他自南下南宁、桂林之后，更深感要改变广西艺术事业的落后面貌，务必从教育抓起。在其大力支持下，1938年春，成立广西省会国民基础学校艺术师资训练班。鉴于徐悲鸿创办的桂林美术学院建成后因故未能开学，而师资训练班一时无场地上课，徐悲鸿便腾出办公楼给艺师班开课，自己热心授课，并聘请一批美术、音乐名家任教，徐杰民认真应聘。第一期调训小学艺术教师，为期半年。7月，艺师班又举办广西省中等学校美术教师暑假讲习班，徐杰民继续跟随徐悲鸿授课。1939年2月，正式成立艺术师资训练班。1940年8月，改为广西省立艺术师资训练班，由一年制改为二年制。至1944年秋湘桂大撤退时被迫停办。前后共培训学生多名，其中美术系学员，散居中外，不乏佼佼者，如香港岭海艺专校长卢巨川、美国迈阿密中国美术院院长梁粲缨、桂林画院院长龙廷坝等。在艺师班整个的办学过程中，徐杰民自始至终不负导师徐悲鸿的信任，坚持认真为学员讲课，并和徐悲鸿的得力助手张安治一起，代表艺师班创办了重要刊物《音乐与美术》，在桂林乃至国统区的抗战文化运动中产生了很大的影响。

广西省立艺术师资训练班于1946年2月迁回桂林复课，同私立榕门美术专科学校合并，改名为广西省立艺术专科学校。徐杰民特给远在北平中国美术学院任教的徐悲鸿去信，恭请他题写校牌。徐悲鸿欣闻之余，扶病题写。他在当年2月22日给徐杰民复信中写道：

杰民贤兄惠鉴：

　　奉手教敬承一一，前年桂林失陷，广西遂蒙滔天之祸，至今疮痍满目，每一念及，辄为黯然！复兴之劳实赖兄辈。弟前年病后迄未复原，虽起居如恒，而精神大非昔比。委书校牌已交安治，想收得矣？一俟情形许可，当拟重访桂林，与诸友把晤。不尽一一，惟祝安尊！

弟悲鸿顿

149

二月廿二日

　　充分表现其对广西省立艺术师资训练班一如既往的关怀，蕴含着对广西的深情眷恋。

　　值得一提的是，徐杰民还珍藏一份1938年7月出版的《广西省会国民基础学校艺术师资训练班同学录》，惜已了无踪影。幸好我当年复印保留了徐悲鸿在该同学录封二上的题词"亲爱精诚"。此处的"诚"字，不但是自学求艺的基本精神，而且也是为人处世的立身之道。"诚"就是"求真""求实"，要求学生用艺术真实地反映时代和人生。徐悲鸿这种提倡写实主义的教学主张，在其艺术思想中，从整体来说，其根本的原则是现实主义精神，这是实事求是的精神，是其一生的创作和教学的核心思想，这种教育思想和主张，成了广西抗战艺术教育的指导方针，并贯彻始终。

　　在与徐悲鸿的频繁接触中，徐杰民不仅深受恩师的耳提面命，得益匪浅，而且颇得其厚爱，获赠不少墨宝，主要有《双雀》《鸡竹》等，堪称精品。尤其是抒写徐悲鸿心志的题词，徐杰民更是细心研读，认真效法，捧为毕生行动指南。

　　徐悲鸿还特地赠画给徐杰民岳父东观先生，彼如获至宝，请人揭裱挂在厅堂上，桂林失守前夕，徐杰民本已撤离桂林，但想到这幅画，立即又折返家里急匆匆把画取走。每当徐杰民向我谈及此，兴奋之情溢于言表。

　　徐杰民对恩师徐悲鸿万分敬重，对其墨宝如痴似醉。他常侍候恩师左右，细心为其磨墨。他多次告诉我：这可近距离学习恩师挥毫写字作画，而且偶有所得。有时恩师题字，如不满意便撕烂丢掉，我便抢先一步请其手

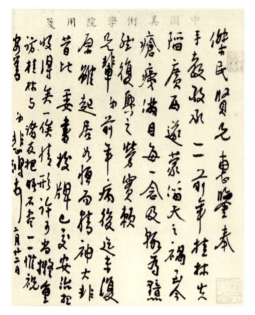

◎徐悲鸿给徐杰民复信，1946年2月22日，作者藏旧照片

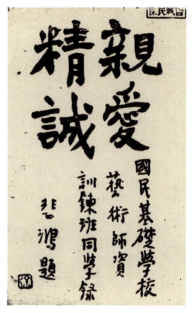

◎徐悲鸿1938年7月为《广西省会国民基础
学校艺术师资训练班同学录》题词，徐杰
民供图

下留情给我纪念。"徐悲鸿笔迹"便是徐杰民抢救来的墨宝。据徐杰民所云，
"此系1938年徐悲鸿在桂林省立图书馆写的，当时我照例在旁为其研墨，徐
师写到'方'字时，觉得是败笔，便想丢弃。我见状请其继续写下去留下来
给我学习，在征得他同意后我盖好章精心珍藏起来"。至于徐师所赠的对子
"一怒定天下，千秋争是非"，徐杰民每每向我提及，兴奋莫名，全然沉浸于
美好的回忆中。他说：

> 这也是1938年在桂林省立图书馆徐师住处写的。当时桂林的宣纸断
> 货，徐师苦于一时无纸作画。我便设法弄到一卷上等玉版宣（十多张），
> 送给徐师，他好高兴，连说："破开，破开！"我遵命将宣纸破开后，马上
> 为其研墨。他大笔一挥，赠我这副对子，并自言自语地说："周武王一怒
> 定天下，干掉了纣王。但是非却永远讲不清。"

◎ 徐悲鸿题徐杰民的《六骏图》，（1941年8月）

◎ 徐悲鸿赠徐杰民《双雀》

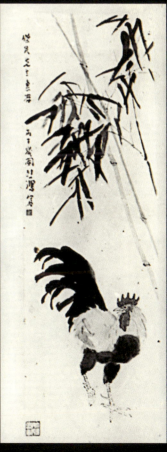

◎ 徐悲鸿赠徐杰民《鸡竹》，徐杰民供图

◎徐杰民在家作画，1980年　　◎徐悲鸿赠徐杰民岳父东观先生画，徐杰民供图

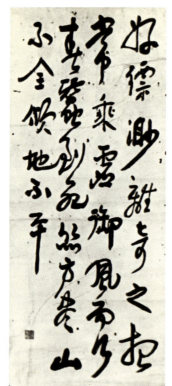

◎徐悲鸿笔迹，作者藏旧照片　　◎徐悲鸿赠徐杰民对联，1938年

徐杰民视若至宝，常年挂在书斋里随时研读，陶醉其中！

1953年夏，徐杰民得知恩师身体欠佳，旋即去信问候并汇报自己近期创作学习情况，徐悲鸿扶病复信，肯定其"写得兄弟民族生活亦大佳事"，并说"广西地处僻远，一向不重视艺术，情况落后，不足为奇，需要兄等以身作则，带头示范，久之，俟经济形势改善，生活提高，自能与各处齐头并进，急亦无用。严格的素描是需要的，望足下先向此努力。理论方面的书籍各地新华书店均有出售，想先生均能到手。我尚未恢复工作，固尚无气力也。"鼓励他"以身作则，带头示范"，努力改变广西艺术的落后现状，并指出其今后的努力方向。它充分表达了徐悲鸿对徐杰民一如既往的爱护与教诲。徐悲鸿不幸于是年9月26日逝世，这封信也成了其生前难得的遗墨，诚为珍贵！（全信如下图）

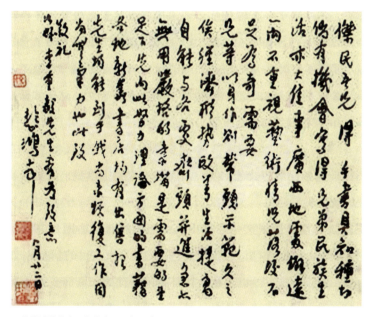

◎徐悲鸿给徐杰民复信（1953年夏）

张安治[2]

张安治1936年11月应徐悲鸿之召至桂林协助筹建桂林美术学院。桂林美术学院虽未办成，但在徐悲鸿的倡导和支持下，广西当局于1938年春，成立广西省会国民基础学校艺术师资训练班，广西教育厅音乐督学满谦子为班主任，并负责音乐教学方面的领导工作，美术方面则由张安治负责。自此，徐杰民在张安治的领导下，积极开展抗战美术教育工作。

1942年11月初，徐杰民举办个人抗战画展，张安治特撰写《现实的花朵》，对其创作方向给以充分的肯定。指出：

> 杰民兄十余年前虽学于上海，正当野兽主义的狂涛泛滥之时，但以他诚笃勤奋的性格，终于保持了中国农民朴实的本性。近年来更多接近内地农村，教学之余，完全以现实为创作依据，不伪饰，不取巧，更能不拘泥于写实，不斤斤于琐屑的自然……，他把握住了他的时代环境，他的艺术和他的生活完全一致。在这一个画展里，我们可以了解目前广西的民情风物，可以体会抗战以来公务员、教师的清苦生涯。绘画固然不是历史和地理的注脚，但它却应当饱含时代和地域的特殊精神，这一方面杰民兄是我们很好的榜样！[3]

徐杰民仰慕张安治的技艺学问，常向其求取墨宝珍藏，反复研摹。据说有好几幅，现仅见一幅。

在积极投身桂林抗战文化运动中，徐杰民和张安治同舟共济，相濡以沫，建立了深厚的战斗情谊。其中一封张安治给徐杰民的信（见"张安治"篇），更足以说明问题。1944年秋，桂林将陷，徐杰民和张安治不得不作别而撤离桂林。徐杰民折往老家阳朔，张安治则随欧阳予倩、千家驹、蔡迪支等撤往桂东的昭平。彼此身隔两地，相互牵挂，更担心广西的教育事业，尤十分重视广西省立艺术师资训练班的近期安排与前景。这些战乱中的信函，

2.参见本书"张安治"篇。

3.载《扫荡报》(桂林)1942年11月8日。

极为罕见。

　　徐杰民和张安治这对莫逆之交，友谊长青，新中国成立后，彼此仍保持联系。1976年7月28日，唐山大地震，余震波及京、津，徐杰民邀请张安治夫妇到南宁，相聚一处，共忆昔日桂林往事，切磋画艺，其乐融融。直到逝世前，他俩时时互通信息，两相牵挂。

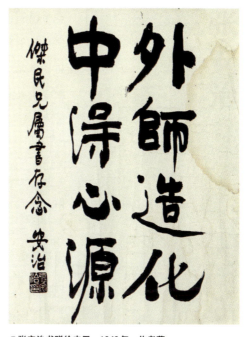

◎张安治书赠徐杰民，1943年，作者藏

田汉[4]

　　抗战期间，田汉在武汉任由周恩来、郭沫若直接领导的军事委员会政治部第三厅第六处处长，主管艺术宣传。自1939年4月起先后四次到桂林，1944年9月13日，桂林当局最后一次强迫疏散令才被迫带领新中国剧社撤离贵阳、昆明。田汉在桂期间，饱蘸革命激情和战斗精神，开展轰轰烈烈的抗战戏剧活动，积极推动桂林抗战文化运动，功标青史！从而博得桂林文化界的衷心拥戴。

　　身为画家的徐杰民跟桂林戏剧界鲜有联系，但对其领军人物田汉这位激情充沛、人缘极佳的传奇式抗战斗士却颇为熟络与敬仰。因此，举凡有田汉出席的集会或讨论会，徐杰民都喜欢参加，聆听他慷慨激昂的演讲，消化他卓越的见解。在频繁的接触中，逐渐增进了情谊，心存与其合作诗画的念头。徐杰民事先画好二画，趁田汉到艺师班演讲之机，送他题诗。田汉是个思绪敏捷、诗兴洋溢的才子，动辄能出口成诗，但与画配诗者却不多。他稍作思考，便挥毫作诗，之一诗曰：

4.详见本书"田汉"篇。

正阳楼阁耸青云，

中有三千艺术军。

笳鼓不闻从诵起，

春城花木致清芬。

杰民写正阳楼艺师班校址也

卅一年四月，田汉

156

田汉题罢画之后，吟哦片刻，又挥毫写道：

镇日经营镇日忙，

良工心事不寻常。

雕梁画栋堪欣赏，

只为当时刨得光。

杰民先生作良工刨木图嘱题，田汉

徐杰民和田汉这两张合作诗画，闪烁着深情厚谊。更为难能可贵的是，阅遍已出版的《田汉文集》和《田汉诗选》，均未录入田汉此题诗，是为遗珠补缺。徐杰民十分敬佩田汉的人品诗品，1942年中秋节前，他特地前往田汉住处祝拜问好，并向田汉索求墨宝，田汉又欣然命笔：

漓江同听董莲枝，

艺事精时鬓已丝。

一曲梨花两行泪，

灵均词赋少陵诗。

廿一年中秋前三日，为杰民先生录旧句，田汉

◎徐杰民画、田汉诗之一，作者藏旧照片

◎徐杰民画、田汉题诗之二，作者藏旧照片

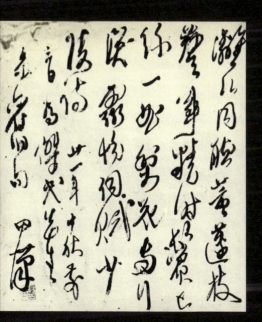
◎田汉题赠徐杰民旧诗，1942年中秋节前，作者藏旧照片

董莲枝为大鼓名演员，1938年参加政治部第三厅在武汉举办的战时歌剧演员讲习班，武汉撤退后，流落在湘、桂、川、黔卖艺。1942年在桂林重见，田汉赠诗以慰之。共二首，题为《赠董莲枝》，此为第二首。但稍有改动：头句原诗为"漓江熏醉董莲枝"，第三句原为"一曲梨花千行泪"，第四句中的"词赋"原为"辞赋"。

1944年2月15日至5月19日，我国戏剧界产生了震惊中外的空前盛事，由田汉、欧阳予倩、瞿白音为首发起和组织的西南第一届戏剧展览会（简称"西南剧展"）在桂林隆重举行。当时有来自粤、桂、湘、赣、滇等省共三十多个团队的戏剧工作者一千多人，演出了包括话剧、桂剧、平（京）剧、歌剧、活报剧、傀儡（木偶）戏等各种剧目六十多，观众总数达十万人以上。还举行戏剧工作者大会和戏剧资料展览。这次剧展规模之大，参加人数之多，展出内容之丰富，持续时间之长和影响之广泛，在我国戏剧史上是罕见的。就连当时在桂林访问的美国著名戏剧评论家爱金生也盛赞："这样宏大规模的戏剧展览，有史以来，除了罗马时代曾经举行外，还是仅见的。中国处在极度艰辛环境下，而戏剧工作（者）还能以百折不挠的努力，为保卫文化，拥护民主而战，功劳极大。"[5]田汉也为此发表了《祝西南剧展兼悼殉国剧人》一诗，高度评价剧展的深远意义，并热情地表达了他对抗战戏剧兵们的赞扬与期望。诗曰：

> 壮绝神州戏剧兵，救亡声里请长缨。[6]
> 耻随竖子论肥瘦，争与吾民共死生。
> 肝脑几人涂战野，旌旗同日会名城。
> 鸡鸣直似鹃啼苦，只为东方未易明。

激情横溢，万人传颂。时正参加此次盛会会务工作的徐杰民，也深受

5.《爱金生赞扬西南剧展》，《新华日报》（重庆）1944年5月19日。

6.田汉在《1947年录赠演剧九队的〈庆祝西南剧展兼悼剧人殉国者〉旧句手迹》中则为"浩歌声里"，载《田汉文集》，中国戏剧出版社，1984。

感动，酷爱收藏田汉墨宝的他，岂容放过。他瞄准时机，乘田汉稍有闲暇之际，备好笔墨，庄重地恭请田汉题写。田汉照样爽快挥毫，除了题写此诗，还附注了大会盛况与感言，曰：

> 西南剧展开幕于桂林，到湘、桂、粤、赣、滇、黔各省团体凡三十余，工作人员达千以上，诚中国剧史上空前盛事。而六七年来牺牲于此战野已不在少（数）。剧工大会闭幕日，某将军致词谓文艺上雄鸡时代已过，今后进入骆驼时代。实则风雨如晦，仍待吾人引吭而啼也。

徐杰民能收藏此田汉墨宝，不单对于田汉的研究者而言弥足珍贵，而且对于中国戏剧史来说，更是一件可遇不可求的瑰宝。

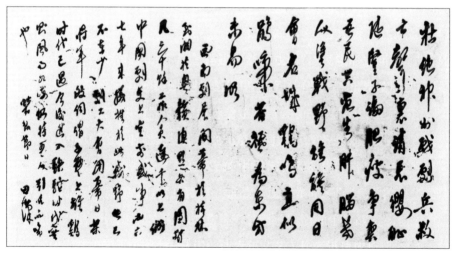

◎田汉歌颂"西南剧展"诗并跋，作者藏旧照片

丰子恺

丰子恺1938年6月24日举家从武汉抵达桂林，至1939年4月5日离桂转柳州赴宜山。日寇进攻南宁，随浙江大学于是年12月初抵贵州。1942年赴重庆。

丰子恺在桂期间虽较短暂，但影响很大。积极参加桂林抗战美术运动，如1938年暑期为广西省中等学校美术教师暑期讲习班上艺术课。10月24日起，在桂林师范上图画、国文二科，并带学生下级宣传抗日。1939年3月28日参加《中学生》战时半月刊出版商讨会，提名为编委。同徐悲鸿、马君武、马万里、龙潜等在《逸史》上发表《林半觉篆刻启事》，充分肯定林半觉篆刻艺术。热心为桂林出版的《中学生》《抗战文化》《国文月刊》《国文杂志》《少年之友》《文艺阵地》《宇宙风》《大公报》副刊等撰稿或设计封面。还撰写发表了一批美术专著和美术评论及理论专著。主要专著有《漫画阿Q正传》《艺术修养基础》《图画常识》《客窗漫画》《漫画的描法》《子恺漫画近作集》《艺术与人生》《画中有诗》等。评论有《画碟余墨》《评中国画风》《谈抗战艺术》《我所见的艺术与艺术家》等。其美术评论、理论专著深入浅出，通俗易懂，富于创新，独树一帜。其漫画创作则善于以简括、淳朴、流畅的笔调，单线平涂，生动而幽默地描绘出人世间的形形色色的生活。

徐杰民对丰子恺十分崇拜，对他的博学多才更是折服。听说他举家来桂后，徐杰民兴奋莫名，总想前往拜访请教。不久，他们同在为广西省中等学校美术教师暑期讲习班讲学，不期而遇，徐杰民便向丰先生坦露爱慕之情，虚心求教。丰子恺也为其求学进取精神所感，深觉此子系可造之材，倍加爱护。当他得知徐杰民同李铭德合开画展，便前往参观给予鼓励，并指出其不足之处，临别还与徐杰民合影留念。自此，徐杰民与年纪大他一轮的丰子恺便成了忘年之交。

◎丰子恺（左2）、徐杰民（左3）、李铭德（左4），1938年9月，作者藏旧照片

对于酷爱收藏字画的徐杰民来说，丰先生的墨宝自然成了他如饥似渴的瑰宝。1938年8月，丰先生愉快应允，挥笔给其题诗，曰：

逃难也，

逃到桂江西。

独秀峰前谈艺术，

七星岩下躲飞机。

何日更东归？

戏填《忆江南》一曲，杰民仁兄属书

廿七年八月

子恺

该诗表达了丰子恺逃难到桂林后，同徐杰民等一起，边为广西省中等学校美术教师暑期讲习班上艺术课，切磋艺术，探讨人生，边逃避日机轰炸，共渡战乱难关的密切手足情怀，寄托早日东归乡梓，重温昔时天伦之乐的热切期盼。

　　同年11月，徐杰民又喜获丰先生的漫画，画面的构图新颖，蕴含深意。地上立着用炮弹壳锯成的花瓶，插着荷叶莲花，旁边坐着一双男女儿童。战胜日本强盗，赢取和平世界的心愿抒发得淋漓尽致，堪称精品。画毕题写：

> 我愿人世间，
> 永远无战争。
> 干戈为犁锄，
> 炮弹作华瓶。

杰民仁兄属

廿七年八月

子恺于桂林

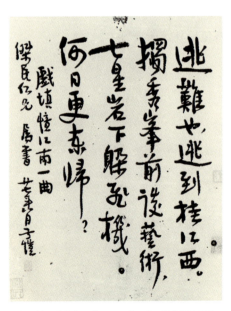

◎丰子恺题赠徐杰民诗，1938年8月，作者藏旧照片

◎丰子恺题赠徐杰民画，1938年11月，作者藏旧照片

丰子恺这两幅墨宝，尺幅虽不大，但在徐杰民眼中是至宝，他将其与徐悲鸿那幅同样尺幅不大的题词一样，经常取出反复凝视研读，重温昔日情景。在我们的接触中，他便多次向我展示，并激情满怀地讲述当年与这两位大师的深厚情谊，缅怀当年喜获墨宝时的难言之悦。

柳亚子

柳亚子于1942年6月7日抵达桂林。直至1944年9月桂林失守前，当局下达最后一次强迫疏散令，他才乘最后一班民航机飞赴重庆。

在桂林期间，柳亚子主要从事南明史研究，还创作大量诗词和散文。其诗词有《骖鸾集》十卷。仅收入柳亚子《磨剑室诗词集》[7]的就近千首，尚有不少赠诗散落民间。柳亚子诗才敏捷，动辄出口成诗。据其《骖鸾集》前言所云，1943年4月"乃成诗六十五首"。除了部分赠诗流露出郁郁寡欢的离情别绪，余皆具有丰富的社会内容和强烈的现实意义，蕴含着忧国忧民之心、抗日救亡之志、激情奔放的爱国主义精神。他继承我国豪放派的词风及爱国诗人的优秀传统，在中国现代旧体诗方面，开拓了崭新的天地，成就独特。

柳亚子还利用其威望与影响力，热心桂林的抗战文化运动。如出任文协桂林分会理事，积极工作。参加各种爱国抗日集会，发表慷慨激昂的演讲，撰写战斗檄文，鼓动士气，主持正义，摈斥邪恶，为保护进步文化事业的发展奔走呐喊。1944年6月18日，日寇逼近衡阳，桂林告急，开始动荡不宁的湘桂大撤退，柳亚子同李济深、龙积之、封祝祁、陈树勋等组成"长老团"，和田汉等一起冒着烈日，主持"国旗献金大游行"，开展声势浩大的"保卫大西南"运动，誓与桂林共存亡。

徐杰民久仰柳亚子大名，当他了解到柳亚子在东江纵队的护卫下，历经海丰、兴宁、老隆、曲江、衡阳等地，艰难险阻，辗转数月，好不容易才抵达桂林，对这位五十有六的长者，更为肃然起敬。作为东道主，徐杰民热盼能陪伴柳先生畅游桂林，让桂林秀丽景色宽慰其郁闷之心，涤荡其旅途之疲惫。在征得柳先生的同意下，徐杰民便陪伴柳亚子登临桂林诸名胜古迹，饱览甲天下的山山水水，使柳亚子心旷神怡，精神抖擞。徐杰民也不忘向柳先生求教些文史知识，两人遂

---

7. 中国革命博物馆编《柳亚子文集·磨剑室诗词集》，上海人民出版社，1985。

成忘年之交。柳亚子为徐杰民的盛情所感，随后为其挥毫写诗纪念，诗曰：

> 桂林山水称天下，
> 谁软绘者徐杰民。
> 何当导游风洞山，
> 为我酹酒悲歌，
> 呼起瞿张双烈之精魂。

杰民先生双正

卅一年七月

亚子

桂林叠彩山主峰明月峰，是市区内最高的山峰，山北有仙鹤峰。中间山峰有一道叠彩门，进门就是峭壁。那高崖下被榕叶遮掩的地方，有一个像葫芦一般南北对穿的石洞。洞中凉风习习，六月天在这里站久了，也会打冷战，后来有人把这山叫风洞山。瞿张即桂林明末清初抗清殉难的瞿式耜、张同敞二明将。此诗并未收入柳亚子《磨剑室诗词集》中，堪称遗珠补拾，诚为可贵！

徐杰民欣喜若狂，手捧墨宝再三道谢。自此，他更加敬佩柳亚子，一有机会便前往取经，提高诗书技巧，也热切渴望多获柳先生墨宝。不久，他又喜获柳亚子先生墨宝，诗曰[8]：

> 激浪奔涛趁好风，
> 混茫灝气荡心胸。
> 忘机鸥鸟休轻下，
> 恐有人间石季龙。

杰民先生属

亚子

8.中国革命博物馆编《柳亚子文集·磨剑室诗词集》（下），上海人民出版社，1985。该书第1005页录有此诗，但题名为《为瘦石题画》，时间介于1942年8月20日至24日间，看来此应为原题诗。给徐杰民的可能是转抄，然能留下此诗墨宝，也弥足珍贵。

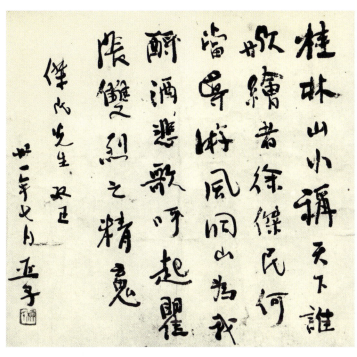

◎柳亚子题赠徐杰民诗，1942年7月，作者藏旧照片

◎ 柳亚子书赠徐杰民，作者藏旧照片

◎ 徐杰民抄写的柳亚子赠诗，作者藏

熊佛西

熊佛西于1941年春受国民政府军事委员会政治部部长张治中之邀，至重庆主持中央青年剧社，是年7月24日，离渝到桂，直至1944年7月桂林失守前才被逼疏散至贵阳。

熊佛西抗战期间客居桂林整整三年，以极大的爱国热忱，踊跃参加桂林抗战文化运动，创作历史剧《袁世凯》（三幕），独幕剧《新生代》《月下悲剧》。导演过话剧《北京人》《新梅萝香》等剧目。创办大

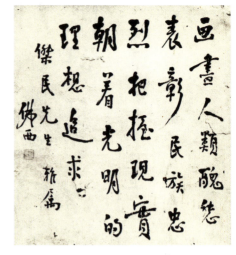

◎熊佛西给徐杰民的题词，作者藏旧照片

型文学期刊《文学创作》《当代文艺》等刊物。创作长篇小说《铁苗》《铁花》等。硕果丰厚，为桂林后期抗战文坛做出了突出贡献。

熊佛西还热心参加文化工作，如担任文协桂林分会第三届候补理事、第四届第五届理事，协助文协桂林分会整个工作规划与安排。1943年以《文学创作》社名义主持召开两次具有巨大影响力的"战后中国文艺展望"座谈会，并与欧阳予倩、田汉、瞿白音一道发起、主办了具有划时代意义的盛大西南第一届戏剧展览会，为中国现代戏剧运动和夺取抗战胜利做出了新贡献。

熊佛西热情豪爽，健谈好客，广交朋友，多会贤达，对年轻文化人更是爱护备至。徐杰民便是其中一个受益者。不管熊佛西住在郊外的桃园，还是市内的榕荫路和崇善路的榴园，徐杰民常常登门求教，文学艺术鉴赏能力大有提高，对艺术与社会人生的关系理解更为透彻，创作能力有所长进。此外，还喜获不擅题字的熊佛西的墨宝：

画尽人类丑态，表彰民族忠烈。把握现实，朝着光明的理想追求。

杰民先生雅属

佛西

欧阳予倩

欧阳予倩早在1910年便与桂林结缘，其时他还在日本留学，其父因病赴东京就医，不幸去世，遂送父亲灵柩回家安葬。因祖父在桂林任知府，为排遣消愁，他客桂一年。抗战爆发后，他积极投身抗战爱国宣传运动。1938年4月12日，应留日同学马君武之邀，离上海转道香港经梧州、南宁抵桂，仅住四个月即离开。1939年9月28日，又应广西当局之邀举家第三度入桂，直至1946年9月不满广西当局压制民主、迫害进步人士愤然离桂。

欧阳予倩居桂长达八年以上，为桂林抗战文化运动作了大量卓有成效的工作，对广西的戏剧文化建设做了突出贡献，丰功至伟。先后主持广西戏剧改进会，担任广西省立艺术馆馆长兼戏剧部主任、桂剧实验剧团团长，致力于广西戏剧改革，为桂剧实验剧团新编了《梁红玉》《桃花扇》《木兰从军》《渔夫恨》《人面桃花》等剧目。培养了大批优秀演员，并在舞台演出、音乐唱腔诸方面作了多项探索，开创桂剧改革的崭新局面。还连任中华全国文艺界抗敌协会桂林分会一至五届理事，尽心尽职，深获好评。欧阳予倩创作了《越打越肥》（独幕剧）、《战地鸳鸯》（短剧）、《我们的经典》（短剧）、《忠王李秀成》（五幕剧）等剧本，并导演了不少深受欢迎的好戏。还和田汉、瞿白音等一起发起主持了中国戏剧史上空前盛会西南——第一届戏剧展览会，蜚声中外。

面对欧阳予倩这位中国文艺界的重量级人物，勤于拜师取道、见贤思齐的徐杰民，自然不轻易放弃见面机会，向其请教，增进情谊。除了在欧阳予倩领导下的广西省立艺术馆工作，还一起参加桂林抗战文化宣传活动，聆听欧阳予倩的戏剧艺术报告。作为桂剧票友，徐杰民则特别喜欢观看欧阳予倩编导的桂剧演出。他告诉我："那时，徐悲鸿也爱看桂剧演出，尤爱看桂剧名演员小金凤、小飞燕的戏。我便常陪伴徐悲鸿前往广西桂剧实验剧团拜会欧阳予倩并观看演出。徐悲鸿对欧阳予倩及他们的勇于创新精神和表演艺术深表赞赏，经常给予支持鼓励。记得有次上演节目的横额就出自徐悲鸿手笔。那段时间，京剧演员金素琴在战火中来到桂林演出，欧阳予倩曾写过二诗相赠。诗曰：

刚健婀娜并有之，况兼才艺启人思。

同舟莫恨相逢晚，暴雨狂风竞渡时。

情怀如水欲无波，为听君歌唤奈何。

自古才人皆有恨，如君如我恨谁多？

　　诗中抒发当时文化人对现实的不满，相互勉励在'暴雨狂风'中团结战斗。诗成后即送给徐悲鸿先生，徐悲鸿先生得后则亲笔注明'赠金素琴之作'，并保存起来。我见状也立即索求一份。因此诗是赠给金素琴的，又是急就章，故未署上我名字和欧阳予倩的大名。"

　　徐杰民喜获欧阳予倩的墨宝后，虽缺署名，但也万分兴奋，在这二诗后面各特地盖上自己二枚收藏印章，以示珍贵。欧阳予倩抗战期间的题字已是凤毛麟角，徐杰民能珍藏如此二幅，实属难能可贵！墨宝如下：

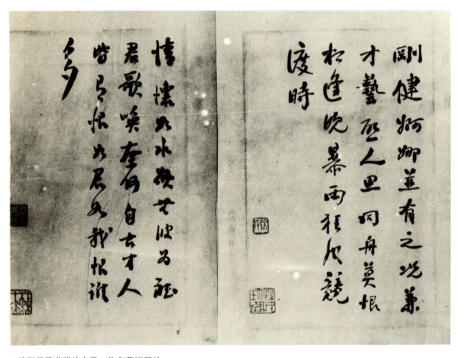

◎欧阳予倩书赠徐杰民，作者藏旧照片

潘天寿

潘天寿早年曾在上海新华艺术专科学校任教，指导过徐杰民，解放后任中央美术学院华东分院副院长、浙江美术学院院长、苏联艺术科学院院士、全国美协副主席、浙江美协主席、全国人大代表。徐杰民虽与恩师遥隔两地，但感恩之情不绝。其中对20世纪40年代的往事记忆犹新，据徐杰民回忆，1944年春夏之交，他曾作一鸡图寄潘师补竹。当时烽烟弥漫，交通不便，只能抱着侥幸心理试试看。不久，终于收到潘师合作之墨宝（右图），潘师补毕还在画上写了"三十三年初暑杰民写鸡寿补成"，实喜出望外！1946年他在广西省立艺术专科学校创办《现代艺术》时，曾于翌年4月25日给恩师潘天寿去信问候并约稿，潘师当即复信，虽未赐稿，但能得恩师墨宝也感恩不尽，值得珍藏！信的内容如下：

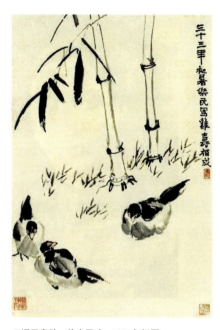

◎潘天寿竹、徐杰民鸡，1944年初夏

杰民仁弟青览：

　　接四月廿五日来函，藉悉近况佳胜为慰。嘱为贵校《现代艺术》写稿，甚感盛意！惟近常困于校务，苦无握管时间，实难如期应命，尚容缓图关注先后，并候近佳！

　　　　　　　　　　潘天寿手启

　　　　　　　　　　五月五日

◎潘天寿复徐杰民信，1947年5月5日，作者藏

周鼏

周鼏，广西桂林人，出身书香世家，少年时随父入湖南实业学堂学习。回桂后进入广西法政专门学校。1915年毕业后在桂林桂山中学、桂林中学等任教，后在桂林榕门美术专科学校、广西省立艺术专科学校、国立桂林师范学院、广西大学、无锡国学专修学校任教授和任广西通志馆编纂、广西省文献委员会委员等职。解放后曾任广西省文献工作委员会委员、广西文史研究馆馆员、广西书法研究会理事、桂林市政协委员、桂林市文物管理委员会委员、桂林市风景建设委员会常委等。治学严谨，作风朴实，著作甚丰。徐杰民与周鼏属同辈桂林乡亲，交往频繁，相处融洽，常有诗画相赠。如下周鼏墨迹，便为例证：

岭南人食者竹笋，庇者竹瓦，载者竹筏，爨者竹薪，衣者竹皮，书者竹纸，履者竹鞋，真可谓一日不可无此君耶！

壬寅夏日录东坡题竹一则

邮寄杰民先生画竹助兴

周鼏

◎周鼏录东坡题竹一则赠徐杰民，1962年夏，作者藏

李苦禅

徐杰民十分敬慕李苦禅大师的画格与刚直豪放的人品，尤喜欢李苦禅所画的鱼鹰，便参照自小在家乡见惯了渔民当作捕鱼工具的鸬鹚，大胆画了一大幅，怀着忐忑不安试试看的心绪，托湖南省美协办公室主任朱惠然请李苦禅题词。李苦禅欣然命笔，写道："《渔栖图》，惠然老弟赴湘前携其友人之作属题。辛酉冬月，苦禅记。"后来朱惠然如约将画送回徐杰民手里，徐杰民异常兴奋，展读李苦禅墨宝之余，连声说："想不到，想不到苦禅大师竟然为我这个素昧平生的无名晚辈题词！"足见大师的平易待人，诚为宝贵！可惜，此后一年李苦禅大师不幸仙逝，徐杰民也于数年后离世。留下一段佳话。

◎徐杰民画、李苦禅题《渔栖图》，1981年冬，作者藏

梁粲缨、周千秋[9]

抗战期间徐杰民与周千秋常有来往，又是梁粲缨在广西省立艺术师资训练班读书时的老师。但抗战胜利后便天各一方，失去联系。"文革"结束之后，始有鸿雁互通，梁粲缨特精心画了一幅色彩鲜艳的美国佛罗里达州特

9.详见本书"周千秋　梁粲缨"篇。

产嘉度理兰奉赠恩师。徐杰民欣喜之余，即命笔画了一幅喜鹊寄往美国，由梁粲缨补画桃花，周千秋添加柳树并题词，曰：

> 杰民道长别来无恙，以其近作喜鹊寄下，嘱为补景奉还。粲缨写桃花，千秋补柳并志。
>
> 时一九八四年三月于美洲

花卉树木乃周氏夫妇之强项，禽鸟则为徐老所长，加之周氏坚柔工整的笔迹，可谓是幅上乘之作。

◎徐杰民与梁粲缨、周千秋伉俪合作，1984年，作者藏

马万里

徐杰民与客居桂林的外省文艺家友情甚笃，与本地文化人更是接触频繁，情同手足，尤与桂籍书画家，常以笔墨联谊，为我们留下不少佳作。其中合作次数最多者，为在桂林与徐悲鸿、张大千多次合作过并被徐悲鸿誉为"卓尔不群"的马万里。马万里1935年偕黄宾虹入游八桂山水并写生，后在南宁举办联展。随之在广西积极从事抗战宣传、教育工作，为广西抗战美术运动做出了巨大贡献，直至1944年秋桂林失守，被迫离桂撤往重庆、成都避难。上世纪50年代初居北京，1960年应广西邀请，移居南宁，任广西文史研

究馆副馆长，广西政协第二、三届委员会委员，中国美术家协会广西分会理事。"文革"期间备受摧残，然不弃笔墨。粉碎"四人帮"后，创作热情高涨，先后创作了祝贺中日缔结友好和平条约、中美建交的《松柏同心》《玫瑰花》及悼念周恩来的《高风亮节》等数十幅精品。后忽病势加剧，不幸辞世。

马万里作画，善于以深厚的传统技法和真实的生活为基础，构思运笔，一丝不苟。擅长花卉，紫藤尤为一绝，墨竹清隽绝尘。书法篆刻，浑厚典重，如其为人。早在30年代，徐悲鸿便给予极高评价："马君画格清丽，才思俊逸，有所创作，恒若行所无事。书法似明人，得其偶傥纵横之致，而治印尤高古绝俗。"[10]徐杰民抗战期间与马万里在桂林志趣相投，接触频繁，感情融洽。六七十年代又在南宁聚会，接触机会更多，他们在工作之余，常在一起切磋书画技法，共描丹青。徐杰民尤为喜爱马万里创作的花卉，因此每次合作，徐杰民皆请马万里画上花卉，特别是紫藤和竹子，自己配以禽鸟。据我目前收藏到的他们合作的五幅画，皆然。其中尺幅最大，堪称精品之作的《斗鸡图》，便是马万里擅长的紫藤和徐杰民最工的雄鸡。为画好鸡，徐杰民养了不少鸡，反复揣摩、观察、描绘鸡的动态。彼此相得益彰，真乃天合之作！此为1963年所作，正是两人笔墨技法日臻完善之时。

还有一幅书法，则是马万里刚到南宁就职时赠送给徐杰民的，题曰"纵横天下一支笔"，是马万里自诩抑或是夸奖徐杰民不得而知，但有一点可以肯定的是，此时正是作者从桂林至重庆、成都，到北京再南下南宁，尽管风云激荡，辗转迁徙，但他手中之笔从未丢弃。他结束了在京不尽如人意的生活，应聘重回广西任职，身心得以解脱宽慰，精神为之一振，真想好好大干一场，大展拳脚，以此自勉。

谈到这里，顺便提一下马万里在京的处境。马万里当时在京靠卖画度日，我收藏的两幅松树和花卉作品，系其当年在京所作，当属其精品，但其在每幅画背后标明1.5元，可见单靠此为生恐怕难以为继。又因其婚姻遭遇不幸，第一位妻子因难产而亡，第二位妻子则因感情不和而分离。当时只好

---

10. 见徐悲鸿1936年为马万里与张大千合作画所作的序。

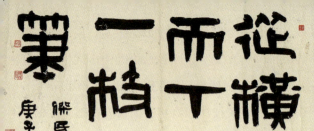

從橫而一樹

傑民先生

庚子萬里

馬萬里題贈徐杰民，1960年，作者藏

傑民寫生
完弟補竹

徐杰民与馬萬里合作《鴛鴦竹》，作者藏

寄居女儿的狭小家里，"连睡觉的地方都没有，更勿提画画了，他也因此心灰意冷……直至金默玉的出现，让他重新有作画的地方，也有了一个家"。

张家瑶

徐杰民同广西另一著名画家张家瑶也合作了不少画作，其中《鸡花图》是幅大画，由徐杰民画白鸡，张家瑶补花，是徐杰民继与马万里合作的《斗鸡图》后的又一大画，实属难得。张家瑶（1894—1975），字剑芝，又名张七，广西兴安县人，擅长中国花鸟画，对中国画的理论研究也颇有造诣。抗战期间，积极投身桂林抗战美术运动，为宣传抗战救国、普及广西美术教育贡献良多。工作之余，除了创作一批八哥、喜鹊、兰花之类的国画，还写作发表美术评论、理论专著，主要有《谈中国画》《中国画法概说》等。解放前任中学教师、广西教育厅第四科科长。著有《写梅法》《写竹法》等专著和《梅兰竹菊》画册。解放后任中学教师、区文史馆员、广西政协委员等。

其他广西艺术家

除了与马万里、张家瑶等同辈广西著名画家合作外，徐杰民还与比其年轻的广西画家联合作画，比如朱培钧、曹墨侣、傅思达等。

朱培钧（1916—2006）生于广西恭城县，早年毕业于国立杭州艺术专科学校，师从潘天寿并加入其主持的书画研究会。抗战全面爆发后，随国立杭州艺术专科学校搬迁至江西贵溪、湖南沅陵等地。后赴桂林从事抗战美术教育和宣传活动。抗战胜利后先后在重庆国立艺专雕塑系和广西省立艺术专科学校任教。新中国成立后，先后在中南美术专科学校、广州美术学院、广西艺术学院任教。曾为广西文联委员、广西美协常务理事、广西政协常委。

曹墨侣，广东顺德人，擅国画。抗战期间在广西南宁、桂林等地参加抗日美术活动。1964年病故，生前与徐杰民同在广西工艺美术研究所工作。

傅思达，广东梅县人，擅花鸟画、美术理论教育。早年毕业于中央大学教育学院艺术科。抗战期间抵达桂林，任广西省立艺术师资训练班国画教师，从事抗战美术教育和宣传活动。

◎ 徐杰民、张家瑶合作《石榴菠萝蜜》，1961年7月，作者藏

◎ 徐杰民、张家瑶合作巨幅《鸡花图》（徐画鸡、张画花），作者藏

◎徐杰民、曹墨侣合作《松鸟》，
作者藏

◎徐杰民画，周游、陈迩冬等题诗，
1979年，作者藏

周游和陈迩冬是广西知名诗人，徐杰民同他们于上世纪30年代便认识，交往频密，也常合作诗画。1979年徐杰民画了一幅鸡山图，请他们题诗。从图上看，徐老画的是鸡山，桂林南有斗鸡山，东有金鸡岭，北有鸡公山，但此画画的显然并非阳朔的鸡公山，倒有点似母鸡生蛋，又似一把酒壶。于是周游和陈迩冬各题了一首打油诗予以调侃。陈迩冬的大女婿郭隽杰也应邀题诗凑趣。诗情画意，不亦乐乎。

周游（1902—1991），广西资源县两水风水人，曾任桂林市政府主任秘书、国防艺术社少校指导员。1944年7月5日任资源县县长，在任期间领导了资源民众抗击日寇的斗争，为防日寇扰乱，是年8月将县政府迁车田乡，设行署，在车田学校办公，并成立县民团司令部。在8至10月上旬抗击日寇中击毙日寇8名，伤17名，县民团和警士牺牲6人，伤12人。抓获汉奸9名，处决7名。1945年2月13日周游去职，调任广西省政府任秘书。著有《乱云诗词集》。

陈迩冬（1913—1990），原名陈钟瑶，广西桂林人，著名学者、诗人、教授、中国古典文学专家。1926年就读桂林桂山中学，1929年考入广西省立第三高级中学，在高中时就开始写作，善诗文灯谜，获"桂林才子"之称，与另一桂林才子朱荫龙结下了深厚情谊。1929年高中未毕业，因父亲经商

◎桂林城市规划总体会，1950年2月，林半觉（左1）、徐杰民（左2）、阳太阳（左3）、
马万里（后4）、张家瑶（后5），作者藏

破产而辍学。曾任小学和简易师范教员。1935年考入广西省立师范专科学校中文系，1936年9月师专并入广西大学，1937年毕业于广西大学文法学院。抗日战争期间，积极投入抗日文化运动，历任国防艺术社宣传部副主任、主任，中华全国文艺界抗敌协会桂林分会理事，西南剧展资料部主任等职。先后主编《战时艺术》《拾叶》《诗创作》《大千》等。1944年秋日军侵桂，陈迩冬与文化人宋云彬、端木蕻良等一道向西撤退，经贵州于1945年初到达重庆。任《天文台》周报副刊、《新民晚报》副刊编辑，同时为《大公晚报》撰写专栏"小园诗话"和"诗界直观"。日本投降后，为反对蒋介石独裁统治，加入"中国国民党同志联合会"（"民革"的前身），因拥护共产党主张，反对内战，被国民党特务列入黑名单，不能公开活动。遂于1947年7月逃离重庆，辗转回到桂林，任广西省立艺术专科学校教授，生前在人民文学出版社工作。

郭隽杰（1938—），笔名射干，河北饶阳人。毕业于北京师范学院。

1962年参加工作，曾任中学教师，北京物资学院教授。1992年加入北京作家协会，是中国近代文学学会南社与柳亚子研究分会理事。长期从事中国古典文学研究，校注《拍案惊奇》《二刻拍案惊奇》，编著《东坡小品》《南北朝小品》《聂绀弩诗全编》《中国的佛手》《中国的祠堂与故居》等。文章有《时代诗人林庚白》《〈韩诗臆说〉的真正作者为李宪乔》《田汉、沈尹默诗论柳亚子》《陈迩冬与桂林文化城》《陈迩冬年谱》等。

为了忘却的纪念

　　抗战期间，徐杰民一直坚持在南宁、桂林等地从事抗日美术工作，见证抗战时期桂林文化城的全过程。他积极从事抗战美术教育工作，1938年起任广西省会国民基础学校艺术师资训练班教员、广西省中等学校美术教师暑期讲习班教师、广西省立艺术馆美术部暑期美术讲座教员等，为广西培养不少抗战美术人才。

　　经常参加抗战画展，如1938年同李铭德合开画展，丰子恺前往参观并合影留念，徐悲鸿则购画二幅（阳朔风景），以资鼓励。同年8月16日和张家瑶、邓俊群、来家修、李铭德、宋绍武、覃敬庄、林泉等在乐群社礼堂举行"八人联合画展"。1941年3月28日至31日参加桂林美术工作室主办的筹建工作室基金画展，同展者有徐悲鸿、林素园、刘建庵、李桦、周千秋、尹瘦石、张安治、叶浅予等人的书画。同年8月15日，举办"傅思达、徐杰民画展"，共展出作品一百二十多件，《救亡日报》《广西日报》《扫荡报》等均作了报道，李济深主任和李文澜院长等政要前往观看，分别定购了徐杰民的《片刻的休息》《独秀峰》《荷花》等。1942年11月初，徐杰民的抗战画展也同样引人注目。张安治等特在报刊上撰文，对其坚持现实主义创作方向给以充分的肯定。

　　徐杰民还认真参加桂林其他的抗战美术活动，如1940年1月，同张安治等创办了重要刊物《音乐与美术》。多次为欧阳予倩领导的广西省立艺术馆美术部主办的绘画研究会主讲"习画的步骤""绘画的内容与形式"等课题。随着与黄新波、陈烟桥、刘建庵、蔡迪支等木刻家的密切接触，备受影响，积极从事木刻创作，宣传抗日。这期间创作了一批反映人民生活疾苦、鼓动抗战救国的木刻作品，其中较为突出的有：《无家可归》《打石工人》《青纱帐里》《荣誉军人》《在密密的树林里》《收获》《播种者》等。《打石工人》曾参加英伦的中国画展。《休息》《车站》等收进木刻集《收获》[11]。

在理论研究方面，徐杰民也能勤于思考，独出机杼，撰写、发表了不少理论文章，如《艺术与时代》《谈艺术与创造》《绘画的内容与形式》《抗战三年与绘画》《中国画的新题材》《战时中学美术教育的一点意见》《美术的新旧与真伪》等。

1944年秋，桂林告急，徐杰民只好随疏散人流撤往老家避难。抗战胜利后徐杰民继续在桂林、南宁从事美术教育和创作工作。曾任《广西画报》（广西省立艺术馆1946年3月创刊出版，欧阳予倩发行）编辑、《现代艺术》（现代艺术社1946年6月创刊出版，马卫之发行）主编。新中国成立后，继续从事美术教育和工艺美术研究工作。生前任职于广西工艺美术研究所，美协广西分会理事、广西首批中国美术家协会会员、广西文史馆馆员。毕生为广西美术事业作出了突出贡献。

11.1941年9月广西省立艺术馆美术部出版。

徐杰民《青纱帐里》，木刻，载1940年1月《音乐与美术》创刊号　　徐杰民《收获》，载《音乐与美术》
1941年第2卷第1、2期

徐杰民《林中》，载《音乐与美术》第4期　　　　　　徐杰民《休息》，载木刻集《收获》，广西省立艺术
馆美术部1941年9月出版

徐杰民《车站》，载木刻集《收获》

徐杰民《无家可归》，载《广西画报》创刊
号，1946年3月出版

1946年3月25日《广西画报》，发行人欧阳
予倩，徐杰民等任编辑

徐杰民《等购平价米》，载《现代艺术》创刊号，1946年6月
出版

現代藝術

創刊號

廣西省立藝專 · 現代藝術社編

民國三十五年六月出世版

發行人	：馬衛之
編輯者	：現代藝術社
主編人	：徐杰民
通訊處	：桂林皇城廣西省立藝專
總經售	：桂林文化服務社

（售價：每期國幣二千元）

◎ 徐杰民《桂林在建设中》（左，1947年元旦）、徐杰民《三十四年》（右，1945年），作者藏旧照片

◎徐杰民

徐杰民（1910—1987），广西阳朔县龙潭村人。常用笔名杰民、洁生等。
广西著名国画家，擅画鸡。自幼家境清贫，酷爱美术，刻苦自学。1932年以
优异成绩毕业于上海新华艺术专科学校（简称"新华艺专"）艺术教育系，毕
业后历任中学、中级师范美术教员。徐杰民在新华艺专学习时，得名师潘天
寿、张聿光、汪亚尘的指导，有所进步。1935—1936年在南宁、桂林等地
结识徐悲鸿，受其教诲，对写实主义画风有所领悟，从此坚持现实主义的创作

阳太阳

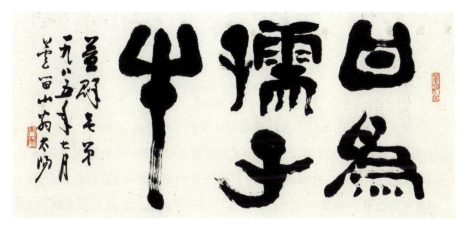

◎阳太阳题"甘为孺子牛"赠作者，1985年7月

黄莺吐着春日最初的歌唱，
掠过寒冷的空中，
以向投在池沼里的黑影，
诉说那温暖的讯息。

——阳太阳《早春》

主席巨像之谜

　　中华人民共和国成立不久，粤港画坛发生了一件尤为震惊的大事，那便是香港"人间画会"的画家集体创作了毛主席巨幅画像《中国人民站起来了》（宽10米，高30米）。这幅画11月1日由画家们亲自护运到广州，作为庆祝广州解放的献礼。画像11月7日悬挂在广州当年的地标爱群酒店外墙，占去了八层半楼的高度，蔚为壮观，轰动一时。抗战期间曾在桂林创作出版中篇小说《乡下姑娘》而被茅盾誉为"文学的力作"[1]的作家、记者于逢，在司马文森主编的《文艺生活》上发表了长篇报告文学《毛主席巨像是怎样制成功的》。文章较为详尽地记述了该画像的创作过程：1949年10月上旬，为了配合广州解放，留港美术工作者三十余人决定集体绘制巨幅毛主席肖像。10月14日晚广州解放，翌日开始创作，地点在香港"文协"会址，这是香港一般狭窄的鸽子笼式楼房，没有间隔，而此画像则有八层楼高两个房间宽，根本无法作画，只好横切成十二幅来画。又依据不同部位、性质分成若干组，五人一组，上、下午轮值，加班加点。鉴于人员组成较复杂，有专业画家，也有业余美术爱好者，有擅长油画的，也有从事版画、漫画、国画、广告画创作的，各自发挥所长，相互磨合，团结协作，耗资千元港币，所用的布料、油漆原料均为有关爱国人士和厂家捐赠，历经十天努力大功告成。巨画由专

1.茅盾：《读〈乡下姑娘〉》，载《茅盾论创作》，上海文艺出版社，1980，第315页。

车运到广州后，遂于11月5日制作画框再作修改，并动员省、市艺专师生一百人协助悬挂。文章还写到这幅巨画完成后在香港的反响："一连几天，是新闻记者来访问，朋友们来参观。不断地拍照，镁光像电火似的在房间里闪烁。"而广州群众见到此画后的反应是："当这幅伟大的集体创作挂在楼上和群众见面，街道上的行人都停步观望，有一个群众看后用力拍着他朋友的肩膀说：'真确系，毛主席真够晒伟大！'（粤语）"该文不愧为珍贵的历史文献。可惜对于当年参加创作的画家，文中均未标其真名，而是用代称。究竟谁是此画的起草者？参画者是谁？众说纷纭。

对此，我虽也略有所闻，但研究不深。自从到深圳工作后，与广州、香港文化界的交流活动有所增加，拜访了部分曾参加抗战和解放战争文化宣传活动的老文化人，逐渐找到了答案。1990年2月18日，我拜访广州美术学院陈雨田教授。陈教授抗战期间和解放战争时期，曾先后参加过桂林和香港的美术活动，也是香港"人间画会"的成员。和黄新波、阳太阳等共同举办过画展。陈教授对有关当年在桂林、香港的往事侃侃而谈。我顺便问及当年香港画家集体创作毛主席巨幅画像《中国人民站起来了》一事。他对当年这幅画记忆犹新，在叙述此画的创作过程时突出提到了香港"人间画会"的黄新波、阳太阳、杨秋人、关山月等人。不久，他又在怀念与阳太阳友谊的文章中明确写道："解放前夕，不少在内地的美术界的朋友相继到香港，太阳和杨秋人、关山月也先后来到香港并参加党领导下我们创办的香港'人间画会'，太阳并积极参加集体绘制的毛主席巨幅油画巨像《中国人民站起来了》（解放后悬挂在爱群大厦的几层楼上）。"[2]

陈雨田虽然肯定了《中国人民站起来了》的部分参与者，却并未指出此画的起草者。2004年元月20日，我在王琦的《艺海风云——王琦回忆录》中的《香港两载》一文中，终于进一步弄清楚这幅画的创作过程。这是至今所看到的唯一颇为详尽的记述：

2.陈雨田：《并肩战斗》，载《阳太阳艺术文集》，广西美术出版社，1992，第40页。

◎华南人民文学艺术学院美术部同仁合影。后排左起为梁锡鸿、方人定、杨秋人、黎雄才、王道源、阳太阳、陈雨田、关山月、谭雪生，前排左起为杨讷维、徐坚白、黄笃维、黄新波，1951年

　　为了迎接广州解放，人间画会的同志们商议，决定集体绘制一幅毛主席全身像，宽3丈，高9丈，以这幅巨像作为画会同仁向广州人民政府的献礼。大家推举阳太阳起稿，然后集体讨论，最后定稿。几天后，太阳拿来他设计的初稿，毛主席全身像，他高举手臂，面向前上方，仿佛在向全世界庄严地宣告："中国人民站起来了！"这几个大字作为画题出现在巨像的上端。这种构思和构图，基本上得到大家的赞同，只是在两手动势的互相呼应和面部形象上作了一些调整，便定稿了。

　　……开始动笔那天，来的人很多。作画的地点是在文协三楼。原来住在文协楼上的张天翼、蒋牧良等都走了，现在只有于逢一人住守那里，他把整个楼房都腾出来让我们作画。三丈宽的白布把整个墙面都遮满了，布的下端卷起来拖在地上。我们用打方格的办法，把小画稿移上大布上。绘制人员分成两个组，一组是头、手部，由张光宇负责。另一组是衣服组，由我负责。第一天以后，来的人便渐渐减少。张光宇把头部和手部画了后便完成任务。我每天去画衣服部分，协助我画的有洪毅然、雷雨、关山月、杨秋人几位同志。为了赶时间，我有时画得精疲力竭，除了晚上由于没有充足的灯光不能作业以外，上下午都泡在文协楼上，站在木凳上在大布上挥毫。像这样工作前后共花了7天，才把这幅巨像全部完成。最后要拍全体参加绘制人员的照片时，来的人很多，约三十余人簇拥在巨像的头部之前……

11月1日的黎明时刻，我和全家与关山月、阳太阳、杨秋人、张光宇、黄茅、麦非、谭炎等同志乘包租的大卡车离开香港先到罗湖，然后换乘火车回广州，……6天以后，毛主席的巨幅画像才挂上爱群酒店。我们在马路上参观这一艰巨的悬挂工程。十几个工人足足花了三个多小时才把画悬挂在酒店楼上，共占去八层半楼的高度，诚为壮观。……当这幅巨画的悬挂工程完成的时刻，聚集在马路上成千上万的群众爆发出热烈的鼓掌声和欢呼声，许多新闻记者举着相机拍下这一难忘时刻的热烈场面。……这幅巨构在社会上引起强烈反响，我认为在我国近、现代美术史上也是少有的。[3]

为了纪念广州解放六十周年，由中共广州市委宣传部、中共广州市委党史研究室、广州市文化局主办，广东省革命历史博物馆承办的"羊城新生——纪念广州解放六十周年"展览，于2009年10月14日在广州隆重开幕。《中国人民站起来了》这幅毛主席巨像照片再次与观众见面。翌日的《南方日报》对此画特地作了说明："此次展览的策展人找到当年参与创作的画家王琦以及阳太阳，从他们手中获得了工人们安装这幅巨型画像，悬挂在爱群大厦的珍贵照片，展示给今天的观众。"[4]

由此看来，王琦教授的回忆是可信的，阳太阳应是《中国人民站起来了》这幅毛主席画像的起草者和自始至终的参与者。那么，或许有人要问：那么多知名画家，为什么非阳太阳莫属？大概应是画家们各有所长，阳太阳擅长油画，此时期他又常和恩师王道源带领广州艺专师生绘制领袖像，对画领袖像较为轻车熟路。

3.王琦：《艺海风云——王琦回忆录》，人民美术出版社，1988，第148—151页。

4.《广州如何神速解放的？地下学联作用不可小觑》，载《南方日报》2009年10月15日。

《中国人民站起来了》巨幅毛主席画像，在我国现代美术史上具有一定的地位和影响，但知其作者尤其是起草者的却不多，即使有人研究也时有偏差。如有的著作中选用当年王琦、黄新波、张光宇、黄茅、杨秋人、关山月等在此幅画像前的合影，把戴英浪错标为阳太阳，也有的研究者把彼此长相身高近似的杨秋人错认为阳太阳。有的竟因为这张照片中缺少阳太阳而否认其参与创作。这些都是断章取义的结论。事实是阳太阳起草并和大家一起护送画像到广州，却因有事未能合影留念而被错认或否认。

◎1949年在港粤文协楼上创作毛主席巨幅画像时的合影，后右起：于逢、阳太阳、洪毅然、关山月及夫人李小平、于逢夫人，前坐王琦夫人韦贤

留日而抗日

　　1935年阳太阳从上海东渡日本，入日本大学艺术研究科钻研各国绘画艺术并创作。1936年春他的油画《女青年》入选日本"独立美展"。同年秋其油画《恋》又入选日本国际性大型展览日本"二科美展"，在"二科美展"上其作品《恋》与世界大师马蒂斯、罗丹、柯罗等人的作品同场展览。日本画坛报刊给予高度的评价，被誉为"中华之夸"。此时他在日本大展宏图，正准备西去巴黎，闯入国际画坛之际，1937年伟大的抗日战争全面爆发了。国难当头，匹夫有责！爱国心切的阳太阳面对人民的灾难、祖国的召唤，热血沸腾，义愤填膺！他放弃了去法国的念头，告别了使他声誉鹊起的日本画坛，毅然回到十年前被国民党迫害出走的故乡桂林。

　　阳太阳抵达桂林后，征尘未除，便满腔热情地置身于桂林抗日救亡文化运动中。此时，阳太阳应徐悲鸿的邀请，于1937年10月27日在徐先生主持的广西美术院举行回国后的首次个人画展，展出作品近百幅，受到广大观众的好评。1938年春，新成立的国防艺术社聘阳太阳为美术指导员兼美术部主任。该社是新桂系五路军政训处所属的单位。政训处主任韦永成兼社长，李文钊为副社长，主持社务。设美术部、音乐部、戏剧部、电影部、编辑部。戏剧部有章泯、封凤子、白克（苏保双）等，音乐部有陆华柏等，编辑部有陈迩冬、熊绍琮（司徒华）等人。欧阳予倩、田汉、马彦祥、焦菊隐等文艺界知名人士也常在此开展抗战文化活动。在当时抗战救亡的总形势下，国共又一次合作，共同抗敌，开展抗日文化宣传工作，故该社也属抗日进步团体。正如田汉抗战前期接受《战时艺术》采访时所云，国防艺术社“在广西可说是个剧运的有力推动者”。阳太阳在国防艺术社担任美术工作的时间里，勤勤恳恳，热情肯干。他想方设法培养美术人才。如1938年初，他配合国防艺术社戏剧组、音乐组、美术组举办“战时艺术短期训练班”，为期两个多月，使美术学员很快掌握了宣传画技巧，创作了一批抗日宣传画、街头漫画。结业时还举行了师生画展。

为推动桂林抗战画展，宣传抗日，阳太阳以国防艺术社名义或联合其他单位，竭尽全力筹备多次大型画展。单1938年6月便多达四五次。其中，影响较大的有本月底由他代表国防艺术社发起，并联合广西版画研究会、广西艺术工作者协会举办的“广西全省美展”，地点在广西美术院。展览会组织较为严密，阵容较为庞大。共分四组，国画书法组由王寿龄、龙月庐、曹博泉、黄楚容、张家瑶、林泉、王兰等十余人组成；西画组由阳太阳、盛此君、杨秋人、陈恂初等负责；版画组由李漫涛、钟惠若等负责；摄影组由江叔谦等负责；审查委员会由龙敏功等主持。共收到美术作品700多件，审查合格500多件。展后义卖，收入悉数支援抗日将士。本年底，他又以国防艺术社名义主办了“抗战美术展览会”，地点在文昌门副爷巷妇女工读学校。形式多样，分木刻展、绘画展、摄影展、街头漫画展。观者络绎不绝，街谈巷议，影响宽广。可惜到了1939年元月8日，不幸遭敌机轰炸，作品全毁。国防艺术社亦被炸毁。阳太阳并未被敌机狂轰滥炸所吓倒，他化悲愤为力量，又筹办了新的大型画展。于是年6月中旬，以国防艺术社的名义主办了“留桂画家抗战画展”，地点在乐群社礼堂，参展单位有漫画宣传队、阵中画报社、全国木刻家协会、国防艺术社等，共200多件作品，包括油画、大布画、水彩画、国画、素描图案等。画展闭幕后，阳太阳还亲自携带作品赴金州各地展出，慰劳战士。《救亡日报》特为此画展出版了《留桂画家抗战画展特刊》，《广西日报》、《大公报》（桂林版）、《力报》等也广为宣传报道。

阳太阳除了废寝忘食地组织抗日画展鼓动抗日，还负责其他抗日进步文化工作。为了加强桂林文艺界的团结合作，他与国防艺术社的同仁们于1938

年12月27日发起组织成立了"战时文艺工作者联谊社"，他同李文钊、艾青、黄药眠、欧阳凡海、林林、周钢鸣等七人任理事。他积极参与和推动该组织的活动，多次举行座谈会。如艾青划时代意义的代表作《北方》于1939年3月底在桂林出版后，他同联谊社成员召开了《北方》的诗歌座谈会给予热情的鼓励。接着又举行专题会议，一致通过致电苏联文艺界和响应"伤兵之友"运动的决定，开展一系列旨在增进团结、推动抗战的文艺活动。

1939年7月4日，桂林文艺界在南京饭店举行聚餐会，商讨成立中华全国文艺界抗敌协会桂林分会筹备会事宜。阳太阳应邀出席，与会者还有王鲁彦、艾芜、艾青、李文钊、舒群、盛成、林林、周立波、方振武、李任仁、胡愈之、宋云彬、陈此生、夏衍、田汉、孙师毅、焦菊隐、钟期森、赖少其、白薇、欧阳凡海，以及中华全国文艺界抗敌协会总会代表姚蓬子、陆晶清、程朱溪等三十余人。会上，阳太阳被推选为筹备委员。后经筹委会推举，他同李文钊、陈此生、盛成、钟期森一起负责协会总务。1939年9月，阳太阳和艾青接受湖南衡山乡村师范学校之聘，前往湖南新宁衡山师范任教。教学之余，深入生活，写诗作画，为时一年多。1943年2月1日，广西美术会举行全员大会，阳太阳同龙潜、张家瑶、林半觉、龚绍昆、林恒之、冯静居等被选为理事。为了促进桂林抗战戏剧运动，提高爱好者兴趣，1941年4月24日，阳太阳同杜宣、焦菊隐、李文钊、胡危舟等二十多人发起组织"新中国艺术剧社"。

踊跃参加各种进步集会、座谈会，加强横向联系，增进文艺界的团结合作，推动桂林抗日救国斗争，这更是阳太阳义不容辞的日常事务。这是既琐碎又费时的工作，但不管多忙，只要是对抗日大业有利的，他都抽暇出席。1938年1月5日，阳太阳正忙于筹备本月10日开幕的"广西全省美展"，当他获知桂林文化界将在乐群社举行座谈会，会议由第五路军政训处主任韦永成亲自主持，与会者有桂林文化界知名人士马君武、李任仁、千家驹、陈此生、白鹏飞、丁作韶、白克、龙振济、黄同仇、万民一、唐现之、莫宝坚、风子、章泯、莫一庸、谢中天等四十多人，他便搁下了手头工作，即刻赴会。会上，他就如何调动艺术全面救亡等问题直抒己见，并广交新朋友。又如是年11月

13日，他正在紧鼓密锣地主办下个月开展的"抗战美术展览会"，难得抽空，但为了对自广州、武汉沦陷后相继来桂的美术救亡人员表示欢迎，他又抽暇出席五路军政治部艺术股举办的招待会。与会者有梁中铭、汪子美、特伟、刘元、梁白波、艾青、赵望云、何鼎新等20多名画家，他们初来乍到，有的从未见面，观点、派别也不尽相同。但在抗日救国的共同目标之下，彼此求同存异，言谈恳切，气氛融洽，为日后的团结合作创立了好开端。

1943年11月28日和12月22日，阳太阳先后两次参加以"文学创作社"名义举办，由田汉主持的"战后中国文艺展望"座谈会。应邀出席者还有邵荃麟、欧阳予倩、胡仲持、司马文森、周钢鸣、千家驹、秦似、灵珠、孟超、洪遒、韩北屏、张煌、彭燕郊、熊佛西、黄药眠、宋云彬、李文钊、胡危舟、芦荻、端木蕻良等。大家一致建议，为了推动文艺运动的发展，更好地为抗战宣传运动服务，政府应改善检查制度，积极扶植言论自由。他们对抗战胜利后的文艺工作也提出了不少宝贵建议。这不失为一次超前的理论探

◎前排左起为廖冰兄、黄茅、刘建庵，后排左起为陆志庠、舒群、特伟、阳太阳、赖少其，1938年冬，桂林

讨，具有指导意义。1944年3月24日，广西美术界在广西省立艺术馆召开美术节盛大庆祝会，与会者有阳太阳等500余人。由张家瑶致开幕词，张安治报告筹备经过，李济深、欧阳予倩、田汉分别发表演说。并编印了《广西全省美术界庆祝美术节筹备会特刊》，李济深为该刊题名，阳太阳、李桦、黄新波、蔡迪支、滕白也、沈同衡、徐德华、周斯达、徐杰民、张光宇、余所亚、黄超、刘元、马万里、李白凤等为之撰文，阳太阳在文中大力肯定了广西抗战美术运动的成就，并指出了今后的发展方向，不失为一家之言。

画院初阳

抗日战争前广西文化教育事业较为落后，文艺人才，尤其是美术工作者较为缺乏。因而，难以适应伟大抗日战争的需要。尽管自1938年10月广州、武汉相继沦陷之后，桂林逐渐成为蜚声中外的文化城，知名画家云集，但要广泛深入地宣传抗日，夺取抗战最后胜利，单靠这些画家是无法完成的。有鉴于此，阳太阳深感美术教育之重要，热心桂林美术教育工作。他先后任桂林美术专科学校教授、教务长，桂林榕门美术专科学校教授、西画系主任，积极为广西省立艺术师资训练班及桂林美术界举办的各种美术讲座讲课，为广西及全国各地培养了一批美术新生力量。而最能体观其教育思想的，则是他首创的初阳画院。

初阳画院也称初阳美术学院、初阳画苑，坐落在桂林漓江东岸屏风山前，即桂林建干路79号，地处偏僻，房屋破旧。经过整整两个月筹备，于1943年6月26日宣告成立，由阳太阳任院长、教授。7月16日正式招生。首期仅有学生18名，教授8名。至1944年学生增至30多名，教授16名。著名木刻家黄新波、余所亚均曾在该院任教。资金不足，设备简陋，但阳太阳克服了重重阻力、难关，专心教学，以"有志者来"为号召，以"我们这里没有墙，但是从不会有人乱迈一步"为守则。在教学方法和创作实践上都做了大胆的探索。在教学上，抛弃灌输式的老一套，采用自由研究，集体讨论，并带领学生下乡下厂写生。在创作上则注重个性发展，不限制一个模式。作风民主，学生自治。教学生活和行政事务均由学生负责。师生关系十分融洽："看不出哪是学生，哪是教员，全没有划下界限，看出来的，是友谊，是切磋。"[5]尤其是身为院长的阳太阳，对学生更是谆谆善诱、和蔼可亲，使学生倍感温暖，发愤学习。且看当年的一则真实写照：

> 常常由于自己的技巧修炼不够，在创作过程中将对着这无法发挥的画幅，为自己贫乏、空虚与焦灼的情绪而滴下眼泪。我们的院长会走到你面前，仔细地看过后，指出不对的地方，引导你再去摸索。此后，他从日常的谈话中对你说："用功吧！这不是一朝一夕的事，学问功夫要比任何事情都来得困难。"他，从早到晚为我们的学校奔忙着，计划着，在困难中从不会烦躁过、埋怨过。他常常用笑来鼓励我们，使我们对艺术甚至对人生发生高度的爱。如是，我们有时叫他做牧师，和"孤儿乐园"中那些孩子们叫他们的牧师一样。[6]

因此，该院学生的创作思想比较解放，富有独创性，求知欲望也较强。在较短的时间里，较好地掌握了绘画基本功并创作出一批抗战画作。1944年1、2月间，阳太阳先后在桂林、衡阳两地举办"初阳画院画展"，展出师生作品一百多幅，轰动一时。报纸纷纷加以报道并发表评论，高度赞扬"初阳画院是受过抗战之火的洗礼的，是在现实土壤中成长的"[7]，走向"一条正确的到达艺术彼岸的路"[8]。对于阳太阳与初阳画院的成长关系也作了恰当的评价，"在短短的不到半年，竟能拿得出这么多的充实的作品，这不仅可以看出太阳先生的努力，而且也可以看出同学们学习的认真"[9]，"我们不能夸张地说初阳美术学院在太阳的影响下已经形成了一种画派了，然而从许多同学作品的

5.李叶：《初阳杂写》，载《力报》（桂林）1944年2月27日。

6.雨风：《关于初阳》，载《力报》（桂林）1943年12月31日。

7.刘思慕：《杂谈画展》，载《力报》（衡阳）1944年2月27日。

8.端木蕻良：《介绍初阳美术学院》，载《力报》（桂林）1944年2月27日。

9.黄药眠：《路上的先行者》，载《广西日报》1944年1月6日。

风格上看，不能不自然有一个总的趋向。而这趋向毫无疑问是由太阳的熏陶而发展出来的"[10]，"太阳先生在学习，而同时，他又在教人的学习。我想，在这样学习的空气中，初阳美术学院的前途是没有限量的"。[11]

可惜，好景不长，日寇逼近衡阳，桂林告急，开始了动荡不宁的湘桂大撤退。初阳画院师生们在阳太阳的带领下走出校门，奔向街头办画展，宣传抗日。6月18日，他们冒着烈日，高举着"保卫大西南"的标语和大幅漫画，为李济深、龙积之、柳亚子、田汉主持的"国旗献金大游行"开路，表现出异常高涨的爱国热忱。初阳画院虽然被迫停办，但其影响深远。其所培养的学生也分散全国各地，各尽所能。他们永志不忘恩师阳太阳的苦心栽培。他还有一位学生蓝岗 —— 一名离休记者 —— 曾热情洋溢地给他来信说称"别后三十多年，我一直没有忘怀您"，这名学生当年出自湖南衡山乡村师范学校。

10.孟超：《从太阳画作谈到初阳画风》，载《广西日报》1944年2月27日。

11.黄药眠：《路上的先行者》，载《广西日报》1944年1月6日。

「乡师」往事

阳太阳曾在湖南衡山乡村师范学校任教，他说："该校是晏阳初先生创办的，汪德亮接任，等我去任教时校长是李智，教务长是邹鸿操。学校很进步，抗战气氛浓。一些著名学者、作家、艺术家如黎锦明、谢冰莹、温涛、陈卓猷等均在此任教过。我和胡青荃（原名何启君，原八路军桂林办事处人员）等老师经常带学生下乡，或肩几百斤盐分送贫苦农民，慰问被抓壮丁当兵的家属；或演戏、画画，宣传抗日。我虽任教一学期，但印象很深刻，尤其是学生抗日爱国精神和刻苦学习的态度，深受感动。师生关系甚为融洽，1940年1月11日，当学生们风闻我要离校时，便给我写了热情洋溢的挽留信。"内容如下：

太阳先生：

虽然还没有知道先生要离开学校的消息，但为了要表示我们有着无数颗圣洁热烈的心在敬爱着先生，期待着先生继续抚育我们，所以我们有写这封信的必要。鲁迅先生说：幼稚不要紧，幼稚是可以繁荣滋长的。我们诚然是幼稚的一群，但我们也都是战斗的祖国中战斗的一群，为了使我们脱离幼稚的阶段，为了增强我们战斗的情绪与战斗的技术，我们诚恳地请求先生继续作我们的导师！

先生热爱祖国，热爱着青年，对我们的请求一定是欣然接受的罢。

致敬

民族解放的敬礼！

四、五、六、七班全体学生同上

一月十一日

204　　　1986年6月下旬，我到长沙拜访著名诗人彭燕郊，顺便访问了《湖南日报》退休记者、当年曾是湖南衡山乡村师范学校阳太阳的学生蓝岗，他回忆了当年阳老师如何谆谆教导学生的往事，并转送两封寄恩师阳太阳的信，其中一封如下：

敬爱的阳老师：

　　向您问好，向您致敬！

　　写这封信的人是您学生，学名叫蓝俊英。您还有点印象吗？——我原在衡师九班刚读一学期，就在学潮中被开除学籍，后来到桂林进了您主办的初阳美术学院。抗战烽火烧到桂林，我不得不辍学，参加田汉领导的"文抗队"，辗转流落到贵阳，开始从事新闻工作。三十多年来，我历经艰辛，被国民党反动派迫害，坐过牢，解放后又劳动改造多年，直到三年前才彻底平反，恢复原职原薪。现在新闻研究室工作，主要是搞新闻史、新闻理论，主编报刊文摘版"博览窗"。惭愧的是我辜负了老师的教导，既不会绘画，也不能在文艺工作中做出什么贡献。您是引导我走上革命道路、使我对文艺有特殊爱好的第一个老师，我终身忘不了您的教育。别后三十多年，我一直没有忘怀您。不久前，我在广西画刊上看到您的近影和新的画作，特别兴奋。从画刊上知道您的工作地点，所以冒昧地给您写信。湖南您的学生不少，大家都怀念您。邹鸿操老师来长沙时，衡阳的同学都在一起见了面，照了相，还准备写校史。这些同学是刘国安（长沙矿冶研究所副所长）、罗顺楚（地区农业厅副厅长）、赵琦（湖南农学院教导处处长）、陆民华（湖南微生物研究所副所长）等等。初阳美术学院的同学，只有伍觉，他原先在《湖南日报》，后调到常德去了，据说已退休。

因工作关系，我在查阅衡阳《力报》时发现1944年2月27日《文艺新地》九十三期上出了《初阳美术学院画展特刊》。刊有下列文章：1.《介绍初阳美术学院》（端木蕻良）；2.《杂谈画展》（刘思慕）；3.《从太阳画作谈到初阳画风》（孟超）；4.《初阳淡写》（李叶）；5.《三言两语论太阳》（熊佛西）。这是难能可贵的历史资料，相信您知道后一定很高兴。我已决定影印复制一份，如需要一定奉寄。

您在湖南工作过多年，您的友人学生不少，湖南艺术界对您更不陌生，所以我希望您来信谈谈近况，最好能寄一两张代表作给我，我打算在《湖南日报》或湖南的文艺刊物上加以推荐介绍，这对繁荣湖南艺术创作也许有好处。您同意吗？盼望您回信指教。我的通讯处是：长沙《湖南日报》新闻研究室蓝岗。致以
崇高的敬礼！

学生蓝岗

1981年4月22日

（衡师二、三班毕业的同学漆茯年擅长指书，他曾写信给您，向您求教，不知收到否？）

由此，我们不难看出阳太阳在抗战文艺圈有口皆碑的乐于助人之胸怀品性，当年国难当头他开一小米粉店勉为生计，都不忘了救助不少师友。

当时日军进攻广西，发起桂柳战役，桂林危殆。9月13日，桂林城防司令部发布最后一次强迫疏散令。绝大部分难民沿着湘桂铁路线辗转撤往贵阳、昆明、重庆等地。阳太阳挈妇将雏，无法挤入拥挤不堪的人流，只好转入桂东南。流亡路上，举步维艰，上有日机轰炸，后有敌兵追击。携带的一点衣被、干粮，被乱兵、土匪洗劫一空。儿子阳日途中备受日晒雨淋，中暑发高烧，在区公所过夜时号啕大哭。国民党败兵生怕哭声暴露目标，惊动迫近的日军，便端着刺刀冲上来，吼道："再哭，捅了你！"杀气腾腾。太阳夫妇只好忍心用破衣堵住小阳日的嘴，不使他哭出声来，才免遭毒手。阳太阳一家走投无路之际，幸得贵县的朋友把这位"桂林秀才"请到了覃塘中学当教员，总算暂时能糊口。

抗战胜利后，阳太阳应高剑父之聘，到广州市立艺专任教授。虽然学有所用，值得庆幸，但经过日本的掠夺、国民党的劫收，广州满目疮痍，萧条冷落，当教授也吃不上饭。俨如闻一多当年在西南联大的生活那样贫苦。其时，闻一多夫妇二人，子女四双，一家十口，单靠他那一点战时薪资，又如何能度日？只好为人刻章以换取零钱补贴家用，妻子则常外出挖野菜来减少伙食开支。阳太阳此时也无可奈何，为了一家生计，不得不考虑怎样做一点小本生意维持生活。夫人李衣尼自告奋勇，决定开个小食店，卖桂林米粉补贴家用。她领了个小贩的营业牌照，在朋友的帮忙下，于广卫路口租了一间小小的门面，每天从米粉厂和肉店赊点米粉和肉，等卖出后才还钱。就这样，阳太阳一面当着一袭青衫、两袖清风的教授，一面在家做后台工作，照顾四个儿女。夫人既是老板又是厨师兼堂倌，重演了一出"相如卖酒，文君当垆"的古今佳话。有贤内助李衣尼的帮助，阳太阳安贫乐道，从未对国民党高官厚禄的招引有任何幻想，倒是更积极更勇敢地带领学生参加"反饥饿、反内战、反迫害"的民主运动。

本来，开如此小店，收入微薄，只是一时补贴家用的权宜之计，但朋友间如需帮忙，他都伸出无私之手予以救济，不论昔日恩师还是新朋。例如他早年在上海艺专求学时的恩师王道源，1945年冬因在广州协助新一军审问台湾汉奸被判罪人狱三年，1947年春夏之交出狱后生活异常困苦，就曾一度寄宿在阳太阳家开的桂林米粉店中，并向这位昔日艺专的学生借钱度日。那年冬天，阳太阳还送给他一件蓝雨衣御寒，使老校长念念不忘。抗战期间同在桂林从事抗日文化宣传的作家曾敏之[12]，湘桂撤退时各奔东西。1947年，曾敏之在重庆《大公报》以采访主任身份被国民党逮捕下狱，出狱后奉调为该报驻广州特派员，在广州仍遭国民党特务盯梢。就在这样特殊的环境中，曾敏之与阳太阳夫妇久别重逢。阳太阳不避嫌疑，一见如旧，常请曾敏之在米粉店小聚。著名画家、中央美院教授王琦（1918—2016）一家也曾得到阳太阳的热情接待。直到晚年的回忆录中，王琦仍清晰而深情地写道："（1949年）11月1日的黎明时刻，我和全家与关山月、阳太阳、杨秋人、张光宇、黄茅、麦非、谭炎等同志"，"护送毛主席巨幅画像"，"（从香港）到了广州，我全家六口都住在太阳家里，太阳夫妇十分热情地接待我们，他们家的孩子也不少，吃饭时我们两家人把一个大圆桌都挤坐得满满的，没有一点空歇"[13]。

---

12. 曾敏之经历参见本书"曾敏之"篇。

13. 王琦：《艺海风云——王琦回忆录》，人民美术出版社，1998，第148—151页。

太阳之画

在桂林抗战画坛上，阳太阳除了献身美术教育事业，积极发动、组织各种抗战画展外，还精心创作了一批反映抗战斗争生活的美术作品。他举办个人画展，宣传、鼓动抗日，有力地推动了桂林抗日救亡文化运动。阳太阳是位多才多艺的画家，擅长油画、国画、水彩画。他一丝不苟地创作了一批油画，如《骑者与马》《持枪的人》《磨刀的人》等，还创作了水彩画《小号兵》、素描《生命的呐喊》、宣传画《纪念七七要充实国防》、漫画《奸杀》、国画《女战士》等。作品形式多样，内容丰富，皆取材自抗战现实生活，为抗战斗争服务，充分体现了其新写实主义风格。诚如孟超所说：

> 我所谓太阳的画，富有现实感，企图着一个理想，这也不是抽象的观念。太阳喜欢画机器的动律，喜欢画受难者的愁苦，喜欢画战斗者的奋昂，有时也许带一丝哀愁，有时也许表现一种失望，但他那爱世的心，正义的情绪，是深伏画幅的骨骼里边，新写实主义的作风应该是正确的人生观与高度情感的综合，这，太阳是当之无愧的。[14]

14.孟超：《从太阳画作谈到初阳画风》，载《广西日报》1944年2月27日。

阳太阳以画笔当武器，积极宣传抗日救亡斗争，鼓动人民群众勇敢起来抗击日本侵略者。残酷的斗争现实，促使其世界观发生了飞跃转变。尤其是他自觉地深入生活，积极带动学生下基层接受教育、写生，既培养劳动人民的感情，且学会观察生活，发掘素材。正因为阳太阳能注意深入基层生活，因而，其艺术审美观念也发生了巨变。"从单纯的艺术美追求，进而向人性追求，向深藏在现实里的真理追求"，"努力去找寻新的题材而建立起自己的坚实的作风"。[15]《母与子》《窗里的人》《归来》《诗的感动》《他们和待他们修理的车头》等作品便是这种转变的佼佼之作，深得桂林美术界的齐声赞誉。他在创作大量表现抗日斗争题材的美术作品之余，还寄情山水，创作了一批饱含爱国主义思想，抒发祖国必胜之情的山水风景画。其中，有《秋林山居》《阳朔风景》《残月》《白鹭》《晓》《夜航》《青色的调子》《风车》《农村》《雨之街》《雨》《早雾》《雪茅》《雪罩着的村子》《漓江暮色》《暮山》等。这些作品，在艺术表现手法、设色运笔等方面都较其早期作品更加老练，臻于成熟，曾在桂林、衡阳等地展出，引起轰动，收获较高评价。阳太阳画漓江，从抗战一直画到辞世，是广西的文化名牌"漓江画派"的创始人之一。家喻户晓的第五套人民币20元背面桂林图案便出自其手。

鉴于战争时期生活困顿，物资贫乏，因此，阳太阳以廉价的土原料自制颜色、画布，进行"油画"创作。"效果不在舶来品之下"，充分体现了阳太阳的创新精神。《广西日报》等报纸、杂志曾特意加以报道推广。

阳太阳的作品，一部分在桂林的进步报纸刊物上发表，大部分则参加画展展出。抗战初期，桂林的画展尚不甚普遍。为了促进抗战画展的顺利展出，阳太阳在其返桂林定居之后不久，1937年9月27日，他便举行其首次个人画展。以后又陆续多次举办个人画展或同他人合作展出。影响较大的是1941年10月18日和翌年3月初，连续同万吴、张在民、黄超、陈仲纲、钟惠若、林恒之、盛此君、陈颐模（陈雨田）、吴宣化、张兰芬等举办了十一人油画展，计有阳太阳的《打刀的人》《S女士画像》《忆西湖》、万吴的《播种》《静物》

---

15. 黄药眠：《路上的先行者》，载《广西日报》1944年1月6日。

210

骑者与马（油画·一九三九年）

持枪的人（油画·一九三九年）

◎阳太阳《骑者与马》《持枪的人》，载香港《耕耘》1941年4月第1期

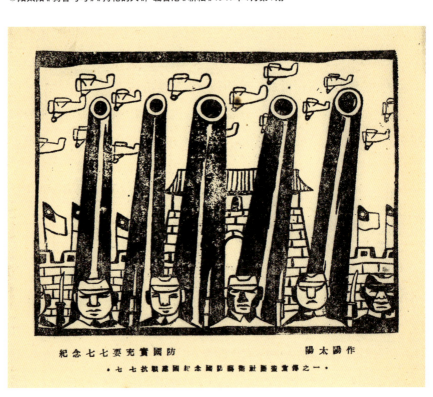

◎阳太阳《纪念七七要充实国防》

张兰芬的《伤兵之友》《自画像》、张在民的《炸后的南宁》《擦皮鞋的孩子》、吴宣化的《侍读》、林恒之的《酬劳》、黄超的《丰收》《据点的克复》、钟惠若的《待赈》、盛此君的《游击队员》、陈仲纲的《路工》《窗》、陈颐模的《小圩市》等几十幅。这是桂林屈指可数的大型油画展，颇受欢迎，深具影响。

阳太阳还常参加画展义卖，为抗战筹集资金。1942年9月23日，他特地从个人画展中选出油画佳作二幅，以每幅定价五千元售出，捐赠本战区慰劳伤兵。为了加强同国际美术界的团结，共同打击法西斯反动势力，夺取抗战的最后胜利，阳太阳还和艾青、叶浅予、李桦、赖少其、廖冰兄、黄新波、张乐平、张仃等二十四人联名发表《中国绘画工作同人致苏联同志书》[16]直言宣称：

> 中国的绘画，在今日，不但在他（它）的作用上已成了增加抗战的政治意识的有力武器，同时在创作技术上亦已渐渐接近先进国的艺术水准；但是，比起抗战力量的进展，他（它）还是较弱的一环，这一方面是说明了中国绘画工作者还应更加的努力，同时也急切地希望国际友人——尤其是苏联的同志给我们更大的帮助！中国能够战胜日本，不仅是靠武力，也还需要政治的宣传，所以绘画给与日本帝国主义的打击，是和飞机大炮给与日本帝国主义的打击一样重要的！

◎阳太阳《湘西小街》（素描，1940年）　　◎李济深题（1942年）

16.载《工作与学习·漫画与木刻》1939年第2期。

太阳之诗

血与火的战斗洗礼，使中国新诗进入了"最蓬勃发展的阶段"（艾青《中国新诗六十年》），残酷的现实，爱国的激情，强烈的仇恨，使"我们的诗人歌唱起来了。许多小说家和搁笔已久的诗人也都歌唱起来"（力扬《抗战以来的诗歌》），擅长画水彩、油画的画家阳太阳此时也按捺不住喷薄而出的爱国激情，在他专心工笔墨丹青之余，也黄莺初啼，以其质朴的语言、真挚的情怀，放声歌唱起来。

阳太阳最早的诗是1939年1月17日发表在《广西日报》艾青主编的《南方》副刊上，名为《火》。这以后，他每年都有诗作发表，遂成为桂林诗坛上的活跃分子。据初步统计，有二十首左右，分别发表在《救亡日报》副刊、《诗文学》《诗》《诗创作》《力报》副刊《新垦地》《半月文艺》;《广西日报》副刊《南方》等。就内容而言，可分为政治诗、抒情诗、儿童诗。短则十几行，长则二百多行。其中引人注目的是二百多行的长诗《消灭纳粹党徒》[17]。此诗作于1942年元月3日，亦即美、英、中等二十六国签订联合宣言前夕。过去一年，国际形势发生了剧变，侵略与反侵略两大阵营最后形成，希特勒在苏联遭遇了初次挫败，由进攻转为防御，苏联红军开始了战略反攻，这大大鼓舞了中国人民抗战必胜的信念。

17.载《诗创作》1942年2月20日第8期，后入选《中国四十年代诗选》，重庆出版社，1985。

涂着

万字形的飞机

像万字形的风车

从俄罗斯的领空

卷下来

涂着万字形的坦克

像万字形的轮子

在俄罗斯的平原上

蹩了脚

柏林

元首府里的电灯

通夜开着

那灯光

惨淡地照着

那些将军们

惨淡的面孔

贝斯加登的别墅里

希特勒走着圈子

一只手

放在背后

一只手

捻着他

日本式的胡须

你看

褐色将军们的手上

淌着冷汗啊

无论

怎样的乐师

他的曲子

再也不能

奏得

希特勒入眠

最后，作者充满壮志豪情，以铿锵有力的语言号召：

一切

反纳粹的人民

都起来啊

扩大我们

二十六国盟

让

拳头

排着

拳头

让

喊声

连着

喊声

向纳粹党徒冲过去

就在冬季

要他们完全

被破灭

把希特勒

活捷过来

吊死他

作为这一世纪

最丑恶的

标志

　　这首诗发表后，曾产生过较强烈的反响，在一些集会上也先后被朗诵过，扣人心弦。1985年被收入《中国四十年代诗选》。为了促进桂林抗战诗歌运动，阳太阳不仅默默耕耘，创作诗篇，而且同诗人胡危舟、陈迩冬一道，于1941年6月15日创办了具有全国影响的大型诗刊《诗创作》。该刊16开本，月刊。从第二期起仅由胡危舟、阳太阳主编。至1943年3月止，共出19期。撰稿人几乎包括全国有名的诗人、作家。尤其是以胡风为首的"七月派"诗人，他们分散于全国各地，只有少数人在桂林，但大多数人都在

◎阳太阳、胡危舟主编的《诗创作》
（阳太阳设计封面）

《诗创作》上发表诗作，而且还由诗创作社编辑出版了《诗创作丛书》，影响很大。

　　《诗创作》还特别重视刊登诗论。除各期有诗歌评论文章外，另辟《诗论专号》。这些诗论中，尤其是胡风的《四年读诗小记》、力扬的《我们底收获

与耕耘》、茅盾的《〈诗论〉管窥》、艾青的《诗的形式问题》、徐迟的《〈朗诵手册〉选抄》、郭沫若的《由诗剧说到奴隶制度》等，对于发展我国抗战诗歌创作，起到了及时的指导作用，也是我国诗歌理论不可多得的名篇，弥足珍贵！翻译诗作在《诗创作》中也占有一定位置。大凡世界著名诗人、作家，如马雅可夫斯基、莱蒙托夫、普希金、惠特曼、海涅、雨果等人的诗歌代表作都有译介，以此增强中外文化交流。为扩大中外著名诗人及其诗歌的影响力，鼓舞斗志，打击敌人，该刊还多次出版纪念世界及我国著名诗人的专辑。其中具有深远政治意义的是该刊第六期发表了"祝福郭沫若诗人"特辑。1941年11月，是郭沫若创作生活二十五周年，又适逢其五十寿辰。在党的南方局领导下，为了发动抗日民主进步力量，加强抗日民族统一战线，冲破国民党在政治上、文化上的法西斯统治，重庆、桂林等地为他举行了盛大的祝寿纪念活动。《诗创作》及时出版了纪念专辑，除发表了田汉、宋云彬、穆木天、孟超、韩北屏等人的纪念诗文，还刊登了胡危舟以郭沫若作品改编的诗剧《金刚坡下》。《诗创作》紧密配合了党的部署，加强了桂林文化界抗日民族统一战线的团结，鼓舞了壮志。在桂林抗战文学史上，乃至中国现代诗歌史上，都应大书一笔，流芳千古。同时，该刊为配合国际反法西斯斗争的需要，及时予以声援。希特勒侵犯苏联后，该刊立即出版了"不准侵犯苏联：中国诗歌界致苏联诗人及人民书"等特辑，愤怒声讨法西斯侵略行径，坚决支持苏联人民抗击侵略的卫国战争。此外，该刊还举办"五年来全国新诗出版物展览"，借以推动桂林乃至国统区的抗战诗歌创作。总之，《诗创作》在创作队伍的阵容、作品的质量，以至政治性、战斗性等方面，在当时国统区出版物上，皆具分量，屈指可数，也产生过积极、进步的影响，对于团结广大抗战诗歌爱好者，推动桂林抗战诗歌创作，发挥了应有的作用。而与今相比，在当年物资极其贫乏，人手不足，出版条件十分艰难的情况下，阳太阳和胡危舟能独撑一面，按时出版，更是难能可贵。这也是阳太阳对桂林抗战文化运动的又一突出贡献。

诗画之交

　　自1938年11月中艾青抵达桂林之日起，由于共同的爱好、兴趣，阳太阳与其一见如故。艾青曾留法学画，崇尚法国印象派，和阳太阳一样，认为印象派之后一些画家有个性有特色，对庸俗的"学院派"有看法，因此他很喜欢阳太阳的画风，曾请阳太阳为其画像并甚为满意，还特为阳太阳的画《女战士》题过诗：

纤美的耳朵谛听着：
春色的天外的悠长的号角，
温柔的心遂漾起了
对于祖国土地深沉的爱；
把眼睛凝住在战斗的遐想里，
圆润的肩背上了枪。
你的剪短了的黑发是美的，
你的绿色的军服是美的，
我祝祷里的你中国的女性啊，
一天，你宽阔的前额，
将映上胜利的曙光。

一九三九年七月，桂林[18]

18.载香港《耕耘》1940年第2期。

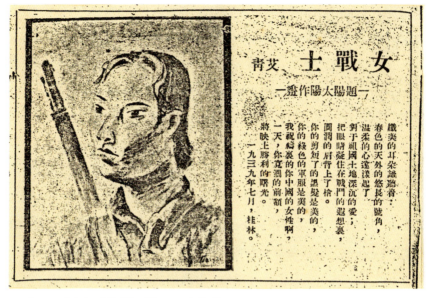

◎阳太阳画、艾青诗，原载香港《耕耘》1940年第2期

　　阳太阳则十分欣赏艾青的诗，工作之余，他们常利用白天进山洞避空袭和晚上到乐群社营地聚会之机，切磋诗画，兴致勃勃，交谈甚欢。师母曾告诉我：

　　　　艾青把太阳视若知音，他经常半夜起来写诗，诗成天拂晓，便情不自禁跑过来把太阳喊醒，兴冲冲地说："太阳，我有新东西了！"太阳也先读为快，立即起床抢着吟诵。

　　阳太阳此时也焕发起写诗激情，他不仅有画才也有诗才；艾青诗情横溢，对画也很有修养，前者画中有诗，后者诗中有画，彼此兴趣相投，相互激励，情同手足，遂成莫逆之交。诚如著名作家端木蕻良所云，阳太阳"他是画家的艾青，他的画是艾青的诗的解释"。[19]

　　阳太阳不仅与艾青这样的同辈感情甚笃，成为知己，而且与老一辈文艺

19.《给初阳美术学院》，载《广西日报》1944年1月6日。

家的交往也十分密切。1942年底，他邀请胡风夫妇、田汉、胡危舟夫妇、韩北屏夫妇、端木蕻良、李文钊、孟超等到他老家做客，阳太阳老家在桂林市郊磨盘山下相思江畔的乡村，即今之著名风景区芦笛岩。适逢三年一次的祭神节头一天，有"舞神"（演神、跳神）之典，颇具浓郁的地方色彩。众人受到了阳太阳一家的盛情款待，更被淳朴风情吸引。阳太阳不时向大家介绍、答疑。他告诉胡风，说其中一个唱调子的眼睛几乎瞎了，但其表情仍很风趣，不说是看不出来的，胡风听得入迷。是晚阳太阳热情挽留大家住宿，盛宴招待。翌日上午又玩了半天，因天气阴冷，大家才于下午尽兴而归。阳太阳还特为胡风画了一张油画像，给胡风留下深刻印象，他在晚年回忆录中作了具体详尽的描述。

柳亚子是德高望重的学者和诗人，在当时国统区文坛中举足轻重，他对阳太阳的为人和才华也很欣赏。1942年10月10日，他参观阳太阳的画展后，

◎阳太阳陪柳亚子游兴安，右起：柳亚子（后坐2）、田汉（前站2）、阳太阳（前站13）、尹瘦石（前站12），1944年

特为其画题诗三首，其中有"红叶缤纷美，苍松兀傲遒"诗句[20]，也是对阳太阳多才多艺和耿直敦厚人格的写照。1944年4月23日，阳太阳陪同柳亚子夫妇畅游兴安秦堤，同行有田汉夫妇、尹瘦石、陈迩冬、刘雯卿、周镜吾等二十多人。柳亚子归来后，特写长诗纪念，其中有"画师阳尹并英杰，艺苑三陈孰左右"[21]，以示对阳太阳的关爱。

---

20. 此诗为："红叶缤纷美，苍松兀傲遒。从来张一妹，合伴卫公游。"载中国革命博物馆编《柳亚子文集·磨剑室诗词集》（下），上海人民出版社，1985，第1009页。

21. 柳亚子长诗题为《游兴安秦堤纪事》，此为诗中二句，"阳"即阳太阳，"尹"即尹瘦石。载中国革命博物馆编《柳亚子文集·磨剑室诗词集》（下），上海人民出版社，1985，第1175页。

阳太阳（1909—2009），原名阳焕，后易名阳雪坞，1931年方定名阳太阳。广西桂林人，著名画家、艺术教育家、社会活动家，漓江画派的开拓者、旗手和领军人物。1929年就读于上海美术专科学校，1935年至1937年赴日深造。抗日战争和解放战争期间，先后在桂林、香港、广州等地积极从事进步文化运动。新中国成立后，先后任华南文艺学院教授、美术部副主任、教务主任，中南美术专科学校副校长，广西艺术学院美术系主任。生前曾任广西艺术学院院长，中国美协理事，广西美协副主席，广西文联副主席，广西政协副主席。晚年先后获文化部、中国文联颁发的"2006年中国造型艺术研究成就奖"，广西壮族自治区人民政府颁发的广西首位"人民艺术家"称号等殊荣。

郁风

◎ 1940年为香港文协、漫协等纪念鲁迅诞生60周年活动绘制鲁迅像，左起：郁风、张正宇、糜文焕、谢谢、叶浅予、丁聪、张光宇

在抗战中一个画家假如专门画画不做别的事，即使他是画与抗战有关的画，最多也不过是一个旁观者站在抗战之外描写抗战而已。这场划时代搏斗的脉搏和全民族热烈雄壮的感情在这种『旁观者』的作品里是不会找到的……

——郁风

虎父无犬女

郁风的父亲郁华先生曾是上海江苏高等法院第二分院刑庭庭长，因为守正不阿，严拒了汪精卫及其走狗们的要求，于1939年11月23日在上海住所门外被暴徒暗杀了，举国震惊！《救亡日报》遂于26日刊文《悼郁华先生》，严正谴责这一不齿暴行："暗杀，毁灭不了民族的精神"，"我们以全民族的名义，谴责民族和人类的败类汪逆精卫和他的走狗"；热情颂扬郁华先生宁死不屈的崇高品德："他死守了国家交给他的任务，一直到死为止，这死，和战死在疆场上的勇士一样光荣"，"人生总有一死，殉国而死，可谓得所，况且他已经有了同样地为了国家流了血的夫人（淞沪战时郁夫人奔走于救伤工作，曾被炸伤，几濒于死）和更勇敢更前进的一群儿女"，"他流的血，将灌溉他的下一代，而使这凛不可犯的民族正气更加发皇起来"！

11月26日，郁风在《救亡日报》上发表了《法官、诗人、画家 —— 父亲的追忆》，深切缅怀父亲生前对自己的关怀与教育，回顾父亲平日慈爱的另一面 —— 严正刚直：

他爱沉默，薄暗时分总可以发现他的面前不点灯独自静坐。可是在人群中他也偶然说一两句笑话使全座都笑起来。他和孩子们在一起常常玩得很自在，那慈爱的笑脸小孩们都不怕他。但是当他办案子的时候却严厉得无论什么大人都不能转移他的意志，他很重视法律的尊严，没有人敢以贿赂来在他面前说一句话。二十余年来多少人在他的笔下判定了命运，他坦然地对着这许多不相识者，没有对任何一个有过一点抱歉的情绪。然而跟着日本帝国主义的加紧进攻，这不合理的社会一天天地急遽增加着犯罪的人数，扩大着犯罪的范围；对于许多并不会因法律的判决而获得解决的问题，他也常感到困恼，为此而痛苦。于是在他的内心里无时不在渴望着解脱这职业，回到他最爱的家乡去，将整个生命投向自然。可是虽然他没有什么政治上的成就的野心，却把个人本位上的责任看得很重。两年来在国军撤退后的孤岛上，他每天在法庭中对着无数的大小汉奸给的严厉的制裁，用全心意来忠于他的职务；亲友们为了他首当其冲的危险地位常好意劝他退休，但他总是坦然的一笑置之说："国家若是不用我了，那我倒落得回乡去。现在国家正在用人的时候，我不能先辞其责。"

作者在文末写道：

> 可爱的家乡总有一天要收复的……我敬爱的父亲，我将永远谨记着这血的哺育，我懂得怎样才不愧做您的儿女。我还须代替您负起责任，使母亲和弟弟妹妹们的眼泪都变成力量。您走在我们年轻人的前面了，我必须追上去，我必须追上去啊！父亲，请给我以勇气和坚韧吧。

1942年2月初，因日军侵占香港，郁风同夏衍、蔡楚生、司徒慧敏、金山、王莹、金仲华、谢和赓等冒险离港经澳门、台山、柳州到了桂林。1943年5月17日，郁风带着妹妹郁怡民陪着友人、原北平大学艺术学院的老师萨空了正在街上行走，突然萨空了受国民党特务的绑架[1]。欧阳予倩等人劝郁风立即离开桂林，避免随时都可能降临的危险。郁风只好恋恋不舍离桂赴重庆，在夏衍等的关照下继续从事抗战文化活动，并随徐悲鸿作画。

1944年5月，郁风与画家黄苗子在郭沫若的家里举行订婚仪式。当年11

---

1. 萨空了(1907－1988)，内蒙古人，生于四川成都，蒙古族，原名萨音泰，笔名了了、艾秋飙。是20世纪我国杰出的新闻工作者、新闻出版家、报刊主编、新闻学家，也是出色的文学家和社会活动家。

月26日，他们在重庆嘉陵饭店举行婚礼，不同政党的要员在重庆一同参加他们的婚礼。因为黄苗子这时依然在国民党政府任职，大家把黄苗子、郁风的婚事戏称为"国共合作"。婚礼由吴铁城主持，书法大家沈尹默做证婚人，男女傧相分别由叶浅予、戴爱莲夫妇和冯亦代、郑安娜夫妇担任。婚礼后中共领导人周恩来、董必武还特地宴请二人。柳亚子和郭沫若合作诗：

226

> 跃冶祥金飞郁凤，舞阶干羽格黄苗。
>
> 芦笙今日调新调，连理枝头瓜瓞标。

郁风抗战期间在桂林时间虽不长，但做了不少工作，有一定影响力，是抗战文艺不可多得的一位女干将。郁风在抵达桂林之前，就在桂林的报纸杂志上发表文章。如1939年4月7日，她便给桂林《救亡日报》发来复特伟的一封信《绘画与画家的生活》[2]，阐述抗战美术创作与深入生活的关系。她说：

> 事实上抗战需要我们大量生产，我们就应该供给，一切服从于抗战，画笔也不能例外。但是宣传画到底不能像"等因奉此"一样可以从早到晚坐在办公厅里写之不休的。它需要活生生的素材，它要借用真实具体的现象来表达宣传的内容。所以为了扩大图画宣传的效果，主持宣传工作的当局至少应该给工作者以机会，使他们能到战地到军队里到民众中间去吸取真实的材料……
>
> 在抗战中一个画家假如专门画画不做别的事，即使他是画与抗战有关的画，最多也不过是一个旁观者站在抗战之外描写抗战而已。这场划时代搏斗的脉搏和全民族热烈雄壮的感情在这种"旁观者"的作品里是不会找到的，画家们如果肯不分大小的去参加一些工作，即使没有机会到战地，就去慰劳慰劳兵也好，参加到一个民众识字夜校里去教教书也好，总可以找许多机会去感受去学习的……

2.《救亡日报》1939年4月19日。

整个的中国经过这一年十个月的炮火，每一个角落都起变化，而我们的生活好像还和以前差不多，所接触的就只有自己的朋友，这是耻辱，我们都不是甘心让自己被落在遥远的后面啊！

1939年5月，郁风同沈同衡、刘元、艾青、阳太阳、廖冰兄、乐平、刘仑、周令钊、张谔、梁中铭、特伟、赖少其、张仃、黄新波、梁永泰、陆志庠、刘建庵、黄茅、汪子美、叶浅予、胡考、李桦、沈振黄等一起，在《工作与学习·漫画与木刻》第2期上发表了《中国绘画工作同人致苏联同志书》，向苏联的美术工作者问候致敬，决心同他们紧密团结，为打击法西斯反动势力，维护世界和平奋勇前进，夺取抗战的最后胜利。

郁风还热心参加桂林的抗战文化活动，加入以欧阳予倩为馆长的广西省立艺术馆，任研究员。1942年12月初，同田汉、邵荃麟、欧阳予倩等一起当选为中华全国文艺界抗敌协会桂林分会第五届理事。本月26日至1943年1月9日，在桂林中华圣公会礼拜堂，与黄新波、温涛、杨秋人、盛此君、特伟等联合举办"香港的受难"画展，揭露控诉了日本强盗的侵略罪行。这次画展，最初是由郁风和新波、特伟三人发起的。关于这次画展发起的缘由和经过，郁风曾在《关于"香港的受难"画展》[3]中写道：

这次画展的发起，据我的记忆，最初是新波、特伟和我。当我们刚到桂林时，也正是大批各界人士从香港陆续集中到桂林的时候。田汉、洪深和夏衍合写了《再会吧，香港！》的话剧，首场演出时遭特务破坏，几个暴徒跳上舞台扯下大幕，捣毁了剧场和台上道具。后来洪深站出来向观众宣布退票。我当时也在场，眼看观众激于义愤，纷纷表示不退票，当场把票撕掉，深受感动。我们由此想到，何不搞一次画展，以"香港的受难"为题，于是分头去联系。关键问题是会场和主办单位。鉴于话剧演出遭特务的注意和破坏，于是，为顺利起见，我们想最好利用英国人出面。我便去

3.载《学术论坛》1982年第3期。

找我原来熟识的美国记者G.Peck（派克）商量，并得到他的热情支持，约见了英国驻桂林总领事兼中英文化协会负责人班以安（Brynn）……他也表示极力赞助。从筹备到展出，约一个月，主要是新波、特伟和我三人负责。这中间，数度与主办者协商谈话。地点就在中华圣公会，是个破旧的教堂，较为偏僻，虽售二元门票，略补开销，但观众非常踊跃，轰动一时。

桂林各报刊对此次画展十分重视，纷纷发布消息和评论，《广西日报》则提前于1942年12月25日刊登了《"香港的受难"画展作者的话、目录》，"作者的话"由郁风执笔，文中指出：

> 一个经营了一百年的小海岛，被我们无数侨胞血汗所养育成的城市，在去年的今天首先牺牲在太平洋战争的祸首 —— 日本法西斯的枪刺上了。
>
> ……
>
> 因此，当今天香港沦陷周年纪念，也是同盟更接近胜利的时候，我们想将我们的痛苦经历给写出来，使我们再一次想起香港，想起一切遭受到法西斯蹂躏的地方，反省我们自己，应该怎样使全世界爱自由的人民，不分国籍不分种族，像兄弟般的团结起来，产生更大的力量，才能更快地得到胜利，更彻底地消灭法西斯主义……

这次共展出作品60幅，其中有郁风的《没有船舶的海》（油画）、《快活谷所见》（油画）、《圣诞节前夜》（油画）、《潜伏着的力量》（油画）、《这是浅水湾的浴场》（水彩）、《无人之境》（水彩）、《那里是他们的家》（素描）、《"东京被炸！"》（素描）。

"香港的受难"画展在桂林展出后，反响巨大，好评如潮。孟超、华嘉、韩北屏等都在桂林报刊上发表评价文章。华嘉在《在香港的受难日看"香港的受难"》[4]文中指出：

4.载《广西日报》1942年12月28日。

在香港的受难日，看"香港的受难"，我有太多的感想。

一百年的时间和百多万人的血汗所艰辛培育长大的海港，竟在十八天里毁了，这不是非常明显地表现出了法西斯侵略者对人类幸福的最大的破坏吗？郁风的《没有船舶的海》正说出了这句话，她是带着一点淡淡的哀愁说的。你看那静静的海，对海尖沙咀那边还冒着火，而一面英国旗已在这大建筑的栏杆上横倒下来了。今天（1942年的圣诞节）某报的社论说得好："去年今日空中高悬的一面白旗，是同盟国家的最大耻辱！"这是一句沉痛的悼语，尤其是我，有着说不出的哀痛。

但是，我以为特别推荐这一幅，倒不如介绍同一作者的另一幅：比起《没有船舶的海》，我更爱《快活谷所见》……快活谷就是跑马地，在香港高悬一面白旗之前，敌人的登陆部队集中攻击这地方；战后，受蹂躏最厉害的也是这地方。可是，作者不把这地方叫做跑马地，如一般人所称呼它的，而特别写出是"快活谷"，这画题应该或多或少地帮助我们去了解作者心头里的苦味吧！去年的受难日，我知道郁风还住在快活谷一带，她的"所见"当然是非常真切的：树上扎着一个受难者，远远的还有那许多"已被征发的"红红绿绿的汽车，近处有两个"萝卜头"，他们那种战胜者的闲适的表情，这真使人气愤。这就是"快活谷"在香港，春秋佳日常常万人空巷的快活谷啊！还有一点，大家不要忽略，那受难者是占香港人口绝对多的一百六十万个中国人，而不是其他盟国的人民。如果说《没有船舶的海》给人的印象是凄凉，那么，《快活谷所见》应该使我们愤怒吧！

……

郁风今天说：在一个画展里表现一个题材，这是一个尝试。她的话说得对，六个画人把他们表现同一题材集起来开一个画展，这也许还没有前例，所以我们说这个尝试是成功的。而且，这画展正如萨空了说的，这可以说是"对敌人发动的文化反攻"。

"香港的受难"画展在桂林闭幕后，又于1943年4月13日至15日到重庆中英文化协会展出。而后应主办方中英文化协会和观众要求，延展至19日结束，影响很好。参展画家增加了叶浅予、丁聪、林仰峥三人。

对于桂林进步文艺界组织的其他活动，郁风也是积极参与。如1943年12月31日参加在广西省立艺术馆举行的"洪深50寿辰庆祝会"。洪深是我国著名戏剧家、剧作家、电影戏剧活动家。在此前一天，重庆戏剧电影界为其50寿辰举行盛大祝寿茶话会。桂林的庆祝会由田汉和欧阳予倩主持。他们对洪深在发展中国戏剧艺术，特别是在桂林抗战戏剧运动中所取得的成绩，给予了很高评价。柳亚子兴致勃勃地挥毫为洪深赋诗祝寿。会后到嘉陵川菜馆聚餐。与会者在席间谈笑风生，诗兴勃发，以洪深创作的《香稻米》《劫后桃花》《寄生草》《醉梦图》《包得行》《压岁钱》《黄白丹青》《风雨归舟》《飞将军》等剧名，联诗一首：

洪深一代才（端木蕻良），才大如江淮（柳亚子）。照人以肝胆（宋云彬），叱咤生风雷（田汉）。名成不怕死（萨空了），艺逐蔷薇开（田汉）。啄余香稻米，桃花劫后灰（周钢鸣）。五奎桥畔柳（孟超），多年媳妇哀（周钢鸣）。离离寄生草，仆仆京华街（端木蕻良）。铁板录红泪，醉梦图悲怀（田汉）。犹有包得行，妙笔脱旧胎（柳亚子）。压岁钱多少？海棠花之魁（安娥）。黄白又丹青，妍媸巧安排（郁风）。世事如棋局，慷慨共徘徊（欧阳予倩）。风雨压归舟，把舵不可歪（熊佛西）。今日为君寿，美酒红香腮（刘向秋）。心如飞将军，遐龄祝浅哉（仲寅）。

这首众人联成的祝寿诗，别开生面，浑然天成。最后由柳亚子挥毫写成，然后寄给在陪都的洪深，可谓当时文坛一段佳话。

抗战期间的郁风，集记者、编辑、画家于一身，实属难得。比她晚在《救亡日报》当记者的高汾（女），对郁风大姐雷厉风行的处事风格和能文善画的才能十分敬佩，曾赞郁风是"抗战文艺一枝花"！

© 郁风《叶挺将军速写》，载《救亡日报》1938年1月26日

郁风作抗日宣传画，1937年

郁风画、温涛刻《丽娜的梦》，载《木艺》第二期

左起为陈秋帆（子秋）、陈灵谷、林林、黄新波、姚潜修、郁风、于立群（黎明健）1937年冬摄

前排左1黄新波、左2林林、左4于立群，后排左1为郁风，1937年冬摄于香港扯旗山顶

1938年《救亡日报》部分同仁在广州，前排左起为茅盾、夏衍、廖承志，后排左起为潘汉年、汪馥泉、郁风、叶文津、司徒慧敏

往事钩沉

　　对郁风先生的景仰，始于我对《救亡日报》的研究，以后随着开展司马文森和黄新波的专题研究，更加深了对她的认识，遂早就萌生拜访郁风的念头。1980年春，我和同事一行四人到北京调研，拜访了一些当年在桂的著名文化人，其中便有刘季平、陈迩冬、廖沫沙、余所亚、郁风等。当时，郁风夫妇刚从干校归来，住在余所亚东四四条附近的南小街芳嘉胡同15号。她热情向我们介绍抗战期间在香港和桂林的情况。黄苗子则寡言少语，微笑地默默听着。

　　1982年初，我在《学术论坛》编辑部负责抗战文化专栏，曾去信向郁风约稿，并询问《耕耘》的出版情况。她很快复信并寄来《关于"香港的受难"画展》一稿。该文后来发表在《学术论坛》（双月刊）1982年第3期上。她信中写道：

　　杨益群同志：

　　　　来信收到，案头积信较多，迟复为歉！

　　　　总算找出了一份资料复印寄上。我记得早些时候曾收到过桂林什么单位要收集抗战时期桂林文物资料，这份材料最好你们抄下，原件就转给他们保存或陈列吧。我写的短文是去年应新波之女黄元之请写的，现略加修改补充寄上。

　　　　关于《耕耘》，那是并非在桂林出版的，我于前年去香港时在香港大学图书馆找到了第二期，复印了全部一份，是（19）40年8月出版的。那是从1939年冬，我从粤北到了香港，当时黄苗子、叶浅予、徐迟、戴望舒、张光宇、张正宇、叶灵凤、丁聪已先在香港，我们就着手筹办香港前所未有的文艺综合杂志，夏衍同志也到了香港，得到他的支持和指示，宗旨就是宣传抗日，坚持团结进步，反对投降倒退。把他的名字也列入耕耘社同人之中，由我当执行编辑，黄苗子是发行人（因借助他在香港的社会关系向港政府登记）。第一期是（19）40年四月出版的，完全是自筹经费，虽销路很好，但周转不来，第三期已发稿，终因印刷费无着停刊。

◎郁风给作者信，1982年3月2日

（另）《耕耘》第一期有黄茅写的一篇《桂东南漫画流展小记》，有阳朔、平乐、梧州、平南、桂平、贵县、南宁等地的记述，约2000多字，如需要可复印寄上。

林焕平[5]同志是否仍在桂林？便中乞代致候。

郁风

3月2日

过去，我看到一些老文化人的回忆录里，都把《耕耘》杂志当成是抗战期间桂林的出版物，虽心有疑惑，但一时查阅不到该刊，因为刊物里面的作者多数在桂林，故无从确定。郁风的信解答了我的疑问，心怀感激。更感谢她主动提出提供该刊复印资料。我马上复信向其提出请求，她很快寄来该刊复印件。这些复印资料，除了上面提到的黄茅一文，还有著名诗人艾青和著名画家阳太阳的诗配画，尤为珍贵！

5. 参见本书"林焕平"篇。

提及郁风主办的《耕耘》杂志，顺便谈及郁风参加创作的巨幅鲁迅肖像并出席鲁迅诞生60周年纪念会一事——1940年，"文协"香港分会等文艺团体联合举行了鲁迅诞生60周年纪念会，300多人出席，会场上悬挂着叶浅予等人创作的巨幅鲁迅肖像。据郁风回忆：

236

　　抬头正面只见一幅巨大的鲁迅头像，在灯光下黑白分明如刀切的面部造型，简洁、夸张，但一看就是鲁迅，给人以不能忘记的深刻印象。许地山主持开会了，萧红报告生平，张一麐讲话，徐迟朗诵诗，长虹歌咏队的合唱，都是站在这幅巨型头像的前面 …… 现在就说到那幅巨型头像了，它就是叶浅予作《耕耘》赠读者那幅鲁迅画像的放大。纪念会的前一天，在香港坚道13号A，全国漫协香港分会的会址，一间大厅的地上铺好一块三米多高、两米多宽的白布，用木炭打好了格子，在《耕耘》赠读者那幅画像上也用铅笔打好同样数量的格子，参加者有漫协同人张光宇、丁聪、谢谢、叶浅予、糜文焕、张正宇、郁风，大约是浅予先用墨线勾稿，然后每人负责多少格，工具"画笔"只是一团旧报纸，攒得紧紧的，就用它蘸墨汁拍到布上，形成不规则的有空隙的墨点，掌握好每人与别人相接处的疏密浓淡的统一，就算完成。据发表这照片的《星岛日报》说明，只用一个半小时。这种在普通白粗布上面用墨也可用水彩和广告色画画的办法，在抗战开始时，被漫宣队和其他美术工作者普遍采用过，画好后，挂在街头或上下用竹竿挑起举着游行。[6]

6.郁风:《那个时代的最强音 ——一九四〇·香港·鲁迅诞辰》，载《鲁迅研究动态》1987年第9期。

《耕耘》，叶灵凤、叶浅予、郁风筹办，郁风主编，张光宇设计封面，1940年4月1日

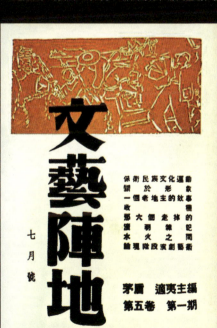

《文艺阵地》，茅盾、楼适夷主编，郁风设计，1940年

◎抗战前期的郁风

　　郁风（1916—2007），浙江省富阳人。1934年在北平艺专毕业后赴南京学画，首次开画展。次年回上海，从此投身抗日救亡运动。1936年"三八"节，当过上海妇女界响应"一二·九"运动游行示威总领队。还参加业余剧人协会上台演戏，为美国共产党刊物《中国的声音》画插图。抗战全面爆发后，离开上海，随夏衍到广州办《救亡日报》，并受党的委派，同黄新波、尚仲衣、司马文森、石辟澜、钟敬文等参加了四战区政治部宣传组，从事国民党部队的抗日宣传和统战工作。1938年10月中旬，广州沦陷前夕，随宣传组在粤北韶关、翁源一带工作。1939年5月，宣传组被以"嫌疑重大"为名遭"遣散"，和黄新波、司马文森等赴桂林。后受命赴香港，在廖承志的领导下继续开展抗日救亡文化工作，创办并主编《耕耘》杂志，后加入金仲华任总编辑的《星岛日报》工作。新中国成立后，郁风任中国美术家协会书记处书记、常务理事，中国美术馆展览部主任，北京市政协委员，中央文史研究馆馆员。

周千秋
梁粲缨

◎《画坛伉俪周千秋、梁粲缨金婚》载《星岛日报》1994年2月23日

在我认识的众多老画家中，周千秋、梁粲缨伉俪最为特别。其一，侨居国外；其二，双双在画坛中卓有成就；其三，已届金婚之年，婚姻家庭生活美满；其四，虽已届耄耋之年，然眼不花手不颤，仍写得一笔工整精细的小楷长信。实属罕见，难能可贵！

——作者

　　周千秋1940年8月甫抵桂林，便在其师赵少昂的热情支持下，在桂林环湖路设立岭南艺苑桂林分院，每期招生数十人，为桂林抗战美术运动培养新人。艺苑一直坚持到1944年秋桂林大撤退时才被迫解散。其当年的学生、画家周尊攘在《别来无恙 —— 遥寄周千秋大师》一文中满怀激情地回忆起当年艺苑的生活及创办者周千秋，写道：

　　1980年秋，我怀着激动的心情，回到了阔别近四十年的桂林。行装甫卸，即到环湖北路寻访香港岭南艺苑桂林分院旧址。因为那里是我从乡下到城市、从普通中学转入专业学校学习的第一个地方。人生道路的转折点是难以忘怀的，在这个新的起点上带领我前进的老师，就更是终生难忘了。斗转星移，沧海桑田，艺苑旧址已不可复得，取而代之的是宾馆饭店。我伫立湖畔，看湖光潋滟，白云悠悠，不禁思绪万千。一个瘦削的脸孔，一双微凹的炯炯发光的大眼，又出现在我的眼前。他就是分院主任周千秋先生。那时，还有一位助教，年轻美貌的梁粲缨女士。湘桂大撤退后，他们在贵阳结成了伉俪。

　　关于周千秋、梁粲缨的爱情故事：1942年11月13日在广西省党部举办个人画展，周千秋前往观看，恰逢梁氏应观众之邀，当场正濡笔和墨，画就一幅《白莲花》，但见白莲临风摇曳，不胜娇柔。周氏惊叹梁粲缨画作之精美清丽，赞不绝口，遂应邀在画上花间添了一对小蜻蜓，一动一静，相映成趣，众人连声赞好。自此，他俩互生爱意。之后，在避空袭、逃劫难的艰辛历程中，互助互励，相知日深。二人于1944年5月25日在贵阳结下百年之缘。几十年来他俩朝夕相伴，恩爱有加，时常合作诗画，令人叹绝。用周千秋的话来说，便是"夫妻合画，天衣无缝"。

周千秋在致力于岭南艺苑桂林分院教育工作之余，还出任中华全国美术会桂林分会候补理事。鉴于中华全国美术会会员陆续抵达桂林，大家深感有组织活动之必要，经总会批准，遂于1942年4月26日正式成立桂林分会，地点设在桂林正阳楼，后移榕荫路50号。经大家选举，叶浅予、傅思达、沈同衡、刘建庵、刘元、徐德华、张安治等为理事，周千秋、郁风为候补理事。周千秋任候补理事后，积极参加分会的工作。如多次筹办本会抗战美术展览会和美术界联谊活动，为本会举办的美术班上课等。

1942年9月3日，徐悲鸿访问印度归来，由昆明抵达桂林。9月9日值"美术节"之际，桂林美术界特在青年会草地举行"九九美术节"庆祝会，热烈欢迎徐悲鸿来桂。周千秋十分崇敬徐悲鸿的人格画品，对徐悲鸿的到来非常兴奋，同张安治、梁粲缨等前往迎接，并伴游七星岩，合影留念。热心出席"美术节"庆祝、欢迎会，同徐悲鸿合作绘画，相处甚洽。

在桂林期间，周千秋多次举办个人画展和参加集体画展，其中主要有：

1941年3月28日，参加桂林美术界筹建工作室募捐美展。该美展经筹备数月，在桂林乐群社礼堂展出，共展出二百多件作品，有周千秋、徐悲鸿、林素园、任中敏、张家瑶、倪少迁、詹菊农、关山月、傅思达、刘元、徐杰民、张安治、陆其清、尹瘦石、刘建庵、李桦、徐德华、赵士奇、陈仲纲、钟惠若、叶浅予、郑明虹等人的作品，包括国画、油画、木刻、漫画。募捐办法分为售特别券和抽签券，特别券每张为100元，可自由选画一幅；抽签券每张20元，于闭幕时抽画一幅。收入将全部作为筹建工作室基金。

1941年7月5日，参加桂林美术界举办的大型画展"七七美展"，地点在桂林中山纪念学校，连展三天，展出周千秋和于右任、张聿光、何遂、汪亚尘、龙月庐、马万里、范新琼、徐培、郑明虹、林素园、帅础坚、胡静波、林半觉、沈械、张家瑶、清父道人父女、张莘砚、李瘦石、陆苍夫等六十多人的作品三百多件。

同年9月1日，周千秋同关山月、欧少严、倪少迂举行四人画展。1942年8月27日至30日，在广西省党部礼堂举行个人画展，不收门券，展出国画50幅，包括山水、人物、鸟兽、虫鱼、花卉，其中以《我军入缅》《绣床斜凭娇无邪》两幅最为新颖，反应热烈，深受观众欢迎，《广西日报》《大公报》等均作了报道。

1943年7月20日至23日，参加由潮梅旅桂同乡救灾会主办的"救济岭东灾荒书画义卖画展"，在广西省党部礼堂展出，参展的还有李济深、梁漱溟、何香凝、李崧圃、柳亚子、李任仁、马万里、沈尹默、梁鼎铭、黄尧、王羽仪、欧阳予倩、马衡、张少痴、陈海鹰、季康、梁寄尧等的书画作品。

1943年12月4日，在广西省党部礼堂举行个人画展，共展出作品八十多幅，桂林《扫荡报》《广西日报》《大公报》等均作了报道和评价。

著名画家黄独峰在《千秋画展》[1]中高度评价周千秋及其画展，文中指出：

> 周君是一位新兴的艺术作家的一员，具有前进的热情和敏锐的接受力，可以在他的作品上看见他所表现出这些优美的情调，他写金鱼尤其突出，生动活泼跃于纸上。
>
> 周君为着艺术的前途而牺牲了一切职务不干，刻意吃苦，这种伟大的精神，堪为佩服。这次画展是他新近的佳作，鱼、虫、花、鸟、走兽、风景，应有尽有。他的作品既能给予观众一种新的感觉，而且适合时代的要求。

---

1. 载《扫荡报》（桂林）1943年12月5日。

附 录

罕见的签名群像

　　1942年1月2日，桂林美术界在美丽川菜馆举行新年欢聚会，与徐杰民一起出席的还有周令钊、刘元、尹瘦石、沈同衡、沈士庄、余所亚、黄养辉、张安治、帅础坚、周泽航（周千秋）、郑克基、张在民、陈仲纲、吴宣化、曹佩圻、傅思达、万昊、郑明虹、陈海鹰、徐德华、刘建庵等。席间，各自以画像代签名。

◎1942年新年桂林美术界团聚签到自画像，作者藏

244

特画报　90.1.19.　（第5版）　罗湖桥

1942年新年桂林美术界团聚签到自画像

周千秋等画家的自画像
—1942年桂林美术界新年团聚佳话

杨益群

抗战期间，广西桂林曾以西南文化名城而蜚声中外。抗日美术运动尤为活跃。据不完全统计，当年客桂知名画家，包括徐悲鸿、张大千、丰子恺、李可染、关山月、赵少昂、周千秋、李桦、黄新波、赖少其等多达250余名。为编写《抗战时期桂林美术运动》一书，多年来我查阅了全国各主要图书馆，拜访了150名当年客桂画家及其家属，获得了大量可贵史料。最近美籍华人著名画家周千秋采桑榘优俩在深圳举办画展，特将其珍贵史料公开，以飨读者。

周千秋，广东番禺人，原名泽航。早年学画，曾师从著名国家赵少昂。1940年抵达桂林，得赵少昂的支持，在桂林环湖路设立岭南艺苑桂林分苑，招养美术十名，培养美术人材。1942年4月下旬，任中华全国美术协会候补理事。他多次举行抗日画展，如1940年参加广西美术会主办的"七七"美展，后又同关山月、欧少严、倪少迁举办"四人画展"。1943年7月下旬，参加湘粤旅桂同乡救灾会主办的"救济岭东灾荒书画义卖画展"。同年11月，举办个人画展，展出《我军人缅》、《绣床斜凭娇无邪》等图画50多幅，反响强烈。他积极参加桂林抗日美术运动。1942元月2日，桂林美术界为了增进团结，特地在美丽川餐厅举行新年联欢会，周千秋和漫画家余所亚、木刻家刘建庵、书画家张安治、尹瘦石等30多人到会，席间各自画像，以代替签名，并讨论如何建立美术工作室，开展抗日美术运动。图画作为此会之签名，这在我国现代美术史上无疑是一种创举，对于研究抗战美术运动，也是弥足珍重的史料。为此，我决心循除追寻。历经3个春秋，终于如愿以偿。可惜由于字画细小，难以辨认。于是，我又于1985年先后奔赴北京、南京、上海、广州、成都、重庆、南宁等地，请有关画家回忆指正，并继续搜集这些画家的有关资料。至目前为止，除8位（1、3、8、13、15、20、24、25、）尚未弄清外，余大部分均已明了。为叙述方便，特从左至右标上号码，按次序加以简要说明，及时指正，全部弄清。

2. 周令钊，美术家，1919年生，湖南平江县人，现为中央美院教授。

4. 刘元，漫画家，1914年生，南京人，现为南京市美协理事。

5. 尹瘦石，书画家，1919年生，江苏宜兴人，现为北京画院长，全国文联常务副主席。

6. 沈同衡，漫画家，1914年生，上海宝山县人，现为《漫画选刊》主编。

7. 沈士庄，雕塑家，1905年生，上海人，生前在中央工艺美院任教。

9. 余所亚，美术家，1912年生，广东台山县人，现为中国木偶艺术剧院艺术委员会主任。

10. 黄养辉，画家，1912年生，江苏无锡人，现为江苏省美协理论委员。

11. 张安治，画家，1911年生，江苏扬州人，现为中央美院教授。

12. 曲穰恰，周画家，(1892—1963年)，江西吉安县人，生前为广西美协理事。

14. 张家瑶，国画家(1894—1975年)广西兴安县人，生前为广西美协理事。

16. 周泽航，即周千秋，国画家，1910年生，广东番禺人，曾任美国佛罗里达州中国美术学院院长。

17. 郑克基，工艺美术家，上海人，在上海从事美术工作。

18. 张在民，画家，即张惠民，1910年生，广西南宁人，现为广西中医学院教授。

19. 徐杰民，画家(1910—1987)广西阳朔人，生前为广西美协理事。

21. 陈仲纲，美术家，广东人，现在香港。

22. 吴宜化，美术教育家(1909—1946)安徽桐城人，生前在桂林"美专"任教。

23. 曹佩圻，画家，女，现继续从事美术工作。

26. 傅忠达，国画家，广东梅县人。

27. 万昊，油画家，现为江西景德镇陶瓷学院教授。

28. 郑明虹，美术教育家，广东汕头人。

30. 陈海庵，美术教育家，广东人，现为香港美专院长。

另两位与会者也画了像，但仍对不上号，他俩是：
徐德华，画家，南京人，美术教育家。
刘建庵，木刻家，(1917—1971)山东人，生前为中央文化部教育司司长。

新春联
百族同心改革创新求特色
九州奋志图强致富着先鞭

高唱两个文明建设曲
喜绘一幅改革开放图

迎春随吟
耶得灵
爆竹一声气象新
春回大地日昕……

锦绣中华龙门石窟一景　唐军摄

◎《周千秋等画家的自画像》，载1990年1月19日《深圳特区报》

◎周千秋、梁粲缨伉俪致作者信，
　1992年2月7日，作者藏

◎周千秋、梁粲缨伉俪赠作者画

那是1990年1月19日，为了配合周千秋、梁粲缨伉俪在深圳举办画展，我曾发表了《周千秋等画家的自画像》一文，首次将珍藏的"1942年新年桂林美术界团聚签到自画像"公开。这张当年画家以自画像代签名图，我耗费了不少功夫才找到，以后又复印多份，历经多年，辗转京、沪、宁、蓉、渝、穗、桂等地，访问当事者或当年知情者，如刘元、徐杰民、尹瘦石、张安治等人，把人像大部分辨认出来。历经数年努力，除了徐德华和刘建庵尚无法确认外，余28名画家都确认无误。发表此文时，为了方便论述，特地把人像按前后顺序加以编号（原件并未标上数字，只是为了方便考证注明）。周、梁二老对我这篇短文仍常提及，后给我的信中又写道：

杨益群老兄：

　　深圳别后，转瞬两年，回想当日畅叙之情，犹似昨日。老兄使我最为钦佩者，就是1942年桂林雅集时我的签到自画像。这些轻微往事，我自己也忘记了，而你能保持数十年且在我深圳画展前发表，当时使我瞠目良久，深佩新闻界的神通广大，使我无所遁形，折服折服。……昨日刚写好一张《舞鹤图》，并题了一首诗，两者皆自心赏，兹寄以奉……今年我俩极可能作第五次归省祖国，一俟行程有定，当再函奉告，或者到深圳一叙……

　　敬颂

春釐！

周千秋、梁粲缨拜笔
1992年2月7日

◎周千秋、梁粲缨伉俪像，1940年

　　周千秋（1910—2006），原名泽航，广东省番禺人，著名国画家。早年学画，曾得著名画家赵少昂指教。抗战全面爆发即投身军旅，1940年8月抵达桂林，得赵少昂老师的支持、鼓励，积极从事桂林抗战美术运动。1944年5月湘桂大撤退前离桂撤往重庆、成都。抗战胜利后赴香港。20世纪60年代到美国，任美国佛罗里达州中国美术学院院长，其画得到美国前总统尼克松的赞誉。1984年1月还受当时访问美国首都华盛顿的中国总理的接见。专著有《中国画简易画法》（英文本第一、二集，美国浮士德美术图书公司出版）、《中国历代创作画家列传》《国画进阶》（与梁粲缨合著，中英文本，台湾艺术图书公司出版），还有诗集《珊瑚吟草》。《国画进阶》获1986年台湾金鼎奖。

　　梁粲缨（1921—2005），广东顺德人。擅画花卉及做美术教育。1942年6月毕业于广西省立艺术师资训练班，任桂林汉民中学教师，曾为美国迈阿密中国美术学院院长，成绩卓著。1985年和周千秋同获得意大利奥斯卡金像奖，列入英美出版的《世界艺术家名人录》。

第二章

以刀为笔

李桦

◎ 李桦《追求光明的人们》 载《收获》 柳州黄图出版社 1942年10月10日

中国能够战胜日本，不仅是靠武力，也还
需要政治的宣传，所以绘画给与日本帝国主义
的打击，是和飞机大炮给与日本帝国主义的打
击一样重要的！

——李桦

金石可镂

桂林抗战木刻艺术，是桂林文艺抗战中的先锋和利器，举世瞩目。然而，关于木刻这一方面桂林原来却是相当落后的，第一个把木刻的种子撒到桂林的当推李桦。早在抗战全面爆发前夕，李桦便满怀热忱来桂林举办木刻展览会，共展出作品近120幅，引起极大轰动，"启迪了不少文艺青年对于木刻艺术的创作欲"[1]。在李桦的影响下，1937年6月，"广西版画研究会"宣告成立。7月中旬，李桦应"研究会"之邀，再度返桂举办木刻展，并连续三个星期，每晚用两小时为桂林木刻青年讲"刻刀之使用"等版画知识。这次展览和讲座，对桂林抗战木刻运动具有重大的意义，影响深远。广西版画研究会特地在《广西日报》上刊载木刻相关专辑，发表了一批评论文章，高度赞扬李桦的成就和其对广西木刻运动的贡献，指出"李桦先生的木刻展览能够恰恰在广西木运方兴的时候举行，是对广西木运以后的发展有着无限的影响的"[2]。这次活动，"能够给我们青年木刻艺术工作者更丰富的收获"，"李桦先生凭着他多年的经验指出我们很多难得的技巧"[3]。广西美术界"最敬佩李桦以木刻尽了救亡运动最有力的工具的任务"[4]。

---

1. 洪雪邨：《关于李桦先生二次木展》，载《广西日报》1937年7月18日。

2. 路淡：《零碎的话》，载《广西日报》1937年7月23日。

3. 同注1。

4. 邓初民：《李桦先生第二次木刻展观后感》，载《广西日报》1937年8月1日。

李桦在桂林点燃了抗战木刻运动的火焰之后，又前往南宁拓展抗战木刻运动。在南宁大夏中学任教，与诗人陈芦荻、画家张在民等创办《抗战诗画》刊物。12月中旬，参加南宁博物馆主办的"全国漫画作家画展"。年底，发动学生创作抗战漫画，分别在南宁市街头和近郊农村举办画展。1938年1月中旬离开南宁，随军出发去皖南、江西等前线宣传抗日。

1939年6月下旬，李桦又应桂林"漫画与木刻社"之邀，来桂林举行"战地素描展"，共展出一年来在豫、鄂、皖、赣、湘各战区实地写生代表作170多幅，产生了极大的轰动效应。《救亡日报》在有关专题报道中，高度赞扬李桦为"中国木刻的前驱工作者"，"此项'战地素描'在中国尚属创见，李君以灵活的笔，把握住多种活生生的场面，不但为中国绘画开拓出一条新的途径，且其收获实为抗战最可宝贵的材料"5。艾青、黄新波等著名文艺家也撰文予以充分肯定。艾青高度评价："李桦先生的这许多素描，几乎没有一幅不是洋溢着那种永远冲击在作者心里的热情，而李桦先生又能得到如此适合的表现自己热情的那种完美的形式与技巧，竟使他的作品不仅在今日可以作为宣传品，而且在明日可以作为艺术品存留。"6

1943年10月和1944年3月，李桦先后在桂林举办了"李桦第三次长沙会战史画及洞庭湖素描展览"和"李桦常德会战画展"。李桦用实际行动，号召画家要"跳出了画室，再跳到战场"。在李桦的影响下，桂林广大美术工作者纷纷离开画室，深入战地，创作了一批反映战地生活的佳作，开办了战地作品展，如刘仑的"粤北战地素描展"和黄超的"桂南战地习作展"。李桦当即撰文给予肯定、支持、鼓励，大力扶植新生力量。

李桦"不单是个努力的艺术创作者，同时是个热情的艺术运动家"，这是《抗战八年木刻选集》里对他的中肯评价。李桦的抗战美术活动是丰富多彩的，除了以木刻为武器，积极宣传抗战，并以实际行动开拓、推进广西抗战木刻运动外，在很多重大问题上，他都能高瞻远瞩，旗帜鲜明，热心参与。

5.载《救亡日报》1939年6月22日。

6.载《广西日报》1939年6月28日。

◎1939年陈仲纲（右1）、黄新波（右2）、廖冰兄（右4）、李桦（右5）在桂林乐群社门前

其一，李桦十分强调建立全国性木刻组织的重要性，积极参加筹建中华全国木刻界抗敌协会。抗战伊始，李桦便认为开展抗日木刻运动的关键在于尽早有个统一的组织机构。1937年7月中旬，他在为广西版画研究会木刻讲座头次讲话中便指出：

> 现在我们鉴于时代的需要，我们正迫切感觉到中国木刻界还未能好好的团结，所以除了每年举办全木流展外，更有组织一个全国木刻协会的建设。我们需要一个有力的组织，以实践民族解放斗争的大任！[7]

当他暂时告别广西奔赴前线时，他在《我们今后的工作——别广西木运同志们》一文中再次强调：

7. 李桦：《木刻运动及其史略》，载《广西日报》1939年6月28日。

我们要求有一个全国的健全的总组织，计划地推行一切木运的救亡工作。

在前线，他又多次写信给有关朋友，建议立即成立全国性木运组织。在他多次的呼吁催促下，中华全国木刻界抗敌协会终于在1938年6月中旬宣告成立，他被选为理事，充分发挥了木协对全国木刻界的团结、领导作用。

其二，李桦始终站在时代最前列，紧密配合国内外政治斗争。如汪精卫公开叛国投日后，李桦分别于1940年3、4月间，在《救亡日报》《新华日报》上首先撰文愤怒声讨。为了加强国际反法西斯阵营的团结，他于1939年5月同叶浅予、赖少其、黄新波等在《工作与学习·漫画与木刻》杂志上发表了《中国绘画工作同人致苏联同志书》，信中不仅表达了中国人民对苏联人民反法西斯伟大斗争的崇敬之情和中苏两国共同战斗夺取胜利的决心，而且向世界宣告：

中国能够战胜日本，不仅是靠武力，也还需要政治的宣传，所以绘画给与日本帝国主义的打击，是和飞机大炮给与日本帝国主义的打击一样重要的！

其三，李桦还积极开展纪念鲁迅活动，发扬鲁迅爱国战斗精神。鲁迅逝世之后，纪念鲁迅活动成了抗战文化运动的重要内容及抗日政治斗争的需要。桂林木刻界的纪念活动尤为突出。1939年10月中旬，李桦和黄新波作为中华全国木刻界抗敌协会桂林办事处负责人发起组织的纪念鲁迅先生逝世三周年"鲁迅木刻展"规模最大，影响深远。他们提前三个多月分别在《学习与工作·漫画与木刻》和《救亡日报》上发表了关于"鲁迅木刻展"的公开信，广泛征求中国、外国、古代、民间的木刻、文献及纪念文字。信中指出，中国木刻运动是"由鲁迅先生一手培植"的，这次"空前的展览会"，"不仅是纪念鲁迅先生，而（且）是抗战宣传最好的办法"。展览会如期在桂林乐群社礼堂隆重开幕，共展出400多幅木刻作品，"题材范围之扩大及中国

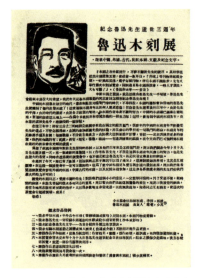

◎木协桂林办事处、"鲁迅木刻展"负责人李桦、黄新波、刘建庵、赖少其"鲁迅木刻展"征稿信

◎李桦《木刻教程》，1940年7月7日中华全国木刻界抗敌协会出版

化之尝试为此次展览之两大特点，较前二次全国木展会有明显之进步"[8]。展期一延再延，观众多达四万人次。《救亡日报》还出版"展览会特刊"，刊登了夏衍、李桦、廖冰兄、陈芦荻的文章。李桦在《我们要以行动纪念鲁迅先生》一文中，亲切缅怀鲁迅先生生前对我国新兴木刻运动的倡导和扶植的感人事迹，指出"鲁迅先生培育了木刻，为的是要我们在这个中华民族解放革命斗争时期中，为祖国为人类的正义与光明而奋斗"，号召大家"要切记着鲁迅先生三年前确切地给予我们的教诲，奋斗下去；别凭空叫出几句口号就算了事，要切切实实地以行动来纪念鲁迅先生"。

李桦不仅以旺盛的斗志忘我地献身于抗战文化、政治运动中，而且以饱满的抗战激情和刚劲雄浑的刀笔，辛勤耕耘，硕果累累。据不完全统计，他在桂林举办的个人画展近十次之多，共展出作品一千多幅。不单和人合办抗战早期广西唯一诗画并茂的通俗美术刊物《抗战诗画》，而且积极给《时代艺术》《战时艺术》《救亡木刻》《漫木旬刊》《工作与学习·漫画与木刻》

---

8. 载《救亡日报》1939年10月21日。

◎ 全国木协桂林办事处、鲁迅木刻展负责人李桦、新波、建庵、少其《鲁迅木刻展》征稿信

戰·地·走·筆

1. 一顆高射砲彈

李樺

九月六日，早飯還沒吃完，飛機又嗚嗚地來了。可是今天的警報來得巧，有些人的早飯還沒在心裏。它吃在心裏。誰在吃飯心裏，那種直裝於衰着，那種疼於衰着，那種怒於衰着，一老百姓都怒於衰着，竟鬧得那麼了早便，城後一口米還沒有嚥下去，呼呼的機擊已經在我們頭上了，經連的電紀子，就從電北方，就華直喧藥本小飽的空裏，十分危急，走到預備……

在河邊的防空洞了。望！那是一字形排的的敵機！有人在後面低響的數着八架！我們都清楚地看見！

敵機朱到城頭，高射砲已開始他的轟響。平時我們都小看高射砲，因為常常看到敵機影在安然從高射砲的頭空不前進天空中，不由得不佩服，危害到自己頭上時，才是空中不爆裂。而且，高射砲彈常常不在空中爆發，只在地下……危害到自己頭上，我們都……高射砲在稍稍向空方面……

想：高射砲在稍稍向空方面是沒有辦法的……可是，今天的一顆高射砲彈，却直擊出了祭動，獲得了百萬元以上的代價——它擊落了兩架敵家轟炸機，……在防空洞口的那位連長那麼興奮地狂跳起來叫：「看呀！兩架敵機打下來了！」

我們都爭出洞口外，不管頭頂上還整能看得很遠，砲如火球，與東南後方向那些出來不久……

方天空，有另來煙火的敵機，不管頭頂上……

以上的代價——它擊落了兩架敵家轟炸機……

在河邊的太陽映着似的。可是不多一命，紅光時褪了，分成幾片的……昆明的澄明最後一點，幻然爆發片的，翻肢給抛到老遠，新打的紙雲一袋——一型一型的紙雲一型，冠是在那個東西……大家都佩了！這樣宜的在空中！那一團空中的悲慘，不知空的……到了一秒鐘，非常迅速的，也許那下來了，我們跟着……魔炸完了！只……也許用上來了，我們跟着我們的部隊在撤……

烈火爆炸我……片刻傳遍了百里以內的土壤，好些當上去視察，興奮得報告我們，敵機落在那裏我們二十六公里外的用水……名古屋……丁，拋開同時給一到第一顆高射砲彈的成績！也許一個個內……烈火爆着我們，敵機……那個空洞繞着我們的……敵機一架，便與一字形同行的敵機……丁，抱着射砲彈的成績！……

◎ 李桦《反攻》，载《救亡日报》1940年4月20日

◎ 李桦《战地走笔》，载《救亡日报》1939年2月13日

李桦木刻连环画《黎明》，1936年

◎李桦《在野战医院的手术室里》，载《救亡日报》1939年11月11日

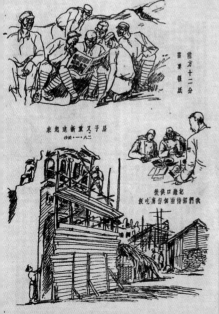

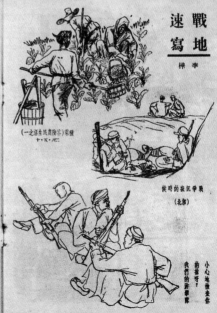

◎李桦《扶伤》，1939年

◎李桦《发扬五四的精神》，载《救亡日报》1940年5月2日

李桦《还乡》，载《木刻艺术》

李桦《湘东煤矿小景》，载《收获》，柳州黄图出版社，1942年

李桦《疏散》，载桂林《艺术新闻》1941年9月9日，画旁说明："李桦仍在长沙，供职战区司令部，湘省木刻运动，贡献颇多，日前赴韶关与刘仑、梁永泰等商洽东南木运进行事宜，现已返回长沙。"

◎ 李桦《垦殖》，载《收获》，柳州黄图出版社，1942年

◎ 李桦《疯狂的杀人者》，载《战时艺术》1938年创刊号

◎ 李桦《爸爸，我也要打鬼子去》，载《音乐与美术》1941年第2卷第6期

◎ 李桦《下种》，载余所亚编《木刻新选》，白虹书店，1942年

◎周令钊画、李桦刻《纪念厦门被杀三儿童》，载《工作与学习·漫画与木刻》1939年第4期

◎李桦《汉奸的末路》，载《工作与学习·漫画与木刻》1939年第4期

《音乐与美术》《艺术新闻》《艺丛》《抗战木刻选集》《收获》以及《漓水》（《广西日报》副刊）等刊物撰稿。专著主要有《木刻教程》[9]《美术新论》[10]《烽

9.中华全国木刻界抗敌协会1940年出版。

10.桂林青年艺术社1943年6月出版。

烟集》[11]，木刻作品集有《漫画木刻月选（一辑）》[12]《木刻新选》[13]《奎宁君奇遇记》[14]，还有《爸爸，我也要打鬼子去》《上海的守卫》《反攻》《疯狂的杀人者》《在岗位上》《在野战医院的手术室里》《垦殖》《在瞭望中的民族英雄》《战友》《怒焰》《召唤》《湘东煤矿小景》等一大批版画、速写、漫画。

我国新兴木刻运动，尤其是木刻理论的研究、探讨，至抗战前夕，刚刚起步，李桦在桂林发表了一批颇具深度的木刻理论文章，不仅有力地推动了桂林的木刻创作，而且对我国新兴木刻运动也是一大贡献。概括起来，表现在如下几个方面：

第一，充分肯定木刻的特点、作用，阐明提倡抗战木刻的意义。新兴木刻运动在我国一诞生，便深受苏联革命文艺理论的影响，其艺术性被忽视，其工具性被过分强调。因此木刻就成了"革命的斗争艺术，理想的宣传工具"。李桦则认为"这种解释还是不够的，我们以为最大的特点，还是在于能满足广大民众的需要"，"木刻是一种艺术"[15]。而木刻之所以能满足广大民众的需要，是因为木刻的特质 —— 复产性。即艺术家在木版上刻画，它不必靠制铜版、锌版或石印，用木版就能连续复印出多张同样的艺术品来，这种特质为别的艺术所无法比拟。李桦由此指出，"艺术家直接在木版上面制作，他只要有一把刀子，全不靠舶来制版材料，无论在何时何地，战争将延长到什么时候，我们的物质生活变到怎样的困难，都不至发生影响"，"在缺乏制版材料的目前战时环境里，木刻的重要性更明显可见了"。结论是："我们所以要提倡战时木刻者，也就是因为木刻有这种特质 —— 复产性。"[16]

第二，进一步阐明对抗战木刻应有的正确态度。为此，李桦特地撰写了"木刻杂写"系列文章，针对普遍存在的一些错误观念和现象，如把木刻只当作"制版的代用品"、木刻创作"题材难找论"等等，逐个剖析，指明要义。

11.桂林集美书店1943年9月出版。

12.李桦等作，桂林南方出版社1940年1月出版。

13.李桦等作，桂林白虹书店1942年10月出版。

14.叶浅予、李桦等作，桂林耕耘出版社1942年出版。

15.李桦：《我们为什么要提倡木刻》，载《救亡日报》1939年3月21日。

16.李桦：《我们为什么要提倡木刻》，载《救亡日报》1939年3月21日。

◎李桦《我们今后的工作 —— 别广西木运同志们》，载《广西日报》1937年8月8日

　　第三，积极参加民族形式的论争，大力提倡木刻的民族形式。民族形式问题的论争，是抗战时期我国文化界关于文艺问题的一次最大的论争。中国的新兴木刻运动，开始由外国传入，采用西洋木刻的形式，似乎与我国传统木刻无关，故木刻的中国化问题尚未被论及，木刻的西洋化现象较为突出。李桦针对木刻界存在的这些问题，率先写出了《试论木刻的民族形式》和《关于中国的木刻遗产》等一系列文章，热情加入桂林美术界关于民族形式的讨论。其观点概括为三方面：

　　一、在有关民族形式的界定上，不同意把民族形式局限为"大众化""通俗化"，强调民族性和现实性。他认为"民族形式是在艺术中强调它的民族性，既是要保存而且发扬它的历史、风俗、习惯所养成的传统，更要把握住现实，使成为一种最适宜于该民族某一时期的艺术形式"。

　　二、在继承与创新关系上，持既反对盲目模仿西洋的艺术形式，也反对全盘照搬我国古代美术遗产的正确态度："第一，要看它的精神在哪里；第二，要看它的技巧传统是什么；第三，更要看它给予当时和后代的影响是怎样。我们对于最高尚的画本、书籍插画和石刻、铜刻等作品，或最通俗的年画、花纸等，所取的态度都是这样。我们要矫正盲目接受旧形式的办法，对于刻作技巧实不同源的古代木刻，我们更要加以批判的眼光去接受。"

三、在怎样才能真正建立民族形式上，李桦明确指出"建立民族形式的具体办法是：接受民族艺术的历史遗产的优点，同时吸收国际艺术新技巧的优点"，"要从古今中外提炼出一种最适宜的东西，才能算是我们今日的民族形式"，尤其"先要确实地把握到中国的民族精神，创造一种最适合表现这种精神的形式，那么，这就是最典型的民族形式了。因为它是正确地代表了中国的民族精神，所以能为中国大众所了解，所拥护，也因为它是正确地代表了中国的民族精神，所以才能成为国际的，也就是为世界所欢迎的艺术"。

锲而不舍

　　1983年5月李桦到汕头市指导版画创作，我刚好返广州、汕头，访当年客桂的文艺家，与其不期而遇，为我日后的资料收集提供了难得的良机。随后，我去信向李桦请教抗战时期桂林美术运动。他复信并附来题字 ——

◎李桦致作者信，1984年10月21日

益群同志：

来信敬悉。关于抗战期间桂林进步美术的活动资料，我知道的甚少，且记忆不清了。我在桂时间很短，接触也不广。只记得我曾于一九三七年夏，带着一批木刻去桂林举行过一次展览，后因"七七事变"爆发，即回广州。后于一九三八年又去过桂林，与新波、刘建庵、赖少其等中华全国木刻界抗敌协会的同志们在一起，并带去我写的一本《木刻教程》的手稿，交他们设法出版。不久我又离桂。后来据说一九三八年十二月桂林遭到大轰炸时，我的手稿与《广西抗战木刻展览会》同时毁于战火。此后我便没有再去桂林了。但我与桂方木刻同志是有书信联系的。我又重写了《木刻教程》，终由新波的努力，用木刻抗敌协会的名义在桂出版了。我记得的只是这件事，其他情况都不清楚。要我写回忆录，实在无法下笔。现新波、刘建庵都去世，赖少其尚健，可去信合肥美协安徽分会师松龄转他，问他是否可以提供一些资料。……此复，即候

秋安！

李桦

十月廿一日

自此，我多次与李桦通信，并登门拜访。1985年10月22日，我专程赴京拜访，获取不少当年桂林美术运动资料。1986年2月6日，李桦给我来信并附上为《抗战时期桂林美术运动》撰写的序，序文如下：

抗日战争，在中国的现代史上，是一场最伟大的社会变革运动。它不仅是中华民族生死存亡的最后决战，而且是唤起全民觉醒、促进革命文化的原动力。它在我国现代文艺史上是谱写了极光辉的一页的。上接1930年的左翼文化运动，到1937年全面抗战，革命文艺在斗争的实践中成熟了，革命文艺工作者的队伍在战争的漩涡中锻炼，逐渐成长和壮大了。从全国汇合起来的抗战文艺潮流，正如一股不可抵挡的旋风，席卷全国，当时桂林的抗战美术运动，便是其中的一个组成部分。

桂林以"山水甲天下"闻名，向来是骚人墨客游咏的好地方。但是当民族危机已到了最后关头，乌云已覆盖漓江两岸的时候，桂林并不是世外桃源了。那里的人民，和全国人民一样，发出了"最后的吼声"，抗战号角也响遍了山山水水。在街头上出现了抗战宣传画，在剧院里演出了抗战戏剧和歌咏，抗战的文学与诗歌发表在各种报刊上面，抗战木刻也得到展览了。记得1937年6月，我曾携带一批木刻从广州到了桂林，在"乐群社"举行展览。不久，"七七"事变爆发，我匆匆离桂，而桂林的美术界已投身到抗战的洪流中，抗战美术运动在这山城中更加活跃起来了。

1938年武汉紧张，那时上海已沦陷，集中到这个战时文化中心的文艺工作者很多。他们分了三路撤退：一路去了延安；一路去了重庆；一路则来到了桂林。这样，桂林集中了不少进步文艺工作者，很快便形成了南方的抗战文艺的活动基地。木刻家集中到桂林的不少，他们便挂起了中华全国木刻界抗敌协会桂林办事处的招牌，开始了活动，举办木刻街头展览，在《救亡日报》上主编《救亡木刻》旬刊，与漫画工作者合作出版了《工作与学习·漫画与木刻》期刊。战时物资奇缺，在报刊上刊用图片困难，于是木刻工作者便为它们提供木刻原版，直接放到机器上印刷，为抗战宣传出了不少力。不久，中华全国木刻界抗敌协会由渝迁桂，桂林的木刻工作者更加活跃了。他们便用正正堂堂的全国协会的名义，举办了几次规模盛大的全国性木刻展览会；出版了一种会刊《木艺》，又办了一期木刻学习班。可是正当抗战木刻蓬勃发展的时候，1941年发生了"皖南事变"，而中华全国木刻界抗敌协会却在这股逆流中被覆没了。它和其他进步的抗战文艺团体一起被封闭，这给桂林的抗战美术运动以一个沉重的打击。然而木刻工作者继承了鲁迅的韧性战斗的精神，于1942年又在重庆另组织了中国木刻研究会，继续活动，直到抗战胜利结束。这时抗战木刻的活动中心虽由桂移渝，然桂林的抗战美术运动却未因此而衰退，它仍然是西南抗战文艺的重镇。但是，在这半个世纪来，桂林在抗战美术中的地位，似乎还未获得应有的重视，纪录这一时期桂林抗战美术的书刊未见出版，零星的回忆录没人加以整理，也没有把它作为专题进行研究的学者。然而，时光消逝，当年抗战美术运动的文献资料，几次遭到破坏，已造成很大的损失，及时抢救这部分资料，应提到今天文艺界的议事日程上来了。

广西社会科学院文学研究所近年来注意及此，正式进行桂林抗战文艺的研究工作。该研究所的杨益群同志负责这项研究工作已有多年，他已参加编写并出版了《桂林文化城纪事》《抗战时期桂林文艺期刊目录索引》及《桂林文化城概况》等三部书。今又编（著）成了这部《抗战时期桂林美术运动》，这对于搜集、整理和保存这个时期的革命美术资料，真可以说是功德无量了！要做出这样的贡献，非花极大的精力和时间是办不到的。最大的难关是资料散失，残缺不全，益群同志为此跑遍了全国各重要省、市以及大专院校的图书馆，查阅了抗战时期在桂林出版的百余种报刊及其他有关资料，拜访了几十位（一百五十多位）当年在桂林战斗过的老画家及其家属，这才获取了大量珍贵的资料和照片，为中国现代美术史和中国抗战时期的桂林美术运动史填补了空白。这种刻苦奋斗的精神是很值得钦佩的。人类历史在不断地向前发展，但是每登上历史的一个新高峰，都必须把前一阶段的历史作为基础，世界上绝对没有"空中楼阁"的存在，因此搜集和研究过去历史阶段的资料，是为了今天和明天，也是一种最科学的历史（工作）方法。我们十分重视益群同志的努力和所获得的成果，并希望有更多的人从事这种抢救历史资料的工作，这决不是一件小事。

一九八六年二月于北京

与李桦先生最后一次见面是1991年7月，恰好李老伉俪都在家。阔别多年，分外高兴。李老身板硬朗，精神矍铄。我又向他了解当年他在桂林从事抗战美术运动的经历，他侃侃而谈。

李老去世后，我继续搜集其有关史料，撰写《李桦在桂林的抗战美术活动及其贡献》等文，分别收录在《桂林抗战文化研究文集》（五）和《抗战时期文化名人在桂林》等书中。还应邀出席"李桦先生诞辰110周年纪念座谈会"（2017年6月16日广州美术学院、上海鲁迅纪念馆联合主办）。

◎李桦序原件，1986年2月　　　　　　　　　　　　　　　　◎李桦题词

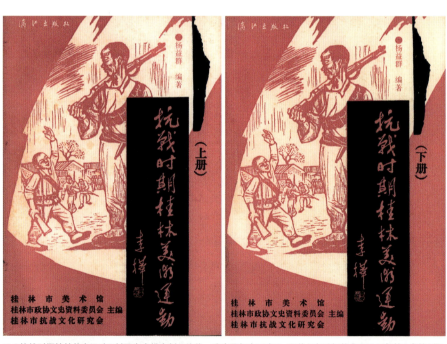

◎《抗战时期桂林美术运动》封面为李桦木刻《爸爸，我也要打鬼子去》，原载《音乐与美术》1941年第2卷第6期

《身边杂记》的杂记

　　抗战全面爆发以来，日军计划从华北向华南进犯而妄图"三个月灭亡中国"，而就参与这条从南到北的大陆交通线上的各抗日战役而言，李桦主动参与程度在艺术家里可谓罕见 —— 自1937年11月投军至1944年间，李桦一直往返于豫、鄂、皖、赣、湘各战区进行战地写生，并将反映这些战区抗战的作品大量展览于桂林。其中，反映第三次长沙会战与常德会战的几次木刻展，便是他这七年间频繁出湘入桂又出桂入湘的写照，这亦无意间成为湘桂抗战一体、唇亡齿寒的写照。20世纪80年代，我因撰写长篇纪实文学《湘桂大撤退 —— 抗战时期中国文化人大流亡》，曾认真阅读过名记者陈凡的《一个记者的经历》（文集）和著名诗人黄药眠的《桂林的撤退》（长诗）、黄宁婴的《溃退》（长诗），这些著述虽然反映的都是作者的亲身经历，但皆系战后所写，唯有李桦的《身边杂记》是写于1944年他亲历第四次长沙会战时的抗战日记，时间是5月5日至11月19日。《身边杂记》手稿由李伟珍藏，由于其内容大致勾勒李桦参与抗战的经历，我在此引述一二，以使读者诸君能感受李桦这段个人的抗战史的真实温度。

272

◎李桦自画像，1944年于长沙

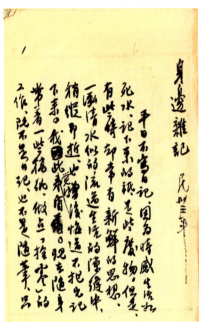

◎李桦《身边杂记》手稿（局部），1944年5—
11月，李伟供图

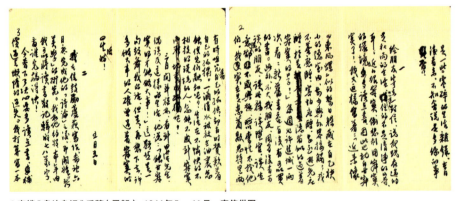

◎李桦《身边杂记》手稿（局部），1944年5—11月，李伟供图

舍女从军

李桦原名李俊英，有过美满的婚姻，妻子梁益坚系其在广州市立美术学校同窗，彼此志同道合，感情甚笃。毕业后，节衣缩食，积钱做路费，于1930年共渡日本留学，行前在报纸上刊登了一则旅行结婚启事。梁益坚进了东京女子美术大学，李俊英则入私立川端美术学校。每天下了课，回到租住小屋，自己动手生火做饭，生活清苦却充实甜蜜。翌年，9月18日，日本军国主义悍然出动关东军攻打我国的北大营，制造了震惊中外的"九一八"事变。留日中国学生集会，抗议日本侵略我国，遭到日本政府的野蛮镇压，学生领袖被捕入狱。他俩为了对日寇的侵略和法西斯暴力镇压表示抗议，放弃留日，起程回国。

李俊英迫于生计，只好回到电台再做报务员。1933年在他的母校广州市立美术学校任教。此时，又喜逢妻子十月怀胎，一朝分娩。正当他沉浸在双喜临门的欢乐氛围中时，上天来了一脚，梁益坚因难产去世，这使其精神备受打击，手抱可爱的小千金，感慨万端，这是妻子牺牲自己生命的代价啊！不禁又联想到年刚半百，因劳累过度病亡的母亲，益感母爱之伟大，遂给孩子取名纪慈，让她永远记住那舍弃生命诞下她的伟大而慈爱的母亲，并痛下决心，一定给女儿满满的爱，耐心教育她长大成人，让母亲和爱妻的亡灵得到慰藉。

然而，卢沟桥一声炮响，轰毁了李桦的育儿计划。在亲情和国家面前，他诵起岳飞名句"壮志饥餐胡虏肉，笑谈渴饮匈奴血"，毅然选择后者，于1937年11月把刚四岁的女儿托付给岳母，投笔从戎。因为他有文化，又懂日语，所以被派担任了一个负责编译缴获日军文件和印刷作战地图的编译股股长，是个文职，随军行动。一年之中，他走遍了广东、广西、江西、安徽、河南、湖北和湖南的广大地区，经历了兰封战役、徐州会战，以及武汉保卫战。沿途满目疮痍，惨不忍睹。见证了日寇奸淫烧杀的滔天罪行，百姓流离失所、生灵涂炭的惨烈景象，就更加激起了李桦对日本法西斯强盗的深仇大恨，也更增强了他不畏艰险与牺牲，坚持抗战到底的决心。

李桦在紧张行军、创作余暇，难免思念远方的幼女，但强烈的家国情怀仅仅让这胸中块垒一闪而过，他全身心扑在抗日救亡大业中。

1944年6月6日，李桦到耒阳视察印刷所，顺便看看岳母及纪慈。阔别七年，见女儿长高长胖，活泼伶俐，顿感"有女初长成"之悦。岳母接待李桦是那么温厚，使他不想马上就回去，但此处人心惶惶，大家都担心着如何疏散，疏散到什么地方去。李桦的岳母"是个可怜的老婆婆，她什么都不知道，除了门限以内的事"，她也已收拾好行李，"棉絮衣服什物捆成八大包"，准备跟太太们逃难到乐昌去，然而人们不容许她带这么多东西，令她十分苦闷。身着戎装的女婿突然降临，她如获救星，满以为可以利用女婿身份将衣物统统带走，但她并不了解女婿是个廉洁奉公的人，女婿只"答应和她带走一些比较值钱的东西"。

当晚回到住所，李桦又虑及女儿的教育问题，在当天日记（按：即李桦的《身边杂记》，以下所引日记，皆出于此，仅标月日）中写道：

> 纪慈大了些，但是这样小的年龄遭逢迁徙流连的生活，对于她的教育不免要受很大的影响罢，不过，在动的生活中，可能学习到实际的新知识，这也许要拜战争之赐。我这回绝不带她走，觉得将来打游击时有所顾虑。

视祖国利益高于一切的李桦，惜别爱女奔赴前线并非心血来潮，而是抱定誓死与日寇血战到底，不获全胜决不回家之信念。

当月13日，李桦护送印刷机器到良田，遇见暌违六年的姐姐，姐姐分外高兴，热情接待之余，不免嘘寒问暖，心疼弟弟独身在外无人照顾，为他添衣加菜，还想为其做媒完婚。然而，这位疼爱李桦的姐姐又像岳母那样用世俗落后的眼光看待离乱重逢的弟弟。其实对于李桦如此长期过着独身生活，忘我奋战在烽烟弥漫的抗战前沿乃至反独裁、争民主的解放斗争中，恐不只其亲人不理解，一般人可能也不甚了了。对此李桦只能把不适倾注在当晚日记中：

> 她（姐姐）对待我很好。六年多不见了，说我离家后没人照管，……因为我没有女人，又想为我作伐，其实这些对于我都是不需要的，虽然盛情可感，然徒使我讨厌。我想，如果是一个真的了解我的姐姐，只要关怀到我近年来的生活，看看我在什么方面有了进步，什么方面发生毛病，给我鼓舞、指导，这种精神的赐予，比物质的供奉要有价值得多了。

◎李桦从军期间与女儿合影，1944
年，李伟供图

◎李桦从军期间与姐姐、女儿等亲人合影，1944年，李伟供图

直到1949年，他毕生追求的自由、民主的新中国诞生了，丧权辱国、任人宰割的历史结束了。1955年3月，年近半百的李桦加入了中国共产党，同年5月与曾玉然结婚，从此才告别了独身生活，真正迎来了双喜临门。

276　浴血潇湘

1938年10月，广州和武汉相继沦陷，抗战进入了相持阶段，湘北紧张。11月11日敌人攻占岳阳后，国民党当局于13日凌晨以"焦土抗战"之名焚烧长沙，连烧两日，长沙顿成一片废墟，史称"文夕大火"。这场长沙大火使全国哗然，民怨沸腾。大火后一个月，李桦随第九战区长官部来到了长沙，参加了分发救济物资与慰问伤兵及民众等工作。眼看败瓦颓垣，余烟袅袅，他异常愤慨，在复桂林朋友信中写道：

你十二月六日从南雄发出的信，兜了一个圈子，到达我的手上，差不多过了一个月了。本月二十日我离开南昌，原来是有"打回老家去"的动机的，但结果来了长沙。一踏上毁灭了的长沙，真教人浩叹不已。中国人做事少有彻底，而火烧长沙，却彻底万分。（载《救亡日报》1939年3月1日《救亡木刻》第2期）

湖南乃鱼米之乡，地理位置极其重要，历来是兵家必争之处，当年更是国家半壁江山大西南的屏障。两军对垒，必有一番殊死恶战。为了阻止气焰嚣张的日军南侵，长沙军民自1939年9月到1942年1月期间，对敌展开了三次大规模的激烈攻防战，取得了胜利。这是抗战全面爆发以来中国军队第一次以武力迫使日军回到原战略态势的战役，粉碎了日本消灭中国军队主力、"以战迫降"的战略目标，振奋了全国人民抗战胜利的信心。

在这期间，李桦上火线参加宣传鼓动工作，战地采访写生；赶赴桂林抢印《第三次长沙会战纪要》。先后去长沙、洞庭湖、常德等前线写生，并于1943年10月和1944年3月，先后在桂林举办了"李桦第三次长沙会战史画及洞庭湖素描展览"和"李桦常德会战画展"。

1944年5月27日到6月19日，日寇第四次进攻长沙。由于之前已获三捷，军队上层存在着骄气轻敌的思想。一般民众也普遍认为有战斗力强、装备好的广东铁军扼守，有所谓"天炉"战术，还有中美机群掌握了制空权，肯定战无不胜。面对如此麻痹大意、盲目乐观的声浪，李桦不以为然，觉得"我们今天的胜利，只有靠自己的力量，存依靠别人的心理是危险的。我的见解受了大家的批评"（6月8日），接着又进一步分析，说：

> 我始终不敢轻于乐观，虽我们确已掌握了某些有利条件，然而，只有一点，我们就不应轻敌，就是：如果我们不以为我们的敌人是最蠢最傻的话，我们应该要记得敌人已吃了三次长沙的败仗，也学得很多的经验，这回如果不是准备得很充分，很有把握，是不会来的，既来了，也不会轻易退的。我们应知己知彼，不能作单方幻想，我获得了一切零碎的情报，晓得敌人此次对于他的后方给养线予以最大努力的维持，所以行军较缓，不敢如往年的盲目急进，步步战斗，步步筑路，步步肃清后方，这是敌人从过去血的教训中得来的经验，今日在事实上表现出来，是证明敌人的企图心是非常盛旺，非把长沙拿到不放手的。我又获得敌已到达捞刀河的消息，捞刀河在长沙北面，距城只有十来里，然而敌人不即南攻城郊，却以主力西渡湘江，先企占领岳麓山，这又是由血的教训得来的经验，是证敌人已学乖了。我们因此不能轻敌，因为他是聪明而狡猾的。我们的胜利只有筑在自己的力量上面，如果不正确地估计敌人，只会陷入幻灭一途罢了！（6月9日）

果不其然，6月16日，逼进长沙的日军开始向长沙城区猛攻，6月19日中国军队撤退，日本攻陷长沙，李桦的判断不幸言中！

长沙失守之后，日军直迫衡阳，军民奋起保卫。衡阳保卫战是中国抗战史上的一次极其惨烈的重要战役。自6月23日至8月8日，衡阳守军浴血奋战48天，成功粉碎了日本侵略军妄图三天拿下衡阳城、七天打通西南大陆交通线的计划，也为我方在更大范围内赢得了有利战机。衡阳保卫战是中国抗战史上敌我双方伤亡最多、中国军队正面交战时间最长的城市攻防战，被誉为"东方的莫斯科保卫战"。日军惨胜，国军以少战多重创日本军。衡阳市也因此成为全国唯一的抗战纪念城。根据美国国会图书馆记载，衡阳保卫战中国军队死伤1.5万人，其中7400人捐躯；

而日军则付出了超过7万人死伤、4.8万人被击毙的惨重代价。

衡阳保卫战是中国抗战史上的一次极其重要的战役，衡阳守军和衡阳人民用鲜血和生命谱写了一曲极其悲壮、惨烈的赞歌，赢得了中外人士的高度赞誉。毛泽东亲自为延安《解放日报》起草社论，高度评价"守衡阳的战士们是英勇的"，《大公报》以《感谢衡阳守军》《衡阳战绩永存》为题连续发表社论，赞扬衡阳保卫战。国民党政府也因此授予古城衡阳"抗战胜利纪念城"的称号，并建塔纪念。所有这一切赞誉，衡阳古城和衡阳人民都是当之无愧的。衡阳保卫战是中华民族与日本法西斯进行的一场血战，鼓舞了全国人民的信心。它与盟军在欧洲大陆及太平洋战场上的反攻遥相呼应，成为世界反法西斯战争的重要组成部分。就在衡阳军民艰苦卓绝和敌人浴血战斗中，每天的战况紧紧牵动着李桦的每根神经。期盼、挂念、欢呼、赞美等情绪，无时无刻不重重地撞击着他的心扉，试引《身边杂记》数则以示：

传来的消息非常好，第十军保卫衡阳表现得很勇敢，敌人被阻于衡阳外围，虽然耒阳已发现了便衣队，但十军始终不退，而且把敌势遏止了。衡阳外围重要据点还是我们的，有说衡阳两火车站已为敌占，但东站还未丢，飞机场虽经破坏，还是我们的。（6月30日）

使人兴奋的消息继续传来了。敌人猛攻衡阳不下，开始用毒气，这证明敌人也已经到了很焦急的时候了。守军总牺牲甚大，然衡阳还是屹立不动。只要是拿出我们铁血的精神苦战，我想衡阳这时就是丢了，也是有价值的。（7月1日）

关于衡阳的消息我们知道的还很少，……而最苦痛的是这里没有报纸：一切消息都被窒息着。常从来往的人口中流出的一些传说，知道衡阳战斗之烈，为国际人士所称赞，说中国部队真能打仗。这几天天气大热，双方作战都很苦，衡阳市郊尸体堆积如山，已因热而腐化，臭气熏天，衡阳尚屹立在我军手中。又有人传说衡阳连日大火连天，前天曾一度失守，后为某师以二连人冲入夺回，现仍是我们的。虽然不详知衡阳保卫战的情形，而争夺的壮烈可见，第十军保卫衡阳已近旬日，敌仍攻不下，将来能否确保，虽不可知，而至今日为止，已做成轰烈的战绩了！（7月3日）

敌人有增援的消息，但一方面又传来敌人在新墙、醴陵、湘乡方面各撤退万人的消息。这两个消息是矛盾的。不晓得敌人弄的是什么玄虚？不管消息如何，衡阳已经弃守了。这也难怪，十军已经血战两周，即今弃守也算是光荣的吧。（7月16日）

前几天传来敌人在本战区增兵三万的消息，曾一度使大家不安，但是，直到目前为止，衡阳守卫战已持续到一个半月，不绝和敌人在城郊冲杀，衡阳还是兀然不动，这不能不说是奇迹，那么敌增兵又将做何企图呢？（8月4日）

阅报悉衡阳保卫战已到了最后阶段。……今天方军艰苦守衡阳达四十余日，终以弹绝援竭官兵俱亡，于最后一刻钟，而能表现与日月同辉的史迹，这不能不使我们安慰，觉得受了两千余年传统忠义道德观念所陶冶的中国人，至今虽道末日，尚有可救，盖国魂未失，中国不会灭亡，更是征信也！（8月9日）

寄意寒星

李桦是经妻子的同学方伟文丈夫邱国维介绍，到安徽屯溪参加薛岳的部队的。开始在前敌总指挥部当少校秘书，做些抗战宣传工作。广州和武汉相继沦陷后，湘北紧张，第一兵团改组为第九战区长官部，移驻长沙。继续在长官部参谋处文书室工作，负责收发文件，并为该部筹办一个规模很小的印刷所，被调为印刷所主任。印刷所主要印刷参谋处的作战地图、作战命令、参考资料、宣传品及公文表格等，出版《阵中日报》。

1944年5月初，第四次长沙会战前夕，他负责护送印刷器材南撤，一直到1945年底才离该部。护送印刷器材南撤，并无预先设定路线，而是随湖南战局变迁，与敌周旋。自长沙、衡阳、湘潭、郴州、耒阳、良田、白石渡至宜章，涉水翻山，车运肩挑，避敌机轰炸，与难民为伴。一路走来，艰辛劳累。李桦本体质孱弱，踏上长沙不久，痢疾反复发作，只好赴后方茶陵疗养医治。稍为好转便返部执行护送器材任务，路上也时有发作，"病得没精神，常感疲劳"。不单是本人备受疾病折磨，还得顾及他人，如其日记所写：

往白石渡视察印刷所，所内病人有二十几个，大都是痢疾，他们平日不大懂得卫生，营养又不良，到了郴县这痢疾区，受了连日来的劳苦，自然传染得很速。生病的扶起拐杖来看我，以最可怜的表情说出自己的痛苦。然而本部的医官因太远不能跑十

◎李桦《常德东门外 —— 清扫战场 》，1944年

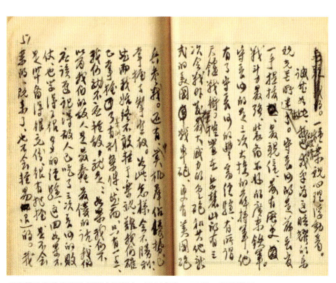

◎李桦《身边杂记》手稿（局部），1944年5—11月，李伟供图

几里路来看他们，只有发他们一些奎宁丸，如果只有是患痢疾没有夹杂别的痛，也许可能把他们治愈的。他们有什么病苦都来问我，在战时带着这么笨重的机器，又有这么多的病人，如果要到西城的话，真不知如何是好，未免难为做主官了！（7月2日）

然而，肉体上的痛苦可以忍受，但让李桦最难容忍的是部下某些人胸无大志，无聊庸俗的低级趣味。这些文职人员，基本上为知识分子，有几位还是海归。每当消息好转了，人们稍为放心，到了驻地便没事可做，"B君下下棋罢，乙君又去读他的中学教科书，L君帮忙太太招呼小孩子"，李桦认为这尚属人之常情，但其他几个人则懒得看书读报，精神空虚，无所事事，只贪图蝇头小利。军队严令赌博，他们为了躲避惩罚而把自己关在一个又暗又小的房间，在铺着毛绒的方桌上摸牌（按：赌博），而且派人在外面张望，从上午八时一直摸到下午四时。他发现"躲在小房间里抹麻将"的秘密后慨然斥之：

这是一种无聊的表现。有高尚的理想、正当的消遣、丰富的趣味的人，又何必鬼鬼祟祟地躲起来抹牌呢？没事做，不可以读书吗？写字吗？钓鱼吗？运动吗？谈天吗？访友吗？人们趣味之高下关系于志向。无大志者，不是趋于庸俗的消遣，还有什么可干呢？（7月2日）

我常说人没有高尚趣味就会日趋下流，高尚趣味的培养在教育，主要是社会教育 …… 摸牌在近几天不是明令严禁的吗？是的，说军人最要不得的是赌博，如果查出有据，即予枪毙。然而这些人竟敢冒死去摸牌！为什么呢？因为摸牌可以消闷，又可以希望赢点钱！没有志气的人在闲着没事的时候便会这样想的 …… 趣味是人们光明前途的表尺，没有高尚趣味的人，远大前途是不会有的。（8月1日）

与其部下同事截然相反，李桦把家事私利统统抛于脑后，他牵肠挂肚的是民族兴亡，关心的是其心血结晶 —— 书画。即使在滂沱大雨艰难行军中，衣服行李尽湿，他在所不顾，"心里十分担心画片给水渍透了"（6月25日），"雨下着，衣履都给打湿，行李更用不着说，我的画，糟透了"（6月28日）。即使上山打游击，李桦也要把书画随身带走：

作品不论好坏，有没有价值都是自己在血肉的生活当中创作出来的，爱惜自己的生命所以就爱惜自己的作品。今天为敌逼得走投无路，上山打游击去罢，可以的，但是不能带着这些赘累的东西，丢了它们吧，舍不得。当出发汝城的消息传出来后，人们都考虑着如何处置自己的行李，B君问我如何打算，我答什么都可以丢，但自己的画和书一定要带着走。（7月16日）

长期在国军的戎马生涯中，耳濡目染国民党官场的贪污堕落，更令李桦深恶痛绝：

眼看到官场军队的一般情形太黑暗，即环绕自己的一班朋友、同事都表现着恶性的贪污流行病，我想自洁就只有离开这个卑劣的环境！…… 到西北去考察一下中国古代文化发展之途，从遗产中来研究今日中国文化应走的路，比如在西安、敦煌、迪化三个地方能够生活一些时（日），一定对于自己的愿望能够达到一部分。这种理想生活现在给敌人西南行军所打破了 ……（10月1日）

李桦多次向上级提交辞呈，均未得批准，只好以抗战大业为重，续职干下去。他洁身自好，利用余暇醉心创作：

人们在睡觉，在谈女人，在讲究食的东西，我却写画去了。…… 到良田，看到色彩跟着天候刻刻在变化，美丽得不能以水墨描写出来，遂决用粉彩去描写。（6月10日）

在节日备受病痛折磨之际，李桦并没倍思亲，也没叹息，而是构思撰书：

今晚中秋节，月亮黯淡无光，室外北风萧索，显得有点凄凉，辗转床上，不能成寐，病得没精神，常感疲劳，此时更觉无意识的兴奋，想到前途的种种，心里更纷乱如麻了。终之我决定今后的中心工作是写 ……（10月1日）

李桦在工作之余，争分夺秒，忘我耕耘，一周之后又提出新构想：

昨晚忽然想起写一本小册，因为现在手头带着一批三年来搜集的全国木刻运动的材料，这些材料有一大包，将来携带确实不方便，如果未经用过就丢了未免可惜，不如先趁这时用这些材料写成七年来木运概况，以供后来参考，则必要时把这批东西丢了，也算已经用过，不会可惜了。这本小册内容虽是叙述木运最近七年来的概况，可是我却想用"七年来的新兴艺术运动"这个题目，因为我的结论是木运就是新兴现实主义艺术运动的先驱，木运今后可以把更大的世代任务交给新兴艺术，做更广泛的发展。

◎李桦《湖滨》，1942年

◎李桦《云山图》，1943年

并列出详细写作提纲，最后又提出：

写这本小册是不必花很大的力气的，我希望在两个月内能够把它写出来，之后，即随手写些"和艺术青年谈艺术"的文章，那么今年的光阴也不能算白费了。明年决定要写成《绘画现实主义论》及《中西绘画的比较及其思想的根源》二书。（10月7日）

在护送印刷器材迁回南迁的过程中，李桦又以饱蘸同情之笔记下一幅幅血泪画面：

到达距码头还有半里路的地方 …… 因为刚才的敌机在这附近投了一个手榴弹，而且扫射机枪，所以他们不敢到码头去。…… 我便一个人到码头上去看看。码头全挤满了人，一眼看去，人堆成像个山，真所谓人山人海，地面放着大小行李，箱子、包袱夹杂在人海的中间，做成杂色的锦地图案，…… 小孩在母亲的怀里睡着了，……母亲坐在行李的上面，眼睛在四面照料着，…… 每一组人的范围由较大缩至较小，更由较小缩至只有自己坐着的地位。于是动弹不得，而且，人海不绝地在狭小的地方上流动着，因为谁都想改变一个较好的位置，使能够靠近码头，好使船一靠岸，就可以爬到船上去。（5月29日）

下午，良田的行李才续渐地到来，都挤在一个没有蓬（篷）的卡车上去了。……果然雨来了，人们撑起雨伞，有些用席子盖住身体，行李上面坐着密密的人，挤得水泻（泄）不通，…… 雨水落在卡车里不能泄出去，一点钟后，卡车车底便积水及寸了。连站着的地方都没有。上面雷电大作，四面雨声渐沥，母亲怀里的孩子在叫了，年长的在叹息，传达兵在叫骂，一种悲惨的情景难以形容。（6月25日）

李桦关心底层民众的生活疾苦，也关注普通士兵的命运。8月5日，他在报纸上看到大字标题《小水铺顽敌歼灭殆尽》，便想道："人类的事业是由血与肉做成的，它告诉我们光明的侧面就是黑暗！"晚饭后，李桦在马路上散步，遇到了一个伤兵，"绷带包裹着枯瘠的头颅，包好的左手挂在胸前，右腋下夹着一床军毯，蹒跚地向我们走来。衣服是那么褴褛，形容是那么憔悴，看来只叫人想起讨厌的叫花子"，走近前来，瑟缩地问："要毯子吗？"李桦与其交谈之后才了解到，他是浙江人，入伍已经两年多了。是三天前在小水铺火线受伤下来的，同来的有四个伤兵，一个在半路上死去。他是头部受伤，左手中了步枪弹，弹片还留在头骨里。兵站医院现在没有药，也没有医生，所以不能施手术。伤兵自知绝望地说："医院里伤的（得）重的，不几天死的死了，叫苦的叫苦，…… 我的伤是不会好的，天注定了我们的命运！…… 我们一个钱都没有，每天额发五块钱的伙食，我们得到食的也许不到三块的东西，你想在八块钱一只鸡蛋的宜章城里，三块钱连柴火油盐（都买不到），我们一天能吃到什么呢？…… 我写好了两封信，要挂号寄回桂江的家里，但是没有钱买邮票，只得将军毯卖了 ……"

为了买邮票而变卖军毯，李桦闻之一阵辛酸。问他："你将毯子卖了，秋风起的时候怎么办？"他悲伤无奈地道："我们还计较到秋天的事吗？说不定明天就死了！实在说，我们宁愿在火线战死，好得多了 ……"伤兵的惨情戳痛李桦柔弱的心，回来后他深感不安，怜悯、愤慨荡漾胸间，良久未能平息。他大声追问："国家为什么全不注意到伤兵问题呢？要人民乐于去当兵，必要时给人民看看当兵的好处。在部队时过得（的）是生活水准以下的生活，在受伤后，受到的是情理以下的悲惨待遇，谁愿意当兵！"并一针见血地指出："为鱼肉者是老百姓，居中得利者是土豪劣绅、贪官污吏。"抨击鱼肉百姓、见利忘义的土豪贪官："安居后方做着破坏国家民族利益的发国难财的豪富、官吏们，在养尊处优，享受着战时不应有的奢侈生活。"（8月5日）

李桦以浓墨重笔记录灾民和伤兵悲惨遭遇的同时，也以大量无可辩驳的事实揭露国民党军队军官的腐败无能。在未入驻长沙市区的时候，李桦便听说：

四军已经开始做操纵轮船、民渡的生意。…… 一条轮船挂着四军的旗帜，保险运到湘潭，价值百万。其余小民渡的操纵便随时行之。于是四军的中下级军官在四五天以内便都做了富家翁了。有了钱便要享受，谁还愿意死？有钱就不能打仗是当然的！（6月20日）

当外面传说耒阳、衡阳相继光复，街上鞭炮轰鸣时，后方司令部却似乎十分冷淡，陷落也好，光复也好，都无动于衷。面对"就如死水一塘，一点声色都没有"的怪现象，李桦痛心疾首针砭如此"神经麻木了，意志颓唐"的德行：

> 看留在后方司令部的大小饭桶们，天天除了向公家想办法"报旅费呀"，"请领春米呀"，多弄点钱外，每天只有食饭和睡觉，觉睡得多了，反而疲倦，就想起抹牌这种玩意。几个人关在小屋子里一天，两天，他们似乎很安分，并未到处招摇。是的，他们很有热情在做着一件事情 —— 赌博！我们的生活渐渐腐败起来了，如死水，还有澄清的希望吗？（7月21日）

对于那些因生活所迫而变节投敌的官员，李桦则予以严词谴责。据传，湖南省政府裁员三分之二，不予安排，只发薪二月。中下级职员失业后走投无路，便结队返回沦陷区，高举"湖南省政府疏散职员归顺"旗帜浩荡而去，获敌伪周济。李桦认为：

> （此事）完全暴露了我们的政治弱点，使人对抗战前途更感暗淡，盖湘省府处置失当，以为裁员可以节省经费，然裁员时其中已发生很多不平的事实，而被裁者如弃之一概不管，在此生活重压下人非个个有节气，挨不过饿自然走入陷区，此所谓"弃民"也 …… 为民者竟置国家民族于脑后，结队揭旗谓为政府使之归顺，图彰政府之恶，此种民亦诛可恶，我忘把他们截回来。（11月19日）

而对于蒋介石消极抗战、积极反共的伎俩，李桦更毫不留情地加以揭露并痛斥：

> 五月敌竭力打通平汉铁道时，洛阳被围甚急，中央直属的胡宗南部，经国民吁请，亦不出动，坐看历史古城洛阳的陷落 …… 胡宗南部是中央精锐部队，拥有机械化的新装备，人数扩至三十万，而不用之于国防前线，而使之监视西北的共产党。难道中国共产党比日寇还可怕更深仇吗？中国共产党不同是中国人吗？（7月3日）

李桦对蒋介石政府的腐朽无能和黑暗统治深恶痛绝，他坚信只有中国共产党才能救中国，他直言：

"中国是不会灭亡的！"我自信着，中国未来的发祥地将来必是大西北，湖南这片沃土，我们是无法保存的，到大西北去罢，我决心了。（7月16日）

而对于即将在重庆举行的国共两党会谈，李桦甚为期待。他旗帜鲜明地申明自己的立场和隐忧：

我们没有党派色彩的人，站在国家民族立场上，怎样渴望国共能以此谈判为基础奠定中国统一前途的大业呢！然而，一切不让我们过事乐观，看两三天日报，所发表关于谈判经过的报告，觉得谈判的距离还远。中央立场提出的两项堂皇要求就是军队统一，政会统一，而这要求的本意就是削弱中共的政权与消灭中共的军队，中共提出的要求 …… 主要是要求民主的实行，要求部队的保存，要求边区特殊政治的存在，这些都不会为中央所容纳的。

李桦条分缕析，紧接着指出：

我们是向着民主政治路线走，就应该放弃一党专政，既放弃一党专政，怎能排斥共产党的存在呢？共产党在中国有了十几年的历史，在今天已经做成了事实上不可被削减的地位 …… 中国的前途重要呢，还是一党的前途重要？日本是我们的敌人呢，还是共产党？只要是一个纯粹的中国人，便能正确地答复这两个问题。…… 今日中共问题关系国家统一团结，及争取抗战胜利，建国成功，全国的人民都热切希望早日得到合理的解决。（9月18日）

抗战期间，李桦虽置身在国民党军队中，阅尽其中的人间百态，但不为污泥浊水所染。他时刻关注国家、民族命运，关心灾民、战士疾苦，始终保持清醒头脑，勤思考，善分析，重创作。他在日记中直抒胸臆，历数国民党的诸多腐败无

能，称赞共产党之先进正义，其勇气胆色可圈可点！我们不妨设想，在蒋氏军队文网森严之下，这些日记内容稍一不慎被泄露出去，可能便会招来灭顶之灾！

由李桦的《身边杂记》不免联想到谢冰莹的《从军日记》。1926年国民革命军从广东出发，连克两湖后在武汉招考女兵，谢冰莹有幸入伍。她在艰苦紧张的行军途中间隙，"坐在地上按着膝头写"日记，夜晚则"在豆大的油灯下面，听着同学们的鼾声"不停地写。因怕日记再度在戎马倥偬中遗失，她便将写好的日记陆续寄给《中央日报》副刊编辑孙伏园保存，没想到孙伏园把每篇日记都予以发表，林语堂则将之译成英文刊登，后结集出版并撰序。一版再版，直到第十九版，欧洲和日本还选用作中学课文，但作者还是自谦为"稚嫩之作"。同样是从军日记，同样是在行军时利用休息时间完成的急就章，一个是北伐战争，一个则是抗日战争，彼此有着各自的时代意义。不同的是前者家喻户晓，广为流传；后者则鉴于多种因素，至今仍鲜为人知。但我认为，李桦的《身边杂记》无论是时间的跨度，还是思想内容之深度、广度，皆远胜前者，而且手稿还保留着李桦工整的墨宝，随着李桦研究的推进，《身边杂记》如此重要的文献定益显其重要性与影响力。

◎李桦《民主何在》，1942年，李伟供图

◎李桦《狱中》，20世纪40年代

◎抗战期间李桦军装像

李桦（1907—1994），原名李俊英，1933年他重返母校广州市立美术学校任教，始用笔名李桦。广东番禺（今广州）人。著名版画家，我国新兴版画运动的先驱和中坚。早在1934年12月鲁迅就对其木刻给予很高评价，"先生的木刻的成绩，我以为极好"，"足够与日本现代有名的木刻家争先"。1942年10月，徐悲鸿在重庆观看了"第一届双十全国木刻展览会"后，特地在《新晚报》上撰文赞扬"李桦已是老前辈"，"作风日趋沉练，渐有民族形式"。李桦自小酷爱美术，刻苦好学。1923年，年仅16岁的李桦便边工作边考进广州市立美术学校学西洋画，至1927年毕业。1930年自费留学日本，入私立川端美术学校。1933年，李桦返母校任教后即转而自学木刻，得到鲁迅的悉心教导。1934年6月在广州组织成立中国新兴木刻运动史上重要的木刻团体——现代创作版画研究会（简称"现代版画会"），并主持出版《现代版画》。1937年元月起，李桦便开始到桂林开展抗日美术运动。1937年11月投笔从戎，从事文职工作，随军行动，走遍了广东、广西、江西、安徽、河南、湖北和湖南的广大地区，上前线宣传抗日和战地写生。其中不少时间和精力均献于桂林抗战文化活动。

黄新波

◎黄新波《他并没有死去》, 1941年

我们没了祖国！／仇恨，深深地刻在我们的／心坎！……／我们只有燃烧着的热血／结成一团！／为了生存！／为了土地！／创出铁的纪律！／像铁的流／从来没有散开！／像根和枝／大家共同生死！／

——黄新波《死亡线下之群》

我们没了祖国

　　要研究新兴版画运动，有两位版画家是不能或缺的，那便是李桦与黄新波，要研究桂林文艺抗战中的美术运动亦然。黄新波虽然比李桦晚抵桂林，但除中间因皖南事变被迫避居香港外，在桂林长达四年之久，亲身参加了桂林文化城前后期两次文化高潮的组织、发动工作。倘若说第一个把木刻种子撒到广西乃至全国各地者当推李桦，那么广西抗战版画运动的组织、领导者则非黄新波莫属。

　　1931年"九一八"事变爆发，日本侵略者侵占我国东北三省，抗日救国运动风起云涌，年方十五的热血少年黄新波正在台山县立中学校读初中二年级，他满怀激情挥毫写了大量诗歌、散文，署名裕祥、羽翔，投向报刊，并和同学陈秋焕（后名为陈焕秋）、梅景钿（抗战期间参加八路军，1940年在百团大战中牺牲）等自发组织"台中学生宣传队"，到斗山、都斛等地区宣传发动抗日。他此时便对木刻产生兴趣。校园里蓬勃开展的抗战活动惊动了县当局，他们对学校开始进行清洗，逮捕校长，解聘教师，并将黄新波等进步同学开除出校，接着黄新波等人又受到了迫害、通缉，只得逃亡到香港投靠亲属。

　　1933年春天，经从上海回家探亲的同县人林焕平和林基路（1916—1943，奉党委派往新疆工作，与陈潭秋、毛泽民一同遇害）的介绍，满怀对革命的向往、对抗日救国的伟大抱负，他毅然告别亲人，和其他八位同学一起奔赴上海，并于当年便创作了《夜饮》《推》《船夫》《逃难之群》《前卫》《起来》《老矿工》《拾荒者》等一批木刻。而正式学起木刻，则始于1933年秋，即就读于上海新亚学会传习所绘画木刻系之后。初到上海，黄新波人地两疏，只好和同学们在法租界租下一大房间同住，房里没床铺，只好席地而卧。血气方刚的他，不顾困顿劳累，加入上海反帝大同盟，积极开展抗日救国活动，髹标语、散传单、挂红旗、参加示威游行。为避开干扰，这些活动常在深夜进行，白天便到工厂或贫民窟去宣讲发动，废寝忘餐，坚持不懈。

　　我们没了祖国！／仇恨，深深地刻在我们的／心坎！……／我们只有燃烧着的热血／结成一团！／为了生存！／为了土地！／创出铁的纪律！／像铁的流／从来没有散开！／像根和枝／大家共同生死！／……我们，我们又肩着大刀／握着梭镖／握着枪杆／在森林中／在山谷中／在平野中／奔走，奔走，奔走！

　　这是黄新波长诗《死亡线下之群》[1]中的片断，铿锵有力，激情奔放，充分抒发其忧国忧民，决心请缨上前线杀敌卫国的高尚情怀，也是他此前几年来的迫切愿望，尤热盼能到瑞金中央苏区去参加红军闹革命打日本鬼子。1933年秋冬之际，他终于得到通知，和台山来的几位同学随上海市侨光中学的部分学生秘密到杭州集结，前后还多次暗中开展行军训练，听取有关介绍与报告。一切准备就绪，三天后，队伍进发了，他却意外地被送回上海，理由有二：其一，有才华有专长，应争取继续深造，将来保送到苏联留学；其二，当时他仍未受上海当局注意，可留原地工作。希望落空，他怅然若失。直至相隔39年后，即1972年，他写了《忆旧》一诗，抒发其念念不忘的惋惜之情：

　　飞红飘絮落街头／又是江南九月秋／四十载风华／回首浦江／漓水畔／几番风雨／几番晴／堪惆怅／少年事／长剑空横磨／如今朱颜色退／霜沾青／

1.载《文学青年》1936年创刊号。

愧泪滴山河！

　　黄新波返回上海不久，又计划被派往苏联准备学习军事，后因交通要道被封锁未能成行。壮志未酬，羁留上海的黄新波并不气馁，遂于1934年春考进上海美术专科学校，白天学习，晚上继续抗日工作。这一年，他有幸得到了鲁迅先生的教诲扶掖，又加入了中国左翼作家联盟（简称"左联"）和中国左翼美术家联盟（简称"美联"），进步神速，收获丰硕。

　　但白色恐怖日增，翌年5月，为避开特务暗探的盯梢，他只好在朋友的资助下暂时赴日求学。在日本他结识了音乐家聂耳，一同进行抗日活动。1936年6月被日本视为不受欢迎者离日回沪。此时虽生活拮据，但仍坚持版画创作，宣传抗战，1937年4月出版了第一本个人版画集《路碑》。"八一三"事变后，上海的局势急速恶化，黄新波原拟去西北从军抗日，但在火车站横遭敌机狂轰滥炸，他躺在沟里躲避，眼见四周被炸得血肉横飞，同行七位朋友都失散了，火车站也被夷为平地，只好匆促离沪赴港，继续寻找从军抗日

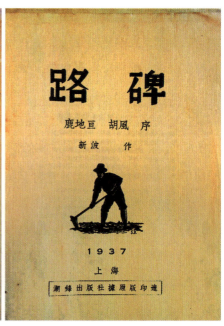

◎黄新波《路碑》，鹿地亘、胡风序，潮锋出版社，1937年

之路。翌年春，他离港辗转来到广东普宁县，投奔抗日名将翁照垣麾下，在广东民众抗日自卫团干部训练所当教官，负责文化艺术教育。但不久团里来了一批特务，他和朋友们觉察后便先后借故辞职离开。是年5月，到了广州，参加夏衍主编的《救亡日报》工作，并加入中国共产党。当时正值第二次国共合作时期，受八路军广州办事处委派，黄新波和石辟澜、司马文森、郁风等人一起组成秘密小组，到新成立的军委第四战区政治部第三组负责抗战文化宣传工作。三组组长是中山大学教授、留洋博士尚仲衣，钟敬文任办公室专员，章道非管文书，还有小画家梁永泰。石辟澜任中校，司马文森任少校，黄新波任上尉。

1938年10月下旬广州失守，黄新波等人随部队撤往粤北，转战翁源、曲江、乐昌等地。黄新波在行军打仗之余，主要负责出版《抗战画报》《小战报》等刊物。前者是我国抗战时期罕见的纯版画画报，其中大部分作品出自黄新波之手，在粤北山区发挥了很好的宣传战斗作用。翌年4月中旬，黄新波和石辟澜、司马文森等被四战区政治部以"嫌疑重大"为名遣散，继续留在曲江坚持抗战工作。后形势越来越险峻，至5月中旬，获上级指示，和司马文森离韶抵桂。钟敬文特挥毫赠诗《送别司马文森、黄新波》。

抵达桂林后，征尘未除，旋即涤荡心中的阴霾，豪情满怀地接受党的安排，到杨东莼同志出任教育长的广西地方建设干校任指导员，并精力充沛地驰骋于桂林进步的抗日文化运动中。然则奔赴战地的情结依旧存在，1939年12月底，参加了桂林文艺界、新闻界桂南前线慰问团，开赴广西昆仑关。在"炮声枪声，愈来愈紧"之夜，他和同伴一起"攀着松枝爬上昆仑关高地"，"土坟垒垒，血腥扑鼻"，"几个山头已经起火，火光熊熊烧红了入黑的天空"，"轰隆一声炮弹从我们头上飞了过去。机枪声一连串地扫射着。步枪疏疏落落地忽起忽止"，[2]他发扬大无畏战斗精神，爬山涉水坚持了近十天，深入火线慰问守军官兵，并广泛搜集资料，创作了《昆仑山之战》组画，生动地反映了昆仑关大战，高歌军民同仇敌忾的勇敢战斗精神。《广西·漓水小

2.黄药眠:《昆仑关之行》，原载《抗战文艺》(桂刊)1940年创刊号。

◎黄新波《城堡的克服》，1940年

语》的"励志行"还有一则消息称："前天看到报上一段文坛消息，木刻家黄
新波参加兵役抽签，抽中第某某列兵，表扬他是对文化入伍口号的实践。"[3]
此消息可信度虽难考，但也可略见黄新波勇于从军抗敌决心之一二。直到
1944年9月，日寇的炮声迫近桂林，桂林将陷，他才匆匆离桂，举家赶往宜
山，再次穿起了军装，成为英国东南亚盟军心理作战部之一员，随军经贵阳
到昆明，一路坚持抗战直至胜利。可见黄新波尽管身陷逆境险情，但决不苟
且偷安，相反，更激发了投笔从戎、忠贞报国之雄心壮志。可惜数次阴差阳
错，否则他也会像其画家朋友如赖少其那样，在党的军队里真正驰骋沙场，
戎马人生，杀敌卫国！

3. 载《广西日报》副刊《漓水》1940年10月6日。

在和一起大先生

　　黄新波从事木刻创作，并非为艺术而艺术，相反，目标十分明确，那就是为人类社会的进步，为民族解放而斗争。艺术创作必须反映现实，满腔热情坚持到底。这在他的《我与木刻》一文中便能看得一清二楚，他说：

　　忠实的艺术才能使人类得到真正的实惠，唤起了人类的共鸣，而共同把社会推进于更高的阶段。"……艺术本质也是战斗，拥护或反对。中庸的艺术是没有的，而且也不能有，因为人不是电影镜头，他不是丝毫不反映现实，而是保护它或变革它毁灭它。"……尤其是在民族危机之深刻化的今日，个人的苦闷与彷徨，绝对不容许残留一丝一毛。我自己虽然还幼稚得很，可是我却未曾冷淡过原有的热情。[4]

　　而他在版画创作道路上的进步和坚持，则离不开鲁迅先生的教诲、扶持和鼓舞。他曾经对记者说过："鲁迅先生的战斗不息的精神，支持着我坚持创作。"[5]

　　黄新波虽然于1933年赴上海时才见到鲁迅，但早在1931年他看到鲁迅为纪念柔石等受害进步作家而在《北斗》上发表的德国女版画家珂勒惠支的《牺牲》时，就已明白了木刻的魅力，决心投身新兴木刻运动，沿着"鲁迅

4. 原载《木刻界》1936年第4期。

5. 陈刚：《版画家黄新波访问记》，载香港《大公报》1977年12月19日。

提倡的木刻都是反映现实生活与斗争的"方向前进。[6]1933年冬，他在内山书店结识了久仰的鲁迅先生，得亲聆教诲，之后经常寄习作求教。次年4月，他与刘岘合作出版《未名木刻选集》，鲁迅先生不仅热心资助经费，而且欣然为画集撰写序言，赞曰：

> 新的木刻是刚健，分明，是新的青年的艺术，是好的大众的艺术。这些作品，当然只不过一点萌芽，然而要有茂林嘉卉，却非先有这萌芽不可。

这是鲁迅唯一一篇特为木刻青年画集撰写的序言，饱含着他对黄新波的深情厚望！同年8月，鲁迅编选出版了第一本中国新兴木刻选集《木刻纪程》，共收录八位作者画作，黄新波（一工）名列其中。书出版后曾寄一册给俄国著名评论家艾丁格尔，后者在回信中，把黄新波列入"有希望的"木刻家之列，这对黄新波无疑是莫大的鼓舞。不久，鲁迅向"奴隶社"的作家叶紫和萧军推荐黄新波为他们的小说《丰收》和《八月的乡村》作插图及设计封面，并送来了购买木版的钱。这两本书图文并茂，反响巨大，很快再版。叶紫后来转告鲁迅对插图的评价——"这青年刻得细致，很有希望"。[7]鲁迅的崇高人格和精神魅力，不知不觉地沁透到黄新波心灵深处，鲁迅的教诲和勉励，给黄新波前进的方向与力量。1934年，黄新波在版画创作上突飞猛进，成绩颇丰，成为中国左翼作家联盟和中国左翼美术家联盟的重要一员，在报刊上发表了一大批激情横溢、刀笔犀利的抗战版画、诗文。1935年5月，他离沪赴日求学。翌年6月离日，经香港返回上海后，黄新波不顾旅途劳顿和生活艰辛，马不停蹄地与木刻家力群、陈烟桥、郑野夫、江丰等筹备第二回全国木刻流动展览会，并在上海文化界发动募捐，鲁迅又伸出援助之手，一下便捐了二十元，这在当时是一笔数目相当可观的资金。当年10月2日，画展在上海八仙桥青年会开展，展品590件，影响深远。8日鲁迅特到场参观，与黄新波、白危、陈烟桥、林夫、曹白等亲切讨论木刻创作。鲁迅长达两小

6.唐乙凤：《版画大师黄新波》，原载香港《广角镜》1980年1月号。

7.黄新波：《不逝的记忆》，原载《广州文艺》1979年12月。

◎鲁迅与木刻青年，左二起为黄新波、曹白、白危、陈烟桥，1936年10月8日，沙飞摄

时的谆谆教诲，使黄新波等得益良多，更为难得的是，这是鲁迅先生与青年木刻家的最后一次谈话。

数日后，鲁迅访友归来忽受风寒，卧床不起，19日不幸与世长辞。噩耗传来，黄新波悲痛欲绝，潸然泪下，旋即赶往鲁迅府上瞻仰，并和力群一起速写遗容。黄新波参加治丧工作，从葬礼回来后，辗转反侧，彻夜难眠，强抑锥心之痛，饱含对恩师的深情厚意，挥刀刻下《鲁迅先生遗容》和《鲁迅先生葬仪》，把这位我国新文化运动的旗手、新兴版画运动缔造者最后的雍容神韵和庄严的葬仪永载史册，弥足珍贵。著名文艺理论家胡风如此盛赞《鲁迅先生葬仪》："是实写然而并非不动的'静物'，是热情然而是几乎如实的场景。"[8]

紧接着，黄新波又在上海《小说家》上发表《沉痛的哀思 —— 悼鲁迅先生》一文，深情缅怀鲁迅先生的教导与培养，立志发扬鲁迅精神，勇往直前："在艺术方面，尤其是木刻方面，木刻的从事者更应该以最大的决心、最大的热诚，团结起来用鲜艳的热血涂在刀上，刻出被压迫的民族的出路：使在木板上我们所惯见的饥饿，被迫害、被压榨的脸颜，变成快乐的、健康的样子，以报答这位已逝去的中国新兴木刻的提倡者，指导者，革命的巨人！

8. 胡风：《新波底木刻 ——〈路碑〉序》，载《胡风评论集》（上），人民文学出版社，1984，第423页。

不枉费他一生为文化，为人类而所尽的艰巨劳力。鲁迅先生已死去了，他那未完成的重担是交给他所教育过的后一代人的肩上了，年青的伙伴们，揩干我们的泪水，踏起我们更坚实的足音来吧！"[9]

此后，黄新波尽诚竭节，数十年如一日，始终不渝地沿着鲁迅指引的方向前进，为推动我国新兴版画运动殚精竭虑，死而后已。是年11月，他与力群、江丰等发起成立上海木刻作者协会。1937年4月，其首部个人版画集《路碑》问世，鲁迅生前好友胡风和鹿地亘特为之作序，给予颇高的评价并提出更高的期望。黄新波没有辜负大家的厚望，历经近五十年持之以恒的磨练后，终于从山脚下的路碑攀登上了高山之巅。

为了发扬光大鲁迅先生爱国战斗精神，黄新波积极开展纪念鲁迅活动。其中规模最大的是在桂林举行的纪念鲁迅逝世三、四、五周年活动。如1939年10月19日由其与李桦、刘建庵、赖少其共同发起并负责的纪念鲁迅先生逝世三周年"鲁迅木刻展"，展出中外古今及民间木刻作品，还有文献和纪念文字。展览筹备组在展出数月前便积极准备，并在《学习与工作·漫画与木刻》第5期中，刊登黄新波、李桦、刘建庵、赖少其联名发起的"鲁迅木刻展"征稿启事，高度评价并赞扬鲁迅先生对新兴木刻运动的关怀和贡献，认为"中国木刻之发展，就是这样由鲁迅先生一手培植"，鲁迅是"木刻的播种者和保姆"，并阐明此次木刻展的意图是"表现木刻青年对于先生信仰的忠诚，以及他们三年来是怎样奋斗着，所以我们拟在今年十月十九日先生逝世这一天，来一个成绩的总检阅，以工作来报答先生"，"同时在这空前的展览会中，也不仅是纪念鲁迅先生，而（且）是抗战宣传最好的办法"。画展如期隆重举行，共展出400多幅木刻作品，"题材范围之扩大及中国化之尝试为此次画展之两大特点，较前二次全国木展会有明显之进步"[10]，展期一延再延，盛况空前，观众多达四万人次。后应邀继续到各校展出。《救亡日报》《广西日报》等报刊还出版"展览会特刊"。夏衍、廖冰兄、陈芦荻等著文给予很高评价。

9.新波：《沉痛的哀思——悼鲁迅先生》，载鲁迅先生纪念委员会编《鲁迅先生纪念集》第四辑，上海书店，1979，第91页。

10.载《救亡日报》1939年10月21日。

不死的枪
11

中国新兴版画运动，是在20世纪30年代由鲁迅先生亲自倡导扶植发展起来的，在当时白色恐怖的形势下，它在组织上接受了中国共产党地下组织的领导，所以从其诞生之日起，新兴版画就成为左翼美术的重要代表。鲁迅先生的遽然安息，使木刻青年们顿失依靠，群龙无首，黄新波和大家深感组织起来的重要性，于是很快便在鲁迅逝世后翌月，同力群、白危、江丰、陈烟桥、马达、林夫、曹白、沃渣、陆田、郑野夫等34人，发起成立上海木刻作者协会并发表宣言，开宗明义指出：

中国新兴的木刻，一开始，它是就在斗争的。七年以来，由于我们的伟大的鲁迅先生之领导，由于从事木刻同志们的血的洗礼，和自身的艰苦的工作，我们一天也没有忘记过自己的任务：斗争 —— 与黑暗和强暴相搏斗。

接着进一步阐明：

现在，中华民族，真是到了你死我活的最后一步。大众们如再不出来抗争，只好听其灭亡。因此也就产生了各种救国会，在统一战线之下，从

11.语出聂绀弩：《不死的枪 —— 献给画篇〈不死的枪〉底作者新波》，载《文艺阵地》1939年第2卷第6期。

事于救亡的工作。木刻是整个文化的一部门，对这神圣的伟大的救亡运动，我们当然是要以最大的赤诚和努力来参与的。

最后郑重其事地号召大家：

> 鲁迅先生突然辞世了。我们失去了最好的指导者，最勤快的介绍者。对于他的死，我们刻木刻的青年，比任何人感到更深切的悲痛。但一方面也就觉到我们的责任的重大……为了实践鲁迅先生的遗言，为了木刻本身的前途，我们有立刻携手的必要。我们愿意凡是从事木刻的人，都参加到我们的集团里来，来增加我们的力量，来一同推动中国的木刻运动，来一同与黑暗和强暴相搏斗。

从这掷地有声、激越飞扬诗般的言语，以及从宣言的署名上黄新波排最末上看，正符合黄新波功成不居且自谦的博大胸怀，窃以为这篇宣言应出自黄新波之手。

因抗战斗争形势的要求，1938年6月12日，黄新波和李桦、力群、赖少其、刘建庵、卢鸿基等在武汉发起成立中华全国木刻界抗敌协会，并被选为理事。数月后武汉沦陷，木协暂迁往重庆。1939年7月15日木协从重庆迁往桂林，由李桦、黄新波、赖少其、刘建庵负责，9月3日赖少其离桂，木协会务由黄新波和刘建庵负责。直至1941年1月皖南事变发生后，木协会址被国民党广西省政府封闭，黄新波也被迫出逃香港。

黄新波在桂林负责木协工作期间，以高昂的斗志、过人的魄力，勇猛地为桂林抗战文化运动冲锋陷阵，功高至伟！首先，着手重新登记会员（虽因交通阻滞，通信不便，却也登记了98人），召开会员大会，改选理事。黄新波、张在民、廖冰兄、刘建庵、陈仲纲五人任常务理事，并成立总务部、研究部、出版部、展览部。在一无经费、二无办公地点的极端困难的情况下，有条不紊地开展一系列活动。他联合兄弟单位，同中华全国文艺界抗敌协会桂林分会、中华全国漫画作家抗敌协会桂林分会、国民政府军事委员会漫画宣传队（简称"漫宣队"）、广西省立艺术馆、广西省立艺术师资训练班（简称"艺师班"）等机构合作，多次联合办班培训抗战青年美术人才；分别与漫宣队、漫协合办《工作与学习·漫画与木刻》和《漫木旬刊》（《救亡日报》副刊），主办木协机关刊物《木艺》，发表大量具有时代性、战斗性的漫画木刻和文章；联合兄弟单位举办抗战画展。尤为突出的是1940年10月19日带领木协同仁参加鲁迅逝世四周年纪念活动后，于10月21日以木协的名义主办了"木刻十年纪念展览会"，共展出作品492幅，还有十年来木刻运动的文献史料140多件，包括陕北解放区部分新作品。画展还到广东曲江和湖南长沙等地巡回展出，有力地促进了国统区的抗日木刻运动。

除此之外，黄新波还站在时代最前列，紧密配合政治军事斗争形势需要，代表木协参与颇具影响力的工作。如1940年2月7日，同漫协总会、文协桂林分会，联合通电全国各团体、各报馆，声讨汪精卫叛国投敌罪行。以木协总会名义，发表《致苏联木刻作者》信，并与漫协一起配合中苏文化协会桂林分会举办了"苏联抗战及文艺图片展览""苏联卫国战争图片宣传展览"等展览，衷心祝愿中苏两国人民在反法西斯斗争中团结一致，夺取最后胜利，并向桂林人民介绍苏联人民在反法西斯战争中的丰功伟绩，激励抗日斗志。还响应文协总会提出的"文章下乡，文章入伍"的号召，参加桂林文艺界、新闻界桂南前线慰问团，到昆仑关前线慰问、宣传、创作。同漫协总会联合主办"刘仑战地素描展览"和"曹若个人前方素描展"等展览，发挥了木协强有力的战斗堡垒作用。总之，在黄新波任下，木协始终坚定不移遵循鲁迅教导开展工作，有声有色，影响深远，使新兴版画运动向纵深阶段发展。

铁笔担道义

　　黄新波爱憎分明，一生交织着对家国的爱与慕，对民族兴亡的情与慨，对反动势力的憎与恨。1938年10月至1943年7月，抗日战争处于战略相持阶段，日本侵略者更加肆无忌惮蹂躏中国大好河山，反动投降势力更甚嚣尘上。黄新波没有被吓倒，他仍然秉持中国知识分子的气节风骨，厉声谴责这股反动投降逆流。如1940年3月30日，汪精卫已公开叛变投敌，在南京成立了"中华民国国民政府"，正式成为日本侵华的走狗。黄新波怒不可遏，遂与艾芜、李桦、宋云彬、黄药眠、司马文森、鲁彦等人代表桂林文艺界，在总题为《我们的声讨》下分别撰文，先后于1940年3月30日和1940年4月6日在《救亡日报》和《新华日报》等报上各以两大版的篇幅发表，打响了全国声讨汪逆第一炮，挥刀刻画了《把叛徒、内奸扔出去！》《腐朽的东西阻碍不了生的战斗》等版画，并先后与特伟、温涛、廖冰兄等合作发表了漫画木刻《汪精卫眼中的独立、自由、和平》（4幅）、《狐狸救国图》、《肃清汉奸，哪怕鬼子》等，用辛辣的嘲讽笔法，无情地揭露、鞭挞汪精卫之流的狼子野心，迎头抨击汪逆的卖国媚日罪恶行径。

　　十月革命胜利后的苏联，对中国产生了极大的影响。在我国伟大的抗战斗争中，苏联一如既往给予热情支持与帮助。中国进步文化人历来都十分重视中苏友谊，黄新波更不例外。1939年，中苏文化协会主办的中国抗战艺术展览会定于5月下旬在莫斯科开幕，5月9日，黄新波同艾青、沈同衡、阳太阳、张乐平、叶浅予、梁中铭、赖少其、胡考、李桦等，随展品一起送去《中国绘画工作同人致苏联同志书》[12]，不仅表达了中国人民对苏联人民反法西斯伟大斗争的崇敬之情和中苏两国共同战斗夺取胜利的决心，而且向世界宣告：

> 中国能够战胜日本，不仅是靠武力，也还需要政治的宣传，所以绘画给与日本帝国主义的打击，是和飞机大炮给与日本帝国主义的打击一样重要的！

1940年9月9日，黄新波分别以中华全国木刻界抗敌协会和个人的名义，在《救亡日报》上发表了《致苏联木刻作者》和《让敌人在我们面前消灭》，满怀深情厚意，颂扬中苏两国传统的战斗友谊，热切"希望今后我们能与贵国的木刻作家有紧密的联系，使我们的共同的敌人在我们的面前消灭，两块广大的充满着无限富源的土地上长出奇异、华丽的艺术之花"。1941年6月22日，希特勒蓄谋已久，悍然撕毁了《苏德互不侵犯条约》，背信弃义，对苏联发动了突然袭击，叫嚣要以"闪电战"速战速决攻到莫斯科。黄新波又愤然举起刻刀，迅即创作了《见到莫斯科者是纳粹俘虏军》《纳粹的"挺进"》等版画，声援苏联神圣的卫国战争。虽然战争才刚爆发，希特勒匪帮咄咄逼人，气焰甚嚣尘上，鼓吹以强大军力武器开展"闪电战"，速战速决打败苏联等国。但黄新波不为所惑，坚信苏联必胜，在作品中揶揄纳粹扬言的"挺进"实则像泥足愈陷愈深，自掘坟墓，身朝莫斯科相反的方向溃退。

黄新波具有崇高的国际主义精神，不仅表现在被视为同条反法西斯战壕里的朋友苏联人民身上，而且也体现在对日本反战人士的关系上。1936年6月离日经港回沪，他认识了日本反战作家鹿地亘，两人遂成莫逆之交，共同抗日。他在1937年4月出版的第一本个人版画集，便得到鹿地亘的热情鼓励和肯定，并为之撰写序言。抗战全面爆发前，鹿地亘因为反战，遭日本政府

---

12. 原载《工作与学习·漫画与木刻》1939年第2期。

迫害，秘密逃亡到我国，积极从事反战宣传，后发起成立"在华日本人民反战同盟西南支部"并任负责人。1940年2月在桂林成立"在华日本人民反战同盟西南支部"演出队，亲自创作反战三幕剧《三兄弟》，为被俘日本士兵和桂林观众演出，影响很大，反应强烈，桂林抗战文化团体和报刊给予足够的重视，广为组织座谈会和报道。黄新波热情参与，在观演翌日，便率先撰写《胜利的启示》发表在《救亡日报》上，高度评价在华日本人民反战同盟对抗日之贡献，强调中日人民团结一致共同抗击真正敌人，彻底打败日本法西斯侵略者。接着，又出席中华全国文艺界抗敌协会桂林分会主持召开的专题座谈会，从剧本、演出到舞台道具都给以充分肯定并提供修改意见。

1939年5月，他按党的指示从韶关风尘仆仆来到桂林，被八路军桂林办事处主任李克农安排到广西地方建设干部学校任指导员，与刘建庵、廖冰兄、黄茅等共同为学员讲授美术课；半年后，因工作需要离干校到桂林逸仙中学当教员，讲授语文、美术、地理等课；同时，在国民政府军事委员会桂林行营政治部第三科办的战时绘画训练班任木刻教员，也在艺师班教授木刻；还为木协总会、漫宣队合办的漫木讲座讲课；为桂林中学举办的"漫画壁报训练班"授课；应聘为木协总会与浙江战时木刻研究社合办的"木刻函授班"桂林指导区指导师，直至"皖南事变"后被迫撤往香港。1941年底，香港沦陷，黄新波于1942年又返回桂林，先后在广西中渡县（今属鹿寨县）、桂林榕门美术专科学校、初阳美术学院等任教。主持中华全国木刻界抗敌协会会务工作，兼管文协桂林分会美术工作。积极组织大型抗战画展，热心开办木刻函授班、讲习班，继续为多个抗战美术培训班、研讨班讲解"木刻艺术""中国木刻运动""木刻制作法"等课题，并抽暇为广西省立艺术师资训练班、桂林榕门美专、初阳美术学院讲课，为桂林抗日美术运动培养了一批新生力量。

长画当哭

在整个抗战期间，黄新波除了以实际行动积极投身抗战文化运动，还以笔当枪，斗志昂扬地创作了大量街头宣传画和版画，发挥了应有的战斗作用。那些街头壁画、宣传画及传单画，多得无法计算，单就有据可查的版画计，在上海、日本时创作了上百幅，桂林200多幅，香港和昆明约100幅，总共约400幅。按其一生创作600幅计，抗战期间创作的版画便约占其生平版画作品总数的三分之二。

◎黄新波《法西斯的游戏》，1941年

　　自1931年"九一八"事变以来，面对日本侵略者的暴行，黄新波义愤填膺，日以继夜地创作了一批批版画，无情地揭露、控诉日寇的罪恶。这类题材在其抗战时期的作品中占有较大比例。如《逃难之群》（1933年）、《荒》（1935年）、《集团的十字架》（1935年）、《败退》（1936年）、《被蹂躏之后》（1936年）、《母与子》（1936年）、《被牛马化的同胞》（1936年）、《同伴之死》（1936年）、《空袭》（1939年）、《法西斯的游戏》（1941年）等。

　　连环画《沦陷区故事》（10幅，1941年），深刻而全面地展现沦陷区民众备受日寇摧残劫杀、暗无天日的惨景。因为不愿意去打自己人，惨遭日寇杀害，遗下妻儿在远处掩面痛哭；没有男人，女人也要被强抓去拉炮弹上前线；因为不愿向"皇军"低头作揖，被罚在烈日下长久直立暴晒，汗流如注；不愿做顺民，被活活打死抛尸入海；被强征去修筑飞机场之后，又被集队拉走，或许拉去上前线当炮灰，也许为掩人耳目而被集体枪杀，生死未卜；为扫清射界障碍，日寇抢去老百姓的财物牲畜，放火把乡村夷为平地，致使众人无家可归；连一粒米都被抢去充作军粮，老百姓只好挖草根充饥；家中各物都给日寇抢掠殆尽，最后只剩下一个坏钟，日寇认为"太不孝敬"，便把主人捆绑杀害；将男人抓去当兵，奸淫枪杀妇女，又将小孩抢走，这就是日寇的所谓"仁爱"；进行所谓"清乡"，把整个乡村都抢光、杀光、烧光。一桩桩，一件件，生灵涂炭，哀鸿遍野，触目惊心，入木三分地揭露了日本侵略者穷凶极恶的反动本性。

　　如果说，前述作品是作者根据间接的传闻为宣传抗战而作，那么，在1941年底香港沦陷脱险后之作，则是据其亲身的经历，耳闻目睹日寇的滔天罪行，激起无比愤慨，不顾旅途惊吓与劳顿有感而作，对日暴行的揭露、控诉也更加深刻、强烈。《死市》表现的是九龙市区沦陷前夕阴森可怖的景象：昔日车水马龙的喧嚣，白天乍成黑夜般的死寂，街道上空无一人，唯见阴沉空洞的楼房，远处一只流浪犬在徘徊。在如此令人窒息惶恐的氛围里，无路可走的市民正拥挤在这些房子里，战战兢兢面临明天的厄运。画中虽无人物登场，但黄新波以其善于营造气氛的独特手法，很好地反衬了那躲在房子里惊慌失措的心灵。空前静穆的《死市》，预示着日寇疯狂暴行的到来。《日落后的"东亚新秩序"》揭露了日寇打着所谓建立"新亚新秩序"的幌子，对香港民众进行大肆劫掠、屠杀的狼子野心。《因为昨天有一个日本兵被暗杀了》则抨击日寇为报复其兵被杀，对整个地区包围起来展开地毯式搜查，滥杀无辜。《家庭的温暖失去了》《"粮食配给所"门前》等，强烈地控诉日寇的残暴统治，迫使香港同胞家破人亡，濒临绝境。

黄新波又根据他从香港长途跋涉两个多月才回到桂林，沿途满目疮痍、民不聊生的凄凉情景，创作了《旅途》《孤独》《沦落》《控诉》等版画，通过人物形象高度地概括了这些悲怆绝伦的际遇，比之前直接描画敌人血淋淋的暴行，更具震撼力。《旅途》中，黑夜里静寂的荒野山村，漫天风雪，一个疲惫不堪的旅人敲开了茅屋的门，老人点亮油灯出来开门，旅人要借宿一宵，以求避过凛冽寒夜。《孤独》同样是黑夜的荒村里，不同的是一个无家可归，徘徊在茫茫路口的女孩，其父母可能早已不在人世，也可能是在动乱中与亲人离散了。这一双大人小孩的悲剧，催人泪下，激发起对这场浩劫的罪魁祸首日本侵略者的刻骨仇恨。

同时，拍案而起的黄新波还以木刻创作了一批抗日宣传画，如刻画民众对日本侵略者满腔怒火的《怒吼》，表现民众觉醒抗日的《起来》，反映广大爱国官兵奋起抗战救亡的《祖国的防卫》《为民族生存而战》，表达全国军民齐心协力、抗战到底的《为抗战，贡献出我们一切力量》等，气贯长虹，颇具鼓动性。不足之处是激情有余，形象刻画不足，"流于空泛，弄成了没有个性，像标语画似的东西了"[13]。

热情讴歌我国军民踊跃投身抗战行列的勇敢斗争精神，更成为此时黄新波版画创作的主调。《义勇军的防御线》《进行曲》《聂耳像》《雪中行军》《长征》《前线》《前卫》《守望》《瞭望》及《八月的乡村》封面画等，全方位多侧面刻画了东北抗日义勇军和东北抗日联军不畏艰难险阻，勇敢打击日本侵略军的战斗场景。《义勇军》《打击侵略者》展现了义勇军冲进敌营，挥动大刀长枪英勇与敌展开殊死厮杀的情景，场面激烈，气壮山河。《战场》《血

---

13. 胡风：《〈路碑〉序二》，载黄新波《路碑》，潮锋出版社，1937。

衣》，战斗场面更惨烈，气氛更凝重。前者阵地上经过了剧烈的争夺战之后，我军一门大炮上伏着一个战士的尸体，其手还紧握住伤重躺地的另一位战士，不远处一群士兵正高擎战旗，冲锋陷阵，表现了这对战友至死仍不离不弃，休戚与共，生死相依，战斗到底。后者则是经过残酷的浴血战斗之后，我军战士们壮烈牺牲了，只剩下一个身负重伤的士兵坚守在阵地上，他半跪着高握上了刺刀的步枪，枪杆上别着的血衣像一面战旗迎风飘扬，远处一队敌骑正凶猛冲上来，而满身染着鲜血的孤胆英雄岿然不动，决心与阵地共存亡，确是"血染的风采"的抗战版。这两幅画，构图新颖，画面简洁，形象生动，极具感染力，不失为其抗战时期佼佼之作。

组画《沉默的战斗》（20幅），精心刻画一个主动冒险侦探敌情，勇于牺牲的动人故事。主角是抗战部队的副连长，为了追求真理，勤奋学习，善于思考，大家都认为他是位爱孤独的沉默者。一天，敌人调来了大批兵力。司

◎《沉默的战斗》之二十《开拓者》，1940年

令部派人去侦察，始终不明其番号和战斗配置，于是命令他所在的连队限期侦察清楚。连长焦急万分，乃派精干战士四出探询，结果派出的人都有去无回。眼看限期将到，众人更为心急如焚。就在这时，副连长突然失踪了。原来，他静悄悄离开军营，化装成老百姓，翻山涉水，躲过敌人岗哨，深入敌阵，仔细摸清敌人番号，记下敌之兵力配置。正当他侦察完毕便给发现了，虽然得以逃脱，却身负重伤倒下了。后来被派出的侦察兵发现了，把他背回连队。这时真相大白，连长得到情报如获至宝。副连长最后因伤势过重牺牲了，"如巨星陨落一样呵！"，"而他终以开拓者的心情和举动，让胜利的步伐踏着他辛劳的血路向前迈进！"。故事内容完整，情节跌宕有致，引人入胜，显其深厚的文学功底。尽管副连长不辞而别之举尚乏组织性，如此"沉默的战斗"方式有待商榷，然其不畏艰辛，勇于牺牲的战斗精神仍是鼓舞人心，值得肯定的。这组精雕细刻的版画，在思想性和艺术性上都达到了较完美的统一，曾引起强烈的共鸣，产生很大的影响。

在热情讴歌抗日军人勇敢战斗精神之余，黄新波也不忘对中国民众抗日救亡的坚强斗志予以激情颂扬。如《偷袭》《夜渡》《大地的怒潮》《故乡在那边》《父与子》等。《大地的怒潮》组画（4幅）作于1937年，包括《敌军入侵》《大事屠杀》《民众起来》《收复失地》。作品尺幅虽不大，内涵却很饱满，真实地反映了日寇烧杀掠夺沦陷区人民的滔天罪行，表现了民众团结奋战的战斗精神，通俗易懂，鼓舞斗志，较好地发挥了宣传教育作用。但作品的思想性大于艺术性，所反映的斗争场面过于求真求实求全，过于拥挤，缺少提炼和概括，艺术典型不够。诚如胡风所说，"作者是用着充溢的热情刻出了那悲壮的时间"，"是热情然而是几乎如实的场景"。[14]相比之下，表现同一主题思想的《父与子》（1939年）便有了长足的进步。这里没有轰轰烈烈的斗争场面，却有更为惨烈的战争氛围。没见浩浩荡荡的抗战大军，却有以一当百的父子民兵。在遭敌军轰平了的战壕里，父亲壮烈牺牲时仍紧握拳头，儿子来不及转移或掩埋父亲尸体，便紧接过父亲手里的枪，继续投入战斗，生

14.胡风：《〈路碑〉序二》，载黄新波《路碑》，潮锋出版社，1937。

动表现了我国抗日民众不怕牺牲、前仆后继的英雄气概。黄新波逐渐摆脱以往过于求真求全的窠臼，较好借鉴我国古代关于艺术概括和典型化以少总多的创作手法，在构思作品时，既有丰富的联想和想象，又善于选择、提炼、概括，以达到运用精炼、集中、节省的材料来表现丰富而深广的内容，实现言有尽而意无穷的艺术效果的目的。

　　黄新波在热情讴歌中国军民坚贞不屈的抗战斗志时，自然也不忘给英勇的中华妇女添上重彩一笔。《今日的妇女》《丈夫的马》《送茶女》《广西妇女起来保卫西南》《爱》等版画，便是一例。《丈夫的马》中，耸立在我们眼前的是一位手握钢枪，英姿飒爽的中年妇女。在其左后边，远远堆起立着墓碑的坟茔，意喻其刚牺牲的丈夫。而紧挨其右边的则是昂首嘶鸣的高头大马，似乎在催促悲愤交加的妇女快快上马，飞奔向前杀敌，为主人复仇。作者善于刻画具体、生动、新颖、富有特征性的细节，如竖着墓碑的小坟堆，紧握枪杆的巨手，马首上高高飘起的鬃毛，有利于艺术形象的塑造和主题思想的表现，有利于增强艺术感染力。而这些真实、动人、颇具特征的细节刻画，则有赖于作者对社会生活的精细观察和深刻理解。《送茶女》刻画的是扣人心弦的场面：一个女孩子给前线的战士送茶水去，但是战士就在此时不幸中弹牺牲了，女孩毫不畏惧地拿起战士的步枪，伏在其身上继续抵抗。故事情节并不复杂，却颇为丰富生动，安排巧妙，丝丝入扣，产生了震撼人心的美感。作者正是以对侵略者充满深仇大恨和对英勇的中华妇女热烈赞颂与敬佩之情来塑造这些高大丰满的妇女形象。

　　组画《爱》（12幅）作于1940年，刻画了一个忠贞不渝的爱情故事。一对恋人因关山烽火阻隔失去了联系。乡土沦陷后，男的参加了游击队上火线打击日军，女的成了我军间谍，乔装打进敌人心脏。有天，男的被俘，女的设法营救。男的终于越狱逃脱，却误伤了尾随而来的恋人。恋人伤重去世，临终前，她才告知真相：原来，她打入敌营内部后，探取了大量军事情报，秘密煽动策反了敌军反战，还炸毁了敌人的军械仓库和军营。最后她对恋人道声"为了爱我，原谅你"，便阴阳两隔。作者善于借鉴小说和戏剧创作中惯用的巧设悬念的独特手法，在情节安排上，疑窦丛生：如他被捕时，她为什么会闪现眼前？他终于逃脱虎口，却把尾随而来的人击倒，那人是谁？后果如何？这些疑问造成读者急切期待的心理状态，引起大家对故事情节发展和主人公命运的热切关怀和浓厚兴趣，从而增强作品的艺术效果。作品看似表现这对男女真挚的爱情，实则重点彰显我国妇女在抗战中的丰功伟绩，讴歌她们英勇卓绝的抗战精神，具有强烈的时代感。不足之处是构图不够简洁，刀法尚欠精细有力。

值得指出的是，抗战初期，国统区文坛上曾出现两种极端：一种是所谓"抗战加恋爱"；另一种是千篇一律充满"冲呀""杀呀"的声音，过分强调抗战内容而忽视艺术性。对于进步文艺家来说，爱情题材确成了禁区，谁敢问津，便会被扣上"与抗战无关"的帽子挨骂。黄新波克服重重阻力，冲破禁区，别出心裁创作了如此可歌可泣的爱情组画，难能可贵！

在桂林，他在组织领导桂林木刻运动的同时，还怀着对敌人的深仇大恨，倾注着强烈的民族情感，以只争朝夕的战斗姿态，创作、出版了一批具有时代精神的木刻作品，如木刻连环画《老当益壮》《爱》，木刻组画《心曲》

◎《心曲》组画之一《孤独》（《中学生》1946年12月号封面画），1943年

◎《心曲》组画之八《回家》，1943年

等，总共150多幅，差不多占其一生中所刻600多幅版画的四分之一。

这些作品，时代气息浓厚，思想性、战斗性强，震撼人心，不乏佳作。如初抵桂林时创作的《送茶女》，画面刻画着一位给前线送茶水的女孩，毅然接过刚牺牲的战士的步枪，卧伏在其身上继续英勇地同敌人战斗。场面动人，构图新颖，形象地告诉读者：一人倒下，万众起来，军民团结，胜利在望。作品先后在《救亡日报》《广西日报》发表后，鼓舞人心，反应强烈。又如在震惊中外的"千古奇冤"的皖南事变后，桂林风雨如磐，白色恐怖笼罩全城，黄新波在被迫离桂前夕，以无比愤慨的心情，冒着被通缉的危险创作了轰动一时、流芳千古的《他并没有死去》，以象征手法表现其坚定的政治信念。当时，国民党反动派企图消灭新四军，悍然发动内战，屠杀、活埋、囚禁了大批新四军官兵。就在这风云突变的白色恐怖中，黄新波愤然冒险刻

◎《送茶女》，1940年

◎《他并没有死去》，1941年

出此作，控诉和抗议反动派的无耻行径。画面是阴沉沉的黑夜，一堆黄土之上，仅露出被害者的一只脚掌和一只紧握枪杆的手，枪杆上挂着一本书，在星星的映照下光芒四射。握枪之手象征虽死犹生，前仆后继，闪光的书本象征经典，代表真理，启示人们抗战精神永存，革命之火不灭，充分表达了革命斗争必胜的决心和信念，极大地鼓舞了人民群众坚持抗战的斗争精神。作品的思想性和艺术性达到了相当完美的统一，是我国新兴木刻史和革命斗争史上不可多得的珍品！

而《生活》展现在我们面前的，是备受战火煎熬的我国民众的苦难生活：严寒的漫漫黑夜，破烂狭窄的木屋里，简陋的书桌上放着一盏桐油灯，散发出暗淡的幽光，映照着屋子当中一根绳子上面晾着的几件衣服、桌子上的一堆未完成的文稿。这谅必是主人漏夜赶稿，翌晨要拿去换点微薄稿费以济眉急吧？夜深人静，女儿不绝的咳嗽声再次惊动主人，备受生活折磨披着破大衣的中年男子，暂时搁笔伫立着，凝望着生病卧床的爱女，心如刀割，手托下巴陷入无边的愁海中。其实，这也是作者当时的生活写照。1943年9月，黄新波经友人介绍，前往离桂林不远的中渡县（今属鹿寨县）鹰山下偏僻山村教书谋生，这是他生平中除香港沦陷和湘桂大撤退那惊心动魄逃难生涯外最为凄风苦雨的日子。他曾多次指着这幅版画对人说：

> 那便是当年我的住所，人物也是我和女儿，反映的是我的当时生活，其实也是当时桂林文化人的生活。

黄新波以写实的手法，在强烈的黑白对比中，运用细微而严密的不同排线，在不大的尺幅上勾画出暗无天日的拮据家境，营造了贫病交迫、令人窒息的悲惨氛围，突显了主人面对病重不起的女儿，愁肠百结、爱莫能助的复杂心态。形象生动，令人扼腕叹息！需要重提的是，作者出色地借用中国画的烘托技法，通过对景物、环境和陪衬人物的刻画，也即通过居室陈设、主人装束打扮和病女的描画，很好地衬托了主人公的思想、心情和性格特征，使感情表现得更浓郁，人物形象更生动，主题思想更深邃隽永，大大地增强

◎《生活》，1943年

了其艺术感染力。

　　值得一提的是，在境况拮据时，时常食不果腹的黄新波等中华全国木刻界抗敌协会同仁们，仍忍饥挨饿，坐在屋内赶制抗敌宣传画，而且静中取闹，表现出革命的乐观主义精神。他们的老朋友、著名杂文家聂绀弩便耳濡目染，写道：

　　　　几个人中间，似乎新波比较好闹一点，有时候 —— 往往是在太阳已落，灯还未点的时候，他就披着仲纲的花毯子，脸上搽上红的和黑的颜色，唇边黏上两根鸡毛，做出舞台上的武生或丑角的种种怪样，于是大家就捧腹哄堂起来。加（如）果再加上温涛的滑稽舞（温涛也常到会所来），屋子里就显得更为欢快。[15]

15.聂绀弩：《飞机木刻号》，载《沈吟》，文化供应社，1948，第125页。

◎黄新波一家从桂林撤退到昆明时的合影，左为夫人章道非，中为女儿黄元，1945年

再提一件略为特殊的作品——《孤独》。这是个令人目瞪神呆的荒凉破败的山野黑夜，暗淡的星光闪照在山坡小路上，一个神情恍惚的迷途女孩在彷徨。一颗流星从漆黑的夜空划过。如此惨景，正是作者在香港沦陷后历险出逃沿途的见闻与感受。这可怜的茕茕孑立的女孩，其亲人可能惨死于日寇刀下，可能葬身大海，也可能在茫茫的难民群中被冲散。孤独的生命，正是日本侵略者发动的残酷战争所造成的。作者在着力渲染这悲惨氛围时，十分注意突出描写对象的细节特征，隐含着深刻寓意。如一闪而过的流星，暗喻着那可怜孤女即将似流星般销声匿影。那一对被夸张了的像戴着黑罩的无光眼睛，则在丰富孤女茫然绝望的形象刻画之余，表达了作者一时的迷茫与伤感。1943年是抗日战争处于相持阶段的最后一年，也是我国最沉闷、最困难的时刻。忧郁的气氛普遍地弥漫于文艺界，黄新波并非圣人，自然也不例外。曾领导过桂林文化运动的中共中央南方局文委桂林工作组组长邵荃麟就曾如此评析：

新波是个非常善良而感情脆弱的人。因为善良，他对于现实的丑恶，人世间的不公平，反动者的迫害，是有深深的憎恨；而同时由于感情的脆弱，对于迎接残酷血肉斗争的战斗力量和勇气就不够强。这是现代知识分子中间一种很普遍的性格……这种性格上的矛盾便是新波的艺术思想与创作上矛盾的根源……一幅题名为《孤独》的木刻最典型地表现了他这种感情。[16]

然而，黄新波这种迷茫、忧伤的情感并不长久，在其痛定思痛之余，他又精神抖擞，激发起高涨的革命热情，雄姿英发，坚定不移地置身抗战文化运动中，即使在后来又遭逢湘桂大撤退的劫难也毫不气馁。《孤独》则不因其流露消极情绪而被人遗忘，反而以其深刻的思想内涵和精湛的艺术风格，广受专家、读者所青睐，入选中华全国木刻协会主办的"抗战八年木刻展"，并载入同名画集。

◎《心曲》组画之一《孤独》，1943年

16. 原载香港《华商报·热风》1947年12月29日。

流动的展览

　　画展，同戏剧演出一样，是我国抗战文化运动中最活跃的一环，也是受众最多的抗战宣传方式。黄新波等人清楚地认识到"中国的绘画，在今日"，它在"作用上已成了增加抗战的政治意识的有力武器"，"是和飞机大炮给与日本帝国主义的打击一样重要的"[17]。因而他日以继夜，争分夺秒地进行创作，制作大量的街头宣传画、对敌策反传单和发表版画。更重视举办画展，除了以组织名义主办或与其他单位合办了系列重大专题画展，如前面提到的上海第二回全国木刻流动展览会、桂林纪念鲁迅先生逝世三周年"鲁迅木刻展"和"木刻十年纪念展览会"等，还积极主办或参与街头、巡回、诗画、个人或集体等各种抗战画展。其中影响较大的有在桂林的"香港的受难"画展、"夜萤画展"（和余所亚合作）、"春潮美术画展"（和余所亚、梁深等合作）及在昆明的"动静画展"（和康朗合作）等。

　　值得指出的是"香港的受难"画展。1941年12月25日，日本攻占香港，不愿受蹂躏的一大批爱国文化人纷纷撤回内地，"皖南事变"后被迫暂来港避难的黄新波夫妇，也带着刚出生不久的女儿，最后一批于翌年2月化装冒着生命危险闯过封锁线，经澳门、台山，爬山涉水辗转，于4月回桂。强烈的责任感促使黄新波不顾旅途劳顿惊吓，立马与先期返桂的郁风、特伟等人商

---

17. 黄新波等：《中国绘画工作同人致苏联同志书》，载《工作与学习·漫画与木刻》1939年第2期。

量，决定举办"香港的受难"画展。大家同仇敌忾，齐心协力，终于在1942年12月在桂林隆重举办。共展出黄新波、盛此君、杨秋人、温涛、郁风、特伟六人的版画、油画、素描、漫画、水彩等60张，以作者的亲身经历痛斥日本侵略者的野蛮暴行，激发大家抗战必胜信念，轰动一时。《广西日报》、《大公报》（桂林版）、《扫荡报》（桂林版）等为此发表孟超、华嘉、韩北屏、田汉等人的评论和开幕消息。画展接着又于翌年在重庆举行，并增加了叶浅予、丁聪、林仰峥等人的作品。黄新波参展作品有木刻、素描、漫画13幅，田汉盛赞：

> 新波的素描他有着比此君不同的颇为优美的笔触，漫画和木刻亦然。素描就结构说似乎《优待英俘》最好。木刻我推荐《日落后的东亚新秩序》。"新秩序"统治下的无秩序实际也是漫画的好材料。[18]

黄蒙田则深有感慨地回忆说：

> 提起"香港的受难"画展，首先想起的是它的主要组织者新波……"香港的受难"画展是他在这一段时间（按：即他第二次居桂期间）前期有很大影响力和深刻现实意义的画展。[19]

最难能可贵的是直到1944年8月，桂林即将失守，人们正争先恐后逃往黔、滇、渝之际，黄新波却置生死于度外，在柳州与梁永泰一起举办抗战木刻展，还赶刻了《黔桂路上》等新作，表现了其临危不惧、铁骨铮铮的英雄本色！

黄新波多才多艺，不仅能诗工画，而且能文善编，是个资深的出版家。他结缘出版业，是与其正式开始版画创作几乎同步进行的。早在1933年，他便为蒲风的诗集《茫茫夜》和丁玲的小说《奔》《水》作版画插图。翌年受

18.田汉：《素朴的印象》，载《扫荡报》（桂林）1943年1月3日。

19.黄蒙田：《回忆"香港的受难"画展》，载杨益群编著《抗战时期桂林美术运动》（下），漓江出版社，1995。

鲁迅推荐，为"奴隶社"出版的叶紫新作《丰收》和萧军新作《八月的乡村》设计封面及插图。为未名木刻社出版的《未名木刻选集》设计封面画。1935年为王亚平诗集《都市的冬》和蒲风的诗集《六月流火》作插图。即使是留日期间，也在求学之余参与《质文》《新诗歌》《东流》《留东日报》等报刊编辑工作。1936年归国后，又先后为胡兰畦的小说《在德国女牢中》、夏征农的小说《春天的故事》等作插图。1938年5月抵达广州后即参加《救亡日报》编辑工作，而后又随军在曲江、翁源、韶关等战地出版《抗战画报》和《小战报》等刊物，并利用有限余暇继续为蒲风的诗集设计封面及插图。

到了桂林之后，更是黄新波在出版业上的黄金时期。1938年10月，随着广州、武汉相继沦陷，鉴于桂林特殊地理位置和桂系较为善待文化人，桂林遂成为国统区文化中心，印刷出版业尤为发达，这在客观上便为黄新波提供了英雄用武之地。在其前后两次居桂不足四年的日子里，除了主编或参与编辑出版大型美术刊物《工作与学习·漫画与木刻》《漫木旬刊》《木艺》和

◎黄新波抗战期间在桂林参与编辑的《工作与学习·漫画与木刻》

◎黄新波在其主编的《漫木旬刊》上发表《关于新木刻的一个旧问题》，载《救亡日报》1939年11月11日

◎黄新波抗战期间在桂林主编的《木艺》

选编《漫画木刻月选》外，还应约为《广西妇女》《抗战时代》《抗战文艺》《中国诗坛》《诗创作》《新中国戏剧》《文学译报》《新文学》《文化杂志》《诗》《少年之友》《西南青年》《五月》《新音乐》《工作与学习·漫画与木刻》等刊物作封面设计，也为桂林雅典书屋刻制四大盟国团结反法西斯的木刻和宣传画，并为该书店出版的海涅、雪莱及鲁迅等人的作品刻画封面、插图。他还经常应约为桂林各报纸杂志创作版画，撰写文章，成为桂林抗战美术出版业举足轻重的精英。

应特别指出的是，在《木艺》创刊号上发表的《十年来中国木刻运动的总检讨》，署名为"李桦、建庵、冰兄、温涛、新波"，全文长达两万多字，这既是对我国十年来木刻运动的全面总结，又是代表木协总会指导当时抗战木刻运动的纲领性文件，也是我国新兴木刻运动史的珍贵文献。这篇文章颇有理论深度，没有缜密的思维和较为深厚的理论文字功底是绝难完成的，且当时李桦离桂，主要在湘、浙活动，廖冰兄主要搞漫协工作，温涛则主要负责文协桂林分会傀儡戏研究组，执笔者非黄新波和刘建庵莫属，而黄新波是发稿刊物主编，统稿理所当然皆由他独力完成。此处无褒此薄彼之意，只是想说明黄新波在美术理论上的卓著建树。

以上不难看出，在烽火连天、漂泊不定的抗战期间，黄新波足迹所到之处，不仅创作了一大批璀璨夺目的版画，而且还用心血浇灌出美术出版朵朵娇艳之花，即便是在港短暂停留，他在任《华商报》美术编辑之余，也不忘与战友共编大型的《团结抗战大画史》。抗战胜利后，他一抵香港便又一头扎进杜宣的大千印刷出版公司，埋头编辑《大千画报》。

总之，黄新波"不仅仅是一位木刻画家，又是一位美术界的组织者"[20]。早在30多年前的一篇论文中我就写过：

> 如果说，李桦在桂林以至全国的抗战木运上主要起到了开拓和传播知识的作用，那么，黄新波则侧重于组织、领导和艺术实践的作用。彼此相互呼应，推波助澜，使桂林抗战美术运动向纵深方向发展。[21]

于今观之，此论毫不为过。然黄新波从事的工作远不止于此，比如在桂林，当时他还参加过筹建文协桂林分会并被选为理事，与夏衍、艾芜、立波、沫沙等发起"为援助叶紫先生遗族募捐"活动，经常参加桂林文化界的抗战集会、研讨会等等，林林总总，无法尽述。黄新波不愧为抗战文化运动的中流砥柱。

20.张在民：《"木协"在桂林》，载杨益群编著《抗战时期桂林美术运动》（下），漓江出版社，1995。

21.杨益群：《抗战时期桂林美术运动的作用意义及影响》，载《广西社会科学》1988年第2期。

他并没有死去

黄新波的人格是伟大可敬、有口皆碑的。举凡与其相处过的同辈、学生，无不啧啧称赞。其挚友香港作家、翻译家陈实说道："在我的记忆中，新波永远是一个坦率、乐观、可以信赖、可以肝胆相照的朋友，相信很多人心目中的新波也是这样的。"[22]而画家黄永玉更是动情地指出"新波兄不自私、不吹牛、不夸张地位，非常自然随和的一位名符其实的大艺术家"[23]，又说"黄新波是我进步艺术思想的老师之一，也是我尊敬的，具有高尚、精深、艺术道德修养的兄弟"，"在艺术上也是个无比执着的勇者"，"为人热情坦荡，关心后辈，细心耐烦，不求报答，我就是收益者之一"。[24]我曾多次访问过黄新波生前挚友和同行，如李桦、余所亚、廖冰兄、赖少其、蔡迪支、王立、林仰峥、阳太阳、陈雨田等，对黄新波的人格画品，他们众口如一，倍加赞扬。

1981年初，我负责桂林文艺抗战的相关专栏，拟向黄新波约稿，却惊闻他于

22.陈实：《版画家和他的油画》，载《大公报》（香港）1987年8月。

23.黄永玉：《情感寓于人格之中——黄新波木刻纪念展》，载《明报》（香港）1994年7月8日。

24."黄新波艺术纪念展"题词，2006年10月。

此前一年因劳累过度，遽然仙逝，临终前手里仍握着其战斗的武器——刻刀！痛惜之余，只好转请黄新波夫人章道非[25]撰写回忆黄新波的文章。不久，获其女黄元来稿《一个版画家的战斗历程——记我爸爸黄新波在桂林的片断》。1984年8月我赴广州搜集资料，登门拜访章道非先生，并有幸遇到黄元女士，方知其为暨南大学物理教师。

黄元因在香港出生，与香港的文艺界关系融洽，治学严谨，稳扎稳打。她除了搜集、整理、出版其父的画集文稿，还担负整理出版其父生前香港文艺界好友的著作、文集的重任。她走遍全国各地搜集其父有关资料，经常广州、香港两地频繁往返，我戏称其为文艺界驻港特派员。她和摄影家沙飞的千金王雁、作家司马文森的爱女司马小莘三人皆已退休已久，本该在家含饴弄孙，尽享天伦之乐，却不畏艰辛，奔波跋涉，四处寻找她们父亲的残篇遗珠，钩沉整理，出书、办展、开研讨会，使其父亲的作品更加名扬寰宇。

◎右起为黄元、作者夫妇、王雁，2013年2月摄于深圳观澜版画村，背景照片系沙飞（王雁父亲）所拍的鲁迅与黄新波（黄元父亲）等青年木刻家谈话的经典历史照片

25. 章先生与黄新波同庚，原籍浙江，抗战全面爆发后便踊跃投身抗日救国宣传工作，1938—1939年在国民政府军委政治部第三厅第三组参加抗战工作，之后积极参加桂林抗战文化运动，1941年在广西柳州与黄新波喜结连理，1950年后任职于广东省文化局、广东画院。

◎ 1939年黄新波在桂林

　　黄新波（1916—1980），出生于广东台山县斗山镇一华侨工人家庭，1932年肄业于台山县立中学校，翌年赴上海，始学木刻。1934年加入左联和美联。1935年赴日本，参加中国美联东京分盟的活动，次年回国。1938年加入中国共产党。是年6月在汉口任中华全国木刻界抗敌协会理事。1939年上半年从粤北到桂林，主持中华全国木刻界抗敌协会工作，并积极开展抗日美术运动，创作了大量作品。1944年9月离桂林经贵阳赴昆明。抗战胜利后，在香港任《华商报》记者，并组织人间画会。新中国成立后历任广州市军管会文艺处美术组组长、华南人民文艺学院教授兼美术部主任、广东省美术工作室主任、广东省美协主席、广东画院院长、中国美协副主席。

赖少其

玉液未醉惊相见，悲喜交集谁家院？

姑母教我读诗书，精忠报国男儿汉。

血染沙场马萧萧，扭断铁笼重开战。

宝刀削发作彩笔，图画江山红艳艳。

——赖少其《曼谷感怀——赠表弟》

革命＋初恋

　　赖少其1985年7月6日在给我的信中特地提及，他从桂林到皖南参加新四军途中写了《走马日记》，并在《救亡日报》上刊登，后因打仗散失了，嘱我搜集。经反复查找，我终于搜集到这组散文。鉴于文章有关其离桂投奔新四军过程，还涉及其初恋，较为重要，其本人也很重视，故解读如下。

　　抗战期间赖少其再次到达桂林后，和桂林生活教育社刘季平一起组织创办了《工作与学习·漫画与木刻》。赖少其、刘季平生前曾说过，此刊是与当年八路军桂林办事处主任李克农商量决定的，刘季平为总负责人，赖少其为发行人兼编辑。用正反两个封面标明两个刊名，穿插编排文字与图画，图文并茂，通俗易懂。且巧妙地加上了中共领导人的讲话，如创刊号（1939年5月16日）第三页后半段用附记方式发表了周部长关于敌我政略与战略的报告，这是周恩来所作的重要报告，产生了极大反响，也引起了国民党当局的密切监视。出了六期后，刊物被封（1939年8、9月间）。赖少其被国民党特务列入逮捕之黑名单。八路军办事处及时通知他，遂以桂林《救亡日报》

◎赖少其像

战地特派记者身份，和李夷（现名李艾阳）假扮为夫妻离开桂林投奔新四军。李夷原是陈闲（冯培澜）的学生，当时参加广西学生军，也向往革命。陈闲则是桂林进步文化人，时任中华全国文艺界抗敌协会桂林分会理事，与赖少其是朋友。经他介绍，赖少其与李夷同行，既了却李夷心愿，又可作掩护，助赖少其脱险，一举两得。为了迷惑国民党特务，赖少其沿途撰写了不少稿件在《救亡日报》上发表，有的还特地署上"本报战地特派记者赖少其"，如《访台湾独立革命党主席李友邦先生》[1] 9月18日写于金华。其中主要有一组杂记《走马日记》。

《走马日记》一共有九篇文章。之一《长途》[2]写于衡阳，写的是赖少其被迫离开桂林，晚上月光朦胧，车厢里拥挤不堪，坐到天明，不禁浮想联翩：

> 这样痴痴地坐到天明，并且看看日出。阳光呀！我看得那么清楚，当他突破黑幕从群山的彼方升起的时候，那简直是在挣扎！痛苦的战抖以微弱的"光苗"与庞大的黑暗之决斗，当然这时间是不会久的，欢跃的火轮便宛如胜利的欣笑夸耀着大地，这种欣笑是属于青年人的！一定的！

还写到军人在田地里帮农民抢收，认为"这不是上帝所赐与的，而是一个民族为了'抵御外侮'才能那样'精诚团结'的象征"。最后还提到他们躲避敌机的情景：

> 晚霞映着向日葵，车进入湘境了 …… 电灯光、暗、光、暗的闪了二下，全城的人都奔腾了，"警报，警报！" …… 茶房这样喊着。到那里去呢？连东南西北都分不清楚。结果便只好跟在人群后边乱撞。我们跑进了不知名的草原地带 …… 草丛中发着潮湿的泥土的气息，静候着敌机的到来。此时才感到"敌""友"距离的缩短。也许下一刻便要死去，一同死去，若果炸弹丢到我们头上。

1.载《救亡日报》1939年10月2日。

2.载《救亡日报》1939年9月10日。

之二《秋之阳》[3]写于浙赣线火车上，写沿途田野布满金黄的谷穗，联想到西班牙的风车美景，寄托对祖国美好未来的憧憬。看看车上各人的神态：

> 在我的旁边还坐着一位女士（按：指同行李夷），你知道的，我是再不描写了……在昏黑中到了吉安……旅馆却都给人住满了，好不容易找到宿舍。

之三《赣水之边》[4]写于金华，写乘汽车路遇敌机轰炸，"我不得不和我的女友踏着沙砾，躲藏到茂草之中"，还藏入河水中浸泡着，纹丝不动，最后警报解除了，才又乘汽车继续上路。

之四《宁都》[5]，内容是：

> 傍晚，汽车离城一百余公里高速开着，手电筒给震坏了，摸黑进到广场，因为这里是福建、浙江和湖南三地交汇处，流动人口拥挤，旅馆客满，唯恐今晚要露宿街头。在小挑夫的帮助下，终于摸黑找到一极其简陋住处。小孩，女孩子，女孩子的母亲，见到我们这两个新鲜而"好玩"的旅客，便勉强地答应了，不过，要住在楼上。有胜于无，只好住下。小小的菜油灯，更照出这周围可怖的现象来：蜘蛛网，与遍地的尘埃和鼠屎。常嗅到一股难受的臭味，起初极度骇慌，不是鼠尸或什么动物腐烂罢？但不敢移动小菜油灯，因为就是没有风，只要轻轻的一摆，也就很容易灭了。每一辗转便全楼作响，每一神经纤维都常在极度的紧张中。彻夜未眠，唯盼天明。

---

3. 载《救亡日报》1939年9月22日。

4. 载《救亡日报》1939年9月23日。

5. 载《救亡日报》1939年10月3日。

之五《银鹰》[6]写于金华，记赖少其所乘汽车司机的故事：司机乐观健谈，随车放着一张七弦琴，闲时便拿出来弹奏取乐，然却有着惨痛的遭遇。他原在交通兵团服务，奉命开车到江西来。不幸其在厦门集美的老家沦陷，房屋尽毁，妻儿只好逃难到漳州，可怜儿子病亡，妻子悲痛之余服鸦片膏自杀了断。临别时，司机"打开了他的皮夹，送给我们一对银鹰的指环，他并互祝再会之期，他的车子便开回头去"。

◎赖少其像，1939年9月中旬途经浙江金华时摄

之六《月华》[7]，从中秋节前的月华忆起母亲讲述"月华"（老家人说成"月和"）寄托美好愿望的故事，谈到每年秋收后乡里人爱搞念符咒、烧香催眠的迷信活动。文章开门见山写道：

> 人类若果没有传说、童话与梦，将是多么寂寞与单调，若果不是想象着追忆着明天与前天的事情，怎能不空虚的终了一生呢？出我的意想之外的是今年中秋之前我能来到江南，并且希望这几天会有一辆车子，中秋之晚可以到战场上去。

之七《金华》[8]（文缺，仅存目）。赖少其曾告诉我："到了金华，我马上去找邵荃麟，邵当时是中共东南局文委负责人，他安排我编《刀与笔》，数天

6.载《救亡日报》1939年10月15日。

7.载《救亡日报》1939年11月2日。

8.载《救亡日报》1939年11月14日。

后我交给万堤斯办，继续出发去找新四军。"

之八《兰溪》[9]写的是赖少其再坐上火车，从金华到兰溪，车上并不拥挤：

> 大家都品着香茗，全不像战时的紧张空气，倒是有点国难的"景
> 象"……这里满街满巷堆塞着货物，尤其是布匹和日用品之类的东西，你
> 很容易可以猜想到这是从什么地方来的……

文中又提到在车上"我的女友静静地打着绒衣"，还被人拉去观钱塘江
潮水，圆了儿时美梦，然又顿感：

> 人生之旅程的孤寂，我索性告退了友人，独自彳亍于沙滩之中，踏着
> 月影作无休止的玄想——过去，现在，将来如珠联的冲击着脑海……年
> 青人有着多么大的幻想啊！此种惊人的热力，世界上若干光华的事业正出
> 源于它呢！

最后"看那昏暗中渡江的炮车，马队，悲壮而激越的行列"，心潮激荡
起伏！

之九《青弋江上》[10]（青弋江在安徽）写道：

> 到了太平（按：即现之黄山区的主体范围），眼前是一片破败景象：太
> 平给敌机炸得仅剩下颓垣残壁了，在太阳光的照射里，犹见亭亭危立，那
> 深深地印烙着的黑影，更觉其孤凄寂寞呀。公园里茂密的树林，已是蔓草
> 没茎，图书馆也变成卫生所了。

鉴于特殊的地理位置（当年新四军兵站即设在青弋江边的竹林里）和为
了避开国民党宪兵盘查，方便前进，经安排，赖少其和李夷"便坐在竹筏

---

9. 载《救亡日报》1939年12月2日。

10. 载《救亡日报》1939年12月5日。

上，顺着水流渐渐向下，一共是三个竹筏，二个是装满子弹的，中国的奇妙的游击战，便是这样利用了'地利'去制约他的敌人最新式的武器"，"江的周围满是崇山峻岭，又无可通机械的公路，敌人的机械化武器，因此也就只有沉之于江河一途而已"。竹筏在黑暗中缓慢驶行，"饥饿与寒冷相继而无情的袭击着"，"舟子便在三步一进，二步一退的莫辨前路中，有时撑杆，有时又不得不把走错了水道的竹排拉了回来"，约二更鼓可达×××（赖老后来对我说过：他们经章家渡上岸后，再骑小驴子到泾县云岭新四军军部）。

由此可见，赖少其和李夷历时三月，辗转广西、湖南、江西、浙江、安徽五省，好不容易才抵达新四军驻地。而与李夷同甘共苦的日日夜夜，更在其心中播下了爱情的种子，让他念念不忘。他曾告诉我，每次他都把写好了的《走马日记》给她看，两人关系密切，但未谈恋爱。和李夷到了屯溪前一站岩寺[11]：

> 我一到便被三轮车"工人"接走，我们终于分手。到了岩寺敌人便不敢抓我。我当时是穿着国民党军服去的，军部还开欢迎会接待我。我和骆宾基、林淡秋在一起，后被安排到军政治部文艺科工作，李夷则分到新四军战地服务团。而后我要求上前线，被安排到三支队五团政治部任股长，两人见面机会不多。有次她找我诉说有个"青年领袖"在追她，心中很苦闷。不久，女作家罗涵之[12]告诉我真相，说李夷在暗恋着她的上级、军部民运队长（负责党组织宣传工作）张祖尧，我深受打击。事后他们真的成婚。当时我已是团宣传教育股股长，属营级干部。听后我怒不可遏……

每谈及此，赖老显得既兴奋又有点惆怅。张祖尧在皖南事变中不幸壮烈牺牲，赖老也被捕关入国民党上饶集中营。新中国成立后，赖老从部队转业

---

11. 赖老特地在我本子上注明："屯溪，当时第三战区司令长官所在地。岩寺，此地有新四军兵站。"

12. 罗涵之，江苏溧阳人，又名方晓，现名菡子，作家。1921年生，1937年11月投奔新四军，历任民运组长、团战地服务队队长、《前锋报》编辑、淮南大众报社社长兼总编等职，新中国成立后曾任华东妇联宣传部副部长，中国作协创作委员会副主任，安徽省委宣传部农村宣传处处长，《收获》《上海文艺》编委等职。

到地方工作，任南京市委宣传部副部长，组建南京市文联，接着又任华东文联秘书长兼上海市文联副主席。李艾阳则任南京市作协副秘书长。他们一直有联系。赖老也曾几次提及李夷，说"李夷是我的第一个爱人"，并把"李夷（艾阳）"四字写在我本子上，嘱我向她进一步了解详情。

334

1991年8月9日，我专程前往南京拜访李艾阳。表明来意后，她首先介绍她的基本情况：

> 老家在广西博白县，原在南宁读初中，1936年去桂林读高中，读到高三，参加广西学生军。我的堂兄李育筹，在广西审计局工作，热心学生运动，1938年投奔延安。在其影响下，我也向往到延安参加八路军。陈闲，原名冯培澜，是我的中学老师，又是我的表姐夫。当时，经他介绍便与赖老同赴新四军。我原名李毓娴，到新四军后改名李夷，现名李艾阳。

她"否认"和赖老以假夫妻名义前行，她说：

> 我当时才十七八岁，比赖老小几岁，我把他当大哥哥。也不想谈恋爱。而经同路一起生活了三个月，对他顿生敬爱之情。我性格虽比较开朗，但较腼腆，未敢说出。

又说："当时我带去一只手镯，路上当掉两人共用……"看来他们的感情还是比较深厚，不同的是赖老比较直白，李老较为腼腆而已。

少其來函

我，此時的心情，真是難以形容，我懷念着你們。可是，新的力量緊緊拉着我，朋友，我不能回到你們當中。就在明天，我要到最前線去工作，我用一個囹圄的教育，我用着怕和歡躍的心情去接受這新的工作。

我怎麼能走呢？這裏的領導者，對我如此的愛護，他們看重一切的藝術工作者，也幫助他去發展。不但我來時開歡迎會，就是曉得我家交難的時候，首長親自打電報去慰問我的家屬，不管我的經費如何困難，為了使我無後顧之憂，提給我匯了一百元回家。但不幸的事情並無了結，接着我的母親人逝世了，這真時震動着我的心坎！

戀愛在此，實在不適宜，雖然此間領導者，對我們極關懷的，也希望我們能以好的生活，但由於工作部門的不同，加上環境的艱困，尤其她久在前線，活動的緊張當中，所以一切親愛感到難解，這是不難想到的。而此一年來，由於工作不能集中，也同樣牽掛到她的進步。現在這一點，我們祇好分別，雖然痛苦，但是，能尋得真正安慰我者，我也深切的感味到，戀情向藝業的熱流中。

時代既在如此快的激進，我自愧久繫在辦公室中，實在不是辦法，而雖際上，也與自殺無異，我自此決定暫時放下刻刀，深入戰鬥的環境中，作二三年的苦鬥。和我們的部長當不肯我們一樣做，但把我解釋之後，他們也認爲我的見解，一個有遠大前程的藝術工作者，不深入羣衆，參加鬥爭，是很危險，也無前途的。

以後，工作一定萬分的忙，因爲我既是一個囹圄的教育負責者，一定有很多事了解，學習做。木刻雖無可能，但我一定要把鬥爭的故事點滴漸成文學，你能給我找關係否版變？

◎《少其来函》，载《木艺》1941年第2期

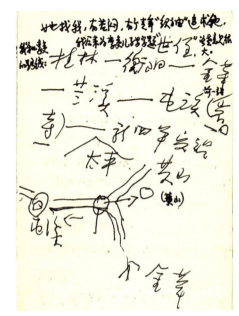

◎作者采访赖少其笔录，大字为赖少其所写，1990年5月1日于深圳竹园宾馆

综上所述，《走马日记》这组文章，除了记录赖少其离开桂林、弃笔从戎奔向新四军的心路历程和由此擦出的初恋火花，还描写了抗战期间大后方的众生相，揭露了日寇滔天暴行，具有可读性，有一定的历史价值，弥足珍贵。

赖老与李夷间的感情究竟发展到何等程度？我们不妨看看他抵达新四军部队一年后给桂林《木艺》编辑部的《少其来函》[13]，内中提道：

> 恋爱在此，实在不适宜，虽然此间领导者，对我们极为关切，也希望我们能以好的生活，但由于工作部门的不同，加以环境的关系，尤其她久在前线，活动于群众当中，所以一切观感都会转变，这是不难想到的。而此一年来，由于"自作多情"的挂念，使我的工作不能集中，也同样影响到她的进步。现在为了这一点，我们只好分开，虽然苦痛，但是，能够使

---

13. 载《木艺》1941年第2期。

真正安慰我者，我也深切的意味到，应转向群众的热流中。

这里赖少其已写得再直白不过了，那就是，为了抗日救亡，为了革命斗争，他们只能暂时割爱，小我服从大我。问题是这里的她，当属于谁？《木艺》创刊于1940年11月，到第二期出版时相隔一个多月，由此可推断赖老的信应该是写于是年11月至12月间。那么，信中所说的"一年来"，应指到了新四军部队至写信的时间，他热恋的对象自然是一路以"夫妻"名义，与他三个月同舟共济投奔新四军的李夷。这也就印证了赖老多次向我提到的"李夷是我的第一个爱人"了。

鲁迅的回信

赖少其卓著的革命功绩和艺术成就，与鲁迅先生的关怀密不可分。其人生历程尤其在创作道路上，有幸得到鲁迅先生对他的教诲，人生观发生了根本的变化。赖少其每念及此，都显得格外激动，对鲁迅先生充满着异常崇敬、感恩之情。

赖少其对鲁迅先生的大名景仰已久，但真正聆听鲁迅先生教导，则始于1932年他入读广州市立美术学校之后。他和班主任李桦等人成立现代创作版画研究会，出版《现代版画》，热心进行版画创作，他们极盼能得到鲁迅先生的教导。1934年冬，由李桦执笔写信，向鲁迅先生汇报他们现代创作版画研究会的创作活动和广州开展版画活动情况，并附上他们展出过的部分版画作品，请鲁迅先生给予指导。信发出去后，他们本以为伟大如鲁迅先生这样的人物可能不屑一顾，殊不知鲁迅先生在收信当晚（1934年12月18日）即刻复信。众人万分兴奋，争相传阅，备受鼓舞。赖少其很想鲁迅先生对自己的创作提出宝贵意见并指明前进方向，他想单独向鲁迅先生写信。出于对鲁迅的高度崇敬，赖少其决定刻一幅版画作品来表达自己的激动心情。此时，鲁迅正是国民党反动派文化"围剿"的对象。关于鲁迅的文艺作品，稍微"过激"一点的就会被查禁，因此，这幅版画既不能直接用颂扬的文字，也不能专刻鲁迅先生的头像。经过思考，赖少其决定以鲁迅和黑暗势力进行斗争的有力武器，即笔、书、墨水和灯，作为画面的主体。最后构思画面是这

◎赖少其《静物》，1935年

样的：在墨色的背景中，一本翻开的厚书上放着一只墨水瓶，书的右下部是一支老式的鹅毛笔；翻开的书的左页上，是一幅木刻作品，右页上用简笔描绘几个向前搏杀的古代武士；妙的是，书的右边，以粗细不一的线条表现了一盏油灯发出的万丈光芒；更妙的是，几乎全黑的墨水瓶的正面，雕刻了鲁迅先生的脸型，看起来像是贴在墨水瓶上的一张装饰图案，不经意的人会认为是一个商标，而明眼人一看就知道是鲁迅先生的头像。赖少其将这幅画含蓄地取名为《阿Q正传》，为避嫌，发表时易名《静物》。

此时，日军的铁蹄开始肆无忌惮地践踏中国的土地，耳闻目睹到处是战火硝烟；而爱国的抗战行为却受到扼制，革命者正在惨遭杀戮。赖少其顿感愤慨苦闷之际，遂于1935年5月28日把自己编写的《创作版画雕刻法》（由上海形象艺术社出版）一书和诗配画《自祭曲》、小说稿《刨烟工人》及《阿Q正传》《债与病》《青春》《枷锁》等七幅木刻作品寄给鲁迅先生，并向鲁

◎ 赖少其《创作版画雕刻法》, 1934
年上海形象艺术社出版

◎ 赖少其《诗与版画》, 1934年

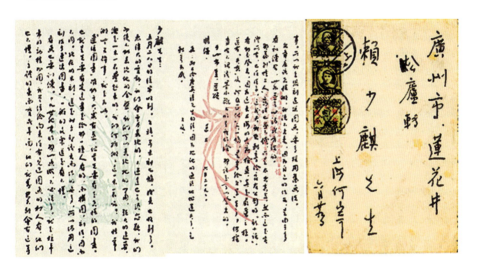

◎ 鲁迅复赖少其信, 1935年6月29日

迅先生倾诉苦闷心情, 热盼其能给自己指明方向, 还请教怎样才能写好文
章。鲁迅先生不仅即刻复信, 而且耐心解答问题, 指出"巨大的建筑, 总是
一木一石叠起来的, 我们何妨做做这一木一石呢", 还亲自把《刨烟工人》
《阿Q正传》等送给刊物发表。这对赖少其来说, 无疑有受宠若惊之感, 他
得到了极大鼓励, 尤其是"一木一石"精神, 成了赖少其毕生座右铭。之后,
他还收到鲁迅先生四封回信, 这些被视若至宝的教导, 成为其日后珍贵的精

神食粮，使他终身受益。这五封信均收入《鲁迅全集》中。据新中国成立后出版的《鲁迅日记》统计，在鲁迅日记中，关于赖少其的记录有23次之多，鲁迅直接与赖少其的通信有6次，在《鲁迅日记》中刊有5封（其中1935年5月20日的信遗失）。

赖少其1991年6月1日所作《鲁迅先生给我的教育》一文极具史料价值，全文如下：

我的斋号叫"木石斋"，常常有人问我："什么意思？"我说主要是根据鲁迅先生的教导，开始叫"一木一石之斋"，因字太多，才改为"木石斋"。1935年6月29日接到鲁迅先生的复信，他在信中说："太伟大的变动，我们会无力表现的。不过这也无须悲哀。我们即使不能表现他（它）的全盘，我们可以表现它的一角。巨大的建筑，总是一木一石叠起来的，我们何妨做做这一木一石呢？"1988年，我到北京邵宇同志家，他送我二块石，据说是"一亿年以前的木头，现已化石"。我到广州，请雕塑家用金钢（刚）钻刀刻了"木石斋"三个字于其上。

为什么？鲁迅先生在1935年6月会向我提出上述的问题呢？

1935年（按：应为1936年），苏联高尔基刚刚逝世，人们称鲁迅先生为"中国的高尔基"，我写了一篇很短的"小说"，名叫《刨烟工人》。内容主要是说：我认识这个工人，他被国民党杀害了。时代是很伟大的，但我没有办法表现它，很"悲哀"。我们给"中国的高尔基"鲁迅先生写信，是没有想到他会复信的。但出乎意外，不仅复了，还把《刨烟工人》介绍到《良友》小说丛刊上发表。1975年我在北京见到先在革命历史博物馆预展，准备到日本展览"鲁迅先生对中国新文化运动的业迹"，真真没有想到，我和萧红同志的"手迹"也作为鲁迅先生培养青年的事迹陈列在玻璃柜里。其欣喜之情，是可想而知的。经过商量，让我看了"原稿"，才知道是五彩"复印品"，连钢笔字因墨水而退色也表现出来。使我奇怪的是，伟大如鲁迅先生的墨迹有人会"保存"下来，像我们当时不过是一个不知名的"小子"，我的笔迹也有人保存？我想这完全是因为这篇"小说"是鲁迅介绍的缘故吧？

1930年[14]，我便考入"广州市美"，李桦先生只大我六岁（按：应为八岁），是我们的班主任。由于他的带头，在我们同学中（主要是同班同学）组织了"现代版画研究会"，我是同学中的积极份（分）子。李桦先生的夫人原是画家，刚好去世。我经常到他家里吃饭。他几乎全身心投到版画中去，他不仅自己刻木刻，还带领学生刻，他家里就像一个仓库，堆满从佛山买来的"草纸"与印有木刻的"色纸"，恰好装饰雕塑家郑可先生从法国学成回国，他为我们设计"封面"，当我们把手印本《现代版画》寄给鲁迅先生时，他十分高兴，不仅给我们写了很多热情的回信，还把《现代版画》介绍给日本。我曾在《读买（卖）新闻》中见到一条消息，在我的名字上贯（冠）以"画伯"之称。没有想到，鲁迅先生所介绍的中国青年木刻家，不过是二十岁左右的人，怎能称得上"画伯"呢？

我家乡是普宁流沙。大革命时期，彭湃同志曾以"大南山"为根据地，流沙恰好在大南山脚的盆地上，周总理"八一"在南昌举行"起义"，他所率领的一支起义军，便在流沙开过最后一次"作战会议"。我当时才十岁左右，祖父还在世，他原是挑贩，把普宁平原地区的什货挑到陆丰新田贩买（卖），又把新田的山货挑回普宁平原地区贩买（卖）。到我父亲时代，因经常流动不便，便在新田这个地方开了一个小店"春利"住下来，因此，我小时便经常从流沙到新田，以后我又是陆丰"龙山中学"的学生，我长大以后，认识陆丰的人比普宁的多。大革命时期，彭湃同志领导中国农民革命，新田是第一个建立苏维埃的地方。我几乎参加了全过程。但是，因文化修养差，写不出来，因此"很悲哀"。鲁迅先生对于像我这样的青年，还加以鼓励，使我慢慢觉醒过来，知道悲哀是没有用的，只有斗争与反抗才能找到出路。我写过《自祭曲》，意思是让它死掉吧！这是鲁迅先生给我的教育，使我振作起来。

鲁迅先生在当时，环境是很恶劣的，生活也很苦，五十多岁便因肺

14.有误，应为1932年。

病不治而逝世。在三十年代初期，当他发现广州尚有一群青年继续在搞木刻运动时，恰好杭州、上海的木刻青年，木刻组织被国民党特务破坏，有的被杀害，有的被吓跑，有的被重关进监狱。因此，他常常语重心长的（地）告诫我们，作为一个青年木刻家，应提高素描的基础，不要过早暴露自己"左"的思想。又说：现在木刻已在社会上"立住脚"，就应该妨（防）右，不要像话剧初期，因演"文明戏"而变成油滑。这种既妨（防）"左"又妨（防）右的教训，鲁迅先生是得之于青年血的教训的。我们在解放以后，经常重复鲁迅先生早就告诫我们不要重犯的错误，现在想起来，是十分沉痛的。现在又轮到我们对青年说这翻（番）话了，希望不要再重犯我们的错误。看来，不经过血的教训是颇难的。

1991年6月1日于广州

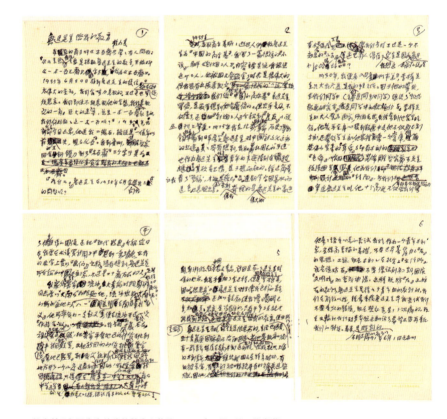

◎赖少其《鲁迅先生给我的教育》草稿，1991年6月1日，**作者藏**

赖少其在《厦门大学缅怀鲁迅先生》（1983年春）一文中，在缅怀鲁迅先生之余，重温鲁迅先生的这一教导，并题诗曰：

> 宝剑有光绕指柔，横眉冷对不低头。
>
> 若闻青年遭横祸，蜡烛有烬泪不休。
>
> 自比贾谊作迁客，最恨极左变极右。
>
> 历史一去不回返，血迹斑斑留千秋。

1936年7—10月，由广州现代创作版画研究会主办，李桦、赖少其等筹备的"第二回全国木刻流动展览会"从广州先后移到杭州、上海展出，10月8日在上海的鲁迅先生抱病前往参观，并和部分青年木刻家举行座谈会，对新兴版画运动做出了精辟见解。赖少其虽身在广州，但获悉此情形后，心里倍感温暖，认为能遵循鲁迅先生的教导，以实际行动办好这次画展，且得到鲁迅先生亲临指导，真是莫大的荣幸！10月19日，鲁迅先生不幸逝世，噩耗传来，举国同悲。赖少其悲痛之余，决心化悲痛为力量，继续沿着鲁迅先生指引的方向奋勇向前！赖少其泪痕未干，便立即参加由广州地下党发起组织的读书会和现代版画会举行的追悼鲁迅先生大会，并撰文在《追悼鲁迅先生特刊》（1936年11月8日出版）上发表，题目为《兄弟，我们要从悲哀中清醒起来》。全文如下：

> 兄弟，我们要从悲哀中清醒起来！谁不知道鲁迅先生之死是人类最大的损失？但这损失，能以悲哀换回么？不，不！永远是不可能的。
>
> 兄弟，我们要从悲哀中清醒起来！我们要理智地去接受鲁迅先生的教训，更要坚决地踏上斗争的途程；看吧，鲁迅先生之死于什么？不是把全部的精力去应付险恶的环境么？就是他最后一刻的，不是同样的挣扎着？所以，若果我们只知道悲哀，而忘记他生前给我们的暗示，那简直是有意逃避现实，不但不配追悼伟大光荣的鲁迅先生，实在是一种罪恶：这罪恶反而沼（糟）污了你所敬慕的巨人。

兄弟，我们要从悲哀中清醒起来！中国的环境是一天比一天的恶劣，人民大众的生活是越走越入于险境，相反的，汉奸的卖国却比从前聪明了许多。我们的导师未死以前，还有人来策励、奋勉、领导我们，现在，不得不自己来摸索了。我们想到这里，我们非常战抖；但同时我们也就更加勇敢了！因为我们同是奴隶，同是奴隶！我们的颈上架着千斤的锁链，处在这暗无天日的狱里。

兄弟，我们要从悲哀中清醒起来！我们要紧紧的拉着手，自动的组织成为一个坚固的集团，空前的筑起广州——全国——文化界救亡阵线！并喊醒一切的奴隶们，也赶快组织起来！这样，我们一面忍痛追悼鲁迅先生，一面破涕庆祝民族解放运动最后的胜利！！

赖少其说到做到，他从悲哀中清醒起来，面向社会，为赢得民族解放运动的最后胜利，不遗余力地奔走于抗日救亡宣传战线上。1937年10月，他和现代版画会同仁积极筹办"抗战木刻展览"，会后由他再添加部分抗战漫画，独往梧州、柳州、南宁等地巡回展出。1938年4月1日，到武汉参加由周恩来任副部长、郭沫若任厅长的国民政府军委会政治部第三厅艺术处美术科，绘制大型抗日宣传画，参加战地服务团上前线宣传鼓动工作。1938年6月12日在武汉参与组建中华全国木刻界抗敌协会，任理事。是年冬，在桂林组建木协桂林办事处，和刘建庵、黄新波一道领导桂林抗战版画运动。1939年2月21日写于桂林，发表于《文艺阵地》1939年第3卷第2期的《木刻运动的发展》，全文五千多字，共分六部分，其中第二部分是"鲁迅先生与现代版画会"，深情缅怀起鲁迅先生当年对广州现代版画会的关怀与教导。1939年7月15日，木协总部从重庆迁到桂林，由李桦、赖少其、黄新波、刘建庵负责，立即筹办纪念鲁迅先生逝世三周年"鲁迅木刻展"，由他们四人联名在《工作与学习·漫画与木刻》第5期上发起该木刻展的启事，具体由赖少其和刘建庵负责。这是鲁迅先生倡导的新兴版画运动的一份重要文献，根据赖少其与鲁迅先生的紧密关系和真挚感情，加之此刊又是赖少其负责编辑、发行，且当时一般执笔者都较谦让，往往爱把自己名字署在末尾，故我们有理由推测此文可能为赖少其所作。该文题为《纪念鲁迅先生逝世三周年"鲁迅木刻展"征求中国、外国、古代、民间木刻、文献及纪念文字》：

"木刻之在中国流行，不能不归于先生的号召。其始朝花社出木刻选集五册，使社会一新耳目，《奔流》等刊物亦起而介绍，一时风起云涌，几乎每种刊物，非有木刻不显进步。先生又举行几次木刻展览会，开办过夏期木刻讲演会，一时人才辈出，大有可观了。"(《鲁迅和青年》——景宋）

中国木刻之发展，就是这样由鲁迅先生一手培植，鲁迅先生曾给与木刻很大的希望，我们今天从事木刻运动的同志应该怎样来纪念鲁迅先生呢？

中国的木刻还在幼芽的时代，还在和艰苦的环境斗争的时代，不幸得很，木刻的播种者和保姆的鲁迅先生便离开了他的后辈长逝了！这使每个木刻青年比任何人都更悲伤！但自从先生逝世后的三年中，由于先生的手泽，由于时代的需要，由于各方前辈的帮助，和木刻作者本身不断的努力，中国的木刻确已渐渐壮健起来，坚强的站在这土地上 —— 作为今日抵抗日本帝国主义的一枝（支）生力军！这些，使每个中国的木刻青年，在永常的哀悼先生中，稍微得到一点安慰。

在这三年中，却有三分之二的时间是祖国争取自由独立的艰苦奋斗，很庆幸的中国的木刻青年还能接受先生的遗志，不管怎样稚弱，忠诚的参加祖国光荣的抗战，并且虚心的学习着一切战斗的经验，木刻青年的足迹几乎遍及全国：每个战场，不分前方与后方，由于扩大这个运动与影响，曾经 —— 正在训练着更多的朋辈，我们所知道的有：武汉、西安、延安、香港、桂林……有过训练班的组织。在今天我们已可预料到木刻在最近的将来会有光辉的发展。

为着了表现木刻青年对于先生信仰的忠诚，以及他们三年来是怎样奋斗着，所以我们拟在今年十月十九日先生逝世这一天，来一个成绩的总检阅，以工作来报答先生，不但是每个木刻青年所应有的努力，也是先生最大的希望。同时在这空前的展览会中，也不仅是纪念鲁迅先生，而（且）

是抗战宣传最好的办法。

木刻到了今天，虽已有了进展，但每个同志都不应该引以为"满足"，还应该锻炼与学习，尤其是互相观摩，在这样一个展览会中一定可以达到的。但为了使中国木刻更加丰富与急速的发展起来，所以我们也希望这个展览会能有外国的木刻、中国古代的木刻，以及民间木刻参加，这是非各界热爱木刻的先生们给我们最大的助力不可的！

亲爱的木刻同志，爱护木刻的先生！对于我们这个小小的意见，一定能够同情的。因了交通不便，与时间的关系，未能先普遍的征求各地同志的意见，所以暂由我们负起这个筹备的责任。至于以后展览的办法，希望各地同志能有更切实的指示，又因为多数地址非常流动，以致无法通知，尚希同志互相转告，使这次的展览会有超过预期的成果！

敬礼！

全木协会桂林办事处：李桦、新波

启

鲁迅木刻展 负责人：建庵、少其[15]

"鲁迅木刻展"如期于1939年10月19日在桂林隆重开幕，共展出作品400多幅，分为外国、中国古代（包括民间）、现代三部分，观众踊跃，轰动一时，展期延长。连日本人也不禁惊呼：

一九三九年，在桂林举办七七纪念木刻展和鲁迅先生逝世三周年纪念木刻展。对于中国的木刻而言，桂林是个难忘的城市！[16]

虽然此时赖少其为逃避国民党特务的迫害，离桂投奔新四军，但画展的成功与他前期的精心筹备是分不开的。

新中国成立后，赖少其仍念念不忘鲁迅先生的教诲，分别撰写了《鲁

---

15. 载《工作与学习·漫画与木刻》1939年第5期。

16. 土方定一：《中国的木刻》，载《中国现代木刻选》，香港天地图书有限公司，1977。

迅先生与共产党人》《鲁迅引导我们前进》等文（后收入赖少其著《文代归来》），号召国人继续发扬鲁迅先生的战斗精神，努力建设好新中国。1955年至1957年出任上海市文联副主席和上海美术家协会副主席、党组书记时，他发起和李桦、力群、郑野夫、杨可扬等主编《版画》，由上海人民美术出版社出版，有力推动了全国的版画创作运动。

赖少其在抓"新徽派版画"创作的同时，无忘鲁迅先生对我国新兴版画运动的倡导，继续推动全国版画运动的发展。1980年4月，他在安徽省委的支持下，策划与发起解放后第一次全国版画家盛会，邀请了李桦、古元、力群、华君武、王琦、彦涵、杨讷维、李少言、张望、吴凡、李焕民等60多位著名版画家和文艺家在黄山举行笔会，并商议成立"中国版画家协会"。经过无记名投票方式，选举李桦为主席，力群、赖少其、古元、彦涵、王琦、李少言、沈柔坚为副主席，确立了"中国版画家协会"领导机构。1996年，他荣获版画界中国政府最高奖"鲁迅版画奖"。这是对他几十年来从事新兴版画事业的肯定。面对奖杯上的鲁迅先生塑像，赖老凝神细望，沉入遐思，或许此刻他又想起了伟大的启蒙导师鲁迅先生的教导！

『门神』抗战

赖少其抗战期间曾先后两次到过桂林。头次是在1937年11月，他从广州带一批抗日漫画木刻到广西展出，宣传抗日，并在桂林画界举行讲座。后因刊文批评广西当局，遂被"礼送出境"。第二次是翌年秋广州沦陷，他再度来桂。

关于头次莅桂，赖老是这样说的：

"七七"卢沟桥事变爆发后，举国上下抗战情绪空前高涨。约在8、9月间"中国抗日漫画展览会"先在上海展出，再到广州，我们增加了些木刻展出。10月展出后，由我带到梧州、南宁、柳州、桂林巡回展出。到了桂林展出时，我见到了学生军，发现其中有不妥之处，便写了文章在广州张鄂编的刊物上发表。那时我还应邀留在桂林讲课，人未离开，刊物已到，得罪了桂系，被"礼送出境"，到了武汉参加三厅美术组工作。后又回到广州。翌年秋广州沦陷，我再度来到桂林。[17]

这次展出，影响很大，全国各地报刊先后跟踪报道。远在武汉的《抗战漫画》[18]在其创刊号（1938年1月1日）上特地报道"曾在广州举行抗敌漫画展刻

17. 1990年4月29日笔者在深圳与赖老谈话的记录。

18.《抗战漫画》为半月刊，由漫画宣传队编，中华全国漫画作家抗敌协会出版发行。

已由赖少其携往广西梧州、桂林等地展出"，并附有两张梧州展览的照片。该刊第二期（1938年1月16日）又在《抗战以来之全国漫画运动》中指出：

> 抗敌漫画展于去年11月12日起先在梧州红十字会连展三天，由赖少其负责筹备。梧州之展完毕，再至南宁、桂林等地展览。画展以来，一般人士的抗敌情绪提高了不少⋯⋯大半是两粤同志们共同努力的结果。

《广西日报》1937年12月11日报道：

> （3日电）全国漫画作家协会作品，于昨2日在南宁博物馆展一周⋯⋯漫画、国际漫画、木刻、连环木刻、连环漫画，共300多幅。

12月19日报道"第一次全国漫画展览16日起在柳州举行"；12月22日报道"第一次全国漫画展览已由赖少其君于20日运抵桂林，元旦展出，300多幅，⋯⋯赖少其发表讲话"；12月27日报道"桂林文艺界昨茶话会欢迎全国漫画作家作品来桂举行展览"；12月31日报道"全国漫画展览明日在桂林初中举行"；1938年1月11日报道"全国漫协代表赖少其携在桂展品，到桂林高中展览，并对学生讲述有关漫画等问题"。由此可知，赖少其负责巡回展览的名称应是"全国抗敌漫画展"，时间应在1937年11月至1938年1月[19]。

伟大的抗日战争全面爆发后，新兴木刻运动发挥了巨大的战斗作用，成为打击敌人、鼓动士气的有力武器。1938年6月12日，中华全国木刻界抗敌协会率先在汉口成立，赖少其任理事。是年底，木协桂林办事处成立，由赖少其、刘建庵等负责，并设计会徽。以往有关出版物所载的会徽，均未注明何人设计。1987年我在一次访问赖老时，他谈到木协会徽系其设计，并画给我看，我对照已刊的会徽，分毫不差，现补充说明。又谈到木协的创建过程，他顺便提及木协桂林办事处成立后的第一件事便是举办抗战木刻展。在

---

19. 李桦等编《中国新兴版画运动五十年》中的《中国新兴版画运动五十年大事年表》所记名称与时间应有误。

赖少其等人的努力下，1939年元旦，在桂南路副爷巷妇女工读学校举办了全国抗战木刻展览，展出作品200多幅。但展出不久，即遭敌机轰炸。赖少其以愤懑之情写下了《火中的木刻》一文[20]，强烈控诉敌人的罪行，指出："火是烧不完我们的"，桂林的木刻家"有的是手臂，力与热"。在赖少其等人的努力下，大家又创作、搜集了一百多幅作品，于1939年2月19日至21日，在桂林市中心十字街口展出，轰动一时。

1939年7月15日，木协总部从重庆迁至桂林，由李桦、赖少其、黄新波、刘建庵等负责。为纪念鲁迅先生逝世三周年，由赖少其、刘建庵负责筹办"鲁迅木刻展"。

除了以木协名义积极举办抗战画展外，赖少其还精神饱满地筹办木刻刊物，继续为新兴木刻运动鼓与呼，推动抗日文化运动。其中影响最大的为《救亡木刻》和《工作与学习·漫画与木刻》。

《救亡木刻》为《救亡日报》（桂林版）的美术副刊，赖少其任主编。1939年2月21日创刊，为十日刊，占《救亡日报》整个第四版，8开。1939年5月11日终刊，共出九期，第九期改为《救亡漫木》。内容主要有木刻作品、理论文章和全国漫画木刻运动信息。作品题材广泛，形式多样。理论导向正确，能紧密联系抗战实际。所登的"艺坛简报"和"画家来信"，较及时地介绍了全国抗战美术运动状况和画家创作动态，为我国抗战美术史留下极为珍贵的资料。

《工作与学习·漫画与木刻》1939年5月16日在桂林创刊，半月刊，16开本。共出六期，于1939年8、9月间停刊。由桂林生活教育社的刘季平任总负责人，赖少其任发行人，赖少其、黄新波、刘建庵等任编辑。撰稿人以中华全国木刻界抗敌协会和军委会政治部漫画宣传队的同志为主。内容分为文字版和图画版两部分。文字版主要刊登关于漫画木刻的理论、知识和动态文章。这对于当时还处于萌芽状态中的漫画木刻工作者和爱好者提高创作技巧和欣赏能力，大有裨益。"漫木"同人的《给漫木同志的一封公开信》（第

---

20. 载《广西日报》1939年1月19日。

1期），赖少其、艾青、叶浅予、黄新波、李桦、沈同衡等24人署名的《中国绘画工作同人致苏联同志书》（第2期），由中华全国木刻界抗敌协会桂林办事处主办、赖少其与刘建庵负责筹办的"鲁迅木刻展"征稿启事（第5期)等文，更是我国抗战美术史和现代美术史上重要的历史文献。

《救亡木刻》和《工作与学习·漫画与木刻》是桂林抗战木刻运动中的重要刊物，在我国新兴木刻运动中也是难能可贵的。赖少其在编辑出版工作上贡献突出，深得大家好评。李桦生前就曾在接受我的采访中多次肯定赖少其的成绩。茅盾在重庆主办的《文艺阵地》上特发表署名"锡金"的文章，充分肯定了《工作与学习·漫画与木刻》，称：

> 能看到四本这样的刊物，真遏不住心中的欣喜。这是两个预定要出版的刊物合并出版的，混合编制，不抹杀任何一方面的相对独立性，而且求得了两者的有机的统一……切实，丰富，这刊物已足够教我们欣喜，这是表现了我们的抗战建国的文化工作一步步在坚实和进步。[21]

文章还表彰《工作与学习·漫画与木刻》发表了许多优秀木刻作品，"如《每当船过海面》(特伟画，少其刻)"等。

赖少其致力于桂林抗战木刻运动，辛勤耕耘，刻苦创作，在短短的时间里，便发表了一批战斗性强、艺术性较高的木刻作品。据我的初步统计，仅在其主编的《救亡日报》副刊《救亡木刻》和《救亡漫木》上便发表了《朝鲜抗日高潮图》《母与子》《敌人在发抖了》《朝鲜的兄弟们在艰苦的斗争着》《日本鬼，你别走！》《中华民族的好女儿》《东北同胞的怒吼》《丈夫战死在中国》《汪精卫自毁其前途》《剪断敌人与汪逆的阴谋》《汪精卫装腔作势，丑态百出》等作品，并与廖冰兄、刘建庵、陆志庠等集体创作了《救亡木刻纪念五一专页》20多幅漫画木刻。

在《工作与学习·漫画与木刻》上发表的作品则有：《我们的对策：是正

---

21. 锡金：《漫画与木刻——工作与学习》，载《文艺阵地》1939年第4卷第2期。

352

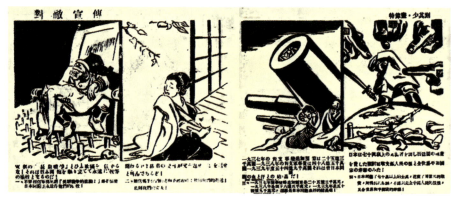

◎特伟画、赖少其刻《对敌宣传》，载《工作与学习·漫画与木刻》1939年第3期

◎（左）刘元画、赖少其刻《张伯伦何时才会觉悟！》，载《工作与学习·漫画与木刻》1939年第2期；（右）特伟画、赖少其刻《孤独者》，载《工作与学习·漫画与木刻》1939年第3期

规军配合游击队包围敌军，促进和平阵线包围敌国！》《国民公约全图》《消灭汉奸败类，准备总反攻》《不知收场》《汪精卫的"救国"，救的是日本，不是中国！》《汪精卫想用和平的圈套来催眠中国民众，可任日本宰割！》《扑灭破坏团结的毒虫！》《献给"七七"的礼物》《以为你回来了》《人类的耻辱》《中途的悲哀》《放火自焚》《我为什么不死在战场上？》《大地的咆哮》（6幅

◎ 陆志庠画、赖少其刻《汪精卫的"救国"，救的是日本，不是中国！》，载《工作与学习·漫画与木刻》1939年第2期

◎ 特伟画、赖少其刻《禁止标贴！》，载《工作与学习·漫画与木刻》1939年第2期

连环木刻）、《女种田男当兵》《血书》《漫画宣传队响应桂林市民疏散宣传专页》（10幅，陆志庠、特伟等作，赖少其刻）。

仅这两个刊物上发表的木刻作品，就可以让大家清楚地看到赖少其勤奋的程度，他甚至多日同时发表多幅作品，如1939年7月31日当天便刊登17幅作品，在当时木刻条件十分不便的情况下，这是多么艰巨的创作，多么惊人的速度，多么坚强的毅力！

在赖少其的抗战木刻作品中，广为传播、影响最大的是《抗战门神》。"门神"，是我国历代劳动人民辞旧迎新、镇宅驱鬼的一种年画。怎样改造"门神"，利用民众喜闻乐见的民族形式，赋予宣传抗战新的内容，便成为木刻家赖少其的主要研究课题。他在广州广泛搜集全国各地的"门神"，潜心钻研。广州失陷后，他甫到桂林便反复琢磨，借鉴《状元游坊》门神形式，创作出了《抗战门神》。画的上方为雄姿英发的武装战士，骑着壮实的战马，胜利归来，旁边是沉甸甸的麦穗，象征着太平盛世，五谷丰登。下方则是一群披红挂绿的孩童，举着"庆祝抗战胜利"横额和彩旗，点燃鞭炮。画面洋溢着胜利的喜悦气氛，构图新颖，色彩绚丽，栩栩如生。1939年春节，桂林西南行营政治部三组特将此画印了一万多份，广为张贴，之后又多次翻印，

354

◎赖少其木刻《抗战门神》，1939年，
载香港《良友》1939年第141期

贴满城乡千家万户，并发表在香港《良友》第141期上。

　　《抗战门神》发表后，引起全国美术界的瞩目，李桦、黄茅等相继撰文盛赞其为抗战木刻界之杰作。如李桦在《抗战年片与抗战门神 —— 一个关于木刻应用问题的建议》[22]一文中热情肯定赖少其的创作成就，称赞其高度的现实意义，并指出：

　　　　关于抗战门神的创作，今年西南行营政治部已在桂林发行过一次，是以木刻刊成的，全桂林城及近郊都张贴起来，做成一种抗战的新气象！今年我们应该把这种抗战门神推广到全中国去，使全中国于新年那天换上一副抗战的新气象。

　　由"抗战门神"而引发的有关木刻的大众化、民族形式的创作话题，也在《救亡日报》《广西日报》《力报》《文艺阵地》等报刊上引起广泛而热烈的讨论，并推动新的《抗战门神》创作。

22.载《救亡日报》1939年12月12日。

赖少其在桂林的日子虽不长，发表的美术理论文章却不少，而且其中不乏富于深度并具指导意义之佳作。如1939年2月21日写于桂林，发表在茅盾主编的《文艺阵地》1939年第3卷第2期的《木刻运动的发展》。全文五千多字，严肃地批评歪曲木刻的通俗化和艺术价值的正确关系的论调，指出：

> 在论及木刻大众化运动过程中，有些人竟将通俗化与作品的艺术价值对立起来。他们认为通俗作品的价值主要表现在政治、宣传上，为了搞好宣传教育，让群众看得懂，作品就得通俗，不必讲究其艺术性。

又如《艺术与政治》[23]一文，言简意赅地指出艺术与政治的辩证关系——"没有一种艺术不是含有政治的意味"，但"'艺术'决不是'政治'，这是因为它有它独特的风格，它有它表现的方法"。接着一针见血地批评"中国的政治家常不理解这一点，以为艺术只是政治的附庸或政治的说明，这不是不对，而是不够；其结果也常是对政治无补，对艺术有害"。结论是"要中国艺术有了发展或者深入，不但艺术家应自觉的提高素质，也应该给以发展或创作上的自由……要求得成功的作品的产生，不仅艺术家应有政治的修养，更重要的还是生活的体验"。赖少其这篇文章虽是六十多年前所写，但现在读起来是多么亲切，也同样切中今天的时弊，不仅具有历史意义，也具有现实意义。还如《大众化并不是取消艺术》[24]，文章直截了当地说：

> 中国的民族不仅是在打退日本法西斯，还在于建立永久存在于世界的民主国；艺术也如是——木刻当更应如是：他（它）不仅是在于一时的宣传，而是在这次的抗战中吸取了新的内容，和创造出适合新内容的新形式！所以，"大众化"是艺术的一种手段，要感动大众还是需要真正的艺术的！艺术的不能取消是当然的事呀！

---

23. 载《救亡日报》1939年6月12日。

24. 载《救亡日报》1939年3月11日。

前排左起为廖冰兄、黄茅、刘建庵，后排左起为陆志庠、舒群、特伟、阳太阳、赖少其，1938年冬摄于桂林

中华全国木刻界抗敌协会会徽，1938年赖少其设计于桂林

赖少其《木刻家到了战争的时代》，载《广西日报》副刊《时代艺术》1937年8月8日

狱中风波

赖少其在文学方面，除了创作了一大批优美的诗歌之外，还撰写了不少散文、小说、评论。单以他在桂林时期为例，便发表了一批有深度的评论文章，有力地促进了桂林抗战美术运动的蓬勃发展。还在《新华日报》上发表了散文《战斗 —— 大扫荡中的一个故事》，颇有影响。他越狱脱身抵达苏中解放区，任《苏中报》编辑时，便创作发表了《李连长》《第二连》《站铁笼的第一天》《绝壁上》《在担架上》和《荆棘丛拾》（诗十首）等作品。

以下四幅为著名画家邵宇回忆皖南事变后被国民党反动派罚站"铁笼"及同赖少其一起越狱过程之作，转自《邵宇作品选集》（湖南美术出版社

◎邵宇《越狱》

◎邵宇《站刺笼》

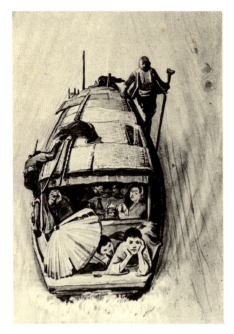

◎邵宇《船舱内外》

◎邵宇《相依为命》

1981年9月出版）。

《站铁笼的第一天》[25]和《绝壁上》[26]，堪称是两篇短小精悍的小说佳作。前者只有三千字左右的篇幅，却生动地表现了革命战士视死如归的英雄气概和难友团结互助的可贵精神。作者先以简洁而幽默的笔调描绘出铁笼的构造：

> 共有四根大柱，六根小柱，只能站着，不好侧身，四周交织着有刺的铁丝网，不由得想起了《老残游记》描写恶吏，把犯人"站笼"示众，死后尸首不收，想不到我亦身受了。

紧接着便写了酷刑的残忍：

> ……把我的两手反缚着，吊在"铁笼"里面。

25. 载《海滨报》1943年10月10日。
26. 载《苏中报》1944年1月13日。

绳子越吊越紧，身子也慢慢沉重起来，一丝丝的刺痛从两腕蔓延到肩膀，直刺进了胸中，以后，又好象（像）从骨髓中发出一阵阵的剧痛，脑子也混混噩噩起来，大地仿佛像狂风一样在旋转……

这只有作者亲身经历过，才能有如此形象生动的刻画。后者着墨也不多，但写他皖南事变被俘前夕的那场战斗却是惊心动魄，可歌可泣，尤其是刻画小鬼（按：应是作者的警卫员）壮烈牺牲的场景：

"唉唷！"我的小鬼沉重而短促的惨叫了一声，身一侧，血从胸口直向我的脸上喷射过来，他被敌人打中了，我正想伸手去拉他，他已打着筋斗滚到深坑里去了，只听见他背在身上的磁面盆"当当当"的在石头上鼓嘈着，最后好像"沙……"便流进深渊里去了。我加倍的抓紧石壁，惊骇的探头向下俯视：他的尸体并没有跌到坑底里，但碎裂得多惨：脚和手丢得不知去向，中间一段身躯恰好给半山的荆棘挡住，但头却钳在一个凸出的石缝里，嘴巴扭歪着，磨擦得稀烂，只有半边眼睛光溜溜的向着我瞧……

如此惨烈的战争场面，真有点令人毛骨悚然！国民党顽固派的包围突袭，使新四军团队几乎全军覆灭。接着作者笔锋一转，便回顾起五天前在高岭同敌人英勇激烈战斗的场面，突现小鬼的勇敢、机灵及爱护首长的光辉形象，使我们不禁为小鬼的死倍加叹息！上述二篇（均已收入《江苏革命根据地文艺资料汇编》），作者构思精巧，立意高远，充分展现其熟练驾驭语言的能力，倘若他继续走文学创作道路，必然会成为杰出的小说家！

值得一提的是，赖老竟然无师自通，勇闯剧坛，创作了可作广场或舞台演出的剧本《曹立山》[27]。该剧五幕十一场，形式多样，有对白、快板、对唱、歌舞等，语言质朴生动，通俗易懂，气氛活跃，容易调动部队情绪，很适合

27.1945年《曹立山》单行本出版发行。

部队战士观看。赖老告诉我：

> 剧本是根据发生在1944年12月一师特二团一营二连的真人真事而写的。主人公曹立山是苏北人，民兵队长。淮海战役前，他带头参军，但只当普通一兵，消极，想逃跑，经做思想工作后，他坦白交代，变好了。当时我是战地服务团团长，据此写了剧本演出，很好地鼓励士气，于是便成了"曹立山运动"。后获新四军宣传部奖励300元。但曹立山最后还是禁不起考验，逃脱回家。这说明光停留在诉苦不行，还是搞立功运动好。自此我便有倡议"立功运动"的想法。[28]

五幕话剧《庄严与丑恶》[29]则是根据作者的亲身经历而写，生动地反映了上饶集中营里庄严与丑恶的斗争，歌颂新四军壮士视死如归，浴血抗争的大无畏英雄气概。尤为难得的是，他当年的难友冯雪峰还特为此书撰写了序言，文中指出：

> 我觉得，这个剧本也许作为一个纪念的意义，要比它在别方面的意义来得更大些吧。但是，据我个人的感觉，这个剧本也有它艺术上的成就和很可尊贵的优点的。

又说：

> 作者那么强有力地感染给我们的，正是庄严不可侵犯的政治信仰和庄严崇高的共产党员的人性！这就是通过全剧都有着吸住人的力量的所在。我以为这就是在最重要的意义上的艺术的一个不小的成就。
>
> 全剧贯注着热情。严肃而不觉得枯燥，因为它像一篇诗。此外，当作一篇读物来读，则文字的清丽也是一种特色。这都是这部作品的优点和成

---

28. 1991年7月22日记于赖少其家中。

29. 1950年6月新华书店华东总分店出版。

就。我觉得，就作品而论，不管它在舞台上怎样，它的精神和作风，都是
可贵和可爱的。

赖老就此剧本的酝酿创作过程曾说：

> 创作《庄严与丑恶》是在淮海战役时我骑在马背上构思的，到了目的
> 地便落笔。因是自己亲身经历，不用多加思索，所以很快写成。冯雪峰看
> 后，称赞我在狱中的表现比剧本所写更好。邵宇作封面设计。[30]

提到冯雪峰为赖老的书作序，不能不重提他们的友谊。原来，在皖南事
变中，冯雪峰（原名冯福春）和赖少其同被俘且同被关在上饶集中营里。他
们视死如归，虽遭严刑拷打仍奋勇抗争，冯雪峰是狱中"七君子"之首（余
者为计惜英、叶苓、杨良瓒、郭静唐、王闻识、吴大琨），他拖着伤病弱躯，
仍继续暗中指挥狱友顽强与敌周旋。赖少其被罚站铁笼面不变色，从容以
对。冯雪峰写诗，赖少其配画，揭露敌人罪恶阴谋，鼓动士气。在我收藏的
冯雪峰作于1941—1942年狱中的诗集《灵山歌》[31]，总共十几首诗中，与赖
少其合作的就有三首。鉴于该集罕见难寻，特录下备考。之一《鹰》，利用
出墙报之机，赖少其画鹰，冯雪峰写诗：

> 暴风雨已过去，
> 空中只剩了最后一片淡墨色的云，
> 也在飞驰着过去！
> 忽然展开的广阔的晴空，
> 忽然展开的广阔的绿野，
> 忽然展开的我的广阔的心怀！
> 而这时候，一只老鹰也来空中飞翔，

30.1991年7月22日记于赖少其家中。

31.1947年作家书屋出版。

它也比平时显得更英俊，

更豪美！

然而它如果曾经啄过普洛美修士的脑壳，

如果是我的仇敌，

那末，我也比什么时候都有把握将它击死，——

击死在暴风雨后的晴空和绿野之间，

击死在我心怀开朗的一瞬间！

当时的难友事后回忆说："当肖芬（特务总教官）看到墙报上有赖少其同志的一幅画，画着一只雄鹰，在高空展翅飞翔，越过了铁丝网向远方飞去，且署名《高飞》，就连连惊呼：'不行，不行，这画有问题。'""就立即勒令墙报停刊，并且把几期墙报稿件统统烧掉。"[32]

之二《愤怒——题赖少其的画》：

沉郁的颜色，

挥掷的笔触，

血的奋起的人物！

你所要深入的是战争的灵魂，

而浸没着你的是无底的暗黑；——

哦，倘若握在你手里的是世界，

你又怎能不将它摔得粉碎！

然而你看！那淡淡的云霞的一抹，

和那远天的思想的一角，——

依然是血的奋飞的人物！

愤怒的画幅给予了凝结的憎恶，残酷的慈爱，

32.林秋若：《不屈的无产阶级文化战士——记冯雪峰同志在上饶集中营》，载《炼狱之火——上饶集中营纪实》，新华出版社，1989。

世界这才真的握在你手里，

一个这样实在的世界！

哦，你所把抓的是那智慧的实践者的力，

使我永远心热的，

恰正是你的冷得发光的美！……

之三《哦，我梦见的是怎样的眼睛！》：

哦，我梦见的是怎样的眼睛！

这样和平，这样智慧！

这准是你的眼睛！这样美丽，

这样慈爱！衬托着那样隐默的微笑；

那样大，那样深邃。那样黑而长的睫毛！

那样美的黑圈！

哦哦，这准是你的眼睛！

这样深藏，这样幽含！

对着深透的朦胧，又是怎样分明，

怎样勇敢！你浮在没有星光的梦海；

你是最柔和的一颗星，平面而灵空地浮现在深蓝的天海！

哦哦，怎样的荒野，怎样的暗夜！

怎样的夜的荒林似的梦的背景！

怎样的薄暗交织着浓暗，

怎样的微动的暗空漾着不动的凝云！

怎样的我的烈性的理想被石灰色的水所冲淡！

可是怎样的灵魂的深视！

从我空洞的灵魂的深处，飞扬出美的晶光！

怎样的我越往地狱深入，我的灵性便越贞洁！

怎样的两个深邃的世界！两个世界的明暗的相衔！

哦哦，这准是你的眼睛！

才这样地自然，这样稚气地自得！

这样的忘我，可又是怎样的清醒！

于是，像拥在丝绵似的白云里，

发着平定的慈光，存视着世界，

这样感人！这样柔性地刺心！

我多么熟识这样的眼睛呵，

哦哦，这样慈和，这样清明，这样慧美！

我的朋友，我的爱人，我的女儿，

她们都有这样的眼睛；可是

她们或者在墨黑的角落里颤栗，

或者迎着风沙猛扑，……一样的，她们不是枯萎，

就是被摧毁，不是暗淡，就是变成凄厉！……

哦哦，或许它们仍是秀美？

仍是智慧，慈爱？

难道我还没有往下沉？

难道我还会在空虚里发抖？

难道我还没有升达到智性？

难道我的力不是来自世界的高和深？

可是，唉唉，我在你看不见的地方蠕动，

我在微明的辽阔里屹立；

我的灵魂又怎样地由于过多的震荡而致痉挛，

于是，你浮现着智慧的慈光，

对我是怎样的一种深意，怎样的一个奥秘而明白的世界！

我的荒野，哦哦，怎样的暗雾的迷游和凝结！
我的黑室只有不动的浓暗传播着我心脏的颤音！
我是怎样的想描画你，
抓住你的世界呵。

为了让读者更好明白诗意，诗人还特地加注说明，在阴暗潮湿的牢房里，诗人辗转反侧，夜不能寝，浮想联翩，而后则沉入梦乡，梦见一对美丽的大眼睛：

这是一个美丽的梦。我醒后寻思，首先浮上影子来的，是前数日来看过我病的一个难友，她就有着类似的很美的眼睛；我就深沉地想起我的女儿和她的母亲来，也想起别的朋友来，但我有更深的感触，而引起了颇激动的情绪。我当夜就想用一首诗来记叙，一直后来也这样想，可是我几次都写不成功。我曾告诉了一个难友——一个画家，又是诗人——赖小其（按：即赖少其），并要他用一幅画来描写，他虽缺少工具，也曾用铅笔画过两只眼睛给我，这不幸后来又和我一部份（分）的诗稿一起地遗失了，现在我就只好用注来叙明，诗则单抒我的情绪。

此诗画在狱中难友中悄悄传阅，给人以美感和勇气，以至于让人出狱后记忆犹新。叶苓在《冯雪峰在上饶集中营》一文中写道：

《哦，我梦见一个女人美丽的眼睛》是一首抒情诗。由一个女难友的眼睛而联想到自己的妻子、女儿和友人，寄寓思念之情。这首诗有不少段落写得很美，给人以美的思索和感受。这位女难友对雪峰同志的健康和生活关怀备至，并经常与雪峰同志交流集中营的情况，交换对今后斗争的意见。在苦难中同志间的这种阶级友情是真诚而动人的。这位女难友的眼睛的确美，见过那双生着长睫毛、明澈而深邃的眼睛，人们是难以忘怀的。在石底的时候，雪峰谈过女人的眼睛，诗写成又与我谈这件事，还同赖少其谈过，并请其按照他的描述画一张这样的眼睛。赖少其不负所托，用铅笔画了三四张素描。出现在画面上的不是完整的脸型，而是一双双美丽的眼睛，雪峰认为其中一张比较合乎他的理想。[33]

　　从冯雪峰对此诗的注和难友的回忆中，我们可以一目了然：冯雪峰此诗中所提的有着"美丽的眼睛"的"女人"，就是在狱中关怀他的女难友。然而在《木石魂 —— 赖少其传》一书的第四章第四节"狱中诗情"中，却硬生生把这对美丽的眼睛说成是著名女作家丁玲的眼睛，且借题发挥，渲染了冯雪峰与丁玲昔日的亲密关系。更不可思议的是，把诗题《哦，我梦见一个女人美丽的眼睛》调换成《霞光 —— 题赖少其的画》。张冠李戴不可取！赖老生前也曾对我谈过狱中与冯雪峰的这段友谊和彼此的诗画合璧的美好回忆，却从未作过如《木石魂 —— 赖少其传》中的解释，在此之前也没邂逅过丁玲。不知《木石魂 —— 赖少其传》的作者此说从何而来？

　　《文代归来》[34]收录赖老新中国成立之初的文章十一篇。其中《文代归来》一文，系1949年8月赖老在南京第三野战军文艺干部会上传达全国首届文代会精神的报告[35]，具有历史文献价值。《组织起来》一文，是赖老在"全国文联南京分会"成立大会上的开幕词。《歌颂光明的世纪》一文，是中华人民共和国第一个新年南京第一个文艺刊物《文艺》的发刊词，同样具有史料价值。附录的《见毛主席》一文则详尽记录赖老出席中国首届文代会时，见到了盼望已久的领袖毛主席的激动情景，无疑这在当时是引人瞩目的，多少也可窥见赖老解放初期活跃在华东文艺领导岗位上的剪影和贡献。

　　《为了把艺术介绍给人民》[36]收集了赖老1953年10月至1956年3月所写

33.叶苓：《冯雪峰在上饶集中营》，载中共江西省委党史资料征集委员会、中共江西省委党史研究室编《江西党史资料（第八辑）：上饶集中营的斗争专辑》，1988。

34.赖少其：《文代归来》，正风出版社，1950。

35.赖老作为部队代表团副团长带队出席。

36.赖少其：《为了把艺术介绍给人民》，上海人民美术出版社，1956。

的部分文章，赖老在《后记》中写道：

> 文章多半是根据报纸上需要写的，写得很短，因为多半是向人民介绍
> 展览会的内容，所以把这个小册子定名为"为了把艺术介绍给人民"。

其中《发展美术创作》一文系赖老1953年10月在华东美术家协会成立大会上的讲话，总结和指导了当时华东地区的美术创作。而且，黄宾虹为此书封面作画，画家唐云为封面题字，这也是迄今为止所能看到的黄宾虹、唐云两位大师合作的封面设计，难能可贵！以上著作于今看来似乎只是小册子而已，但在当时其分量和作用却不能低估。从赖老口中我才得知，他还是中国作家协会首批会员。

◎赖少其早期的部分著作，作者藏

往事并不如烟

　　为了深入地了解赖少其的人生历程，我前后到过广州、北京、上海、南京、黄山、合肥，以及汕头、普宁、陆丰、陆河等地，访问了吴有恒、黄胄、廖静文、张仃、张鄂、林秋若（林琼）、李桦、邵宇、杨涵、杨可扬、唐云、田芜、李艾阳、邵正怀、王道智、胡承恩、马长炎、师松龄、鲍加、朱泽、吴树声、刘天明、汪孝伍、张华云、詹泽平、杨昭科、凌弘、王宋斌等，访问、考察了广州鲁迅纪念馆、上海鲁迅纪念馆、南京市文联、南京中国第二历史档案馆和江西上饶集中营革命烈士纪念馆，登临黄山亲身体验赖老的创作艰辛等。大家无不满怀深情地回忆赖老光彩照人的往事，交口称赞其画品人格。如1991年7月我赴京访问著名画家张仃时，恰逢他生病卧床不起，但当他得知要他介绍抗战期间赖老与其相处的情况时，还是强打起精神仔细回顾并赞扬赖老的爱国情怀和高尚人格。

　　赖少其对养育自己的双亲无比虔诚，对乡亲和儿时的启蒙老师、同学也同样感恩念旧。1983年2月4日，"赖少其书画展"在汕头举办，他主动约请小学同学张华云[37]一起给老师扫墓。后来华老告诉我：

　　　　当时阴雨连绵，他一定要我和詹泽平[38]三人同去普宁为在泥沟"同声

37.1934年毕业于广州中山大学，大学时与就读广州美专的赖少其常有来往，后联系中断。

38.也是其小学同学，曾任汕头市政协主席。

学校"就读时的老师张伯封扫墓。我们住在普宁侨联，先由我起草对联，再由他挥毫抄写，拟将冒雨前往扫墓。张老师的儿子张仲益见雨越下越大，道路泥泞，便劝说不让我们去。我们只好定做了花圈和写好对联（世称夫子为木铎，住近南山见高风），一起由张仲益代上坟扫墓。事后赖老还用其擅长的金农漆书为恩师撰写碑文。

这里顺便作一更正 —— 在《木石魂 —— 赖少其传》中也谈及此事：

赖少其多方打听李天海老师的下落，却始终无从得到确切的消息。直到一九八三年十一月，他到泰国举办画展，在曼谷会晤了李天海的侄子，才知道原来李存穆就是李天海，并了解了李天海教师的生平身世以及被害的经过，心里感到无限的黯然和悲伤。[39]

对照张华云老先生所说，那次他和赖老并没有亲自去张伯封墓前敬献花圈，对联也非赖老所题，而是由他所书。更没有到烈士纪念碑前吊祭李天海。事实上赖老当时尚不清楚李天海老师的具体情况（时隔九个月后方知），决不会提早贸然去吊祭。赖老有次在谈到曾指引他走上革命道路的恩师李天海时也曾对我说：

李天海是我在泥沟小学读书时的第一位恩师，他经常给大家讲革命道理，深得学生拥戴。听讲他上大南山闹革命，是当时普、惠、潮三县中心县委书记，后被叛徒出卖，子弹事先被叛徒偷走，敌人来犯时枪打不响。老百姓在他被枪毙后连夜抢尸，为避开敌人耳目，立了李公存厚之墓，草草掩埋。但这些具体情况我一直无法弄清楚。直到1983年11月我到泰国开画展，见到李天海的侄儿，经他介绍才明白。[40]

39.胡志亮：《木石魂 —— 赖少其传》，中国青年出版社，2000，第341页。

40.1991年7月23日赖老在家中与我谈话，他还特地在我本子上留下"李天海，李存厚，1928""牺牲""普惠潮三县中心县（委）书记"等笔迹。

赖老还说："直到数年前，我才将墓名改为'李天海之墓'。"

善于尊重老文艺家、团结文艺界人士，使赖少其在任职上海市文联、上海美协领导期间成绩卓著，口碑甚佳。1956年中央决定在北京、上海开设两个国家直属国画院，赖少其成了筹建上海国画院的不二人选，遂被任命为上海画院筹备委员会主任。他殚精竭虑，真诚相待，妥善处理了复杂的人事关系和工作难题，使画院得以如期成立。赖少其与著名画家贺天健、吴湖帆、唐云、林风眠、朱屺瞻等也成了无话不说的知音。

以花鸟画著称的国画大师唐云比赖老年长五岁，早年曾在刘海粟创办的上海美术专科学校教授中国画。那时上海刚解放，唐云虽具有全面出众的艺术造诣，但生性较为孤僻高傲，对政治活动不感兴趣，不想去上海市文化局组织的培训班学习，一心只想靠卖画和在家教学为生。赖少其知道后，主动登门，反复耐心做其思想工作，请其出山参加华东美协工作。在赖少其真诚开导下，他终于出任美协展览部主任，为美协做出了很大贡献，彼此成了莫逆之交，晚年多次合办画展，互为彼此出版的画册撰序。

我曾拜访唐云，他仔细回顾与赖老的相处过程，深情地说：

解放初期，当时我40岁，上海有300多名画家和文艺工作者想找工作谋生，文化局组织大家办"政治讲习班"，要大家写学习体会。我不想工作，而想在家继续画画，对写学习体会有抵触情绪。当时提出要加强社会主义改造，中国画也要改造，中国画变得不值钱了。我有四个孩子，生活苦。我想不通，提出"学马列主义是应该的，但也要改善画家的生活"，但未获得理解。当时华东美协主席是黄宾虹，副主席是赖少其。美协要成立展览部，赖少其请米谷来找我两次，我都不愿意参加，我推荐邓散木。赖老几次亲自找我，反复耐心做我的思想工作，了解我的实际困难。他虽比我年轻，职位高，但待人谦虚和气，人品、气质好，故我尊敬他，答应出任展览部主任。

唐老充分肯定了赖老书画创作的艺术成就，并说：

（大家尊崇他）不仅因他是名画家，而且与其品性人格好有关。他处事不左不右，为人秉直公正，爱护同志。如作为美协党组书记的他，"肃反""反右"开始都由他抓。他实事求是，据理力争，保护了林风眠等人免遭被扣上"右派分子"帽子之灾。但后来柯庆施又暗中审查他，由此，"反右斗争"刚刚结束，他也因"立场不稳"而被冠以"右倾"的帽子，削职发配农村"劳改"，后又被贬到安徽。

最后，唐老深有感触地说：

少其生性天真、耿直、豪放。对朋友肝胆相照，急公好义。特别是经历了"文革"，许多朋友、画家都深有体会地说："疾风知劲草，老赖是个品德高尚的人！"

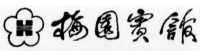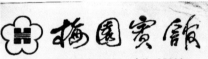

◎赖少其《吊林风眠先生》初稿，1991年8月18日

赖少其对朋友的真情厚谊，确如唐云所云。在同赖老的交往中，我便耳闻目睹过不少此类事迹。对有困难的老画家，他关怀备至。有次，他听说著名画家谢之光（1900—1976）患白血病，需吃生花生米皮，便在安徽千方百计弄到送去。后来误听谢去世的信息，因考虑到其家属生活有难[41]，便立即汇去人民币300元以解燃眉之急。1983年秋，赖老作诗《头颅打洞歌》，诗曰："不惜千金买宝刀，老来还上碧云霄；何期头颅放恶血，卧听冰河马萧萧。"我不解其意，便向其请教。他心情沉重地回忆道：

　　1983年10月，我正紧张准备下一个月赴泰国开画展，忽接来电，要我为报社撰写悼念萧殷诗文，我悲痛欲绝，回忆30年代在广州、上海同他相处情景，我越想越难过，不经意额角重重碰到了抽屉，未见出血，但

◎赖少其和关良、林风眠在上海川沙县（今属浦东新区）下放劳动时合作创作的壁画

41.赖老还告诉我，当时"美丽"牌香烟的商标就是谢以其妻为模特所画。

头昏腿软，无法站立，只好住院开刀，取出瘀血。

1991年7月22日晚，他在画室挥毫写了一大对子："才清节逸诗魂弗远，浩天不吊坏我栋梁。"我问写给谁，他泪痕满面地说：

这是准备写给许士杰同志的，数天前我冒着酷暑赶往医院看他，他已不会说话，只会流泪。听说他来日无多。唉！好人为什么这样早亡，老天真不公呀！

籍贯考

如今赖老的书画作品被收藏、拍卖界所热捧，声名显赫之际，潮州人都引以为豪，于是便出现了有关其身世不同之说，先后有认为他是普宁人、陆丰人、陆河人三个版本。为进一步弄清真相，1991年11月25日至12月5日，我先后访问了原汕头专署专员张华云、汕头市政协原主席詹泽平，并先后到赖老的出生地普宁市流沙镇、泥沟和陆河县新田镇等地调研，从而掌握了不少生动鲜活的第一手资料。

赖少其1915年5月16日出生于广东普宁市流沙镇，原名少麒，取麒麟吉祥之意。开始用此名，后发表作品时嫌"麒"字笔画过多，刻起来不方便，便用"其"字代替，之后便慢慢习惯了，故以"少其"为名。他排行老二，其父赖笈，字道嘉，其母王绸。赖家只有一点土地，还要兼做点小生意才能糊口。自其祖父起，便将附近的生果等土特产贩运到陆丰县新田圩，再将那里的山货挑回来卖，赚点脚皮钱。其父也承父业，两地奔走。赖少其在老家赖家祠（堂）和吕家祠（堂）先后读了私塾，后恰逢大革命失败，南昌起义军由周恩来、叶挺、郭沫若等率领南下潮汕，路经流沙召开重要会议。过后国民党军队对这一带进行残酷清乡，滥杀无辜，鸡犬不宁。为安全计，赖少其便被送到泥沟乡姑母家。姑母是大户人家，但婚姻不幸，对赖少其视若己出，疼爱有加，出钱先后送他进泥沟完全小学（简称为"泥沟小学"）和同声学校就读，还常教他读诗书。

　　受了一年多正规教育后，赖少其便于1928年秋随父母迁到陆丰新田圩，进了新田小学。此处较之泥沟还闭塞，赖少其为追求新知识和对城市的向往，翌年便独自到陆丰县城龙山中学读书。此时正值国民党疯狂镇压彭湃领导的陆丰苏维埃政权，该中学成了监押、摧残、杀害农会骨干分子之地。他再次目睹了国民党屠杀共产党人的血腥暴行，对国民党反感，思想日趋激进。1932年春，未满17岁的赖少其怀着强烈的求知欲望考入广州市立美术学校，为其后的美术生涯奠定了坚实基础，也从此远离家乡，阔别双亲。

◎普宁泥沟乡伯公祠，赖
　少其少时白天于此读书，
　晚宿祠堂左侧，1991年
　12月3日作者摄

◎赖少其题写的少年就读
　的陆丰新田小学，1991
　年12月5日作者摄

第一章 卷入时代的漩涡

综上可知，赖少其生于普宁，长于陆丰。又因1988年陆河县成立，原陆丰新田归入陆河县，赖老还应邀撰写了《陆河县建县碑记》，题写了陆河县县城奠基石，故说其为陆河人也对。

赖少其离家后，很少与家庭联系，双亲对他极为思念。他到新四军部队之后不久，便获悉父亲过世，母亲因思念他过度而发疯。

377

> 部队特地通过救亡日报社汇了二百元[42]到我家表示慰问，我们的生活费当时每月仅六元，这笔款不算少。那时我们新四军《解放日报》都是用粗草纸，我随便取它用红笔写信安慰家里。家乡人很迷信，见了红笔信以为出了事，更为恐慌。

当时，赖老还以信件方式发稿给桂林《木艺》杂志，简单记叙这件事，并介绍他初到部队的生活，写明目前暂不搞创作，也不谈恋爱，全力以赴参加锻炼。该刊以《少其来函》照登，如下：

> 我，此时的心情，真是难以形容，我怀念着你们。可是，新的力量紧紧拉着我，朋友，我不能回到你们群中。就在明天，我要到最前线去工作，担任一个团的教育，我用惊怕和欢跃的心情去接受这新的工作。
>
> 我怎么能走呢？这里的领导者，对我如此的爱护，他们器重一切的艺术工作者，也帮助他去发展。不但我来时开欢迎会，就是晓得我家父逝世的消息的时候，军长亲自打电报去慰问我的家属，不管军中的经费如何困难，为了使我无后顾之忧，还给我汇了一百元回家。但不幸的事情并无了结，接着我的母亲又逝世了，这真一时震动着我的心坎！
>
> 恋爱在此，实在不适宜……我也深切的意味到，应转向群众的热流中。
>
> 时代既在如此快的激进，我自觉久躲在办公室中，实在不是办法，而实际上，也与自杀无异，我自此决定暂时放下木刻刀，深入战斗的环境

42.实为一百元。

中，作二三年的苦杀。初我们的部长当不肯我们这样做，但经我解释之后，他们同意我的见解，一个有这大前程的艺术工作者，不深入群众，参加斗争，是很危险，也无前途的。

以后，工作一定万分的忙，因为我既是一个团的教育负责者，一定有很多事要了解，学习与做。木刻既无可能，但我一定要把战斗的故事写点报告文学，你能给我找关系出版么？[43]

1991年12月1日，在赖老的老家下市村开座谈会时，我顺便向赖老的乡亲求证此事。赖老小学时的同学赖文祥老人介绍：

当年赖少其的父亲去世，由我代笔写信到桂林找他，他有复信，还寄来二百元[44]。但后来便没来信，他母亲常去问神挂命，说他中了状元。十分想念他，忧郁成疾，隔年也去世了。

43.赖少其：《少其来函》，载《木艺》1941年第2期。

44.应为一百元。

漫漫立传路

在所结识的文艺界前辈中，我与赖少其的交往最为密切。

1985年春，我到南京访问著名画家黄养辉后，原拟转赴安徽拜访赖老[45]，但因赖老外出，只好作罢，改为去信向他问好。赖老收信后即给我复信：

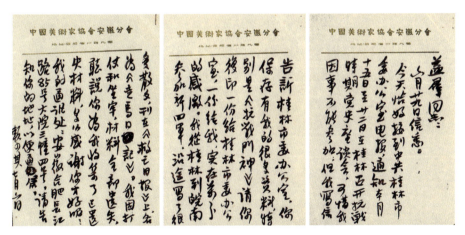

◎赖少其致作者信，1985年7月6日

---

45. 赖老时任安徽省委宣传部副部长、省政协副主席。

益群同志：

六月廿九日信悉。

今天恰好接到中共桂林市委办公室电报，通知本月十五日至廿二日在桂林召开抗战时期党史座谈会，可惜我因事不能参加。但我写信告诉桂林市委办公室，你保存有我的很多资料，特别是《抗战门神》，请你复印一份给桂林市委办公室，一份给我，实在万分的（地）感激。我从桂林到皖南参加新四军，沿途写了很多散文，刊在《救亡日报》上，名为《走马日记》。我因打仗和坐牢，材料全部遗失，听说你为我收集了已遗失材料，多么感谢你才好呢！我的通讯处……，请告知你的地址，以便通信。

赖少其

七月六日

自此，我继续与赖老联系，寄去他当年在桂林发表的部分作品、资料，赖老即复信致谢。1987年8月23日，我发表了《从赖少其〈抗战门神〉想起》一文，赖老通过报社副刊编辑卢绍武同志与我取得联系。是年9月19日，他正来深圳写生、创作，我去拜访，得知他很想收藏这幅《抗战门神》，便将珍藏的《抗战门神》物归原主。他欣喜之余，赠我水墨画《梧桐山下》。自此，我们交往频繁，成了无所不谈的忘年交。他还有意请我为其立传，我也欣然受命。

1987年10月3日赖老给我来信：

益群同志：

送上有关"立功运动"资料七件。

香港金尧如先生（原《文汇报》总编）要我提供"立功运动"材料给他，由他写成文章发表。

因我是"立功运动"的初期领导人[46]，自己写自己不好写。历史应该由别人或后人写。

46.赖老因倡导"立功运动"被部队授予"干部一等功臣"荣誉称号。

◎赖少其赠作者画《梧桐山下》，1987年

你写《抗战门神》的方法很好，把死材料写活了。主要是立足于现在，看历史便看得清楚；写历史是为了指导现实生活。

"立功运动"在战时起了作用，在和平建设的现在同样可以，也应该能起推动社会主义建设的作用。

自古以来，即有这种说法："消灭敌人一千，自伤八百。"按此类推，消灭国民党军六百万，我军自伤至少应是四百万。我看了《孙子兵法》，也未见能如此化敌为我的办法。淮海战役结束后，渡江战役前，当时我军士兵绝大部份（分）是"解放战士"（即原国民党士兵），有的已提升为连级干部，我所在的一个团，副团长就是红军时期的俘虏兵，他现身说法，很起作用。在最短的时期内，把国民党军改造为解放军，过江以后，仍然纪律严明，使人不敢相信。

此道久已不提，将要遗忘。因此求助于你，未知你有此意否？由你来写文章，或用金尧如先生名义发表，也许能引起注意。按道理，《瞭望》威望极高，钟期光原是

◎赖少其致作者信，1987年10月3日

中国人民解放军军事科学院上将（副）政委，因青年不知道他，题目也（未）能引人注目，结果影响极小极小，实在可惜。因此，只好请你命笔直书了。我与爱人曾菲同志同住深圳红岭路武警总队深圳医院，可问针灸科医生，望最近能见一面面谈一次。

致

敬礼

赖少其

十月三日

　　赖老十分重视此事，他整理好七份有关资料，还亲自抄写或加按语。这些材料是：1.钟期光的《"立功运动"表现了群众的首创精神》，载《瞭望》1986年6月2日第22期；2.中共中央机关报延安《解放日报》评论《广泛开展立功运动》；3.吴健人的《海丰大队热烈开展"立功运动"》，赖老亲笔加注；4.赖少其的《二团"功劳运动"第一阶段初结》，1946年11月8日，赖老亲笔加注；5.华东野战军政治部主任钟期光给赖少其关于"立功运动"的亲笔信，1947年3月7日，赖老时任团政治部副主任；6.赖老抄写的中共中央山东分局机关报《大众日报》1947年6月16日社论《"立功运动"的道路》；7.赖少其的《"立功运动"应该向前发展》，载四纵政治部机关刊物《战地》1947年5月29日第14期，赖老时任四纵政宣传部副部长。

　　接信后我赶往医院看他，他又交代我文章要短小精悍，简明扼要，而题目要突出主题。我领会其用意后撰稿，题为《赖少其提倡"立功运动"》。

◎ 赖少其致作者信，1990年8月29日

以下几封信，为部分与赖老的交往。

1990年8月29日来信——

益群兄：

八月八日信昨天才收到，已经一个多月了。

我们六月卅日去日本，八月十三日回广州。一个星期前住医检查。现仍住广州市盘福路市一医磐（盘）松楼九楼十号病室。当即写"国艺"二字以奉，并信一封，请转。致

敬礼

同意你给《恋爱·婚姻·家庭》写稿。赖又记。

赖少其

八月廿九日

1991年7月7日来信——

益群同志：

你所写提纲早就收到，我本想作些补充，但因身体欠佳，力不从心，又因为收拾东西，不知把你所写的提纲放到那（哪）里去了，足足找了十多天，可以说是翻箱倒柜，才算又找回来了，现寄还给你，可以作为暂时努力的方向，但应该补充到我的家乡以及工作过的地方，从第三者的口中，看他们是怎样看我的。又由于我过去（一九四〇年前）不是党员，所以有些背境说不清，后来被入了党（一九四〇年五月），但因级别低，较全面的情况也不了解，更因此，凭记忆是靠不住的，应从过去我所发表的文章与进行的工作来看我在斗争面前是怎样表现的。即是说：必需是历史的唯物的看待一切的问题，就是我认为是"真"，也不要相信。你写你的吧。现把提纲寄还。致

敬礼

赖少其

七月

◎赖少其致作者信，1991年7月7日

　　此处提到的"提纲"，便是我拟写《赖少其传》的提纲。赖老回信还寄来他自传的第一章《卷入时代的漩涡》手稿。接信后，我便在原有调研之基础上，遵照所嘱，一年之内先后赴京、沪、宁等市，江西上饶集中营、安徽黄山、合肥等地及广东汕头、普宁、陆丰、陆河等地访问了赖老的同事或亲朋，考察和调研赖老所到之处与其家乡，收获了大量的第一手材料，并查阅了部分省市图书馆、博物馆，获取了赖老不少生动鲜活的资料，对赖老有了更深刻的认识。我高兴地去信向他汇报。

　　赖老对我撰写其传记一直是关心和支持的。他亲笔写了一批给我访问的昔日同事、朋友的介绍信。除了我已采访到的以外，还有部分其亲自写信要我前往访问而因故无法完成者，如上海吕蒙、中国美术学院夏子颐、浙江人大陈安羽等。

　　综观赖少其丰富多彩的人生旅程、百折不挠的铮铮铁骨、驰骋沙场的英雄胆识、谆谆善诱的领导才干、博学多才的文艺实践、出类拔萃的艺术造诣，可以毫不夸张地说，他不愧为我国富传奇色彩的军旅画家。在当今时代里，有着丰富多彩的人生历程者不乏其人，博学多才者也大有人在，更有艺术造诣出其右者，然像赖老如此集三者于一身之人却少之又少，不可复制，更难以超越，可谓时势造英雄，是为"赖少其现象"。

◎徐悲鸿（右）和赖少其，1935年10月

　　赖少其（1915—2000），广东普宁人。12岁起随父母迁广东陆丰县，抗战全面爆发后，积极从事抗日救亡宣传活动。1939年9月离桂林赴湖南前线宣传抗日，之后离桂林赴皖南参加新四军。1941年1月皖南事变后被俘入狱，年底越狱赴上海后返苏北解放区，历任新四军纵队、军部宣传部长。新中国成立后，历任中共南京市委宣传部副部长，华东美协、上海美协副主席，上海市文联副主席，大学教授，中共安徽省委宣传部副部长、安徽省文联主席、中国版画家协会副主席、中国书法家协会名誉理事、全国政协委员。

蔡迪支

一九四四年湘桂大撤退，我随欧阳予倩等人沿漓江下昭平，又遭敌军追击，固（故）往黄姚转移，过接米岭时大雪初霁，寒气逼人。

——《转移》跋

亲历『湘桂大撤退』

◎蔡迪支自况漫画，2002年，题记说明其改名始末（韶关遇敌
机，迪基改迪支，桂林急疏散，刀刃正逢时，艺途长漫漫，
弹指八十四），蔡迪支供图

　　1944年秋桂林沦陷前惨绝人寰的湘桂大撤退，激发了蔡迪支强烈的创作欲望。那时，广西当局已下达了最后一道紧急疏散令，川流不息的难民涌向桂林，谣言四起，人心惶惶，争相逃命。通往火车站的马路上，汽车、板车、人力车、挑夫和争先恐后的难民群，拥挤得水泄不通。拖儿带女的难民，无力挪动行李，只好雇人帮忙。在人头攒动的火车站，要上车也是登天之难。火车里人塞得密密麻麻，水泄不通。你要想上车，只能攀车窗而入，而且得靠下面的人用力顶托。每请人托一次，就要花费两三千元。即使侥幸

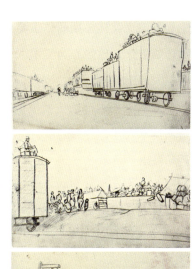

上了车，也难有立锥之地。每一节车厢，都有四层"座位"：在车顶上，叠满行李，难民们高高坐在行李堆上面，有的撑着伞，有的拉布篷，用以挡烈日和遮风雨；车厢里，在平时的座位上面，皆另外搭起一层"阁仔"（广西方言，意为"小阁楼"），上下两层都塞满了人和行李；车厢下面，用铁条和木板又搭成一层，也塞满行李，人只能平躺着，一旦连接的绳索被磨断，就会被车轮碾得粉身碎骨。蔡迪支抓住了这一典型事件，把个人的安危置于脑后，不急于撤离，而是拿起画笔，坚持到现场观察写生，捕捉生动细节，反复揣摩构思，自带刻刀木板，随欧阳予倩等撤到昭平创作了版画《疏散列车》。

◎蔡迪支《疏散列车》写生稿，照片为作者藏

◎蔡迪支《疏散列车》，又名《桂林紧急疏散》，1945年

　　蔡迪支在桂林期间，主要是参加广西省立艺术师资训练班和广西省立艺术馆的工作，他热心为美术训练班讲课，参加训练班组织的抗战街头画展和保卫大西南宣传活动，支持训练班主办的《音乐与美术》出版工作。蔡迪支还是艺术馆美术部的主要成员，为该部做了大量的工作，如举办美术讲座，培训美术人才，开办画展，走上街头进行抗战宣传活动等，为桂林抗战美术运动做出了贡献。

　　蔡迪支在桂林和昭平期间，还拿起画笔积极投身抗日救亡运动，创作了一批具有战斗性和历史价值的画作。其中，有控诉敌人暴行的《何处安家》《回到破碎的家园》等，有反映人民群众水深火热的苦难生活的《饥饿的孩子》《难童的午餐》《烦恼的妈妈》《失学的女孩》《拾煤》《米店门前》《桂林紧急疏散》等，有表现军民百折不挠、抗战必胜精神的《野火》《转移》《苦旱》等，形式多样，有木刻、国画、速写、竹笔淡彩、漫画等。"这些作品如同历史的明镜，真实而形象地反映了当年民族的危难；又如无声的诗篇，深情地歌颂了军民齐心抗战的诗篇"，"这些诞生于四十多年前的作品，今天看来，仍然有很强的艺术魅力"。比如木刻《桂林紧急疏散》，当年在桂林举行个人画展时，应观众要求，作者曾复制该画数千份，很快便被争购一空。现被收藏于中国美术馆等处。1987年"七七事变"50周年时，广州特地举办"蔡迪支抗战时期绘画木刻展"，这幅木刻仍引起极大轰动，深获好评。而国画《米店门前》《转移》《苦旱》等被评论界认为"运用传统笔墨，反映战时人民的艰苦斗争生活，而且两者结合得比较完美，在当时来说，是具有开拓性的"，成为作者半个世纪创作生涯中前期国画创作的代表作。[1]

　　蔡迪支不仅创作了一批备受关注的抗战绘画，而且发表了不少文艺随笔、评论。其中《杂感二则 —— 为战时画展而作》[2]一文，对广西省立艺术馆先后三次在昭平、黄姚举办的抗战画展作了述评，并指出，要创造大众的艺术，首要是了解大众，表现大众，其次才是表现技巧。这些作品是"湘桂大撤退"后桂林抗战美术运动弥足珍贵的历史文献。

1.黄世伟、杨朝岭等编《中国当代书画家百人》，哈尔滨出版社，1989。

2.载《广西日报》（昭平版）1945年7月8日。

◎ 蔡迪支《奋起》，1938年

◎ 蔡迪支《渡河》，载《收获》，柳州黄图出版社，1942年

◎蔡迪支《拾煤》，载《木刻新选》，白虹书店，1942年。此画后收入岭南美术出版社1998年6月出版的《蔡迪支画选》，易题《养路工》，虽版面重修变清晰，但本书仍采用原题原图

◎蔡迪支《何处安家》，1942年

◎蔡迪支《野火》，1945年，蔡迪支供图

◎ 蔡迪支《回到破碎的家园》，竹笔淡彩，1945年11月于桂林

◎ 前排：张锡昌（左1）、易琼（左2）、欧阳敬如（左3）；
中排：莫乃群（左2）、欧阳予倩（左3）、千家驹（左4）；
后排：蔡迪支（左3）。1945年摄于广西昭平

被岸风光自不同 何建筑一桥通乱流 警机争先渡雨暴风 狂气天雄

迪之吾兄正之 欧阳予倩

◎ 抗战期间欧阳予倩题赠蔡迪支诗

蔡迪支在桂林使用的毛笔
（从左向右）长 18cm、20.5cm、25.5cm、28.5cm

蔡迪支在桂林使用的木刻刀
（从左向右）长 10cm、14cm、14cm、14.5cm、14.5cm、14.8cm、15cm、15.5cm、15.5cm、15cm

◎ 抗战期间蔡迪支用过的毛笔、木刻刀

刀刃逢时

广西画家徐杰民[3]和蔡迪支是抗战期间及胜利后在桂林相处多年的同事，二人对当年的美术运动贡献颇丰，也深知当年往事。早在1984年徐杰民就写好信介绍我去拜访蔡迪支。翌年4月30日，我在《学术论坛》负责"桂林抗战文化研究"专栏期间回广州征稿，先后拜访了黄新波夫人章道非、王立、廖冰兄、蔡迪支等。蔡老热情向我介绍当年桂林的美术活动及其经历，并相赠其代表作《疏散列车》和当年在昭平与欧阳予倩等人的合影。1986年秋我调回老家广东深圳工作后，与蔡老往来日渐频繁，两人成了无话不谈的忘年交。

1987年7月7日，值举国纪念抗日战争全面爆发50周年之际，广东隆重举办了"蔡迪支抗战时期绘画木刻展"，并编印了《蔡迪支抗战时期绘画木刻选》，观众络绎不绝，反响极好。广东画院在展览画册上所写的《编者的话》，对蔡迪支抗战时期绘画木刻创作给予恰如其分的评价：

---

3. 见本书"徐杰民"篇。

蔡迪支同志是从事美术创作长达半个世纪的著名画家。五十年前，当日本军国主义者发动侵华战争之时，蔡迪支正是血气方刚，他拿起画笔积极投入抗战救亡活动。……同时，他到过游击区，在昭平参加过组织抗战自卫队。……由于战乱和生活动荡，他抗战时期的作品，大都失散，……在这些有限作品中，我们仍然可以看到画家用蘸满感情的刀笔，塑造出那个时代的真切、生动的艺术形象，可以看到战争给中国人民带来的痛苦和灾难；可以看到中国军民顽强抗敌的战斗精神以及抗战必胜的坚强信念。这些富于历史感的作品都是源于画家对生活的真切感受，都呼喊出画家和人民大众的心声。……今天看来还能扣动观众的心弦，引起人们对这重大历史时期的重温与回忆。

◎桂林美术工作者协会1946年成立合影，前排左1为蔡迪支，中排左4为易琼

◎蔡迪支《桂林市集》，载《漓波集》，广西省立艺术馆1947年发行

◎桂林大圩桥下合影，左起依次为朱乃文、易琼、龙廷坝、蔡迪支，1946年摄，作者藏

◎蔡迪支《难童的午餐》，载《漓波集》，广西省立艺术馆1947年发行

◎蔡迪支

　　蔡迪支（1918—2008），广东顺德人。中学时业余学画，20世纪30年代受鲁迅倡导的新兴木刻运动的影响，始学木刻，不久发表木刻作品。抗战全面爆发后，在广州参加抗日宣传活动。1938年10月广州沦陷后，辗转东江、粤北一带，继续从事抗日救亡宣传工作。1939年加入中华全国木刻界抗敌协会。1942年起，转移往湘桂等地，参加木刻巡回展览。1943年正式寓居桂林，直至1944年秋湘桂大撤退，随欧阳予倩为首的广西省立艺术馆撤往广西昭平，坚持抗日宣传工作。抗战胜利后，返桂林参与重建艺术馆。生前曾任广东画院、广东美协党组书记。

张在民

◎张在民《耕》，1939年，载《抗战八年木刻选集》，1946年

展读来稿之前，我心有所惑：一位中医院教授、院长，怎么跟抗战美术发生联系呢？倾读之余，我顿感文中提供的资料翔实可贵，更了解了抗战时期他在广西积极从事抗日美术运动的作用与经历。

——作者

老中医是大画家

　　张在民在我国新兴木刻运动史上享有盛誉，也是得到鲁迅先生指导并收藏其作品屈指可数者之一。当年其由于倾向进步，抗战胜利后备受国民党当局的打压，被列入"永不录用"黑名单，被迫放下刻刀，更名张惠民，重拾祖传中医旧业。在"张汉符、张惠民父子医务所"里，父子同堂行医，悬壶

◎张在民《送饭》，1935年，鲁迅藏

◎张在民《烧狮》，1935年，鲁迅藏，载《现代版画》第八集

◎张在民《初夏》，1935年，鲁迅藏，载《现代版画》
第六集

◎张在民《灶马》，1935年，鲁迅藏，载《现代版画》
第八集

◎张在民《清粪》，1935年，鲁迅藏，载《现代版画》
第五集

济世，并钻研古典中医著作，从事中医医治及教学工作，以高超的医术闻名
乡梓。业余张在民重染丹青，再焕异彩，出版有《张在民作品集》[1]等书。

　　1935年，张在民从广州美术专科学校毕业回南宁，举办了个人画展，展
出200多幅画，分油画、山水、木刻、素描、粉彩、图案等七个展室，轰动

1.天津人民美术出版社2012年出版。

邕城。张在民后来在粤华、健中、复兴等民办中学任美术教师。1937年和李桦一起在南宁大夏中学任教，并创办《抗战诗画》，举办街头漫画展览。

1938年初，张在民投笔从戎，随李宗仁的第五战区部队赴鄂北大别山区参加保卫武汉外围战。张在民在第一三五师政治部，从事保卫战的文艺宣传工作，奔赴前线写生。……第五战区部队自鄂西北经湘西，冒着纷飞大雪，行军45天，于1939年初退回到广西休整。

1939年3月张在民返回南宁，继续从事美术教育、宣传工作。1940年抵桂林，是年6月23日，适逢"中华全国木刻界抗敌协会"在桂林召开新一届会员大会，选举新理事。该会早于1938年6月12日由力群、李桦、黄新波、赖少其、刘建庵等牵头在武汉成立，武汉沦陷后迁至重庆，1939年7月15日由重庆迁至桂林。在此大会上，张在民同廖冰兄、黄新波、刘建庵、陈仲纲、温涛、周令钊、黄超、黄少痴等被选为理事，并任常务理事。

木协的人员，当时大多在桂林中学、逸仙中学、广西省立艺术师资训练班任美术教师，张在民在立达中学任教。他们租住在桂林龙隐岩前施家园的葡萄酒厂内，一间二十多平方米的竹木平房隔成两间，张在民与李桦、黄新波、温涛、刘建庵、陈仲纲、廖冰兄、周令钊八人同住一间约十平方米的小屋，屋内摆四张架床，泥巴地面，十分潮湿，仅有一个小窗，光线、空气极差。另一间稍大的作工作室，安放两张破旧的小木台、几张矮竹凳，晚上点油灯，这就是他们办公、学习和进行木刻创作之处。

鉴于版画无须借助制版印刷设备便能自行复印出版，易于生动地表现现实生活内容，在抗日战争艰苦的环境中，木刻画比其他绘画艺术形式更便于印刷和传播。张在民和他的木刻朋友们一起，相互激励切磋，利用这一艺术形式，以刻刀为武器，积极推进战时木刻运动，宣传发动群众抗敌救国。创作、发表了不少单幅木刻画和木刻连环画，揭露侵略者的残暴，反映我军民抗日斗争的英勇事迹，号召大家团结抗日。如《襄河圣血》40幅连环木刻集，描绘了广西籍的第一七三师师长钟毅在抗敌斗争枣宜（湖北枣阳、宜昌）会战中宁死不屈，壮烈牺牲的英勇事迹，颂扬其伟大爱国主义精神。钟毅师长英勇善战，名闻遐迩，美国著名记者史沫特莱曾于1939年12月6日特赴前线访问他，在相处数天后，他留给史沫特莱良好印象。噩耗传来，悲愤之余，史沫特莱撰文给予高度评价，并在其后出版的《中国的战歌》中详述了她与钟毅师长认识、相处的过程，以及钟毅师长牺牲的经过，尤其写到她参加钟毅师长安葬仪式时悲痛而深刻的感受，赞扬其虽死犹生，他"是希望和信念的象征"。《襄河圣血》连环画当时曾在报刊上连载，后出画册，反响甚为热烈。《变敌人的后方为前方》《受难者》《擦鞋者》《肉搏坦克车》《岗哨》《巷战》《骑兵冲锋》《"一·二八"的回忆》《收复桂南是最后胜利的先声》《自力更生》《日军暴行》《团结，进行宪政，讨汪》《"八一三"战争》《记紧"五九"的耻辱》《耕》等作品，发表于《野草》《战时艺术》《工作与学习·漫画与木刻》等刊物上。其中《耕》收入《抗战八年木刻选集》[2]，《擦鞋者》收入《木刻新选》。这一时期的木刻作品，不论在思想性抑或是艺术性上，都达到了一定的高度，也奠定了张在民在抗战版画运动中的一席之地。油画《收复后南宁街道》、美术评论《木刻艺术在抗战时代》等，也是此时的代表作。尤为可贵的是，张在民在繁忙中还为当年的桂林抗战刊物和丛书赶刻了封面版画，如《战时艺术》《野草》等杂志和桂林民团周刊社出版的《焦土丛刊》，至今留传下来的便有李宗仁著的《民族复兴与焦土抗战》、钱实甫著的《把中国变成焦土》。

张在民在担任木协常务理事之余，还兼国防艺术社（简称"国艺社"）美术部主任。国防艺术社于1937年成立，隶属第五路军总政训处，是集戏剧、音乐、美术、电影于一体的综合性专业艺术团体，人才济济。关于"国艺社"成立的始末，下节收录的张在民的信件中有其详细的回忆，此不赘述。

张在民任职木协常务理事期间，除了认真搞好创作，还积极培养木刻人才，开办了木刻创作讲座，协助编辑《木艺》《抗战木刻》等刊物，出版了李桦的《木刻教程》。筹备举办抗战画展，如1940年10月21日在乐群社举办的"木刻十年纪念展览会"；1941年6月10日始，以国防艺术社名义定期举办《街头画报》；1941年10月18日和1942年3月13日的"十一人油画展"，

2.上海开明书店1946年出版。

◎ 张在民《收复后南宁街道》，1939年，油画，张家祯供稿

◎ 张在民《襄河圣血》，木刻连环图画，桂林文化供应社，1941年

◎ 张在民《日军暴行》，1938年，张家祯供稿

◎ 张在民《肉搏坦克车》，张家祯供稿

◎ 张在民《岗哨》，载李桦《木刻教程》

◎ 张在民《一举歼灭》，木刻连环画《襄河圣血》之
十五，张家祯供稿

◎ 张在民《斗智斗勇》，木刻连环画《襄河圣血》之
十四，张家祯供稿

◎ 张在民《严阵以待》，木刻连环画《襄河圣血》之
五，张家祯供稿

◎ 张在民《整装待发》，木刻连环画《襄河圣血》之
一，张家祯供稿

◎ 张在民《"一·二八"的回忆》

◎ 张在民《巷战》，张家祯供稿

◎张在民《变敌人的后方为前方》，载《工作与学习·漫画与木刻》

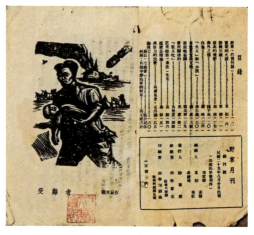

◎张在民《受难者》，《野草》创刊号封面，1940年8月20日

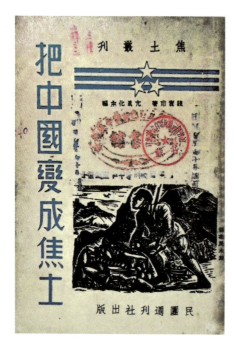

◎《把中国变成焦土》封面木刻，张在民刻

◎《民族复兴与焦土抗战》封面木刻，张在民刻

参展的画家有阳太阳、张在民、盛此君、万昊、张兰芬、吴宣化、林恒之、钟惠若、陈仲纲、陈雨田、黄超等。另外，协助举办了"李桦战地写生画展""关山月画展""美术界联合画展"等等。还同广州美专校友陈仲纲、陈

◎《战时艺术》1938年第4期封面木刻，张在民刻

◎张在民《骑兵冲锋》，张家祯供图

雨田、黄超等组织成立"今日广告社"，既提供广告商标设计，又解决校友生活问题。

1941年1月中旬，皖南事变后，桂林风雨如磐，白色恐怖笼罩全城，木协会址被国民党广西省政府封闭，《木艺》也被迫停刊。木协迁往重庆，不久，被非法解散，卢鸿基、王琦、丁正献等筹组中国木刻研究会，1942年1月3日在重庆正式成立，2月在桂林成立分会，10月在桂林举办"第一届双十全国木刻展览会"。之后，张在民离开桂林，先后到宾阳、南宁等地从事美术设计和美术教育工作。

复信述史

20世纪六七十年代，出于历史原因，张在民曾亲手撕毁旧作，绝大部分作品未能留传，如四十张木刻连环画册《襄河圣血》仅剩下十多张。侥幸保存下来的作品也由其大儿子 —— 广州美术学院张家祯教授所藏！

与张在民联系，缘于1984年初编写《抗战时期桂林美术运动》一书。该书系《抗战时期桂林文化运动资料丛书》之一，开始计划由广西人民出版社文艺编辑室负责出版，故张在民的复信来稿由出版社转交我。《抗战时期桂林美术运动》的征稿函发出后，张在民是最先复信与赐稿者。其稿件有《张在民简历》《国防艺术社片断回忆》《"木协"在桂林》。展读来稿之前，我心有所惑：一位中医院教授、院长，怎么跟抗战美术发生联系呢？倾读之余，我顿感文中提供的资料翔实可贵，更了解了抗战时期他在广西积极从事抗日美术运动的作用与经历。原来，张在民还是抗战时期在广州、南宁、桂林与李桦一起从事抗战版画运动的干将，中华全国木刻界抗敌协会和广西国防艺术社的得力推手。其中《"木协"在桂林》更是在修改后载入《抗战时期桂林美术运动》一书中。以下是由张在民提供给出版社的弥足珍贵之史料。

复信

广西人民出版社编辑同志：

贵社着手编辑《抗战时期桂林文化城文化运动资料丛书》[3]，这是广西壮族自治

区甚为重要历史资料之一，希望丰富资料内容，印刷装帧艺术性、封面设计富有

民族形式。

1940—1942年中，我在桂林"国艺社"任美术部主任，兼"中华全国木刻工作

者协会"理事长职，现将有关"美术活动"和"戏剧活动"回忆片断写成文稿，并

附上木刻《耕》和油画《收复后南宁街道》送上。

青年时代我专攻油画、木刻画创作，三十四岁半途出家，改钻研祖国医学，

已四十年矣，年逾古稀，记忆力衰退，艺术术语也忘记，错误难免，希予斧正。

岑颂

文祺！

张在民

1984年2月7日

张在民简历

张在民（现名张惠民），广西中医学院副教授。

钻研中国山水画六十年，1935年广州美专油画系毕业。响应鲁迅先生号召，在广

州与李桦、唐英伟、赖少其、陈仲纲等组织"广州现代版画会"，推进新兴木刻运动，

进行木刻创作研究，在报章杂志发表木刻创作，每月出版《现代画集》（手印本，每期

仅出200本），共约二十多期。每年举行木刻年画展，经常与平、津、江、浙木刻会，

黑与白社等联系，以资互相学习，共同提高。

日寇侵略中国，"卢沟桥事变"，上海、南京相继失守，广州紧张疏散。李桦莅南

宁，与我一起在大夏中学教书，并在广西开展木刻漫画工作，出版《抗战诗画》月刊，

3.应为《抗战时期桂林文化运动资料丛书》。

由李桦、张在民、陈芦荻、袁雁沙担任编辑，约出版八期，并教育学生木刻漫画创作，曾在兴宁路、中山路等地举行街头漫画展览三次，展出内容都是宣传抗日斗争。由于日寇铁蹄南下，战火漫（蔓）延，时间紧张，我与李桦分别到战地工作。

1938年10月，武汉、广州相继沦陷[4]，从各沦陷区撤退的大批文艺界进步人士云集桂林。

"中华全国木刻界抗敌协会"从武汉迁桂林，大部分文艺界同志都住在施家园，"木协"设在施家园约二十多平方的小木屋里，大约十平方大的一个小房，安上四张单人竹床，李桦、新波、陈仲纲、廖冰兄、周令钊等人同脐（挤）在小房住，前面一个小厅，大家都坐小竹凳，在小竹台创作木刻，有时人多搬出门口外刻，赶工作晚上点油灯刻，工作、生活极其艰苦。

我是1940年初到桂林的，周可传介绍我给程思远充当"国艺社"美术部主任，但工作重点放在"木协"，有了"国艺社"美术部主任职，对搞木协工作有利，同时生活上也得到暂时的稳定。

"木协"的同志是李桦、黄新波、温涛、刘建庵、陈仲纲、廖冰兄、赖少其、林仰峥、蔡荻枝（迪支）等。"木协"主要是团结全国木刻工作者同志，钻研木刻创作，推进木刻运动，宣传发动群众抗日救国，揭露当时国民党的腐败黑暗，刻画劳苦大众艰苦的生活和战斗的精神，以发挥木刻艺术在抗日战争（中）的宣传教育作用。大家在极端艰苦的生活环境中，日以继夜埋头木刻创作，创作了不少有历史意义的单幅木刻和连环木刻，出版《工作与学习·漫画与木刻》月刊，在杂志报刊上发表木刻创作和木刻创作理论。在这个时期，我创作了许多幅木刻，连环木刻《襄河圣血》是描写钟毅师长在保卫武汉战斗中壮烈牺牲的英勇事迹。"木协"还在乐群社举行多次木刻展览，规模较大的有"'七七'抗战纪念木刻展""鲁迅逝世三周年纪念木刻展"和"第二届全国木刻展"等。为了培养更多的木刻艺术人才，黄新波到桂林艺专教授木刻，陈仲纲、刘建庵分别兼任中学美术课，教授学生创作木刻，张在民曾到桂林师范作木刻创作专题讲座。"木协"为广西播下木刻的优良种子，广西的木刻艺术更快更好的（地）开花结果。

4.广州先于武汉沦陷。

我们还举行一次规模较大的油画展，参加的画家有杨秋人、阳太阳、盛此君（女）、黄超、陈仲纲、张在民、陈颐模[5]、张兰芬、李妮（女）、万昊等十余人，展览内容主要是宣传抗日斗争和劳动人民的生活斗争，参加画展（的）都是艺术水平较高和专业画家，展品内容丰富多彩，得到文艺界的好评，影响较好。

此外，当时文艺工作者的工作、生活是很艰苦的，我们广州美术毕业校友联合主办"今日广告社"，参加广告社的校友有：陈颐模、陈仲纲、黄超、关鉴清、李妮、张在民等，广告社虽然是营业性质，（但）帮助生活较困难的校友解决一些问题，对美术宣传、广告商标设计等做出贡献。

这个时期，我在"国艺社"工作时间约二年，"国艺社"属广西绥靖主任公署政治部领导，是桂系军队的"文工团"性质。当时"国艺社"分戏剧部、音乐部、美术部三部。"国艺社"总干事盂超，戏剧部主任姚展，美术部主任张在民，全社约百余人，以戏剧部最大，音乐次之，美术部最少，连主任在内仅得两个人，后来周令钊也参加美术部工作。戏剧部田汉、焦菊隐、欧阳予倩、熊佛西等同志，经常到社担任导演或指导工作，文学家周钢鸣同志等也很关心，时到社指导工作，在党的"统一战线"光辉照耀下，"国艺社"容纳了一批进步文艺骨干社员，政治思想和业务水平进步相当快。

当时"国艺社"演出的剧目有《古屋黄昏》《夜上海》《魔窟》《雷雨》《北京人》《明末遗恨》《原野》《阿Q正传》等等。《古屋黄昏》《夜上海》《魔窟》由姚展执行导演，前后在桂林、南宁、柳州各地演出二十多场。《雷雨》《北京人》《明末遗恨》《阿Q正传》由焦菊隐执行导演，焦菊隐同志文艺理论水平极高，责任心最强，工作严肃，照顾到全面，对《雷雨》演员的物色非常认真。周朴圆（园）—— 黄望，繁漪 —— 张家仪，四凤 —— 郭眉眉、潘艳芝，鲁贵 —— 洪波，鲁大海 —— 何启明，鲁妈 —— 龙谣芝，这些演员的个性与剧中人是基本吻合的。

1940年10月日寇撤出南宁，"国艺社"奉命带《雷雨》《魔窟》回南宁作慰问演出约十场，慰问演出完结回桂林经柳州又在四战区所在地演出数场，均得到军、政、民的好评。回到桂林，再经过总结整理，《雷雨》在桂林正式演出，前后约二十多场。以剧本、导演、演员艺术水平高，舞台设置、道具、服装、灯光、舞台美术均经过专家

---

5. 即陈雨田。

精心设计，演出效果得到文艺专家和广大观众好评。

《明末遗恨》是"国艺社"演出的第一个古装历史剧，剧情复杂，演员较多，全部古装服饰从新设计自己制造，舞台设计、宣传工作、大小型海报设计全由美术部承包。美术部只有我和一个学生贺德如两个人，工作任务至为繁重，必须邀请陈颐模、关鉴清（广州美专图案系毕业）协助工作。《明末遗恨》的排练、舞台设计、服装设计制造、音乐设计等，经过半年的时间，准备工作完成，演出约二十场。《明末遗恨》是歌颂民族英雄的历史剧，演员水平较高，焦菊隐导演花不少心血，舞台设计、服装设计制作、音乐设计、舞台美术等各方面，工作做得比较出色，演出效果是成功的，影响是良好热烈的。

《北京人》《原野》《阿Q正传》的演出同样收到良好的效果，获得文艺界和观众的好评。由姚展导演、田汉改编的《阿Q正传》，演员工作劳累，饰演阿Q的演员唐远之咯吐病倒而辍演，观众失望，演员也感到遗憾。

广西绥靖主任公署政治部领导的"国艺社"，邀请一批进步文艺界人士担任社内职务，担任导演，吸收一批进步文艺界人士作为骨干。选择上演基本是属于抗战爱国或进步的内容剧目。绥靖政治部必然是有所疑虑的。"皖南事变"国民党反共达到高峰。1942年初桂林乌云密布，国民党反动派杀害进步青年，进步文艺团体被撤消半数，绥署政治部以经费支绌（绌）为借口，撤消了"国艺社"，全社进步文艺青年被迫东奔西走。"木协"早被国民党监视，协会同志先后离开桂林，全部资料焚毁，我也离桂到宾阳陶瓷厂暂作栖身，做了几个月被撤职。逃回南宁得朋友介绍到南武师范教书，不久又被撤。后来陆榕树同志介绍我到南高教书。不久，第四次被撤职。无可奈何，我为环境所迫改行执业中医。解放后我也翻了身，得到党的培养教育信任，1954年曾任南宁卫生局副局长，1956年曾任广西中医学校校长，1958年任广西中医专科学校副校长，1979年曾任广西中医学院副教授、区政协常务委员、中南美术家协会会员、南宁市美协理事长。

国防艺术社片断回忆

"国防艺术社"（简称"国艺社"）约成立于1937年广西"六一运动"时期，初成立时组织较庞大，共分话剧、音乐、美术、文学、电影、制版等六部。抗日战争后，缩编成话剧、音乐、美术三部，正常活动以话剧为主，此外设有总务组，负责社内行政事务工作。

"国艺社"是桂系文工团体性质，直属广西绥靖主任公署政治部，为政治部宣传科领导，由宣传科派员兼任"国艺社"总干事，处理日常行政业务，话剧、音乐、美术三部各设部主任，处理各部业务，各部主任称为政治指导员。

"国艺社"全体社员均为军职，总干事、部主任、艺术水平较高的社员均为校级，其余均为尉级。当时总干事是孟超（后期是于东聘）。话剧部主任姚展，音乐部主任廖行健，美术部主任张在民。

广西绥靖主任公署政治部主任是程思远，宣传科长是侯甸、于东聘，桂林文化城时期，许多文艺工作者集中桂林，在侯甸和孟超的领导下，吸收了不少思想进步、艺术水平较高的青年参加"国艺社"工作。戏剧家田汉、欧阳予倩、洪深、熊佛西、焦菊隐等经常到社指导工作。焦菊隐后来坐镇"国艺社"任总导演。文艺家周钢鸣也时到社指导工作。

"国艺社"多演出进步剧本，以曹禺编的剧本为主。演出剧目有《古屋黄昏》《魔窟》《雷雨》《阿Q正传》《北京人》《原野》《明末遗恨》等。音乐演出有冼星海、聂耳的《黄河大合唱》《义勇军进行曲》《满江红》等。美术部主要是美术宣传、舞台设计、服装设计等。1941年曾举办油画展览，参加者有阳太阳、杨秋人、盛此君、张兰芬、李妮、黄超、陈仲纲、陈雨田、万昊、张在民。展出内容主要有劳动人民生活写照、战地写生、祖国锦绣河山、桂林风景等。

"国艺社"一向是经济困难的，因此很少到部队演出，多数是向外售门票演出，以资补助经费的不足，于此可见广西军政当局，对文艺宣传，对部队官兵的文化生活是极不重视的。

"国艺社"有百多艺术工作人员，原驻象鼻山脚社址被炸毁后，没有固定社址，和军乐队同住在八桂路一间残破狭窄的小学里，后来搬到桂东路漓江边一间残旧的会馆里，最后搬到文昌路租用古旧民房。没有办公室，没有饭堂，没有仓库，更没有图书阅览室，也没有排练场，没有宿舍。少数社员有家的回家住，绝大部分社员三五十人集体住在较大的厅房，睡的是学生架床，也有两头迭（叠）起砖头放一块床板睡的。家私杂物、布景道俱（具）到处乱放，十分零乱挤拥。平时乐器声、歌声、读台词声、玩笑说话声混杂在一起，既热闹又嘈杂。社员的生活是戏剧性的，浪漫主义的。工作时则生动活泼、紧张严肃。社员待遇偏低，工作环境很差，生活是艰苦的，但工作是这样认真积极。在话剧、音乐、美术（上）创造出惊人成绩，在抗日斗争文艺宣传中做出较大的贡献。

社内一般没有安排正常政治学习，仅有一次部分社员脱产集中短期受训，主要是学习三民主义、五权宪法、三自三寓政策等。不少社员爱读《新华日报》《群众月刊》、马恩列史（斯）和毛泽东、周恩来著作等进步书刊。

1940年10月，日寇撤退出南宁，"国艺社"奉命到南宁作慰问演出，带去《雷雨》《魔窟》全套人物，乘汽车向南宁出发。由于战后宾阳以南一带公路破坏，行军困难，数天车到四塘再不能前进了，只得步行到南宁。日寇刚撤退的南宁，是一个残破不堪的死城，老百姓不敢进街，除了日寇居住过的民生路、兴宁路之外，所有街道民房几全被烧毁破坏。我父亲住兴宁路的医务所，我们逃难时是空身逃出的，现回来一看，什么都没有了，只剩一个空壳，房屋门窗全部拆掉，真是惨不忍睹。兴宁路另一间比较完整的房屋，在一间小房里发现"突击一番"（即阴茎套）堆积如山，这是日军妓院。从这里可以看到日寇烧杀房掠奸淫的兽性暴行。

"国艺社"在南宁住在银丝巷（现在兴宁路西二里）民房，全部打太平铺睡地，对门正是中华戏院，可能是日寇利用过未及破坏的游乐场所，稍为整理，就在这里演出《雷雨》《魔窟》等数场。观众全是国民党军政人员士兵。《雷雨》是描写二十世纪初半封建半殖民地中国资本家腐朽家庭的悲剧。《魔窟》是描写国民党军官狗咬狗互相倾轧的悲剧，剧情是现实生活的写照，最能吸引观众。

《雷雨》由焦菊隐亲自执行导演，在桂林已彩排月余，还未成熟。这次赴南宁演出，只能是试演。特别是战地演出，因条件所限，舞台装置、灯光、道具、效果等，一切均因陋就简，演出效果是不够满意的，但仍得到观众好评。

我除了协助演出之外，利用工余作了数十幅铅笔速写和几幅小油画，把日本法西斯铁蹄蹂躏国土的惨状痕迹记录下来，留给后代，永远铭记这一页历史的耻辱，知道怎样发奋图强才不要为他人欺侮凌辱。

在南宁慰问演出后，返回桂林途中经过柳州（是第四集团军张发奎司令部所在地），我们拟在柳州演出《雷雨》，受到司令部的阻挠。经过多方交涉，最后得到何家槐同志的帮助，在柳州演出数场后返回桂林。

《雷雨》经过南宁、柳州十多场演出，获得初步经验，回桂后进行总结、整理、加工、提高，为正式公演作充分准备。

《雷雨》是焦菊隐导演在"国艺社"的开头第一炮，他说："定要打响第一炮。"焦菊隐同志工作扎实稳重，责任心强，工作议（认）真，要求严格。他最重视选好演员角色，他认为深刻认识剧本主要演员个性典型，再精细物色剧中人，剧中人具备了，是导演成功的先决条件。因此他选配好演员工作，既耐性又细心，经过充分考虑研究，他决定繁漪由张家仪饰，周萍由疗（廖）行健饰，鲁妈由龙谣芝饰，四凤由潘艳芝、郭眉眉饰，周冲由陈纲饰，鲁大海由何启明饰，鲁贵由洪波饰，主要演员周朴圆（园）在社内找不到适当人选，后来物色到广西银行干部黄望。《雷雨》的演员选得最适当，每个演员的个性特征、生活习惯、语言音调基本与饰演角色是吻合的。焦导演更强调要求演员要注意创造鲜明的人物形象。在排练中要求演员要熟悉这个人物的生活经历，分析人物思想性格，掌握人物性格特点。经过导演精心处理，演员都活龙活现，生动异常，每个人物都突出各个特点。

作为一个导演，不单能排戏，更要照顾全面。焦菊隐同志很重视舞台美术工作，精通舞台各部门工作。他在导演工作中树立了导演与美术工作者共同合作、共同创造的优秀范例。他认为："作为一个导演，如果不熟悉舞台美术，不能掌握布景、道具、灯光、效果与戏剧情节的有机联系，这样的导演是有局限性，不够全面，也是微不足道的。"他在执行导演过程中，经常与舞台有关各方面同志共同研究做出决定。他认为在舞台设计方面，单有布景设计还不够，还要有舞台平面图，注意到空间，道具力求真实，布置适当，要求生活真实与艺术真实的统一。他对舞台灯光要求非常严格，一丝不苟。在《雷雨》排练中，他特别强调"电""雷""雨"的灯光效果的真实性。因此在这方面的设计，经过无数次的实验中，才获得满意的效果。在雷雨之夜，鲁妈与四凤一同出走，在雷电暴雨交加的一幕，许多观众竟被惊吓倒，有些观众说这样大雨，我们没带雨具来，以为外边真的下起大雷大雨来呢。

《雷雨》在桂林演出二十多场，得到观众和文艺界的好评，盛况是前所未见的。这是导演与演员及工作人员艺术创作的结晶，也是文艺戏剧家曹禺同志精心创作的贡献。

美术部的工作也很繁重，只有三个人，我和周令钊、贺德润，形成桃园三结义，积极发挥工作效力（率）。除了舞台设计、服装设计、大小海报设计绘制等宣传工作，社外工作我还负责"中华全国木刻工作者协会"，组织推动木刻创作活动，周令钊负责漫画创作活动等。

《雷雨》《北京人》《原野》《阿Q正传》《葛嫩娘》等剧演出，大小海报均经过精心研究设计绘制，运用鲜明强烈的对比色，造型美与图案美结合统一，使主题突出，对观众吸引力强大，收到宣传教育良好效果。

《明末遗恨》，古装历史剧，剧情复杂，场面宏伟，演员较多，因此舞台设计、布景道具、服装设计加工等，工作量庞大。明朝宫廷服饰无从借用，找历史资料参考也很困难，即使全部设计好，战时更找不到服装师傅代为加工。面对如此繁重工作，美术部必须一力承担。由于工作量庞大，邀请我广州美专同学陈雨田、关鉴清、陈仲纲等帮忙，他们都是图案系毕业，长于工艺美术，精碎花草龙系鸟兽设计绘制，经过几个月时间，才把几十套古装服式（饰）设计加工完竣。

焦菊隐同志善于吸收和继承前人的艺术成果，吸收民间艺术精华，勇于革新和创造。他认为传统戏曲的特色是通过鲜明的艺术形式，能表现出强烈的思想性：民间传统戏曲赋有生命力，表现了人民的思想性、感情、愿望。不少民间传统戏曲还有强烈的爱国主义思想。他认为不少好的历史传统剧须要改革，要推陈出新，吸取其精华，去其糟粕。从《明末遗恨》整个戏的导演过程中，可以看到焦菊隐同志既继承传统又勇于革新创造的精神毅力。

焦菊隐同志在"国艺社"两年，导演《雷雨》《北京人》《原野》《阿Q正传》《明末遗恨》，演出效果非常好，均得到文艺界和观众高度的评价与赞扬。

戏剧是一种艺术形式，它包括美术、文学、音乐、舞蹈、雕塑等，因此戏剧是综合艺术，戏剧家也是综合艺术家。焦菊隐同志是一专多能、全面的戏剧艺术家。这样一个高水平的戏剧艺术专家，竟在十年动乱中被迫害致死，殊为可惜、可叹！中华民族伟大的科学文化艺术坚如磐石，"四人帮"要摧毁它，只能是鸡卵击石，自取灭亡。我们永远怀念戏剧艺术家焦菊隐同志，永远怀念十（按：此处缺年字）动乱被迫害致死的科学艺术家。

"国艺社"是进步的文艺团体，"国艺社"社员大多是进步青年。"皖南事变"后广西绥靖主任公署支拙（绌），解散"国艺社"，"国艺社"的艺术青年被迫化整为零，分散各地继续战斗。

嗣后在毛泽东文艺路线的指引下，在党的培育下，才在祖国文艺园地开放更灿烂的花朵。

我年逾古稀，记忆力衰退，相隔四十多年，难免有错漏，希知情者指正。

张在民

1984年1月

"木协"在桂林

三十年代初，我在广州美术专科学校油画系肄业，积极响应鲁迅先生倡导新兴木刻运动，与李桦、唐英伟、赖少其、陈仲刚（纲）、刘兴宪等同志组成"广州现代创作版画会"，从事木刻创作，推进新兴木刻活动。

1935年中，我在广州美专毕业后，返回广西南宁，散播木刻种子。木刻在广西各地很快茁壮成长。1937年，日寇侵略中国，广州失陷前夕，广州文艺界部分同志沿西江疏散到广西各地。李桦、芦荻同志到达南宁后，分别在大夏中学、粤华中学任教，并积极推进木刻创作。我们共同创办《抗战诗画》（月刊，三十二开本）。李桦和我担任木刻创作，芦荻、袁雁沙担任诗创作。《抗战诗画》主要内容是鼓舞广大人民积极参加抗日斗争和揭露日寇暴行。刊物每期出版五千册，共出版八期，是当时深受群众欢迎的通俗文艺刊物之一。

日寇侵华，中国共产党领导中国人民进行了积极的抗日斗争，国民党蒋介石领导的反动派军队，则采取消极抗日，以致日寇气焰猖狂，铁蹄长驱直入中原，上海、南京、武汉等地相继沦陷，千万人民无辜被屠杀，桂林成为抗日战争的大后方，大部分文艺工作者集中到桂林，抗日斗争的文化艺术在桂林蓬勃发展。

1938年初，在抗日战争高潮中，力群、刘建庵等同志在武汉成立了"中华全国木刻界抗敌协会"。武汉失陷后，"中华全国木刻界抗敌协会"迁移桂林。1939年11月，日寇在钦州湾登陆，南宁随之失陷。我原在上思县敌后工作，闻悉全国文艺工作者大部分云集桂林，李桦、黄新波、陈仲刚（纲）、刘建庵、温涛等木刻工作同志也已到了桂林，我便于1940年3月，从上思绕道广西田阳、东兰、金城江等地，辗转到了桂林。

"中华全国木刻界抗敌协会"的原理事会许多同志分别奔赴各抗日前线工作，为了更好的（地）开展工作，理事会急需重新改组，便在桂林七星岩前举行了全体会员大会，出席的会员约六七十人，共同商讨今后木运工作及进行理事会改选，选出李桦、黄新波、温涛、刘建庵、陈仲刚（纲）和我十余人组成新的理事会。经过研究协商，根据当时情况及工作需要，大家推选我担任理事长，并就开展木刻运动交换了意见，将原"中华全国木刻界抗敌协会"改为"中华全国木刻工作者协会"（以下简称"木协"）。

当时，各地来桂林的文艺工作者大多数居住在对河施家园，住的是木屋、竹屋，居住条件较差。我与李桦、黄新波、陈仲刚（纲）、周令钊、廖冰兄等，同住在施家园龙隐岩前一间大约十四平方的泥墙平房，屋里放置四张小竹床，只有一个小窗，高低不平的泥巴地面很潮湿，空气污浊，比房间稍大的小厅，安放两张陈旧简陋的小木桌，几张矮竹凳，晚上点油灯，这就是我们学习和木刻创作的工作室，也是"木协"所在地。

我们几个同志分别在桂林艺专、私立中学任教，靠低微的工资收入和木刻创作稿费维持生活。"木协"是群众性的文艺团体，没有经费，木刻界同志一般生活比较艰苦，"木协"会员也不缴纳会费，我们几个同志，大家就凑些钱，以维持"木协"的正常活动。

当时，我们唯一的工作是推进木刻运动，宣传发动群众抗日救国，揭露国民党反动派的腐败，刻画劳苦大众艰苦的生活和抗日的精神，以发挥木刻艺术在抗日战争中的宣传教育作用。大家埋头木刻制作，创作了不少有历史意义的单幅木刻和木刻连环图，在报刊杂志发表木刻创作理论，举行多次展览，规模较大的有"'七七'抗战纪念木刻展"、"鲁迅逝世三周年纪念木刻展"和"第二届全国木刻展"等展览。展览内容，主要是揭露日寇的暴行和我军民抗日斗争纪实，激励群众为民族的生存和解放而战斗。还通过各种形式，大力培养木刻创作人才。如黄新波同志到艺专教授木刻，陈仲刚（纲）等同志在中学教木刻创作，还到桂林高中做木刻创作讲座。

木刻画艺术，在当时艰苦的革命斗争环境中，比起其他绘画艺术形式，更赋有战斗特色。它以刀刻画，黑白对照，或套以二三色调，富有中国的民族形式，易于生动的（地）表现革命思想内容，创作过程也较简便，不用借助制版印刷设备，在印刷条件困难时可进行手拓，便于迅速传播。木刻艺术对于当时被剥夺了受教育机会的广大劳苦群众来说，是比较容易领会和接受的，所以是劳苦大众爱好的艺术形式。李桦、黄新波、刘建庵、温涛、陈仲刚（纲）等同志，他们的木刻创作刀锋刚劲，黑白分明，表现力最强，战斗精神充沛，创作了许多以抗日斗争为题材又具有独特艺术风格的优秀木刻画，给观众留下了深刻的印象，为中华民族版画史写下光辉的一页。尤其是李桦同志，他十分注意木刻艺术基本功的练习与提高，深入生活积累素材，速写薄（簿）从不离身，曾到四战区画了许多战地速写，回桂林展出。作品生动活泼，独树一帜。他待人和蔼，热心帮助同志。他曾把自己1940年前的木刻创作装订成数巨册，交我代为保管。1956年我到北京开会，遂将这些画册送还他。

黄新波同志给我的印象也很深刻，他的木刻创作刀锋刚劲，表现力最强，具有独特的版画艺术风格。它（他）不仅仅是一位木刻画家，又是一位美术界的组织者。他对朋友最热情，在我们相处的日子里，我感到他生活严肃，但有时也会像小孩子一样天真活泼，说话诙谐，谈笑风生。

"木协"在桂林艰苦战斗的历程中，克服了许多困难。就是会址和同志们挤住的地方，也经过多次变动。原住施家园的小小泥墙屋，不久屋主收回自用，千方百计才又在乐群路青年会旁的民房租用了两间小房。嗣后日寇群机空袭桂林，市区顿成火海，"木协"址也被炸毁，几经周折，"木协"暂租得对河菜市小缸瓦店内一小房间。大家创作、吃饭、住宿都挤在一起，我们生活、工作、战斗，就更为亲密了。

"皖南事变"发生后，文艺工作者被迫纷纷离开桂林，"木协"也为国民党特务监视，"木协"同志先后被迫离开桂林，经过敌机炸毁，仅存的资料也焚毁了，"木协"被迫暂时停止活动。我也只好到宾阳陶瓷厂暂作栖身。

◎张在民

张在民（1911—1999），现名张惠民，祖籍广东新会，生于广东佛山。5岁时随全家迁广西南宁市，7岁起即随小学校长钮佩瑞学习铅笔画、山水画、油画，并自学《芥子园画谱》，14岁随祖父、父亲学中医，也酷爱书画。1931年高中毕业，其父送其赴广州学医，他却报考了广州美术专科学校油画专业。师从胡根天、关良、谭华敏、李研山、黄君璧学习油画与国画。在校期间又与李桦、唐英伟、赖少其、陈仲纲等组织"现代创作版画研究会"，从事木刻画创作和研究，出版《现代版画》。在报刊发表木刻画创作、论文，同时举办木刻画展，出版木刻画专集，推动广州地区版画创作活动，得到鲁迅先生的书信指导和鼓励。其木刻代表作《送饭》《初夏》《灶马》《清粪》《烧狮》等，为鲁迅先生收藏（见《鲁迅收藏中国现代木刻选集 1931—1936》，人民美术出版社1963年出版）。